新北京新京味儿系列

最美长安街

主编◎左堃 李林栋

光明日报出版社

图书在版编目（CIP）数据

最美长安街 / 左堃, 李林栋主编. -- 北京：光明日报出版社, 2022.10
 ISBN 978-7-5194-6798-2

Ⅰ.①最… Ⅱ.①左… ②李… Ⅲ.①中国文学—当代文学—作品综合集 Ⅳ.①I217.1

中国版本图书馆CIP数据核字（2022）第169985号

最美长安街

ZUI MEI CHANG'AN JIE

主　　编：	左　堃　李林栋		
责任编辑：	谢　香　徐　蔚	责任校对：	傅泉泽
封面设计：	李尘工作室	责任印制：	曹　诤

出版发行：	光明日报出版社
地　　址：	北京市西城区永安路106号，100050
电　　话：	010-63169890（咨询），010-63131930（邮购）
传　　真：	010-63131930
网　　址：	http://book.gmw.cn
E - mail：	gmrbcbs@gmw.cn
法律顾问：	北京兰台律师事务所龚柳方律师

印　　刷：	北京华联印刷有限公司
装　　订：	北京华联印刷有限公司

本书如有破损、缺页、装订错误，请与本社联系调换，电话：010-63131930

开　　本：	170mm×240mm		
字　　数：	340千字	印　　张：	18.75
版　　次：	2022年10月第1版	印　　次：	2022年10月第1次印刷
书　　号：	ISBN 978-7-5194-6798-2		

定　　价：88.00元

版权所有　翻印必究

编委会

主　　编：左　堃　李林栋

主编助理：赵润田　赵国培

副 主 编：王升山　刘建军

编　　委：（以姓氏笔画先后排序）

马　宁　王升山　王　征　王铁成　王晓霞

左　堃　刘丙钧　刘　宏　刘　佳　刘建军

李林栋　李加良　宋　毅　沈　鹏　陈新增

金京一　苏　菲　倪　林　赵国培　赵润田

赵　萌　侯　旭　高文瑞　黄长江　班清河

盛　蕾　韩宗燕

序一

一支笔，一段情，十分爱

左 堃

都说长安街美，它美就美在积淀着600多年的春秋风雨，如同一幅历史画卷。它还美在像一条穿越京城的长河，两边的建筑，赋予了它绚丽生命的色彩，遇有重大节日和活动，还会被点缀得更加琳琅满目。它像平衡的五线谱，沿街的灯光如同一颗颗跳动的音符，演奏着不断变化的美妙旋律，在长街上闪烁。还似一条长长的书廊，翻展着散文爱好者用一支笔书写的一段情，尽情抒发着对长安街十分的爱。

长安街的中心位置南侧，是天安门广场，广场中间高高耸立着人民英雄纪念碑，纪念碑的东面是革命历史博物馆（现在的国家博物馆），西面是人民大会堂。这让我想起一首诗写到的，纪念碑、革命历史博物馆、人民大会堂就像一座巨大的天平，一边是过去，是经验和历史，一边是今天，是魄力和未来。

人民大会堂，见证了中国共产党50多年来的发展和丰功伟绩，记录了中国共产党带领全国人民走向改革开放、繁荣昌盛的历史篇章。2022年，中国共产党第二十次全国代表大会，即将在北京召开，美丽长安街旁的人民大会堂，又将再一次迎接历史性的盛会。

为了迎接和献礼中国共产党第二十次全国代表大会的召开，2022年3月，北京市东城区图书馆联合光明日报出版社、网时读书会再次举办"新北京新京味儿"征文活动。本次征文以"最美长安街"为主题，面向北京但不囿于北京，举凡对（北京）"最美长安街"有散文感怀的国内外各界人士都欢迎应征来稿。短短三个月的时间，组委会共收到来自全国各地投稿近二百篇。作者中有土生土长的北京人，有到北京工作几年甚至几十年的"北漂族";他们之中有戎马一生的将军,有奋斗在科研和工程战线的科学技术人员;有国企、民企的职工,也有普通的劳动者。作者中还不乏散文界鼎鼎有名的大家、名家。作者汇聚在作品中,畅叙着长安街之美,感受着长安街带给自己的一段美好时光,难忘的记忆,邂逅的情怀。一篇篇优质的散文,从不同的角度抒发了作者对长安街的情怀。出生在长安街边的作者,写出了在长安街上五彩缤纷童年的情趣;现今和曾经在长安街沿线工作的作者,描绘出在长安街上骑行、步行那十几二十几年过往的经历;参加过长安街游行和观礼的作者,抒发着当时幸福和激动的心情;曾到过北京旅游的作者,用美好的词句描绘出一幅幅图画,把长安街永存在自己和家庭的记忆中。《最美长安街》一书,从多角度赞美长安街,长安街就像是北京东西轴线上绽放的一束瑰丽的花朵,把北京装点得更加绚美多彩。

长安街,对于每一个中国人来说,都是一个既熟悉又亲切的地方。每个游人来北京后必须要做的事情,就是到天安门前照个相,去长安街上走一遭。长安街不仅是北京乃至中国的象征,还蕴藏了一个城市和一个国家的成长记忆。同时也记录着我们很多人的成长轨迹:第一次戴着红领巾向人民英雄纪念碑敬礼;第一次穿上军装向着冉冉升起的国旗敬礼;第一次以北京市党代表的身份坐在国庆观礼台上;第一次带着孩子起大早观看升旗仪式……每一次成长都有不一样的心绪和感受。作为一名从事图书馆工作二十多年的专业工作者,我希望大家拿起笔把对长安街的热爱记录下来,以笔传情。让我们更好地书写北京、描绘北京,讲好北京故事,努力打造激励群众健康向上的首都文化品牌。

这很重要。

谢谢大家!

(左堃,北京市东城区图书馆党支部书记、副馆长)

序二

各美其美，成就最美

任启亮

我是在网时读书会公众号陆陆续续读到"最美长安街"部分征文稿件的。没有想到一次普通的散文征文活动，得到全国各地这么多专业的和业余的作者如此热烈而积极的响应，引起广大读者如此广泛的认可和高度评价。主办单位北京市东城区图书馆、光明日报出版社和网时读书会精选部分征文作品编辑出版，是一件功德无量的事情。这也许填补了专题为长安街著书立说的一项空白，不仅对于长安街，对于北京城，乃至对于记录中国社会的发展变迁和展示中华民族的精神风貌都具有一定的历史和现实意义。

长安街被称为神州第一街，在中国人民心目中有着神圣崇高的地位，在世界范围内同样有着广泛的知名度和美誉度。《最美长安街》就像一帧连接古今、跨越时空、画面阔远、情景交融的巨幅长卷，从不同维度、不同侧面、不同层次，展现了长安街的历史地位、多彩风貌、文化价值和社会意义，充分表达了长安街的大美、完美和最美。因此，这部书在众多作者的各美其美中，成就了长安街的最美。

那么，在这些作者的笔下，长安街是一条什么样的街，她又美在何处呢？我反复品读，有了如下一些粗浅的体会和感悟。

这是一条历史悠久、饱经沧桑的历史长街。北京长安街始建于明永乐十七年（1419年），至今已有600多年的历史，她见证过封建王朝的盛衰兴亡，经历过八国联军的铁蹄践踏，看到了中华人民共和国的诞生，赶上了改革开放的时代，踏上了中华民族复兴圆梦的伟大征程。她从历史中走来，一路栉风沐雨，与中华民族的脉搏同频共振,也必将昂首挺胸继续踏上新时代的伟大征途。

这是一条贯穿北京城的东西轴线、四通八达的交通干道。最早的长安街东起东单,西至西单,号称十里长街。随着北京城市的发展,如今的长安街从树木葱茏的定都峰脚下,一直延伸到大运河沿岸北京城市副中心的通州,成为浩浩荡荡的百里长街。长安街与北京城的南北轴线在天安门前交汇,成为贯穿东西的交通大动脉,她从东西二环一直穿过东西六环,连接着北京城的四面八方。从最早的1路公共汽车,到地铁1号线,迎送着无数次的日出日落,也目睹了千千万万的北京故事。我的一位朋友刚学会开车时经常忘记行车路线,她每每都是把车开向长安街,只要到了长安街,就能找到正确的方向和路线了。

这里各式建筑鳞次栉比,是北京城流动的建筑博物馆。从建于明永乐十五年(1417年),庄严雄伟的天安门,到直入云霄的CBD中国尊,跨越数百年,融中国传统风格与中西合璧的现代风格为一体,长安街的建筑可谓无与伦比。新中国成立初期北京著名的十大建筑就有5座坐落在长安街,包括人民大会堂、国家博物馆、军事博物馆、北京火车站、民族文化宫。从20世纪80年代起,各类建筑更是拔地而起,把长安街装点得异彩纷呈,如城乡贸易中心、北京西站、国家大剧院、王府井新东方广场建筑群、中国大饭店、央视总部大楼、CBD中心等。

这里与老百姓生活息息相关,是名副其实的商业服务业中心。长安街两侧集中了著名的王府井商业街、前门大街、东单和西单,还有新东方购物广场和老外钟情的秀水街等。北京和全国的特色产品、名优品牌应有尽有,百年老字号商铺比比皆是,也是国际知名品牌最为集中的地方。这些地方极尽繁华热闹,人气超旺,是感受市井生活和中外游客休闲购物、品尝地方饮食的最佳去处。

这里文化艺术机构和设施众多,是一条丰富多彩的文化长廊。长安街的两旁坐落着故宫博物院、国家博物馆、首都博物馆、军事博物馆、铁路博物馆、紫檀博物馆;还有国家大剧院、中央交响乐团、中央民族歌舞团、中国广播艺术团等艺术团体及北京音乐厅、中山音乐堂、长安剧院等设施;还有西单图书大厦、王府井新华书店、北京新闻出版大厦、东单体育场、中央广播电视台、民族文化宫、科技会堂、世纪坛公园等。这一切,使得长安街更具独特魅力。

这里是中国发展进步的一道亮丽风景线。从东单西单到门头沟通州,从区区10里到绵延百里,长安街从古老走向现代,从沉默走向辉煌,是中国发展的一道缩影,是中国40多年沧桑巨变的见证。经过40多年的奋斗,神州大地沧海桑田、天翻地覆。长安街作为中国距离心脏最近最敏感的一根神经,无疑走在前列。如今,她变得更长、更宽、更高、更璀璨夺目。

这里有着无可替代的政治地位和象征意义。天安门广场被称为中国的心脏，是举行重大国事活动的地方，也是举办节庆活动和群众联欢的场所。历次国庆庆典和阅兵仪式都在这里举行。长安街核心区坐落着中共中央、国务院和全国人大、国家军事机关，中央和国家的许多重要部门也位居长安街两侧。可以想象国家前进方向的确立、发展蓝图的绘就、任务目标的制定、重大事项的推进等都与长安街不无关系。我们还记得1975年四届全国人大一次会议在人民大会堂召开，周恩来总理抱病作报告，提出实现"四个现代化"目标；我们还记得1978年党的十一届三中全会在京西宾馆召开，确立以经济建设为中心，实行改革开放的伟大决策；我们更记得纪念中国人民抗日战争暨世界反法西斯战争胜利70周年以及庆祝中华人民共和国成立70周年大会和阅兵式上，威武雄壮的解放军方阵和武器装备行进在长安街和各式先进战机低空飞过天安门广场的情景。北京城数百年的风雨兼程，新中国70多年的发展进步，实现中华民族的伟大复兴，谁敢说与长安街没有关系！

总之，在《最美长安街》的字里行间，我们不难发现，长安街的美是跨越古今一脉相承的美，是全方位立体化的美，是物化的景观与社会生活有机结合的美。她的美内外兼修、形神兼备、血肉丰满、独一无二，是当之无愧的最美。在我心中，世界上也有不少知名的大街，如法国巴黎的香榭丽舍大街，美国纽约的百老汇，西班牙巴塞罗那的兰布拉大道，俄罗斯圣彼得堡的涅夫斯基大道等，哪一条也无法与我们北京的长安街媲美！

我注意到，《最美长安街》的每位作者，书写的内容各有侧重，表达方式也不尽相同，比如，有宏大记事、庄严时刻、热烈场面，也有平凡经历、生活琐事、儿时趣闻、成长故事，甚至街景、树木等。这些都是他们的亲身经历，真实感受，展现给读者的是真实的长安街，融入作者血液中的长安街，也是充满时代气息和人间烟火的长安街。

《最美长安街》的作者来自祖国的四面八方，有八九十岁的老者，也有20多岁的青年。他们的经历不同、职业各异，有土生土长的老北京，长期在长安街周边居住、生活、工作，与长安街朝夕相处；有的只是一名过客，或许与长安街有过一两次短暂的接触。每个人写作的角度和感受也存在各种各样的差异，但是长安街在大家心目中的位置，对长安街的感情是相通的，对长安街的爱是深厚的。长安街的美在每一位作者心中静静流淌。

家住长安街旁边的胡同里，每天晚饭后要去长安街转转，听听风吹树叶发出的声响;办公室的窗口对着长安街,每天都会无数次地张望,看那里的车流、人流;上班路上骑行在长安街心情舒畅,车轮如飞;练习长跑路线选择在长安街,脚底生风;带着家乡来京的晚辈,披星戴月到天安门广场,为的是向国旗敬个礼;千里迢迢来京出差,顾不得鞍马劳顿,第一时间奔向长安街,来到天安门参观;子女工作单位在长安街,也能让父辈自豪和欣慰;甚至因了长安街成就一对姻缘。

　　写长安街是因为爱长安街,写长安街是因为长安街的美。这种美带给人们的是自豪感和自信心,更是满满的正能量和勇往直前的不竭动力。

　　（任启亮,中国作家协会会员,全国政协委员,曾任国务院侨办副主任。创作以散文为主,著有《一路风景》《特殊的旅行》等作品集）

目 录 CONTENTS

长安街怀想 　　　　　　　　　　　　　　　王　征　1
十里长街十里槐 　　　　　　　　　　　　　　王　莺　6
长安街：一本期刊的印迹 　　　　　　　　　　王　童　9
去天安门感受心跳 　　　　　　　　　　　　　王子君　13
我与长安街的50年 　　　　　　　　　　　　　王升山　18
最美的"琐忆与亲历" 　　　　　　　　　　　　王勇强　23
长安街上回荡着我的歌声 　　　　　　　　　　王晓霞　27
三十年，三次留影长安街 　　　　　　　　　　王海津　32
长安街是一条河 　　　　　　　　　　　　　　王海滨　34
记忆中的东长安街2号 　　　　　　　　　　　 王耀平　37
我和东长安街12号 　　　　　　　　　　　　　方国平　41
家住长安街 　　　　　　　　　　　　　　　　冯　并　45
长安街的钟声 　　　　　　　　　　　　　　　宁　静　49
长安街的思念 　　　　　　　　　　　　　　　尧山壁　53
东长安街有座于谦祠 　　　　　　　　　　　　朱　晔　55
第一次来到人民大会堂 　　　　　　　　　　　任启亮　58
把诗发表在长安街上 　　　　　　　　　　　　华　静　61
生命中的长安街 　　　　　　　　　　　　　　亦　农　67
长安街畔寄诗情 　　　　　　　　　　　　　　刘丙钧　71
一部渊深的典籍 　　　　　　　　　　　　　　刘汉太　74
南长街纪事 　　　　　　　　　　　　　　　　刘春声　78

三进故宫看国宝	刘俊怡	83
四代人的长安街	祁建	87
长安街长安情	孙现富	91
大道通天	孙晓青	95
长安街，我的上学之路	牟新艇	99
长安街教我读懂人生	苏菲	102
我的长安街情缘	杜京	106
写给长安街的抒情诗	李娟	112
长安街的新闻情缘	李家良	115
我从天安门前走过	李培禹	120
长安街记忆	李硕儒	125
夜行长安街	李朝俊	128
长安街上的四季	李敦伟	132
情缘长安街	李新有	137
我的履历全在长安街上	吴东炬	140
人间的城　天上的街	余义林	144
我的大学	沈鹏	148
一条街的方向	沈俊峰	151
我和长安街的诗缘	宋毅	154
长安街西延到我家	张孝前	159
长安街，我生命中挥之不去的地方	陈揆	162
文学之美永驻长安街	陈剑萍	166
此生热望长安花	陈新增	169
跨越跨越再跨越的长安街CBD	青铜	174
从长安街开始的绿色生涯	咏慷	178
长安街上的快意人生	罗毅	182
我的首博情怀	金京一	185
东长安街过眼录	孟永煜	188
长安街的温暖	赵国培	191
长安街"野跑"记	赵晏彪	193

走进这座收藏北京的殿堂	赵润田	198
大楼情缘	胡秉毅	203
漫步长安街	查 干	207
长安街的脚印	剑 钧	210
那一滴晶莹的水珠	姚 璟	215
我与天安门的两段文缘	姚意克	218
长情于长安街	秦少华	221
"七一"那天，我来到天安门广场	班永吉	224
长安街的女儿	班清河	227
长安街：拾起生命的碎片	倪 林	231
长安街与罗布泊	徐 青	236
钟 声	高文瑞	240
胜利日的云	高洪波	243
长安街，年华的絮语	姬 华	245
长安街往事	萌 娘	249
长安街：理想之花盛开的地方	盛 蕾	259
亲情永在长安街	崔汉婕	262
长安街上清华人	崔孝光	265
徒步长安街 报迷观花坛	彭援军	269
二哥和我与长安街	蒋 桐	274
当大会堂打开我的记忆之门	韩宗燕	278
后记：掩卷犹觉长安在	李林栋	282

长安街怀想

王 征

那天夜晚，从西北方向来了一阵风掠过京城，一觉醒来整个天空便湛蓝如洗，从我住的九楼望去，西边的远山层层叠叠呈淡紫色，幽幻缥缈，清晰可见。

如此难得的好天气使我有了一种按捺不住的冲动，午饭过后就背上相机跑出门去拍照。

北京于我有着那种亲情般血脉相连的情感，拍摄北京的老街老房老建筑，便成了我倾注这份感情的一种方式。

那天骑车直奔了城南，我一直认为南城还存留着些许老京城的味道。转了一圈并无多少收获，就在宣武门"南堂"逗留了一会儿，拍了几张蓝天映衬的老教堂，也算是不辜负这般好天气，返回时已是日落时分。但出乎我意料的是，车子骑到西单路口，向西望去，眼前一片金光——远处高低错落的建筑，融入了赤金般闪耀的天幕中。

在长安街能遇到如此美丽景象实属难得！我迅速举起相机连拍几张，记录下了这一壮美瞬间。

说到长安街，我情有独钟，也经常在这里拍照。但拍几张漂亮图片却难以释怀……

长安街的中心那一定是天安门广场，我说我就出生在这里，想必令人费解。

事情是这样的：

新中国成立之初，天安门广场周边还是一片平房，我出生在现在人大会堂位置的一处平房小院。一岁时此地规划建设大会堂，我家就迁到了长安街北侧的东四地区。

这些都是长大后母亲说给我的，有时想起自己都感到新奇：竟然出生在天安门广场！

一次陪几位外地来的写书人参观纪念堂，出门正对着大会堂，几个朋友相互拍照留念，我就站在一旁冷不丁冒出一句："我就出生在这里！"

所有人都惊诧不已，我就将事情的原委慢慢道来。

听完后他们不无调侃地说:"那你可是共和国之子呀!"

我说:"是的是的。"

我家搬到离长安街不远的东四,这一住就是六十几个寒暑。所以说我生在长安街长在长安街,一点不为过吧!

我居住的东四,距离长安街只有三站地,小的时候院里一帮半大小子跑去长安街玩耍是常有的事。

北京入伏后总会有那么几天闷热难耐,一到这时胡同里就显得特别窝风,我们就跑到天安门广场去乘凉。那里不管天气多闷多热总会有风吹过,而且没有蚊虫叮咬,是个乘凉的好地方。吃过晚饭由大孩子带队,我们拿着小凉席,有的拿张废报纸,走上四五站地,就在广场正中安营。我们在广场上追逐打闹,脚下硬邦邦的塑料凉鞋在广场上跑起来啪啪作响。天黑下来我们就躺在广场上看星星。那个时候到处都在宣传苏联宇航员加加林,就连我的铁皮铅笔盒和写字用的垫板上,都印着戴头盔的加加林和宇宙飞船的图案。那时我心中只有一个英雄,那就是加加林,也只有一个理想,就是长大要当飞行员。所以躺在广场看星星,渐渐融入繁星闪烁的夜空,自然也就想到当飞行员的事。

有时正想入非非,有眼尖的孩子抢先看到流星,惊叫一声,之后就会看到有拖着一条亮线的流星从暗蓝色的夜空滑过,然后掉在了离广场不远的地方。每到这时就会有一种神秘而虚幻的感觉笼罩着我,令我毛骨悚然。

我们躺在广场上还有一件快乐的事,就是辨认天上的星星。大一点的孩子懂得多能够在群星中分辨出北斗七星和北极星,就一一指给我们看。我就是在那个时候认识了一些星星。

长大后读了一些书才知道,仰望星空是一件极其浪漫的事,是诗人的最爱。可那时我们不懂得浪漫,只想着如何玩得开心。现在想来,童年时光玩得开心未尝不是一件好事。

还有一件令我开心而难忘的事,就是在长安街上学骑车。

我家有一辆老旧的飞鸽牌斜梁女车。我开始是在胡同里练习骑车,但胡同窄爱撞车,总让大人操心,于是就跟着几个大孩子跑到宽阔无边的长安街上去练车。我胆子大很快就能扭着屁股骑起来了。这个时候也是最上瘾的阶段。那时汽车很少,街上骑自行车的也不多,我们几个孩子隔三岔五就要到长安街上骑车去兜风。

吃过晚饭孩子们被叫到一起,正是长安街华灯初上时,我们从东单路口出发,向西,骑到西单路口就调头,到天安门时还要在广场上兜几圈。当时给我印象最深的是,广场上花岗岩铺成的地面,平整光滑,车子骑在上面几乎没有任何感觉,我就开始双腿猛蹬让车子快起来,还七拐八拐走曲线,于是就有了在天空飞翔的感觉,有点忘乎所以。记得有一次,带我出来的大孩子在后面喊:骑慢点儿——撞了人你得赔!

后来回想起那段经历和我的忘乎所以,想来想去竟生出一种自豪来,也许只有那种以此为家的人才会做出如此疯狂的举动吧。

随着年龄的增长,就有了对天安门广场更多更深的认识。

天安门广场是具有重大政治意义的所在,像"五四""一二·九"这些影响了中国历史进程的伟大运动都在这里发生,所以令万人瞩目。

1970年我工作不久就被选中参加建国21周年天安门庆典,庄严而神圣。

刚参加工作就被选上参加这一重大的政治活动,说明我很优秀,邻居们知道了都称赞我是好样的。这赞许让我兴奋了好一阵子,但院里有位金阿姨比我还高兴,见我就夸。

金阿姨是搞新闻的,政治觉悟高。她特别喜欢我,当时我父母不在身边,她就主动承担起教育我的责任,叫我多读书读什么书。我读过无数遍、曾令我热血沸腾的《钢铁是怎样炼成的》就是她让我读的。最使我受益的是当年她向我推荐了海明威。

北京的八月天气正热,我们从车间抽出来参加训练。领队是个印尼归国华侨,姓陈,中等个黑脸膛,大我们十来岁,是一个认真得不能再认真的人。他羽毛球打得好,有运动员的素质和做派,所以要求我们的每一个动作都要步步到位。

我们参加的是火炬方阵,火炬人手一把,是硬纸板制作,可折叠,打开就是一把红彤彤的火炬,折起来像一本大书。我们要做的是,一是步调要一致。一个方阵几百上千号人,同时迈步,同样步幅,强调整个方阵的协调性和整体性。二是手中的火炬,随着步伐和喊出的口号"毛主席万岁!万岁,万岁,万岁!万万岁!"的节奏,高举过头顶,再收回到胸前,不断循环往复。

这几个动作做起来并不难,但要做到整体协调一致就不容易了。华侨陈队长在我们集训前先去市里学习了一段时间,比如,步幅多大,每分钟走多少步、前进多少米,都有严格要求。再有是,随着口号举起火炬、放下火炬,动作要整齐划一,一人错了会影响整个方阵。

就这几个看似简单的动作,我们在厂里的足球场上顶着烈日练了整整一个月。那时候不觉得苦,一来是那时的孩子皮实不娇气,再有是充满了荣誉感就更不觉苦了。

我们使用的火炬由自己保管，我每天都要带回家。回家的路上，折起来的火炬还是很显眼，就有路人指指点点，说是参加国庆游行的，我就很得意。一次金阿姨看到我拿着火炬回来，就让我在院子里喊着口号举火炬做动作给她看。她在一旁还不住地表扬我。

国庆节临近，我们在工人体育场与其他工厂的队员联合排练了两次，效果很好。最后一次会集是晚上九点钟在天安门广场实地彩排，统一着装，我们穿的是白衬衫蓝裤子。

那天陈队长把我们搞得特别紧张，他一个劲儿地说："这是政治任务，不能错不能错。"还好我们训练得很刻苦没有一个人出错。

彩排那天天安门广场上灯火通明，到处是身着盛装的人，一辆辆造型各异的彩车在人群中高大显眼。大喇叭里总指挥的声音洪亮有力，指挥着每一个方阵的行进规范。声音在整个广场的上空不时回响，令我印象深刻。

十月一日终于到了！

那天一大早我们在工厂前集合，由两辆大卡车拉到大北窑路口，再徒步沿长安街走到建国门与方阵的其他厂队员会合。庆典上午十点开始，我们八点钟已各就各位。

那天我没有感到紧张。十点整庆典准时开始，长安街两侧华灯柱上悬挂的喇叭里传出天安门城楼上领导讲话的声音。讲话结束检阅开始，一个个方阵簇拥着一辆辆红旗招展的彩车排列有序，沿长安街由东向西行进。我们方阵正中是一辆有巨大火炬造型的彩车，方阵大约行进到人民文化宫时我们开始喊口号、做动作。我振奋精神全神贯注一丝不苟，整个过程流水般一气呵成，以至于感觉天安门前很长的路，还没喊几句口号就走完了。

回到家时已经过了正午。刚走进前院，看见金阿姨站在她家的廊檐下，好像是在等我。她问我累不累。我说不累。又问我看到毛主席没有。

我一愣！是呀，凡是接受毛主席检阅的人，回来后都会说看到毛主席了，穿什么颜色的衣服，站在城楼的什么位置向他们挥手。

那天我确实没有看到毛主席，我甚至连天安门城楼都没看上一眼，只顾认真完成我的每一个动作了。

现在我仍然住在这里，也经常路过或漫步长安街，往日的点点滴滴也经常在头脑中浮现。那些美好记忆和无限怀想，难以割舍，难以忘怀。

都说长安街是世界上最宽最长的街。是否如此,不得而知,但长安街是我心中最亲切最温暖的一条街,这已经足以令我骄傲!

作者简介:

王征,资深媒体人,副编审。曾就职于《环球企业家》杂志、作家出版社,有文字及摄影作品在一些报刊发表并获奖。

十里长街十里槐

王 莺

从我家北窗，能看见军博顶上那个五角星。五角星下是灿灿的花朵，浅黄的云霞，绿荫如盖。鸟儿飞过车水马龙，带领所有的嘈杂，消失在国槐树丛中。

那时，军博广场上停着真的飞机、真的大炮和坦克和一些机关枪。男孩子们爬上爬下，还会给惊呆了的小姑娘们顺便撸一嘟噜槐米、槐花。没开花的蕾叫槐米，槐花在圆锥形花序上顶生着，一串串儿，次第开放。国槐不同于洋刺槐，洋刺槐在春天开花，它是漂洋过海过来的，浑身是刺儿，侵略性很强，而且材质不如国槐。

国槐，原产于中国，这是我知道的最能活的树。树冠，巨大，烂漫温柔，羽状的复生叶从早春绿到晚秋。树枝，绰约，鲜活舒畅，各自撑起一片云天。树干，伟岸，挺直硬朗，迸裂的树皮是它永不改变的倔强。树根，强劲，柢其弘深，庞大而深入的体系，伸展性极强，顺着东西长安街繁衍，径直走向繁荣。

国槐是北京市树，几十年，上百年，树在十里长安街飘香。

我住在长安街南，我工作的学校在长安街北，我去东长安街买漂亮的东西，我在西长安街愉快地玩耍。

我们学校操场中间有一棵大槐树，几个孩子拉手才能围起来。课间十分钟，孩子们就在树下嬉戏，上体育课的时候，它的阴凉儿可以容下两个班。那年小暑，一连几天下大雨，天刚放晴，孩子们就围着大槐树排练节目，我就坐在凸出的大树根上打着拍子。一声铃响，孩子们四散跑回教室。安静的操场突然"砰"的一声，大槐树轰然倒塌！沉闷的声音并不很大。大家惊呆了，全校师生几乎都围了过来，惊得谁也不说话。那么粗的干，那么密的叶，那么多的花儿……怎么就倒了呢？我大着胆子走近了它。大树冠像座大山，树干像叶小舟。冠幅比树身长。原来，树干早就空了，中间是一个大大的洞，瘦弱的根须，还连着湿泥，薄薄的皮，已没有了年轮。第二天一上班，我不敢往那里看。可是，我看到了又一棵槐。原来，我们的老校长冯体森，一个一天到晚笑眯眯的人，哭着脸，连夜送走了那棵，又种下了这棵。

那年秋天，我恋爱了。我和他约定从公主坟的五棵古槐那儿出发，经铁道部、铁路局、民族宫、图书大厦、西单，到王府井路口，到槐树行道的尽头，在那棵银杏树下见面。我们想去利生买双滑冰鞋。北京的金秋,在十里长街来一次沉浸式的骑行,真的是妙不可言。秋高气爽,国槐的叶子并没有完全变黄,浓绿的叶子"飒飒"地响,透过风的声音,透过夕阳。偶尔有早熟的黑褐色的槐籽,不时滚落在我的身上。骑了一会儿,两边都是槐树围着,又骑了一会儿,还是槐树陪着,再骑一会儿,跟着的,还是槐树……都过王府井了,怎么还没见那排银杏树呢?银杏树旁还有几棵枫树呢?到了建国门,还是槐树。真就把我弄蒙了,简直要怀疑人生了:他没来?他不理我了?他变心了?"我在这儿,还在槐树下,等你呢!"放眼望去,他就在槐树下等我。我感觉不对劲儿,明明上个周末这里就是几棵银杏树、枫树、大杨树什么的呀,怎么都变成了槐树?后来才听说园林部门发现那几棵树病了,可能是被融雪剂浸伤了,也可能光太强了,也可能今年太热了,也许是今年太旱了,总之它们病了,集体出现了颓势,只好更换了更适合在这里的国槐。那天,买了一双白色的滑冰鞋,和他在新种下和原来就有的国槐树下聊天儿,散步,骑行。

与其他树种不同,国槐的花期在流火七月;与其他树种相比,国槐生长的速度较为缓慢。槐荫所在,生气依依。这长安街上最美的风物,美在绿树掩映红墙,美在行道上给我们鼓励与指引,美在给我们遮护与安详。

我读过张恨水的《五月的北平》:"北平这个地方,实在适宜于绿树的点缀,而绿树能亭亭如盖的,又莫过于槐树。在东西长安街,故宫的黄瓦红墙,配上那一碧千株的槐林,简直就是一幅彩画。在宽平的马路上,如南、北池子,如南、北长街,两边槐树整齐划一,连续不断,有三四里之长,远远望去,简直是一条绿街。有人说五月的北平是碧槐的城市,那却是一点没有夸张。"

北海公园有一棵18米的九龙槐,主干九条分权,撑起了郁郁葱葱的树冠,与九龙壁上的九龙遥相呼应,乃应于中华国祚万年。

景山公园里有一棵"中槐","槐抱槐","槐里槐",三个名字是一棵树。它高耸挺拔,枝干舒展,主干早已朽空,但有趣的是,不知何时其主干中又生了一株小槐,它沿着古槐内部的上下空洞,弯曲着延伸开去,蔓延到古槐的树冠处,大槐小槐合二为一,不知谁依假谁。

宋庆龄故居里的"凤凰国槐",它的枝干昂首向天,东面则匍匐于地,形似欲飞的凤凰。

故宫里的"紫禁十八槐",严冬时万木萧条,雪压虬枝。

国子监有一棵700多年的"吉祥槐",高约15米,由两棵主干组成,似一对孪生兄弟翠叶积叠,并肩而立。据说这是元代国子监第一任大学校长许衡所植。经明清两朝,经一个春天,枯而复荣。

中山公园来雨轩西侧有一株"槐柏合抱",是一株古槐和一株古柏相拥而立,长在了一起……

现如今,北京还有许多以槐树命名的地方,比如,槐房、槐树岭、槐柏树街、龙爪槐胡同、槐树街、槐树院等,至今仍在沿用。说了这么多槐,归根结底最想说明白的是:槐的品格,槐的本事,槐的生命力。无数的槐,这神慧的生灵,几百年、上千年延拓展开了这十里长安街,无数的槐行走在这里,无数的人也行走在这里。

国槐树,告诉为政者要做个好官。它是古代三公宰辅之位的象征:槐官相连。槐宸,皇帝的宫殿;槐掖,宫廷;槐望,有声誉的公卿。国槐树,科第吉兆的象征:唐代开始,考试的年头称槐秋,举子赴考称踏槐,考试的月份称槐黄。那时,科举考试时正逢槐树开花结果,所以有科举考试的年份都被叫作"槐秋"。

国槐树,寓意招财纳福。古人敬奉槐树,相信"鬼伏木为槐",认为槐树上必定附有鬼神,是"神倚之树"。

我走在长安街上,我的十个脚趾紧紧地叩在这里。我右脚的最小趾甲是两瓣儿的。你的,可能也是。"我们祖先何处来,山西洪洞大槐树;祖先故居叫什么,大槐树下老鹳窝。"这首儿歌唱遍了大半个中国,反映了中华民族精神层面的寻根之旅,承载了太多太多的乡愁。明朝洪武、永乐年间的大移民,是中国历史上规模最大、范围最广、有组织、有计划的一次迁徙,出发的地点就是人丁兴旺的洪洞大槐树村。传说从老槐树下迁出来的人,最小的那个脚指甲都是两瓣儿的,我们可能都是,我们都是国槐的后裔。

十里长安街,十里行道槐。形祎祎以畅条,色彩彩而鲜明。丰茂叶之幽蔼,履中夏而敷荣。我不好定义这槐,因为它太神明。是北京长安街的记忆?见证?抑或是象征?符号?也可能是图腾。但如果没有了这国槐,定会失去太多的美,也就丢掉了一半的魂。

作者简介:

王莺,爱好文学、音乐、园艺、植物、旅游、舞蹈等。出版个人散文集《北京花事》。曾在《北京晚报》、《北京青年报》、《财经报》、中央人民广播电台等发表散文。

长安街:一本期刊的印迹

王 童

《北京文学》创立之初的旧址是在东长安街北京饭店后面的霞公府街,原霞公府15号旧楼是老北京文联所在地,《北京文学》则蛰居在一曲里拐弯、盘虬交错的大杂院里。多年前,在《北京文学》创刊55周年之际,我还专门到此地拍过纪念照。当时,那个大杂院还在,大杂院里的东南西北房间挤着各路人家,院内的结绳的树杆上晾着衣裤、床单等物。很难想象20世纪50年代,这大杂院里会是秩序井然、书香气四溢的编辑部,并穿梭往返着老舍、赵树理、汪曾祺这些在文坛上呼风唤雨的人物。

今天,这旧址已辟成了庞大豪华的北京饭店二院,中间隔着一条柏油马路。曾拥堵在胡同里的居民们早已搬迁出去了,想必从这黄金地段中拆迁到他处的居家,必会给了天价的搬迁费。《北京文学》若还藏在此路段上,肯定身价倍增。

霞公府名称沿用晚清贵族载霞府邸旧名,载霞又名爱新觉罗·弘庆,康熙皇帝孙,爱新觉罗·胤禑第三子。说霞公府是建造在北京紫禁城旁的顶级人文宅邸,但这宅邸今具体在何处,尚未寻到。可知的是从元建大都时起,这街井里一直是美食飘香的享口福之地。住在霞公府的爷们,生活中最大的享受之一就是身边众多的馆子、小吃:艾窝窝、豌豆黄、谭家菜、全聚德、东来顺、厉家菜等。人常称这地段只有想不到的,没有吃不到的。从元代始,崇尚汉文化的忽必烈就入乡随俗,品尝中华美食,这里随之就开了很多馆子,那时候的大酒楼不仅可以吃饭饮酒,还可以听音乐看戏。元代最著名的酒楼有崇义楼、县角楼、揽雾楼、遇仙楼。说来老舍与汪曾祺也是典型的美食家,老舍常在宅地招集四方名伶文友,把盏唅食,畅叙友情。他当年写出的《茶馆》氛围,不知是不是也受到这环境的熏染。记得巴金曾记述过当年他来京探访老舍,谈笑风生罢,老舍就邀请他去吃个小馆,不知那小馆是不是这鳞次栉比中的一家。汪曾祺美食家的名声更是圈内闻名,他与《北京文学》前任主编林斤澜的酒食交往逸闻已成一段佳话。这种嗜好也潜移默化到了他们各自的创作中。如汪曾祺的散文《手扒肉》与林斤澜的《温州的小吃》便是一例。

沿这条路出来就到了王府井大街。由此折向北,过教堂,经天伦王朝饭店、商务印书馆就到了北京人民艺术剧院。这里也可说是老舍的另一个创作之家,这里上演过老舍的剧作《龙须沟》《茶馆》和《女店员》等。说到《北京文学》,人们也许不应忘了发表于1961年1月号上的、由吴晗先生撰写的《海瑞罢官》。因迄今为止,全世界可能很难有一部文学作品的影响力超过它,并波及甚广。这倒不是这剧的文学水准有多高,而是它因姚文元别有用心的评述,成为引发长达十年之久的"文化大革命"的诱因之一。

"文革"中,《北京文学》随北京文联已搬到了西长安大街7号,挨着电报大楼喇叭下面的这城隅,可说成了运动的中心,每天口号声和造反歌曲不绝,老舍便是陷入这风暴中心,在此受辱后投太平湖自尽的。《北京文学》当时办公处在这院里东侧,也是三拐四转一逼仄的小楼上,小楼是当时日军驻北平广播电台所在地,老舍写过日军占领北平景况的小说《四世同堂》,这也有了某种映照。当年,日军侵占北平后,为了加强统治,推销日本生产的产品,强行让商家购买日本生产的收音机,广播一些所谓中日亲善、奴化中国人民的节目。日本投降后,收音机被折价处理。北京市民买到后,在家里听说书、听戏、听马三立的相声。

姚文元《评新编历史剧"海瑞罢官"》折射了那一段历史;而《北京文学》60多年的历程似也无不打上时代的烙印。拿《海瑞罢官》来说,身为历史学家的吴晗与文学泰斗老舍都当过北京市的副市长,也许因这私交,老舍才向吴晗要过这剧作稿。这戏剧搬上舞台后,没过多久就引祸上身遭到了彻底的批判。身为《北京文学》主编的老舍身受前后夹击的鞭挞,心情可想而知。我查了那一时期后面《北京文学》发表的作品,似没先前那么有活力了。尽管初创的《北京文学》作品有些粗糙,但仍不失生活本质的鲜活。

《北京文学》的历任主编似也带有时代的特征。老舍、赵树理是文坛大师但也都是悲剧性人物;浩然著作等身,《艳阳天》《金光大道》也都择其片段先发在《北京文学》及"文革"后期的《新北京文艺》上,时过境迁,他也成了另一面的悲剧人物。杨沫以《青春之歌》著称,生前也受家事纠缠不休。现被视为老舍传人的刘恒已妙笔生花在影视及戏剧舞台上。

拨乱反正后,《北京文学》似成了一些劫后余生文人的避风港,如李清泉原是《人民文学》副主编,落实政策后没回原单位,暂避在《北京文学》当了一段时间的负责人,后才去鲁迅文学院当了副院长。他主事时,扶掖了一批今天已成文坛翘楚的作家,如张洁、王安忆、苏童、陈建功、余华、刘恒等。共青团系统的王蒙老师,从新疆回京后,也曾在《北京文学》当过一段时间的副主编。可以说《北京文学》承上启下发表的有影响力的好作品举不胜举。"短篇小说之王"林斤澜任主编时，短篇作品日精，刘庆邦也步其后尘，受他与曾在《北京文学》当过编辑的汪曾祺影响成为新的短篇王。

《北京文学》于1971年12月在前名《北京文艺》基础上复刊并改名为《北京新文艺》，共试刊五期，1973年3月又改回《北京文艺》，成为全国复刊最早的文学刊物。1980年10月，《北京文艺》改名为现《北京文学》。

改名后的《北京文学》因文联刚恢复不久，办公房间拥挤，又曾租借毗邻天安门的中山公园里水榭编过一段时间刊物。我便是在这里与刘恒相识的，当时，我还在内蒙古《鸿雁》刊物当编辑，找他约稿，没想到多年后，竟成了他领导的队伍中的一员。

《北京文学》在文联新文艺楼盖起后，几经换址，终随文联机关搬进了前门西大街97号。接着，辐射过来的长安街周边也焕然一新了：国家大剧院建了起来；天安门广场也破土动工改造了一番，还挖出过一清朝古炮；王府井则于1996年12月在东方广场从黑色碳迹的基础上，挖掘出动物碎骨及人工打造的石片。为保护这一珍贵的历史遗址，现建成了王府井古人类文化遗址博物馆。

我曾多次站在北京文联文艺楼楼顶的平台上，一览国家博物馆、人民大会堂和扇贝样大剧院穹顶构织出的建筑群。这里成了国家的文化、政治、历史的中心。天安门下的道路与广场进行过多次令人难忘的国家庆典，走过了一代又一代的钢铁洪流与欢天喜地、激情飞扬的民众。军旅挺拔，军歌嘹亮，彩球飞舞，和平鸽欢飞。有次，从中山公园里出来，突看见一小学就在红墙的夹层中，耳畔不知为何马上就荡漾起了《让我们荡起双桨》那首歌。这近水楼台的小学校太得天独厚了。

我服务的《北京文学》月刊，每到出刊日，长安街沿线的报刊亭都展现着新颜，虽说这报刊亭现已明显减少了，然而西长安街邮局一如既往地在大宗分类邮寄着登有新的文化食粮的新刊。

报刊亭里展现的刊物栏目名家与新人并举，开辟了一个又一个新天地。如文学排行榜就是在这方福地率先搞起的，新体验好小说栏也是这里倡导的，现影响颇大的报告文学也是从这里影响出去的，《北京文学》封面的作家漫画风格也开了期刊先河。

在发行渠道上《北京文学》逆市而起，扑向全国各报刊亭与期刊书店及铁路机场。《北京文学》已成各高校图书馆及农家书屋必备的读物。《北京文学》的订阅量与零售数连年增长是不争的事实。借助网络，借助电子媒体，《北京文学》在新媒体纷涌到来之际也没退缩,而是迎头接轨。创刊于2003年的《北京文学·中篇小说月报》集纳各路佳作展新颜。

沿长安街再往西去,过复兴门,有限的报刊亭旁,从新刊的封面上抬头见到了军事博物馆,刊物中曾发表过以建党100周年为主题的报告文学,内容便写了中国革命于枪林弹雨里的历程,这一切也在这个博物馆中体现了出来。早在老舍任主编时,就登过诸多讴歌抗美援朝的诗歌。在《跨过鸭绿江》与《长津湖》等影视剧上映之际,这里陈列的军旗、战机及介绍黄继光、杨根思等英雄的壮举震撼人心。博物馆里的文展实物与杂志上的文字描述互为印证,战火硝烟似就在眼前浮现。

王蒙老师在《北京文学》的纪念日时曾题词:"刊物比人更长久。"长安街旁的《北京文学》想必在另一个周期的循环,将周而复始地赢得读者的青睐。它在长安街上,在读者的心目里,伴随着车流华灯会长久地流淌着。

作者简介:

王童,中国作家协会会员、中国散文学会理事,中国民主同盟新闻出版支部主委。作品获冰心散文奖、丰子恺散文奖等,有部分作品译介到欧美一些国家。

去天安门感受心跳

王子君

"我爱北京天安门,天安门上太阳升……"

《我爱北京天安门》这首歌,是我在中小学时代唱得最多最响的一首歌。在家里唱,在学校唱,在文艺晚会上唱。天安门是太阳升起的地方,是我们祖国的心脏。这样概念的地方,自然令人神往。

我在想象中描绘天安门的景象,但怎么也跳不出那种金光四射的画面,而这样的画面,在那个时代,是常见的。我不满足于这样的想象,便在一个周末,跟着高年级的同学去山上看日出,看"太阳升"。山上晚上很冷,但第二天早晨,当太阳喷薄而出的时候,漫天红光,群山飞霞,江河溢彩!那种壮观,那种美,让年轻的心激动得狂跳不已。天安门在脑海里兀然生动起来,被这早晨的太阳高高地托起,光芒万丈,一片辉煌!

1987年,我迎来了人生中第一次到北京的机会。那时,我刚成为一个新兴工业城市的市报记者,受领了报道一家工厂改革开放成就的任务,跟随这家工厂厂长一行进京。行程安排紧张,但事情出乎意料地顺利。厂长心情愉快,决定出去逛一天,说:"小王,你是记者,又是第一次来北京,理应好好逛一逛,开阔眼界。你说一个你最想去的地方,我们陪你去逛。"我喜出望外:"去天安门!"

时间已经是11月初了,我这个南方人第一次体会到"朔风刺骨"的滋味,那风啊,真是像针刺一般穿进骨头缝里。北京并没有想象中繁华,天色也是灰蒙蒙的,天安门更完全不是我无数次幻想过的金光闪闪。但是我仍然感到非常震撼,因为站在天安门广场上看,天安门城楼虽然不高,却显得特别雄伟;广场不如原野般无边无际,却显得特别宏阔。广场上排着长长的看不到头的队伍,那是参观毛主席纪念堂的队伍。我们情不自禁地跟在了队伍后面。在寒风中排了两小时的队,终于进得纪念堂。瞻仰着毛主席的遗容,我的耳边回响起《我爱北京天安门》的旋律。庄严肃穆,视野神奇,便是那天对天安门广场的印象。

迎着新世纪的朝阳,我来到了北京工作。一个初秋的上午,我陪外地友人来到天安门广场。我们在广场上看人们放风筝,看哨兵换岗,走过金水桥,登天安门城楼。参观完故宫,我们坐在故宫的红墙边休息。阳光正好,将树的光影投射在红墙上,微风一吹,红墙一片迷幻之色。我忍不住靠在故宫的红墙上照相。我穿一件滚有咖啡色襟边、缀满珠色光点的墨绿色带帽风衣,戴香槟色框边的眼镜,在赭红色墙的衬托下,整个画面透出一种历史韵味和现代气质相交相融的质感。看着照片,我好像明白了为什么天安门是祖国的心脏,为什么被称作"太阳升起的地方",是因为它具有悠久的历史,是因为广场上高高矗立的人民英雄纪念碑,是因为许多伟大的国策都是在人民大会堂形成,是因为无数次人民的队伍从天安门前走过,脚步声响彻云天。

又一个深秋的日子,为了参加在人民大会堂举行的"中国人口文化奖颁奖会"——我是铜奖获得者,我一大早就到了天安门广场。让我惊讶的是,天安门广场上方的天空,与我以往看到的天空极不一样——居然透着许多的蓝,因为蓝,显得清澈无尘。广场中心的红旗高高地飘扬着,护卫它的哨兵在晨寒中岿然不动,表情刚强坚毅。三三两两的风筝飞上天,在广场上空漫天飞舞。有位戴着二杠四星肩章的女大校让我为她拍照,并强调说要将天安门城楼上的毛主席像和迎风招展的国旗拍进去。我按她的要求调整角度,连拍了几张照片。

女大校自豪的笑容、飘动的红旗、天安门城楼和城楼上的毛主席像构成的画面,充满了一种深刻的寓意。

这个奇妙的早晨,天安门广场以最美的姿容烙进了我的记忆。

2008年,因为筹办《中国工艺美术大师》杂志,我拜会了时年79岁、中央工艺美术学院原副院长李绵璐先生。李绵璐是第一代新中国工艺美术研究生,1949年考入中央美院预科,毕业后留校任教,一生培养了众多的工艺美术人才,其中不乏当代赫赫有名的工艺美术大师,如李游宇、沈锦丽、王芝文……

李绵璐于1957年五一节、1958年国庆大阅兵两次盛大活动中,参加了天安门游行队伍美术设计工作,对于这两次经历,他无比怀恋。

游行队伍美术设计是一项复杂的工程。李绵璐他们的主要任务,就是画游行的效果图。游行队伍路线怎么走,谁在前,谁在后;这个队伍的方阵拿什么颜色的花,那个方阵要配什么样的舞。效果图要做成大的模型摆到天安门城楼上。假若游行那天在天安门城楼时,毛主席问总指挥,现在经过的方阵是哪个单位的队伍?总指挥看一眼效果图,就可以准确地回答主席,这是什么什么队伍。另一个任务就是监制,对各个机关游行队伍的模型制作要进行监督指导。比如说,水利部要做模型,队伍这样排合适不合适,标语抬得够不够高,整体效果好不好看,都要一条一条地监督落实。还有一个任务是负责计算时间,因为游行队伍行进,时间计划性非常强,一秒钟都不能错过。给这个方阵的时间是三秒钟,那这个方阵三秒钟就必须通过。与此同时,还要有备用方案,如检阅坦克方阵时,两边的树林下要有备用坦克,一旦队伍中有坦克突然坏了,备用的坦克会马上跟上去。在动态情况下色彩的组合非常考验人的审美,在空间上观看的效果同样非常考验人,因为在地面看和在高处看游行队伍,视觉效果是完全不同的,因此,他们要上到天安门城楼,居高临下地看大的效果,以研究最佳方案。果然,彩车、标语、彩旗的配合等方面,都出现了不同的视觉差,比如说,一个模型设计时,彩车上有一个牌子,牌子上画了一条向上的箭头表示生产上升,在地面看非常好,可在天安门城楼上往下一看,那箭头就像一个小辣椒一样,根本表达不了上升的意思。于是他们立即修改设计,直至效果完全合意。

  我非常震惊。我们每次看游行队伍通过天安门广场,只看到队伍走过去很好看,威武壮观,群情激昂,也知道他们经过辛苦的彩排,但从来没想过背后有这么繁复的细节,这么多精彩的故事。

  那次采访后,凡是天安门前有大的节庆活动,我就不只是看热闹了,而是从一个更高的审美角度、更宏大的视野去品味,去思考它为什么好看,越思考,活动的价值和意义就越会凸显出来。

  也自此,天安门广场成了亲友们来京后,我带领他们第一个要去打卡的地方。我会给他们描述游行队伍和阅兵队伍穿过天安门广场,行进在十里长安街的壮观场面;描述天安门广场上空的拉烟飞行表演、10万只和平鸽和数不清的彩色气球齐齐放飞的盛景;描述喧天的锣鼓声、雷鸣般的掌声、欢快的笑声是如何交织在一起,汇成时代的涛声,汇成时代的强音……在我的描述里,天安门广场沸腾了,长安街沸腾了,奋进的伟大号角正从祖国的心脏发出,引领全国人民奔向新的里程,多么豪迈,多么激越!

  2015年暑假,宝贝外甥孙可可和外甥孙女以以来北京,我问他们最想去哪里玩,他们竟然和我第一次来北京时说的一样:去天安门!对天安门的向往,成为中国人血脉相承的一个明证。

  一到天安门广场,他们便欢呼雀跃起来。为迎接国庆大阅兵,长安街开启了大规模"换装"工作,广场已被装点得有如一个盛大的花园,四周花圃环绕,圆形的花柱、球形的花坛错落有致地伫立其间,游人绰绰,争相在花海中拍照。我忽然想起了给那位女大校照相的事情,便提议孩子们和国旗合影。刚要找角度照相,国旗护卫队战士扛着枪、迈着整齐的步伐从金水桥那边走来,走向广场升旗台。到了升旗台、降旗、甩旗、解旗、收旗,护旗手帅气地完成了降旗仪式。此时,太阳归落,天安门霓虹闪亮,一片辉煌。

可可和以以聚精会神地看完降旗仪式,也兴奋不已。但可可转而又有些沮丧:"现在旗降下来了,我们没有办法和国旗合影了。"

我曾在《我要和国旗合个影》一文中写了这天的经历。

"当然有办法。你们真想和国旗照相?"我问。

"嗯。"

"好。那我们明天来看升旗好不好?升旗的时候,还有仪仗队,还会奏国歌呢,比刚才还要好看。看完升旗,我们就可以和国旗照相了。"

"好啊!"

"那我们凌晨3点就要起床,4点半前要赶到这里来,还要排很久的队,很辛苦哟,你们会不会又变卦?"

"不会!"小兄妹俩齐声响亮地喊了一声。

我躬身张开手臂把他们紧紧揽入怀中。我知道这一刻,我已把一颗爱的种子植入两个孩子幼小的心灵,是一颗大爱的种子。

那天的天安门广场,在我心中越发地广阔,如海洋,如天空,如纯净浩瀚的童心。

孩子们后来问了我很多个为什么,为什么要升旗降旗,为什么叫天安门,为什么人们都要来参观故宫,为什么城楼上挂着毛主席的画像,等等。有些我回答得出来,有些回答不了。这激发了我走进天安门历史的浓厚兴趣。

在查阅有关天安门资料时,我意外地读到了叶君健的散文《天安门之夜》。叶君健是大翻译家,他翻译的丹麦童话《安徒生童话》,影响了我们一代又一代人。但我不知道他还写有不少散文作品。《天安门之夜》一下子惊艳到了我,也一下子补齐了天安门广场之所以如此令人震撼的当代元素。

短短3000多字的作品,通过三位年龄、身份、职业、经历各不相同的新中国公民在天安门之夜相同的"奇迹"感受,抒发了对新中国的拥护与热爱之情。诚如诗人、学者甘周的评论:"作品最大的特色就是巧妙地写出了人民大会堂、中国革命博物馆和中国革命历史博物馆这三大建筑刚刚建成时所带给人们的强烈震撼……三人成众,恰好代表了新政权所认可的人民身份,由此,文中的广场风景及情感体验,就由作者一己的体验与感受转化为人民大众的体验与感受。三个人,'不相信他的眼睛'三次出现,情感层层堆积叠加,复沓互文,深深感染着读者,让读者对'奇迹'一说感同身受。"

之后再去天安门广场,我的思维变得特别清晰:旧时的皇宫,已成为人民的广场。天安门,是中国与中国人民的一个象征。

今天的北京,相较于800多年前建都时的规模,已是天壤之别;今天的长安街和天安门广场,相较于叶君健笔下70余年前的天安门之夜,也更加壮丽辉煌。历史上,北京城曾经历过无数次战争,天安门更是首当其冲,曾是战火烧得最猛最烈的地方。但如今,苦难已过去,鲜血已渗入土地,土地上种满花木,花朵绽放如云,大街小巷华灯林立,每一个角落都是繁华之景。盛世和平,如英雄所愿,如人民所愿,如人心所愿。

现在,每次从长安街经过,我的眼前就会浮现游行队伍正走过天安门广场的镜头,我的耳边就会响起"人民万岁"的喊声,回声嘹亮。我就想停下,到天安门广场去,像诗人梁尔源《在天安门广场站一会儿》诗中所写的那样:"呆呆站在那儿／总想站久一点……只有站久一点,才会把黄河长江站成任脉和督脉／才会将五岳站成金木水火土／站着站着,就觉得一股浩然之气／从涌泉直冲百会。"

迎着朝霞站在天安门广场,站在广场这个伟大的设计中,就能感到自己的心脏和祖国的心脏跳在一起。

作者简介:

王子君,中国作家协会会员、中国散文学会理事。中国文字著作权协会文学总监。著有长篇小说《白太阳》、散文集《无花》等各类文学作品十六部。二十多篇散文入选各类散文集、年选、排行榜、中小学课外读物及试卷。曾获中国人口文化奖、冰心散文奖、中国徐霞客旅游文学奖、海峡两岸网络原创文学奖等奖项。电影《母亲花》编剧。

我与长安街的 50 年

王升山

五十年对谁来讲都不是一个小数,用感觉来形容它漫漫长长,想想怎么都不像豪气万丈中的弹指一挥间。写这篇文章之初我还曾试着想叫它"我与长安街的半个世纪",这样表达我认为更具历史感,会有一种沧桑和被时间打磨的味道。说这些都是感慨,时间真的就是从手边一点一点流走的,我曾掰着手指认真算过,我与长安街之缘不多也不少,整整五十年。

当然,时间并不能全部表达我与长安街的关系,我还有更为质感的生活,它让我这篇文章的内容很有点异于常人的色彩,有些令今人不可思议,因为文章的故事多生成在长安街的中心区,在那一平方公里范围内发生的事,是我和我们制造出的,挪用今天的经验和思维来想那些事还真有点让人瞠目。

2021 年春的一天,我最后来到那曾经工作过多年的办公室,收拾完还残留在文件柜中的书籍和工作日志,打了个包,弹弹手上的灰,深吸了一口附着着办公室气息的空气,重新坐回我那把转椅上,把目光放到窗外。这是我多年的习惯,而这间办公室窗外确定带给我的是一种特有的精神投射,我始终坚持我窗外的一切是天下最美的。

办公室坐落在和平门西北角那栋大楼的七层,宽大的玻璃窗外一切尽览无余,正东向北环视,前门楼、大会堂、天安门、故宫、中南海、景山、北海和电报大楼,一座座地标性建筑依次呈现,带给你一种只有自己能享受到的奢华,而这种享受促使大脑不停地去畅想。朝霞的红与落日的余晖日复一日地洒在那金瓯和红墙之上,这是中国人的红与黄,和广场上的红旗交相辉映。

退休了总是要梳理一下过往的情感,让记忆追逐远去的时光,而坐在办公室转椅上,慢慢地环视窗外正是记忆最好的寄托。其实视野之内曾经的物和五十年前相比变化不大,这让我能准确地找到我的青少年和中年,这话有点像今天我们好理解的寻找乡愁。当然这还要感谢长安街上这些伟大的建筑,感谢我物质生活里的那些在它庇护之下可以安然地存在。

环视窗外,目光停留的第一站自然应该从我的中学说起,那是片淹没在紫禁城西华门高墙下，又紧临红墙边的一片不起眼的灰瓦建筑，161中学——我的母校就在这里，那里留下又封存着我美好的记忆和青春韶华。五年的时间虽然只是我文章的十分之一，时空不多但密度很大。有时我想，就这地理位置给予我的待遇，让我今天说点那时的什么都能赚取不菲的流量，因为现在的年轻人对北京的热爱更加立体，他们不只畅想未来，也愿意知道城市的过去，而我就是从那个年代过来的人，且是能提供生活细节的那部分人。

上学那阵子，北京城还不像今天乌泱乌泱的这么多人，人少好管理，长安街和广场间你横着跑也少有人搭理，但现在不同了，为了进出广场，后来修建的地下通道有时还要排队通过，想想要是不严格管理，无序的环境大家都不方便。这让我也想起了过去，现在要是我和你说那时我们在天安门内至午门前设场子踢足球，你可能都不敢相信，你会说我都自由大发了，真的，不过和你有同样观点的人不在少数，听多了你们的否定，我有时都怀疑自己的过去，可那时就是这样，真是快乐无忧的少年时代。

记得那时学校场地局促，放了学或上体育课就直接来午门前踢球，两个书包一摆球门就立好了，那时的孩子野，放学了没人管，磕着碰着更不当事，球踢起来就是人欢马叫的，不过汗水磨炼了人的意志，虽然那时孩子们的体能不够好，吃肉都是小奢侈，但我们都足够皮实，黢黑的胳膊上也是肌肉满满。记得有一回两班踢球，接触起来就火花四溅，一个飞铲双方就干了起来，人仰马翻地围了一场子的人，后来校方下达了惩戒，禁了我们两个月的球。去年我参加"故宫博物院藏苏轼主题书画展"，从广场去故宫，站在御道上环顾四周，眼前总有当年同学们的身影出现，有奔跑的，有趴在地上的，都是只有那个年龄和年代才有的恣意。几年前我曾带着和田和拉萨的少年文学爱好者前去国旗班参观学习，如我当年，孩子们兴奋无比，他们也是欢快地走在这条御道上，因为国旗班的战士在他们幼小的心里既是一个鲜活的国家形象，又是一群可爱的大男孩，而这种欢快正展示着他们心中的自信与自豪。

青春的岁月，理想多愿与梦在私下里勾连，学校也是造梦地，梦想多了，就希望能有种神力的加持，这是人的天性，何况是个孩子，今天的同学们去拜文曲星，那时我们不信这个，我们祈求的是来自身边这些带有神威的建筑，它们是那个时代孩子们心中的光芒。而我们班同学的梦想寄托，是放在一个小瓶子里，让瓶子漂流着去完成这个特殊的使命，我想你猜到了它叫漂流瓶，我们是希望漂流瓶带着我们的梦想顺利地漂到金水河前，并把它展现在天安门下，这是一个多具浪漫色彩的创意，梦想与漂流完美结合，想想都让人激动。当然河水你不用犯愁，它就在我们教室的窗下，它叫筒子河。

文章读到这里，希望你脑中能有一个完整的方位设置，勾勒出我们与天安门的位置图，这样你能发现我们将要完成的故事更像是一个游戏，好玩又神奇。故宫筒子河水与同学们的距离近在咫尺，而筒子河水与金水桥水体相通，当然我们就这样相处了五年，这里的近在咫尺是实词，只不过我们在水面之上的两米，这里你还可用想象去完成我们与河的空间关系，确实太亲密了。夏天午间休课时，同学们经常会利用这个时间从教室的窗户下到河里去涮个凉水澡，这听着更像那个时代乡村孩子们干的事，但条件允许时城里孩子们也一样，我不知道这个时代孩子们怎样看这事，反正他们的梦想里都不会有这场景。当然这肆无忌惮的玩耍有时会结出异样的果实，漂流瓶的故事就是因此而诞生。

这是谁的主意后来被同学们争来争去，因为这点子太厉害了，谁都想当这动议的提出者，他给同学们带来的福利是期末考试中可能的优异成绩。有意思的是最终参加活动的并不是全班同学，而是学习成绩最好和最差的那些，这个现象很有趣，迎合一种效应，但我记不得它的名字了。放漂流瓶那天我们都是一脸的虔诚，也异常严肃，仪式感也是满满的，现在想来虽有点可笑，但对于同学们来说这确是一件"正经事"。漂流瓶后来是否漂到金水桥下无人知晓，但可以告诉你的是那年期末的考试成绩大家都特别棒。

时光流逝，铁打的校园流水的学生，走出校园的我，走不出这十里长街。坐在办公室的转椅上，目光移向正北，庆祝新中国成立十周年时建造的北京十大标志性建筑之一"北京电报大楼"出现在眼前，这里留存着一段我很长的记忆，在那建筑顶层大钟当当的钟鸣下，直到单位搬出，在那儿我不懈地工作了二十年。"西长安街七号"，这是一个北京文化教育界同仁们都了然于心的门牌号，出入于这个大院的他们和我都努力地付出过。我的单位是北京作家协会，当年我服务过的那个群体中的作家多数已故去，但杨沫、阮章竞、管桦、浩然、端木蕻良、骆宾基、林斤澜、张洁、刘绍棠、赵大年等我还是时时会想起，他们的音容笑貌也总是出现在我的眼前，而他们曾经创作的作品，给大众留下了不可磨灭的印记，我为他们也为我的工作感到骄傲。

长安街上广为流传也是我记忆最深的历史照片有三张，大约成片在六十年代初，一张是吉姆牌小轿车通过天安门，另一张是一位男同志在电报大楼前骑车，这两张照片通过上色完成了图片的美化，色彩虽不协调，但时代感强烈，给人一种平和与宁静。还有一张拍摄于民族宫前，画面是头顶着大煤气包的公交车，这张是黑白的，我认为它不着色是想保留一种气氛，让我们看到国家每前进一步的不易。说这三张照片是想强调我在这三点一线中的位置，因为天天走在长安街上，有时的视而不见会让你迷失，从而忽视了街面上伟大的存在，而有了这三点，我就会在吉姆车通过的地方留住眼神，寻找出历史的关节点，用以坚信未来。而电报大楼前那位男子骑车的树下，是我驻足最多的地方，在那里我会经常闭目让身心放松，学着那个男人的悠闲，有时还会揣摩一下他当时的心境，也很想知道他接下来的去向，幻想着他那个美满的家庭。背着大煤气包的公交车，那个时代应该是当时国人的一段集体记忆，虽然今天的年轻人根本不知道那是什么，但我不愿意忘记，一个历史系毕业的人总希望把所有的往事都纳入历史的记忆中，而因为这三点的支撑，我的学习与工作也变得意义非常。

"电报大楼"是个早已远去的特殊词汇，想想八十年代后出生的人，电报对于他们应该如铟锅铟碗那样陌生，当然即便是那个时代的我们，能发过一回电报也被看作一件荣幸的事。小时候我家的胡同里，经常能听到邮递员在不知道谁家的院门前，高嗓呼叫"×家电报"的声音，京腔京韵，多时还拉着长长的尾音，每到这时我必会投去羡慕的眼光。今天我把自己看成幸运者，因为北京作协与各省作协的来往中有一部分电报业务。虽然九十年代后电报大楼的电报业务量逐渐下降，但我们这种人民团体性质的单位，在特殊情况下还有电文交往，比如，贺电、唁电。那时文字传真虽已普及，但用在这种场合就不那么正式，而电文就不一样，很正规并带有仪式感，如同公文扣上公章，贺电这个词我想就是由电报衍生出来的。那时我经常拿着拟好的贺电，从7号院来到11号电报大楼填单发报，当时发电报怎么看都有点奢侈，按字收费让人有种异样的感觉，但正是这样，我们做到惜字如金，且恭恭敬敬地填写报文单。往事只是回想，这种感觉现在是不会有了，这是曾经那个时代特有的沟通方式，偶尔地想起它生活会多出种回味。

时代发展的好处是去掉了本该保存的繁文缛节，电报没有就没有吧，其实对于信息时代，电报本来就是多余的。1995年后国家开始建设公用互联网，第一个核心节点就设在北京电报大楼，电报大楼也逐渐转为数据业务及互联网业务中心，当然电报业务随之停运，而我对此报之以五味杂陈。

记得有本书的名字叫《谁偷走了我的时间》，我想我的时间没有被偷走，我的时间是伴随着电报大楼上那当当的大钟声共同度过的。七十年代我在新外大街小西天的家中，夜深人静时能听到电报大楼的钟声，那声音是那样美妙，听着那声音我能感觉骨骼拔节时的啪啪声,而这两种声音凑成了一种成长的力量。我感激长安街,感激那一平方公里的土地,限于篇幅文不能尽言,只能略表我对长安街的祝福。

作者简介:

王升山,北京作协副主席,老舍文学院原常务副院长。作品有小说《南瓜门》《女巫小土》《奈何桥》,散文《永远的埃及》《对玻斯文明的敬意》等,分别发表于《十月》《当代》《人民文学》《北京文学》等文学杂志。

最美的"琐忆与亲历"

王勇强

琐忆复兴门

说起长安街,总会勾起我许多美好的回忆。

小时候,我住在西便门,距礼士路口只有几百米,而街口处,也就是长安街。

那时候,一到五一、十一、元旦、春节的时候,长安街上的重要位置都要摆放各式各样的花坛,记得有小火车钻山洞的,有工业学大庆、农业学大寨的……一到傍晚,华灯齐放,煞是好看。特别是每到国庆节的晚上都要放礼花,一团一簇映照着首都星空,激发着人们美好的幸福感。

还记得,当时长安街两旁便道上会有一排排长长的铁盖子,一到庆典之时,铁盖子就被围了起来,前面是用以饮水的小柱盆,小柱盆中间会冒出一股甘泉,任来往人们饮用;后边则是临时的简易厕所,铁盖子下边是铁箅子,那时就成了排污的下水道。

好像是七十年代初吧,复兴门那儿挖了一个大坑,说是要修个立交桥。记得施工的人很多,推土的推土,搬石头的搬石头。尤其是使用王八夯的最为神气,他们戴着藤条编的安全帽"嘎噔、嘎噔"地夯实着地面。那时的工地上,每天都是热火朝天的景象。我们这些小朋友也都经常去工地看施工,当时喊号子加油的,玩沙子胶泥的,都有!真是其乐融融。记得该项工程如火如荼地建设了一年多,我们也就到那儿玩了一年多。当复兴门立交桥亮相通车时,我好像才长大了,省悟到这是一个多么伟大的工程呀!全北京第一座花岗岩立交桥从此矗立在复兴门,成了长安街上一道新的风景线。大桥的两边是大理石延廊,下面可以跑汽车。延廊外是青草和小树林。夏天的傍晚,老少爷们儿三五一堆,在这里乘凉,还有敲三家的、下象棋的、侃大山的……那时候,膀儿爷居多,偶尔也有几个穿跨栏背心和老头衫的;青年男女也经常在这里的小树林约会,在这里偷偷地牵着手,甜甜蜜蜜互诉衷肠。还有穿着拖鞋、光着膀子的半大小子吹着口哨，玩着口琴在这儿晃来晃去。还有躺在桥边花坛廊廊上，享受着大理石的清凉的。我当时看着各得其所、熙熙攘攘的人们，那叫一个爽。

还记得八十年代中，在复兴门西北侧多了一座汉白玉雕像，是一个美丽的少女，纯洁甜美，长发飘逸。她身着长裙，前身微倾，臂膀上落着一只栩栩如生的白鸽。她正凝神端详着臂膀上雪白的和平鸽。这尊《少女与和平鸽》雕像洁白如玉、温婉舒展，就矗立在长安街旁，守护着这条大道的和平与美好，传播着青春与快乐。她成为我们这拨儿人抹不去的美好记忆。

懵懂少年时

从复兴门向西是军事博物馆，小时候，那里是我一直向往的地方。大人说那里有飞机、大炮和各种军事展品。小男孩一般都喜欢这些，我自然也不例外。记得军博的后边是八一湖。八一湖也是我常去的地方。记得那是个大年三十，天冷得要命，八一湖还很荒凉。忘了为什么事了，好像是过节父亲奖励了我一双冰鞋。于是，我就约了小哥们儿去八一湖滑冰。当时刚下完雪，八一湖那儿根本没人，湖面上白皑皑的一片，近处的冰面上被人整齐地呲出了一条跑道。初生牛犊自然不怕虎，从没滑过冰的我，系好鞋带，穿着大衣就噼里啪啦跟斗把式地滑了起来。向前跑着，摔着，突然脚底一软，整个人掉进了冰窟窿！我死命挣扎着，小哥们儿急忙跑过来用他的大衣当绳子把我拽了上来。当时也就是年轻，要不然小命儿就撂这儿了。后来我拖着冻成冰坨子的大衣，冻得得得地，推着自行车跑过了长安街，跑回了家。这段小插曲也挺难忘的，毕竟是长安街边的一场生死恋呀！

从复兴门往东是民族宫，再往前走就是电报大楼了。对面儿，记得六部口有家庆丰包子铺，那个牌匾还是我师父徐柏涛题写的。那时候，买包子是要粮票的。一两六个小包子，好像是两毛六分钱一两。还记得一次去北京站接个小哥们儿，当时北京也没什么吃饭的地方，即便有，我也去不起呀！于是，我骑着自行车，后架上驮着小哥们儿就奔庆丰包子铺吃包子来了。小哥们儿说："刚才我在北京站等你时，买了二两包子吃，他们一两粮票两毛六才两个包子！""哎哟喂，那咱也买点儿跑北京站卖去呀！"说着，我俩凑了几块钱和粮票买了几斤包子，立刻又骑车从长安街来到北京站……"还学会投机倒把了你！"那天回到家，刚把赚到的钱放到桌子上，正想大吹一通时,父亲的大耳刮子就上来了……这事儿也是真的,就在长安街上发生过,现在想起来还不知说什么好。

亲历庆典时

长安街是看着我成长的一条街。记忆中,除了有些难忘的琐事外,也还有些"宏大叙事"我也亲历过,更难忘。例如,我曾有幸参加过好几次在天安门举行的大型庆典活动,亲耳聆听过领袖讲话,亲眼观看过阅兵仪式,亲身参加过许多庆典活动。记忆犹新,还是我参加工作没多久时,就被派去参加庆祝新中国成立35周年大庆活动的跳舞训练。由于我会骑摩托车,被分到了保障组。这是我第一次亲身参加祖国生日的庆典活动。记得国庆那天,火红的旗帜、鲜明的袖标,我骑着幸福牌摩托车风驰电掣般穿越在天桥和正阳门之间。当我看着被拦在道路两边的人群投来羡慕的眼神时,我抑制不住激动的心情,脸上肯定是漾满了喜悦和幸福。

新中国成立60周年大庆时,我儿子在学校组织下,参加了天安门跳操举花活动,我则参加了观礼和晚上的广场活动。因缘际会,或许是因为我真的长成大人了——连儿子都有了,我参加天安门的"宏大叙事"真是越来越多了!再如2015年,我参加了纪念中国人民抗日战争暨世界反法西斯战争胜利70周年的阅兵观礼。观礼前一天,也就是9月2日下午,参加观礼的同志们就在离集合点不远的一个酒店集合了。晚上11点乘上大巴,前往一个地铁站。经过安检,换乘地铁前往前门站。到达前门地铁站已经是9月3日清晨6点多了。从地铁出来,按志愿者引导,来到我的座位,旗杆左侧。后来聆听习近平主席讲话,观礼习近平主席阅兵。看着抗日老兵的神采,看着三军仪仗队的精神,看着我们战士的威武,看着我军现代化重装武器的强大……头上的五星红旗在飘扬,天上的七彩气球在高飞,和平鸽在翱翔……我觉得这广场和每次参加庆典活动不再一样,它更多了神圣,它展示着我们中国今天的力量,它也表达着我们对更美好明天的向往,我欢呼!我歌唱!祝愿我们伟大的祖国更加繁荣富强!

祖国70周年大庆,我仍作为观礼嘉宾沐浴在极大的幸福中。最近一次,2021年,即中国共产党建党百年大庆,我又在天安门广场的观礼台上被巨大的幸福所包围……

从少不更事的孩子,到天地不怕的少年;从刻苦学习、努力工作,到坚定不移跟党走的文化战线工作者,十里长街都是我密不可分的最好见证。她所承载的我的许多琐忆和亲历,都是那样美好、隽永……

作者简介:

王勇强,书法篆刻家。现任中华文学基金会副秘书长、民盟中央文化委员会副主任、民盟北京市委常委、书画家联谊会副会长兼秘书长;中国法学会会员、中国书法家协会会员、中国报告文学学会会员、中国诗歌学会会员。

长安街上回荡着我的歌声

王晓霞

提起最美的长安街,一种崇敬之情便油然而生。作为文艺工作者,自己作品的歌声能够回荡在长安街、响彻在天安门广场,感到莫大的荣幸。

一

1994年10月1日晚,长安街华灯初上,分外璀璨。"火树银花不夜天,弟兄姊妹舞翩跹。"天安门前搭建的中心舞台,灯火通明,一片流光溢彩。庆祝中华人民共和国成立45周年天安门广场联欢晚会正在举行。大合唱《祖国颂》为联欢晚会中心表演区文艺演出拉开了序幕。女声独唱《我爱你,中国》,京剧舞蹈《金凤凌云》之后,歌舞《民族团结颂》音乐响起,56个民族的儿女身着节日盛装,站在梯形的合唱台上,眼中噙着泪花,激情满怀,纵情高歌:

巍巍群山,挽起臂膀,/滚滚大潮卷起巨浪。/
56个民族一起走来,/托起一轮东方的太阳。//

群山巍巍,大潮滚滚。这样颇带象征意蕴的词句,预示着中华民族凝聚的力量排山倒海,势不可挡。各族儿女以新的精神风貌,唱出对祖国的挚爱与深情。唱出民族团结、奋进、振兴中华的一曲壮丽颂歌。气势恢宏,激昂高亢的歌声在天安门上空回荡。手持花篮的舞蹈演员,献上心中的喜悦,抒发各族儿女的豪情。歌舞此起彼伏,一下子把观众带到了激情、振奋、精神倍增的情景之中。作为歌曲的过度,旋律唯美、深情,在百转千回,寓意无穷的韵味里,引出诉说式的领唱:

几度春风化雨,/几经岁月沧桑。/
历史的长河源远流长,/镌刻着各族儿女的深情和荣光。//

江山更加壮丽，/凯歌传遍四方。/
改革开放春雷回响，/伟大的祖国灿烂辉煌。//

　　在大与小、强与弱、刚与柔、重与轻的对比中，在女声甜美柔婉、男声明亮浑厚的马雁、杨艺桦领唱、重唱中，关山飞度，岁月峥嵘，江山壮丽，凯歌频传。唱出了改革开放20年来的沧桑巨变，从计划经济走向市场经济的跨越，民族区域自治制度喜结硕果，中华各族儿女用心血和智慧抒写了祖国繁荣和民族发展的恢宏史诗。喜看中华腾飞，风雨兼程，走向了新的天地。此时此刻，我激动的心几乎要跳出来了。何其有幸，作为歌曲的主创者之一，我来到天安门广场；作为演唱者中的一员，第一次登台就在天安门广场；我是满族，但为了演出需要，我穿的是苗族服装，激动、兴奋与豪迈之情真是难以言表。整个天安门广场沸腾了，连成一片欢乐的海洋。万水同源，千河归流。从每一位参演者的表情里，仿佛看到从大漠戈壁到东海之滨守护祖国坚实的身影，分明听到从北疆雪域到南国椰林建设家乡奋进的旋律，都汇聚在了天安门广场，祖国的心脏。

　　为了这次演出，团里动员我参加大合唱。为了配合好团里的任务，实现到天安门广场登台演出的愿望，我每天参加合唱排练，认真刻苦地向演员们学习。不会化妆，团里的老艺术家洪福芝老师一边帮我化妆，教我化妆，一边为我讲述歌舞团建团初期许多感人的故事。四五十年代我团深入祖国的大西南，向生活学习，在生活中建团，创作出了许多脍炙人口的好作品。让我真真切切地感受到了，中央民族歌舞团就是与祖国共进步，与时代同成长的民族大家庭。

二

　　好作品需要反复的打磨，更需要时间的检验。1999年，在新中国成立50周年全国征歌比赛的1284首原创歌曲作品中，经过专家委员会评选，共有61首歌曲获奖。其中一等奖8首，二等奖12首，三等奖14首，优秀奖27首。由著名歌唱家殷秀梅、程志担任领唱、合唱的歌曲《民族团结颂》(作词：高守信、王晓霞，作曲：杨一丹、俞礼纯)脱颖而出，与《祖国强大，国旗增色》《走进新时代》等8首作品同获一等奖。我创作的另一首歌曲《我的家乡在兴安岭上》(作曲：张平生)荣获优秀奖。

　　9月1日晚7:30，北京中山公园中山音乐堂灯火通明，歌声悠扬，气氛热烈。首都国庆50周年征歌获奖作品颁奖典礼正在这里举行。

那天夜晚,天朗气清,大家都兴奋异常。作曲家杨一丹先生因有录音任务,未能出席活动。我和词作家高守信,作曲家俞礼纯、张平生领奖后,捧着获奖证书和奖牌,在天安门华表下拍了一张合影。而且,我是几位当中,幸运地获得两个奖项殊荣的人。但说来惭愧,能获这两个奖对我来说,全仰仗几位好的合作搭档,是他们的曲子写得好,既有民族特色,又有时代气息。他们为作品谱曲、录音、请名家演唱,报送参赛,付出的心血和汗水,让我万分感动,没齿难忘。今天,当我回首往事的时候,仿佛又回到了20多年前的那个夜晚。那份小小的荣誉不仅仅属于我们自己,也属于关心、厚爱、扶持,并为我们提供平台的中央民族歌舞团。

10月1日晚,北京西长安街的延长线上,与中华世纪坛、中国人民革命军事博物馆隔路相望,苏式建筑的京西宾馆礼堂内华灯高照,掌声雷鸣,阵阵喝彩声与欢歌笑语中透出一派祥和的气氛。庆祝中华人民共和国成立50周年,祝贺中央民族工作会议、国务院第三次全国民族团结进步表彰大会和第六届全国少数民族传统体育运动会的隆重召开,大型文艺晚会《团结颂》正在举行。晚会演唱了我的三首作品,一首是女声小合唱《画中山水是畲乡》(领唱:雷桂荣,作曲:俞礼纯),一首是女声二重唱《我的家乡在兴安岭上》(演唱:李荣、李颖亮,作曲:张平生),还有一首就是与高守信共同作词,由杨一丹、俞礼纯作曲,作为晚会的压轴歌舞《民族团结颂》了。一袭纯白西装的蒋大为、一条天蓝色长裙的苏都阿洛担任《民族团结颂》的领唱,他们和数百名歌舞演员饱含深情唱出祖国爱、民族情,将晚会推向了高潮。

我们共有一个母亲,/我们共沐一片春光。/
我们共有一个家园,/我们共有一个理想。/

巍巍群山,挽起臂膀,/滚滚大潮,卷起巨浪。/
五十六个民族团结奋进,/谱写跨世纪的新篇章。//

场面气势恢宏,大气磅礴,震撼人心。舞台上,璀璨绚丽的天安门广场前,歌声嘹亮,舞姿翩跹,鲜花簇拥、彩带飞扬,激扬民族团结奋进的豪情壮志。长安街的上空又一次回荡着我的歌声。记忆定格在岁月的年轮里,于时间深处凝成永恒。

晚会由五大自治区及全国各地文艺团体的1000多名少数民族艺术家组成强

大的阵容，著名艺术家关牧村、蒋大为、杨丽萍、宋祖英、拉苏荣、曲比阿乌、肉孜阿木提、杨曙光、赵勇、杨学进、郭瓦·加毛吉、卓玛、姜铁红等参加了演出。中央电视台著名节目主持人张政、周涛担任晚会主持，晚会还首次特邀了台湾少数民族艺术家同台演出。晚会以浓郁的民族风格和地方特色以及较高的艺术水平，博得了各族各界观众的一致好评。党和国家领导人观看了演出并与演员合影留念。中央电视台进行了录播。

三

歌曲《民族团结颂》的推出，的确不是偶然的事情。中央民族歌舞团作为国家级唯一的少数民族艺术表演团体，自始至终承载着继承发展繁荣少数民族歌舞艺术的责任，坚守着浓郁民族特色与强烈时代精神相结合的探索之路。为了庆祝新中国成立45周年、《民族区域自治法》颁布十周年、祝贺全国民族团结进步表彰大会隆重召开，由时任歌舞团团长的李毓珊亲自主抓，重点打造一首歌颂民族大团结的作品。为了这个作品，团里专门成立了创作小组，集中全团创作力量，投入创作。这也是首次引入竞争机制，调动全团创作人员积极性的大集合、大检阅。全团专业和业余词曲作者近20人投入创作。开始是各写各的，后经团内外专家两次论证、评选，决定将高守信和我的歌词进行重组，杨一丹、俞礼纯的曲子进行拼接。在此基础上再进行打磨润色提升，最终才有了集领唱、合唱、重唱于一体的大型声乐作品。

记得在原来歌舞团老剧场的会议室，创作人员各抒己见，谈想法，谈思路，谈民族性、时代性、艺术性，进行思想上的交流与碰撞，甚至字斟句酌地进行修改。研讨和谐热烈，艺术氛围浓厚，可谓歌舞团跨世纪的艺术创作群英会。

四

烟火易冷，岁月留香。在几十年的职业生涯中，我带队到过不少一线城市的大剧院演出，随中央代表团艺术团到过五大自治区的人民会堂和艺术中心演出，也到过京城的各大剧院、剧场演出或观摩。唯有天安门广场和京西宾馆的两场演出令我终生难忘。因为天安门广场是全国人民心中的圣地，因为长安街见证一个国家的成长,一个民族的崛起。每次从长安街上经过,美好的回忆就会自然而然地在脑海中浮现,仿佛空气中仍回荡着我的歌声……

作者简介:

王晓霞,中国作家协会会员、中国音乐文学学会常务理事、中央民族歌舞团国家一级作词。著有多部诗词作品集。为国内外上百台大型文艺晚会与相关剧目担纲文学撰稿、编剧并创作主题歌。作品入选CCTV春节歌舞晚会,大学、中学教材等。

三十年，三次留影长安街

王海津

走出北京站的时候，天已经亮了。

这是 1984 年的夏天，早晨四点多，二十岁的我，人生中第一次来到北京。随着熙熙攘攘的人流走出车站，人群像夏天渐渐融化的冰，慢慢散开在早晨清澈的空气中，悄悄融入这座古老的城市。这么早，我一个人，有些茫然，不知道该去哪儿。走过站前广场，找到公交车站，去天安门吧，这是我唯一想到能去的地方。在我心中，天安门就是北京的象征，那是个神圣的地方。

在天安门站下车，见到天安门城楼的那一刻，我有些蒙，我的直觉是天安门怎么在长安街的南面？但是我坚定地相信，天安门肯定在长安街北面。后来我才明白，是北京站误导了我。出站的时候，我想都没想，肯定地以为雄伟壮丽的北京站肯定是坐北朝南的，因为所有"高大上"的建筑都是这样的，正是这个"自以为是"，令我完全颠倒了眼前这个世界的东南西北。好在这是北京，好在有天安门。

天安门，是北京庄严校正我认知偏差的地方。

走在长安街上，我以理性不断调整我的感觉差错，然而感觉这东西有时候很顽固，后来我索性不再注意东南西北的方位问题，只看眼前的景色。我觉得天安门没有我想象得那么高大，因为眼前这寂静的广场太辽阔，一眼望不到头的长安街太漫长。但是当我走过金水桥，近距离仰望天安门，还是有种神圣的压迫感，它确实很雄伟。大街上的人渐渐多起来，有人在散步，有人在路边打拳，骑着自行车的人们，仿佛大潮涌动一般，在匆匆追赶时代的脚步，这是一个让人感觉生机勃勃的年代。

来到天安门，走过长安街，我就真正到了北京。之后，我踏踏实实地去北京站的旅馆介绍处，排队领来那张小纸条，再按照小纸条的指引，去找地下室旅馆。然后，再去新华社找到《摄影世界》杂志社，给我所在县里的摄影家领一台海鸥照相机，那是他摄影作品获奖的奖品。在北京逛过了故宫、北海、景山，走过了长安街、王府井，临走那天，我再次到天安门广场，在这里的纪念照摊点儿，拍下了我人生中第一张颇显青涩的彩色照片。

将近十年后的 1993 年，我再次踏上长安街，这次是带着新婚妻子。此时，我已经有了自己的傻瓜相机,在天安门前,拍了很多照片,尽管那时的胶片很贵,尽管那时候我兜里的钱也不多。走在长安街上,街道已经显得不再那么空旷,各种颜色、各种形状、各种牌子的汽车,在眼前匆匆而过,让人眼花缭乱,这已是一个快速奔驰的时代。走到麦当劳门前,我立刻被座椅上那个奇怪而友善的小丑所吸引,我还从没进过麦当劳,也不知道麦当劳里面卖的是什么东西,甚至不敢走进那个陌生的世界,只是学着麦当劳大叔的样子,坐在他的旁边与他合影。那一刻,我心中想的,就像有首歌中唱的:"不是我不明白,这世界变化快……"

再次踏上长安街,已经是二十年之后的 2013 年了。女儿高三,到北京参加艺考。紧张的艺考之后,与妻子和女儿到长安街放松一下心情。女儿还是第一次来北京,天安门永远是北京的象征,我第一次来北京的时候,最先来了天安门广场,女儿第一次来,也是要带她到这里来的。我们到国家大剧院附近的时候,已经是夕阳西下了,冬天的天很冷,但天空那片淡淡的晚霞,让人觉得很美,也很温暖。我们远远地看到国旗护卫队在日落时刻庄严地降下了天安门广场那面五星红旗,很多人驻足观看,这时我已经有了一部尼康单反相机,我用长焦拍下了这个难得一见的场面。

在天安门前,我依旧用单反相机拍下许多天安门城楼的照片,黄昏时刻,华灯初上,天空是寂静的蓝色,在天空的映衬下,天安门城楼更加金碧辉煌。在厚厚的羽绒服与口罩的呵护下,我们谁都没觉得冷。我奇怪于街道两边的树上,怎么会有那么多黑色的大鸟,它们成群地聚集在树上,夜晚柔和的灯光中,它们格外醒目。我想,它们已经心安理得地融入这座城市之中了。

女儿大学毕业后,到北京工作。转眼已经好几年过去了,我虽然也开车来北京送过女儿,也来看过女儿,但几乎没有再踏上过长安街。我想,女儿可能会经常在长安街上走过,她在为生存而奔波,她或许会经常去吃麦当劳,但我相信,她不会像我一样,只关注门口那个可爱的麦当劳大叔。

北京,有女儿在那里,还有永远在记忆中的那条著名的长安街,也在那里。

作者简介:

王海津,中国作家协会会员。诗歌、散文等作品散见全国各种文学期刊及年度选本,曾获多种奖励。出版《走过原野》《乡村碎片》《城市鸟群》《铁骨春秋》等文学作品集。

长安街是一条河

王海滨

在北京南站和北京西客站没有投入运营之前，进出北京的铁路运输枢纽是北京站。从北京站出站口出来，径直往北走大约300米，就到了长安街。

二十世纪七十年代末，跟随父母来北京探亲，第一次站在长安街上，父亲告诉我：

"这是北京的门面。"

我踮起脚往左看，再往右看，都看不到头。于是回到老家，我和小伙伴炫耀：

"我见到了世界上最长的街、最宽的街。"

小伙伴们问最长是多长最宽是多宽，我真的没有概念，只得挠挠头，指着不远处一座邻近的村庄说：

"从咱们村到那个村之间那么宽，从咱们村到镇上那么长。"

小伙伴们对我的描述很满意，都咂咂舌，说真是长真是宽。他们越发羡慕我。

后来到了九十年代初，我再次来北京，住在宣武区的亲戚家，白天骑了亲戚的自行车，穿街过巷地去游逛。那时候还没有手机，也没有导航，在胡同里走走转转，一出去就是一整天。晚上回去，亲戚不无担心地说：

"你不怕转迷了路啊？"

我嘿嘿一乐，说当然不怕，我有一个简单可行的笨方法：

"胡同太多，又爱分支分岔，转着转着还真就转迷了路，分不清东西南北，怎么办？我就找长安街。只要到了长安街，就能知道自己所处的大体方位。"

亲戚听罢，微笑颔首：

"是的，是的，长安街是个好标志。能找到长安街，就能回得了家。"

长安街，横亘东西，分切南北，不偏不斜，工工整整。在随后的历次来京过程中，这都成了我逛北京城的诀窍。

大学毕业，我到鲁西北一家地市级媒体做起了记者。那时候，网络还不盛行，往中央台送稿还需人力。在我们当地坐午夜的火车（因为是过路车，通常没有座位），颠簸7个多小时，清晨到达北京站。一年总得来北京几次。2000年的仲春，我又一次来中央台送稿子,恰逢周末,送罢稿子并没有急着返程,乘兴又游逛了一天,一直逛到深夜十一点,才想乘坐一班夜车赶回老家。其时,就到了长安街上,看看路牌,是到了南池子,时间尚足,就决定走着去北京站。

彼时的长安街一如既往,车来车往,秩序井然。路两边灯光闪烁,光线通明。那灯光温和婉约,罩在周身,宛如白天的阳光;已经没有多少行人,过往的车辆开得也都很安静,四下一片祥和、安逸,抛却了白天的喧嚣和烦躁,褪去了绚丽的拥挤和现代,北京城呈现出了固有的东方面貌:沉稳大气的雍容华贵,温润包容的古老质朴。

我突然意识到,虽然来过北京多次,但以往还真的没有夜游过北京城,此刻,我很享受,于是,立足原地,往东望去:

长安街像一条光影迤逦的河,流光溢彩,坦坦荡荡,直通开阔,前途似锦,沿着这个方向走下去,很快,就能到赫赫有名的北京饭店,听说开国第一宴就是在里面的牡丹厅举办的;然后是中国第一街——王府井大街,这条街历经百年风雨沧桑,尽显北京城历久弥新的商业繁荣,大气磅礴;再往下走,过台基厂大街,就杏帘在望,看得见北京站标志性的门楼了,每天,天南地北的人们从那里进出,乘兴到达或者尽兴离去,把北京城的理念、北京城的情感传播向五湖四海——如此说来,北京站就像一株蒲公英,经久不败源源不断地吐露着希望。我也将从那里乘车,有座或者没座,挤挤挨挨,一路颠簸,回到鲁西北平原那个闭塞偏远的四线小城市——是的,这个方向会带我回家,然后在家乡日复一日年复一年,安于现状,满足于小富,忘记年少时的憧憬,泯灭青年时期的梦想,回避中年时的不惑,直至逐渐老去,碌碌一生。

转身再往西望,不远处就是庄严神圣的天安门广场,广场北面是宏伟绮丽的天安门城楼,那是北京城的心脏,也是中国的心脏——多年后,当我走过举世闻名的香榭丽舍大街、徘徊在古典气息浓厚的罗马西班牙广场,在心底一番比较后,由衷感慨,这些都不如天安门广场宏大伟岸,气势如虹;从天安门广场过去,就是繁华现代的西单大街——如果说王府井、SKP意味着高端时尚国际范,那么天天摩肩接踵的西单则更平和实惠接地气,现代又温和,时尚却不浮夸;再往前过军事博物馆,就到了中央电视台。倘若所送的稿件被采用那就将是一个地方媒体工作者工作历程中最辉煌最夺目的篇章——地级市在中央台发一篇稿是非常困难的。很幸运,我曾经不止一次获得这种辉煌——也就是说,这个方向会给我压力,也会给我动力,还会给我机遇,更会给我荣耀,路的尽头是无尽的攀登,是一次次自我挑战,是一次次登顶险峰的升华。

何去何从？

微风送来一股股芬芳的槐花香，让我嗅到了故乡的味道。

哦，在这里，我也可以投入家乡般的怀抱啊！

于是，我决定沿着长安街再走回去。这一走，就让我真的融入了这个城市——那次从北京回到地方以后，又经历了激烈的思想斗争，终于下定决心，向单位递交了辞职信，舍弃了编制、职称和刚刚新买的房子，负笈北上，来到北京，成为当时人们口中所说的"北漂"一族。

2009年前后，因工作需要，到中国电影家协会原主席、著名导演谢铁骊老师家做一期专访。他家在复兴门外大街，从他家客厅推窗外望，下面就是长安大街。采访结束，老人家兴致犹存，指着窗下的长安大街，颇为感慨地说：

"……每逢国家重大节日，街上举行重大活动，我都可以在家尽收眼底，名副其实的是坐岸观景，景致好得很啊……一个城市有河会活。你看伦敦有泰晤士河，巴黎有塞纳河，上海有黄浦江。所以有人就说，北京没有河。我说，错！北京怎么没有河？这条长安街就是这座城的河，无与伦比的一条河……"

的确，长安街是一条河，它让北京灵动、通达、恢宏，让北京对话古今联通中外；它的两岸是北京城最炫、最酷、最中国的风景。

现在，谢铁骊老师已经仙逝多年，每每我驱车经过长安街，我都会想到他说的这句话，都打心底感激这条河。

作者简介：

王海滨，北京作家协会会员，"爱奇艺"签约作家，海淀区作家协会监事长。作品在《中国作家》《北京文学》《山花》《时代文学》等刊物发表，出版散文集、长篇小说多部。

记忆中的东长安街 2 号

王耀平

东长安街 2 号,现今是中华人民共和国商务部,北京十里长街的起点,百里长街的中段。几十年来,街还是那条街,但是大拆大建,街景大为改观。居住在周边和供职于各个机构的人,大多已经不知去向,正可谓物非人非。

1985 年 10 月,家母从东长安街 2 号经贸部总务司党办离休;12 月家父率领谈判小组赴蒙古国结算自 1955 年起中国经援蒙古国的相关债务,签订了偿还议定书。本金 4030 万卢布,利息 889 万卢布(折合人民币 2.07 亿元),分 12 年以铁路过境蒙古的费用偿还……

就在这个当口,1985 年 11 月,我从东郊的铁工厂,以中文大专文凭的水准调入当时的经贸部计算中心,那年我 27 岁。工作地点就在东长安街 2 号西配楼三层的计算机房。这里有一台 IBM4341 中型机和一台惠普 3000 小型机,这台中型机的运算性能,估计不如今天的一部手机。东长安街 2 号有计算中心的应用一处二处,两个处 60 多人,我就负责这 60 多人的后勤工作。中心总部在经贸部的安外大院。

入职没有几天,从天津港运来一车最先进的美国 IBM 微机。晚上进城,没有装卸工,我们自己扛上三楼。这是我第一次接触世界上最为先进的台式计算机,俗称个人电脑。一台电脑两三万元,几年后处理给单位个人,还需要 2500 元。这个最先进的电脑,硬盘存储量不过一二百兆。以后 286、386 到迅驰二代不断翻新升级……当时汉字文件需要翻译成电报号码,然后录入,经过电脑处理,屏幕才能显示汉字……

1986 年春季广交会,计算中心的工作人员在广交会进行即时统计,那一日出口成交额的统计数据报了上来,我听门外的几位领导说:"增长这么多,三千多万,秋季怎么办? 明年怎么办……"这个数字,现在说来都是故事,都是遥远的骨灰级的记忆,世界变化如此之快,让我们目不暇接!

1985 年,我的月工资 49 元,干的是搬搬扛扛、收收发发、抄抄写写的琐碎工作,却有机会在长安街,站在外经贸管理以及现代科技领域的高台之上,从这里观望世界,那是何等骄傲与荣耀!

大专文凭,学的又是中文专业,这个身份很尴尬,外事单位不懂外语,技术单位不懂计算机,真的不好混。只有努力工作,在重要工作的缝隙中,寻找自己存在的价值。

老处长让我送一份文件到中心总部,我"嗯"了一声,没有回头,大概过了一个小时,看我还在办公室,很不高兴地对我说:"你怎么还不去?!文件很重要……"我告诉他:"我都回来了。"从东长安街2号出发,经过东单到雍和宫,再到安定门外东后巷,来回将近20公里,我骑着一辆破自行车,也就四五十分钟的样子跑个来回……

当时楼下是食堂,每回我都避开拥挤的饭点,经常最后一个打饭。因为是铁工厂出来的,饭量大,调到机关工作,也是体力活居多,所以每顿饭仨馒头,为这,食堂的师傅都认识我。有一次同事从食堂回来对我说:"食堂问了,仨馒头的怎么没来?"

因为工作努力,领导安排我到经济信息处,虽然只是普通一兵,却成为信息处重要的创始人之一。

1987年7月,我与同事一起,完成石家庄环宇电视机厂的企业资信报告,这在中国是第一次。促成中国电视机第一次出口欧洲,交易额达到100万美元。

八十年代末期,领导让我替经贸部国际司接收来自关贸总协定的传真,那时经贸部机关没有传真机,只有通过我们信息处接收。关贸总协定是世界贸易组织WTO的前身,我国意图加入,当时接收了一堆相关文件,尽管看不懂,但是今天知道,我国加入WTO的起点,就是从这份传真开始的。

九十年代初,经贸部吴仪部长视察计算中心,我们在信息处通过国际长途电话线进入美国邓白氏公司在澳大利亚的数据库,吴仪部长指定要看香港华润的企业信用报告。关键时刻没有掉链子,十几页的报告从针式打印机中打印出来。我们也很兴奋,因为国际长途太贵,从未联机打印过。那是一个电话、电报和电传的时代,在外经贸系统联机检索国外经济信息并打印文件,这是第一次。

1990年12月,中心成立十周年时,我被经贸部评为"经贸系统计算机应用开发先进工作者",这是有国徽的大印,属于省部级先进。之前之后仅各有一次。中心170多人,只有3名,另外两人都是技术干部,而我,不懂外语,也不会计算机,我必定要付出超水平的努力,取得相应的成绩,才有可能获此殊荣。现在跟谁说,谁都不信。

1992年，中心领导委派我到中国信息产业商会，与几家单位共同创建一家信息机构。注册名称是北京联得信息技术公司，对外的英文名称是China Online International，就是中国国际互联网的意思，我担任副总经理，负责信息服务。这家公司坐落在长安街西头的玉泉路。每天晚上10点来钟，我把编辑好的经济信息上传到可以连接四条电话线的主机，然后坐末班地铁，穿过长安街，再骑自行车回家，春夏秋冬一个寒暑，终于崩溃了。信息服务的钱就要花光了，为数不多的几个客户，入不敷出，而我对互联网还是没有相应的感性认识。尽管总经理是留美的访问学者，另一位副总是留美的信息学博士，我们不知道建立门户网站需要天文数字的资金，更不知道解决资金的方式方法……人生的短板显现出来。因为没有技术知识的储备，没有与世界沟通的语言，更没有登高望远的境界，当一个机会摆在面前的时候，我却无能为力，只能以失败告终。

1996年计算中心解体，技术部门并入中国国际电子商务中心，信息服务等其他部门并入商务部研究院。

随着改革开放的深入，中国走向世界的步伐加快，经援工作逐渐被重视。1993年3月，对外经济贸易部更名对外贸易经济合作部，突出了"经济合作"。2003年3月，对外贸易经济合作部与相关机构合并，东长安街2号挂上中华人民共和国商务部的牌子，外贸内贸公司脱钩，随着中国面向世界寻找资源能源的迫切要求，以及"一带一路"倡议，经援业务与国际经济合作业务逐渐突显。

"一带一路"倡议吸收了以往的经援成果。为了彰显1949年至1982年经援工作的业绩及历史，我从2009年起着手收集资料并研究这方面的历史。最初写了《另一个角度看历史》《经援蒙古国二十年》《重新认识蒙古国》《中国对外经济援助的本质》，以及编辑了外经部"五七"干校的回忆录《回望罗山》。经过10多年的努力，去年终于完成《中国对外经济援助史》(1949—1982)的文稿。

回望中国对外经济援助的历史，我们应当承继老援外工作者的意愿，去彰显他们的事迹与成果。今年我已经64岁，时日不多，时不我待。这，不是使命的使命，我，责无旁贷！

2018年3月，国家成立国际发展合作署，归口国务院，直接管理国家对外经济援助和国际经济合作的决策业务。中美经济脱不脱钩，中国都要走经济全球化的道路。以经援为先导的国际经济合作，必然为中国打开更大的国际市场，促进国内经济可持续发展。

东长安街2号变了，所有的旧楼都拆了，旧貌换新颜，不知道还有什么可以寻找的历史遗迹。老百姓是匆匆过客,各级领导也是。在这儿工作,背靠大树平台高,我们有登高而望、顺风而呼的感觉。离开这个地方,尘归尘土归土……

这里有我的记忆和感慨,借助这篇文章表达我对东长安街2号的敬意!

作者简介:

王耀平,本名王跃平,商务部国际贸易经济合作研究院退休干部,北京作家协会会员、中国民主建国会会员、中国互联网新闻中心签约摄影师。著有长篇小说《罗山条约》,主编《回望罗山·外经篇》《回望罗山·小说篇》。

我和东长安街12号

方国平

那一年春天,我到北京,去了东长安街12号。

这是纺织工业部所在地。一栋灰色的五层大楼,在天安门东北侧,紧挨公安部。大门正对面是北京饭店。在北京,这是极佳的中心位置。

作为纺织人,这里是我朝圣的地方。

二十世纪八十年代初,国门初开。纺织部在京举办首届国际纺织机械展览会。新鲜空气涌了进来,顿时感到既清新又振奋。我曾经是北大荒知青,是恢复高考后的首届大学生。回沪后,阴错阳差,进了纺织系统。"文革"结束,拨乱反正,搞"四化"建设。企业需要四化干部,我被"化"进了厂领导班子,担任了副厂长。纺织业正百废待兴。那年头,购物都要凭票证,吃饭要粮票,穿衣要布票。为解决全国人民的穿衣难,纺织部一马当先,责无旁贷。我所在的企业是织袜子的,当时有一双锦纶丝袜,有一双尼龙袜,可稀罕了。要生产袜子,满足老百姓的生活需求,企业需要新设备新原料新技术。我冲着这次展览会,到北京开开眼,长点见识,扩大点视野。如能获得企业需要的信息,便不枉来这儿一趟。

我到机械司拿了票,第二天去了展览会。

走进如此规模的国际展览会,真如同刘姥姥进了大观园。意大利的单、双筒电脑袜机,日本的电脑绣花机,德国的大圆机,英国的定型设备,德国格罗茨的织针……看得我应接不暇,眼花缭乱。我贪婪地呼吸着海外的新鲜空气,很兴奋。面对那些老外,我用很笨拙的外语和他们做简单的交流。我仔细询问自己想了解的设备、技术和原料。我眼界大开,脑洞大开。我的思维受到了前所未有的撞击,神经细胞顿时活跃起来。我知道了外面的世界有多大,我感觉到了外面的世界有多精彩。我仿佛看到我们的纺织,长出了新的翅膀,朝着新的目标飞翔。

这是我第一次走进东长安街12号,也是第一次走进国际纺机展览会。作为一个半路出家的纺织人,懵懂中,对纺织有了一种崭新的感觉。新鲜、先进、创新、竞争、超越等字眼,像金星在脑海里闪烁。

我回到了东长安街12号,办完了该办的事,拜访了我哥在部里的老纺织人。临走，站在大门口，看着"纺织工业部"五个大字，一种神圣的感觉油然而生。望着长安街上的车流人流，心中升腾起一种莫名的冲动。我不由加快了脚步，沿着长安街，向天安门广场走去。

后来，我慢慢地知道，东长安街12号的主人，首任部长是井冈山老革命曾山，继任者：蒋光鼐、钱之光、郝建秀、吴文英……

我到12号的机会多了起来。时不时地，去部里办这事那事，渐渐感觉到我国纺织业的发展走向，我的思索也随着纺织发展的轨迹延展开来。

二十世纪八十年代，纺织工业开始"转轨变型"，增强市场机制，产量迅速增长。1983年，取消了实行近30年的布票，中国纺织率先告别"短缺经济"。"七五"期间，调整结构，转换机制，纺织注入了新的活力。中国纺织的总能力、总规模跃居世界前列，成为举世公认的纺织大国。

纺织工业部几易其名

1992年，小平同志南方谈话，经济体制从传统的计划经济，向社会主义市场经济转变。中国纺织进入社会主义市场经济新时期，踏上了艰辛曲折的改革之路。

1993年3月，纺织工业部撤销，成立中国纺织总会；1998年3月，中国纺织总会改组成国家纺织工业局；2001年2月，国家纺织工业局撤销，中国纺织工业协会成立；2011年11月11日，更名为中国纺织工业联合会。

将近20年的时间，纺织工业部四易其名。

在这四易其名的进程中，中国纺织完成了一次又一次痛苦的蜕变，实现了一次又一次艰难的转身。像凤凰涅槃，浴火重生。从计划经济到社会主义市场经济；从全面亏损、压锭下岗，到非公经济迅猛崛起，成为纺织重要生力军；从我国加入WTO，纺织融入全球化，到取得四大发展之"最"：步伐最大，技术进步最猛，质量效益提升最快，市场活力发挥最好；科技创新从"跟跑、并跑"到"并跑、领跑"；从盲目进口、照搬模仿，到建立全世界最完备的现代纺织制造产业体系……纺织工业从小到大，从弱到强，成为进入纺织强国的第一梯队。其中的酸甜苦辣，艰难和荣耀，屈辱和骄傲，只有亲历其中的纺织人才能真切体会到。

我，就是其中的一员。

1996年，我离开了国企的领导岗位，下海创业。这是一条注定充满风险的路，失败大于成功。我别无选择。从第一桶金15000元起步,开始了没有退路的跋涉。一路上,世俗的冷眼和轻蔑,市场的迷乱和凶险,经营的谋划和得失,考验着我的胆量和智慧。在市场经济的大潮里,我挣扎,我拼搏,我用尽全身的力气游向未知的彼岸。2001年,我和其他合伙人树起了"帕兰朵"的旗帜,走科技创新的品牌之路。终于,前路露出了光亮,差异化的品牌战略,使我们获得了成功。

从此,我一次又一次地走进东长安街12号。在不断易名的更迭中,在蜕变和转身的涅槃重生中,我与它结下了不解之缘。

几乎每年,我都要到12号领取中国纺织工业联合会颁发的科技进步奖,由此步入人民大会堂,参加颁奖大会。2011年11月10日,在"纺织之光"科技奖励大会上,在人民大会堂,我第一次站上发言席。在这座人人向往的圣殿,做了有生以来的第一次讲演,尽情表达了中国纺织人"心底的声音"。寒来暑往,冬去春来。12号的每一间办公室,仿佛成了我们创新发展的窗口;每一层台阶,似乎象征企业科技进步升级换代的阶梯。12号的引领和开拓,让我们纺织人有了广阔的视野,有了做大做强的胸怀,有了脚踏实地创业创新的底气。

终于,"帕兰朵"连续13年成为上海高新技术企业,十多次获得纺织科技进步奖,多年以来被评为中国纤维流行趋势最佳合作伙伴。在科技创新的道路上,在差异化品牌建设的进程中,"帕兰朵"开出了绚丽的花朵。

在"帕兰朵"创办十周年之际,我又一次走进了东长安街12号。

在原纺织部副部长杜钰洲办公室里,老部长研墨展纸,为"帕兰朵"题下了"励精图治,开拓创新"八个苍劲雄浑的大字。中国的纺织企业,在12号的呵护下,向着"纺织强国梦"的方向坚实地迈进。

2017年的秋天,中国纺织工业联合会搬离了东长安街12号,离开了将近七十年的纺织圣地。

从1949年10月纺织部成立算起,七十年来,"纺织"两字,始终刻印在东长安街12号的门楼上,不管它易了多少次名字,换了多少任领导,它已经成为12号的经典,深深镶嵌在中国纺织人的胸中。

东长安街12号,早已成为中国纺织的代名词,成为纺织的历史符号,永远不能从纺织人心中抹去。

这栋普通的灰色大楼,在长安街上默默蹲守着,从不起眼,从不张扬。它见证了中国纺织的艰辛,也书写了中国纺织的辉煌。它是中国纺织的象征,是长安街上一道悠长的风景。

东长安街12号,我永远记住你!

作者简介:

方国平,曾是北大荒知青。毕业于哈尔滨师范大学中文系。上海市作家协会会员,教授级高级工程师。作品有随笔集《寻找亡灵》《帕兰朵笔记》、纪实作品《碱柜1972》《生命记忆》等。

家住长安街

冯 并

清明杏花雨正浓，一位多年不见的老哥突然来了电话，带着喜声说，我家又住长安街喽，你不来看。我扑哧一笑，别逗了，你不是二十多年前就挪了窝吗，长安街好宽敞，现在哪有你的住落地儿。他哈哈一笑：你不信，过天儿瞅个空子接老兄去看看，那小院侍弄得和以前一样，还是一树梨花一架葡萄，梨花开得正旺，葡萄藤抽叶还要再等十天半个月，但金鱼缸从屋里挪到了院中间儿，你看了保准和先前一样稀罕。

搁下电话，我为他的话好生纳闷了一阵子。二十多年前，他家倒也真的住在长安街边，就在东单新闻大厦后身的一个胡同里，胡同叫什么，已经记不清了，反正是那里后来唰唰地建起了一水儿新大厦，他家也就成了规划中的动迁户。在那以前，我上班的报社在老人民日报的院子里，他在前面的设计院里工作，常见面，一来二去也就熟了，因为顺脚，他家的隔着长安大街的院子去过几回。那个小四合院有些年头，破旧但收拾得很利落。一株梨树，春天里花开雪白一片，晚春里葡萄架成荫。还有那有些年头的石桌石墩，坐在石墩上，看着鱼缸里摇头摆尾的金鱼，有一种神仙过日子的悠然感。后来要动迁，他自然也少不了一脑门子"官司"，舍不得亲手种下的梨树和葡萄藤，更舍不得一抬脚就到长安街上的那份爽气。但长安街的拓宽和整理又是大事，也就只得快快告别旧居，同街坊们一起搬走了。去了哪里，不很清楚，只知道他没有要数量不很少的搬迁房，要了一应拆迁房款自行搬离，具体是什么地界儿，没有细打听。现在他说，我又住长安街喽，那似乎根本不可能，别说那里已是寸土寸金之地，也不曾听说旧地界盖有什么回迁房，要想找新的四合院，也只能到二环路上去寻，但必须有很大的财力。

他没有爽约，隔天真的来了，开着一部红色的迷你电动车，见面还是那个嘻嘻哈哈的样儿，先说他不是买不起奔驰宝马，年纪大了就喜欢国产小电动车的灵巧适用，这车天安门广场前虽然难得驶过几回，家住的那一段完全可以任它行走。说着也就一拧电门兴冲冲地上路了。走着走着，发现有些不对劲，这不是沿着通惠河一路向东吗？这老兄在耍什么把戏，既上了车，也由不得我，索性小寐一会儿，看他究竟向哪里弯来弯去。

到地界儿了。一声笑喊，惊起后猛地下车来，哎呀，这不就是通州的八里桥吗，那地铁站的标志明摆着。这里有过一个远近闻名的农产品大市场，以前我也逛过，怎么就与他说的我家又住长安街喽接上卯呢？这回轮到他惊奇了：亏你是个老新闻，连这都不明细。长安街过去是西单到东单的十里长街，现在可是从京石路到宋梁路的一条百里长街。这八里桥就扣在新长安街最东头的运河把头上，我家就在老八里桥旁，不在长安街上住又住在哪里？

这倒也是，长安街确乎伴随着时代发展在不断延伸，从明代营建皇城开始，它就有十里长街的世界名声，其长度超过巴黎的香榭丽舍大道，清廷覆亡后城东厢门开出了建国门，街长早已经超过了十里，近年来，随着北京的扩容和市政府迁到通州区，长安街开始再次延伸，这街也就成为世界上独一无二的百里长街。如此看来，这老哥并没有诓我，他的的确确又住在了延长了的长安街边儿上。

他在这里的小院，形状大小，近似于原来的旧院，一色八成新青砖房，只是缺少老建筑有筒瓦有翘檐的古建气，但在不大的院落里，还真的有着如旧院里别无二致的一株梨树和一架葡萄藤，还有那个依稀见过的金鱼缸和石桌石墩。石桌上还有一只不大的生着绿锈的铜香炉。梨树开花满枝满丫，与暖冬里的雪挂一般无二。虽说现在是早春天气，正值午时，眼前这一树梨花在阳光的直射下，更显一片耀目白光。天气不错，我围着梨花仔细观赏，老哥看我没有进屋多坐的意思，也就在石桌上泡来一壶花茶，一边润嗓，一边看花，一边有一搭无一搭地聊说起来。我说时间过得好快，真不知你搬到这里，但不知老兄当初为什么要选定在这八里桥下住。他并没有正面接话，似乎在想些什么。我原来是准备听他说道说道搬迁的那些曲折往事，但他也没有过多的言声，问过了身体状况，又问讯过去几位老友的情况，也就站起来说，有长聊的时间，你不想先到老八里桥头上走走看看吗？

天气晴朗，春风徐来，很快就上了八里桥。眼前的八里桥一新一旧有两座。上下也就隔着百十多米。新桥不必细看，那是老八里桥的现代替身，单孔拱桥车水马龙。老八里桥是雍正时候还是什么时修建的，并不清楚。石砌长桥三孔错落。在老年间，中间的高孔过得桅船，两边的低孔走得小船。桥面汉白玉石柱上，也雕有各具形态的石狮子，有大有小，还有小狮蹲在大狮背后的俏模样。那布局与卢沟桥头的两排石狮子并不相同。向桥下望，桥墩土坡上已经完全返青，桥口尚有余水微澜。桥上现在只过步行人，近处就是很大很大的一个音乐公园。有人打趣说，这老八里桥要"退休"了，其实是修了新桥，要把老桥作为不可移动文物保护起来，桥上不能再过机动车，桥下也不再行船。我知道，北京比较有名的古桥至少有五六座，如沙河上的朝宗桥、十三陵的神道五孔桥、张家湾旧城南的萧太后河桥、著名的卢沟桥以及琉璃河石桥等，均有五六百年的桥龄，但一座是一座的样。这座原名为永通桥的老八里桥是北运河通向通惠河的咽喉，因此它的漕运历史价值要超过别的古桥。

然而，它的历史价值似乎远不止于此。听身边行人指指画画地说：市里还要在这里辟一八里桥纪念馆。纪念什么，自然不全是为了千年古运事。在百十多年前，八里桥一直也是京东的一道重要内门户。在第二次鸦片战争中，这桥头的上上下下，可是发生过震惊中外并动摇了清廷根基的八里桥大战。陪我的老哥也没有多讲关于八里桥的什么往事，只是手托石栏杆，扫视着前方和左右，我则努力地在脑海里搜寻着往日查看有关史料留下的一些零星记忆。其中印象最深刻的，莫过于当时的英法联军强盗"指挥官"们描述和回去邀功的记载，说在这场惨烈的战役里，僧格林沁统领的5万步骑兵阵亡了1200人，"联军"才损失5人，清军是如何地不经打，以及曾在拿破仑麾下打过仗的一位旅司令官，回去后又怎样差点被封为"八里桥伯爵"等等。但在西方列强军事头目们的记录里，也留有一位鏖战在桥头上的高个子白衣小将的不屈形象记录。这位披着白色战袍的旗令官，在八里桥头上一直挥舞着战旗，决不后退一步，中弹后依然倚着桥栏，久久未倒。那勇气和气概是很不寻常的。想着想着，我蓦地记起，这位同样有着高大身躯的老哥，似乎在多年前无意中说过，他有蒙古族人的血统。如果真是这样，他会不会是当年清军僧格林沁麾下那位旗令官的一位隔代后人？而他在院子里多次种植的开有白花的梨树和石桌上的香炉，那会不会是他家族里相沿下来的一种特别祭奠形式呢？

后来的人们，对八里桥战役有众说纷纭的历史评价，最多的是清政府的腐败无能和僧格林沁的颟顸，也有如同对有名的"义和团"五花八门的多种评价，如他们是如何不识深浅挥舞大刀赤膊上阵，不知列强坚船利炮的厉害。但事实上，殊死反抗侵略是中国人最正常的本能反应，就在所谓联军洋枪队初登天津海河口时，有一位名叫张德成的运河船工发动了5000人，分乘72条船，从独流口直上天津，夺取了"租界"小红楼，在武清马家口与"八国联军"展开肉搏战，并陆续转战廊坊和京城之间，这就是史称的"天下第一团"。但张德成在天津失陷后，被变卦求和的慈禧党羽杀害在运河船上。中华军民的反抗经历了这样的挫折，谁是真正的历史罪人，那应当是十分清楚的。

就八里桥战役来讲，僧格林沁确乎犯有大的战术错误，就是不该贸然投入上万骑兵，在冷热兵器相搏的时代里，没有经历过热战战场的清军战马，在炮声中惊骇四散，把步兵的阵营也冲得不成阵形，焉能不溃？而冷兵器对热兵器之间的装备差异，也证实了国防落后就会挨打的千古道理，但这一切并不意味着中国人和中国的兵士天生孱弱，乃是晚清维新改良失败后必然发生的国势衰微引起的民族悲剧。嘲笑清廷的腐败与愚蠢可以，但就是不可以随意辱没中国的战士和亿万民众。

　　从老八里桥头回到他的院落里，我们又叨叨了许多别后事，但我的目光也还是不时地停留在那开着一树白花的梨树上。我第一次发现，梨花也有着似浓似淡的一股香气。尽管我目前仍然不知道，我的那种推测有没有准头，刨根问底地去问人家的家族私密，也很不礼貌，但在话里话外中提到当年那位挥动大旗的白衣军将，我的这位老哥一直无言地听着，并没有特意地去否认什么。我似乎有了几分判断自信，他早些年间决意从老宅搬到八里桥下去居住，应该与老八里桥发生的历史有着某种关联。就看他说到我家又住长安街喽的那种开心劲儿，他对长安街和长安这两个字，或者有着更多更深刻的记忆和理解。

　　在回去的路上，我一直念想着那位老哥院里开满白花的梨树，而那开满白花的梨树有时也会幻化，幻化出八里桥头那位挥动大旗的白衣军将，还有运河船工们中流击水的身影。我好像有些更明白了，长安，长安，它从来就不是一条只以里数简单计算的街，拉直拉长开来，这里有过历史的曲折，也有今日国人长治久安的新百年追求梦想，而新追求和新梦想的进一步实现，新老八里桥无疑会是一个极为重要的历史地理转换坐标。新的转换就发生在这新的百里长街里，不是吗？

作者简介：

　　冯并，原名冯竝，中国作家协会会员。曾任人民日报社文艺部编辑、国家经济体制改革委员会副秘书长、经济日报总编辑。十届政协委员，国家有贡献专家，韬奋奖获得者。现为中国经济传媒协会名誉会长。

长安街的钟声

宁 静

春日的一天,外出办事,从热闹的西单穿过,走上西长安街,突然,一阵洪亮的钟声响起,抬头一看,哦,原来我来到了电报大楼前。多么熟悉、多么亲切的钟声啊,在我的心海中也激起了阵阵涟漪——

那年,夏日炎炎,我手执一张毕业派遣证,乘坐公交到北京市文化局报到。下了22路公共汽车,首先映入眼帘的就是这座高高的电报大楼,位于西长安街七号的市文化局就在它的旁边。这座大院,进门是北京市教育局的办公楼,后面的一座五层的楼房,除市文化局外,市群众艺术馆、市文联也在这里办公。可以这样说,当时北京市的文化教育管理单位都聚在了这里。

文化局员工基本是当地人,也没有集体宿舍,所以将我安置在一楼的楼梯间住下。这里原来是局里后勤放杂物的地方,办公室主任让人收拾了一下,腾出一块地方,把里面的一张木板床支起,我又在楼外自行车棚里捡了一张废弃的办公桌放在屋里。小屋没有窗户,不见阳光,进屋就要开灯,但总算有了一个栖身之地。

就这样,我与北京乃至全国最宽阔的大街——长安街有了不解之缘。

白天,楼里人进人出,每个人都忙忙碌碌的。到了晚上,我一人住在这里,整座楼异常安静。我在灯下看书或是写作,仿佛进入无人之境。在这样的夜晚,往往是一阵钟声响起,打破了周遭的寂静。我凝神听着钟声,仿佛聆听着世界上最悦耳的乐声,它驱走了一天的疲惫,温暖了我的心。而无数个清晨,在黑乎乎的小屋里,我不知黎明已至,是清亮的钟声把我唤醒,似乎在告诉我,快快起来,迎接新的美好的一天。

天气好的时候,吃罢晚饭我会沿着长安街散步。出大门往东一拐,没走几步便是中南海红墙。沿着红墙一直走到天安门,再折回来。这条路上,一年四季,风景不断,春日里,玉兰盛开,白色的花朵映衬着厚重的红墙,古城春色跃然而出,像一幅工笔画;而夏日,则是郁郁葱葱,满目阴凉;秋日蓝天白云,天高气爽,落叶缤纷,视野开阔;冬日里白雪覆盖在金色的琉璃瓦上,京城恢宏的皇家气派尽收眼底。

在我散步的路上,悠扬的钟声有时会不期而至,好像是一位老友在给我打招呼。我踩着钟声的节奏慢慢走着，内心充满喜悦。

就这样，电报大楼的钟声，陪伴我度过每一天。

都知道北京是全国的文化中心，而我工作的地方更是中心的中心。我工作后参加采访的第一个活动就是乌兰牧骑进京会演，十几支代表队在民族文化宫连演了半个月。浓郁的民族气息，多姿多彩的表演深深打动了首都观众。会演结束的酒会上，身着少数民族服饰的演员们唱着敬酒歌，向来宾敬酒，我一口气喝完了马奶酒，深为他们而高兴。在西单路口的长安戏院，我看过多场戏曲演出，京剧、地方戏都有，深深感到我国地域广大，文化多样，各地的戏曲都具有强烈的地域色彩和民族特点。去得最多的地方就是一路之隔的北京音乐厅，我已记不清看了多少场中外乐团和著名音乐家的演出。在国家大剧院建成之前，这里是全国顶级的音乐会演出地点。当然，最精彩的是人民大会堂的演出。每年五一、十一等重大节日或纪念日，人民大会堂的演出都荟萃了国内最优秀的演员，他们精湛的表演让人久久回味。人民大会堂还举办过一些国际性的演出，比如，意大利著名歌唱家帕瓦罗蒂的演唱会等，那可是座无虚席，一票难求。

而最让我难忘的，是在西长安街七号里度过了国庆35周年这个盛大的节日。

1984年的庆祝新中国成立35周年的国庆节，天安门广场举行了盛大的阅兵式。就是在这次国庆的游行队伍里，北京大学的学生们打出了"小平您好"的横幅，这个感人的画面被永远定格在历史的记忆中。

我的老母亲从没有到过北京，北京在她的心目中是伟大而神圣的。为了让她亲眼看见北京国庆节盛况，我提前将母亲接到北京。

北京最美的季节是秋天，我带着老母亲游览了北京各大名胜古迹，远处的颐和园、圆明园、戒台寺、潭柘寺，近处的从长安街出发，天安门、故宫、劳动人民文化宫、景山、北海，还去前门的全聚德吃了北京著名的烤鸭。

眼看国庆越来越近，北京群众艺术馆的同志们忙得不可开交，有的到基层辅导参加联欢活动的舞蹈排练，有的为游行队伍准备服装。老母亲闲着没事，便帮着群艺馆服装组的同志整理服装，登记造册，也算是为国庆节群众文艺活动出了一分力。

国庆节终于到来了。一早，住在文化局后面的宿舍楼里的人就搬出了各式各样的凳子和椅子，放在大院门口，等候在那里。原来，参加游行和阅兵的队伍从天安门经过后，沿着西长安街退出，他们都要经过六部口。我们坐在大院门口自己搭建的别具一格的"观礼台"，看着各种各样的武器装备从面前走过，看着身着各式服装的游行队伍从面前走过,我们向他们鼓掌,向他们喝彩,他们也向我们挥动手中的花束致意,有的还把手中的花束抛向我们。红的、黄的、粉的——我和老母亲的怀里满是五颜六色的花束,两只手都抱不过来了。我赶紧跑回我的小屋子,把那些花束摆放在小屋的各个角落,小屋顿时变得生气勃勃,五彩缤纷。

晚上,盛大的联欢活动开始了,正好楼上一间办公室有人值班,我和老母亲去到那里,凭窗远眺,天安门的上空,升起了绚丽的烟花,耀亮了我们的眼睛。今夜的天安门广场,是歌的海洋、舞的海洋。当联欢活动进入了尾声,我拉着老母亲的手,出了大院慢慢地向着广场方向走去。广场越来越近了,当烟花燃后,灰烬落在我们的头上、身上,但没有人在意,大家的脸上都流淌着笑容。我的身旁全都是笑脸,到处都洋溢着笑声,这欢笑,来自心底,那样自然,那样甜美。

母亲离京前对我说,她在北京这些日子过得很开心,还亲眼见过35周年大庆,算是见了大世面了,这辈子活得值了。我想,这也是她一生中最难忘的记忆吧!

是的,长安街作为中国最宽阔的一条长街,见证了新中国许多重大庆典和重要时刻。普通人能够躬逢盛世,亲历它的辉煌壮丽,足够幸运。长安街,它又是一条绵长的丝线,紧紧系在每个中国人的心头,牵动着人们的内心情感。

这是一条承载着厚重悠久历史的长街,但又随时代日日更新。它既是国家重大庆典的场地,也记载着平凡百姓的日常生活,弥漫着人间烟火气息。

我结婚后住在了先生家里,他家在米市大街一座大杂院里,邻居们包括他家都是地道的老北京。我每天乘坐10路公共汽车,从六部口到东单,下车后走个五六分钟就到家了。我每天上下班都要经过中南海、天安门、王府井,也就是说,我每天经过的是传统意义的长安街,是从西长安街到东长安街最繁华的路段。那段时间,我也亲眼看见了长安街的变迁,看见更多的新建筑拔地而起,看到老字号的商场换了新颜。每到节日,我总是最先看到新搭建的装饰街景,也最先领略到天安门广场新的灯光秀。

我就这样每天从东到西又从西到东来回跑,这样的日子过了近十年,直到我调离到另外一家报社为止。虽然工作调动后再也不是每天在长安街上往返,但出门经常路过长安街,国庆节前往天安门广场观看夜景更是多年的节目。还记得国庆70周年时,当参加阅兵式的飞机编队从我们小区飞过,飞机拉出的长长的彩带在空中飘舞,我禁不住鼓掌欢呼。晚上,我和儿子漫步到天安门广场观看夜景,看到广场上的璀璨灯火,看到熙熙攘攘的人流,想起国庆35周年的盛况,感叹岁月流逝之快。但我们的共和国永远是那样年轻,那样富有活力。我心中油然升起一种骄傲,为我的祖国骄傲。我祝福我的祖国永远繁荣昌盛,祝福我的人民永远幸福安康。

今天,当我又听到电报大楼的钟声,怎能不心潮澎湃、遐思无限呢?这响彻在长安街的钟声,也将在我心头久久回荡。

作者简介:

宁静,北京作家协会会员。曾任《中国艺术报》副社长。在《诗刊》《中国作家》《人民日报》《文艺报》《北京文学》等全国十几家报刊发表诗作。曾获"北京文学奖"。

长安街的思念

尧山壁

第一次见到长安街,在1955年,初中刚毕业。我父亲的一位战友在北京,想起打游击时高粱地之约,把我这烈士遗孤接来见见世面。住在西单灵境胡同,出门就是长安街。他家小哥哥领我边走边玩,比农村的街道宽多了,有30多米吧,两厢多是一二层铺面,显得天安门城楼十分巍峨。小哥哥说毛主席就是在这里宣布,中国人民从此站起来了!他爸爸上过观礼台,他年年参加游行队伍,一路摇花束,放气球,放鸽子,今年还升到旗林队。说得我瞪大眼睛,好羡慕。他有些不好意思了,说他爸爸说了,我爸爸活着,也会上观礼台。

次日看商场,南边的前门大街、大栅栏,北边的王府井、东安市场,我都没兴趣,连门也不进。但是路过吉祥戏院、长安戏院就走不动了,我从小就是戏迷。海报上《大保国》《打严嵩》,都是宫廷戏,想看看故宫,按脑子里的台词找目标,金水桥,金銮殿,玉石台阶,推出斩首的午门。故宫闭馆,昔日皇家太庙改成劳动人民文化宫,社稷坛改名中山公园,四方五色土,几株辽柏老干虬枝,冠盖如云,挂着五彩小灯泡。前不久,周总理还在这里招待了印度的尼赫鲁。总之,第一印象,长安街古。

第二次,在1959年,十年大庆之后,我正在天津上大二,系里组织参观北京十大建筑,十之八九在长安街上。此时大街已经拓展了一倍,自西而东,军事博物馆、民族文化宫、民族饭店、国宾馆、华侨大厦、人民大会堂、国家博物馆、北京火车站,一个个雄赳赳、气昂昂、庄严雄伟,展示着时代精神,人民的期待,朝气蓬勃。无论从规模、质量还是工程审美来说,都堪称经典。仅一个人民大会堂,建筑面积171800平方米,就超过了故宫的总和。并且建设速度惊人,仅仅用时400天,纽约联合国总部大楼、日内瓦万国宫,建设时间都很长。总之,第二印象是新。

与天安门隔街相望的广场,更是一大盛景。长880米,宽500米,可容百万人集会。矗立于天安门广场中心的人民英雄纪念碑,建筑面积3000平方米,总高37.94米,比天安门城楼还高。每逢群众集会时,就像海洋上乘风破浪的桅杆。为纪念创建新中国而牺牲的革命烈士,纪念碑于1952年破土动工。我在碑前久久伫立,泪流不止。父亲抗日牺牲时,我仅落生14天,父亲不曾留下一张照片。今天在这里看到了他的形象，还有我在冀南暴动中牺牲的一个舅舅，还有我们南汪店村30名抗战烈士，都成了长安街上永久的居民。几年后的1967年初夏，人生遇到困惑，我又来到人民英雄纪念碑前，坐了一夜，醒来时太阳已经老高，阳光暖暖的，像有人给我盖上了被子。

参加工作后，河北省会在天津、保定，文联的干部进京看戏、听报告，当天打来回，像逛劝业场、莲池一样方便。后来迁到石家庄，到张家口、承德、唐山等半数以上地市出差，都要在北京转车住一夜，长安街走走，纪念碑停停。每到长安街都像初次，既熟悉又陌生，总有新的奇迹出现，从中央电视台大楼、中粮广场、国贸大厦，到商务中心、金融街、中企总部、国家大戏院，一拨又一拨新的十大建筑层出不穷。尽管因地域限制，它们不争高度，讲厚度、亮度、风度，增加一座大楼就增加一个新景点。

长安街发展成一条长长的风景线。双向十车道，白天绿树成行，碧草如茵，景观小品，花团锦簇。晚上灯如银河，车如星雨，红旗红灯中国结，宛如一道彩虹。北京城脱胎换骨，长安街女大十八变，越变越好看。十里长安街变成百里长街，从太行山下的首钢大桥，到大运河畔的通州燃灯塔，变成一条穿越时空、古今人文荟萃的文化长廊，一个中国改革开放的窗口，展示着新中国的美好现实、光明前景和道路自信，也突显了它在全国各族人民心目中的神圣地位。

年纪渐渐大了，北京去得少了，但是对长安街的感情反而更加亲近了，几乎天天在电视上见面，国庆大阅兵、建党百年盛典，好像自己都在游行的队伍之中，兴高采烈地走过长安街，注目天安门。眼前的长安街，不再是一条街道，而是一件伟大的艺术品，尽情地享受审美的愉悦，并且自然地进入比较文学。因工作原因，我到过世界许多城市，也参观过许多有名的大街，相比之下，巴黎的香榭丽舍短，纽约的曼哈顿窄，伦敦的唐宁街冷清，莫斯科的阿尔巴特街俗气，论综合指数，北京的长安街，是毫无争议的世界第一街。

作者简介：

尧山壁，曾任河北省文联专业作家、《河北文学》编辑、河北省作协常务副主席、河北省作协主席。已出版文学著作56部。代表作有诗歌《狼牙山，我心中的瀑布》、剧本《轰鸡》《小白菜》、散文《母亲的河》、长篇报告文学《绿色奇迹塞罕坝》等。

东长安街有座于谦祠

朱 晔

20多年前第一次来北京,刚一落地,就央求同学带我去天安门广场看看。同学很理解我的急切心情,立即帮我借了一辆自行车,我们便一起骑车来到久已心仪的天安门,那是我的别一种"初恋"……

因为那一次见面,我当即做出了决定,一定要到北京来工作和生活。"有情人终成眷属",后来我还真就有幸成为"新北京人"一员了!

在北京的工作和学习之余,我始终对这座"最美"城市的历史文化风土人情甚感兴趣,从每一座有名建筑到其背后的历史,从那些貌似平凡的宅院到其里面曾经活动的人物,等等,北京可以研究和学习的地方太多了,随便找出一个被历史尘封的档案都值得咂摸一阵子,甚至一辈子!

具体说,我对北京的认知大多是从长安街展开的。

我曾兴趣盎然地走大街、穿小巷,经常在北京的胡同里转悠。北京城内的胡同不知有多少条,每条胡同几乎都有自己特异的名字,可不是每条胡同名称的来历,每个人都能说得清。在我去过的诸多胡同中,最让我难以忘怀的就是长安街边的西裱褙胡同23号……

这条胡同在中国妇女儿童活动中心正对长安街的南侧,其名称"西裱褙胡同"不言自明地讲清了它的来由。

说起来话长,在明清两朝,国子监书画装裱的需求非常旺盛,于是就有很多艺人聚在国子监的南边经营装裱业务。久而久之,那里就出现了一条东西贯通的胡同,胡同两边分布着不同字号的装裱店,胡同的名称也就冠之为"裱褙胡同"了。裱褙胡同很长,中间被一条南北向的闹市口(今北京站前街)胡同隔断,东边叫东裱褙胡同,西边叫西裱褙胡同。随着时代的更替及城市的发展,东边的裱褙胡同已湮没在历史的烟尘中,西裱褙胡同却最终保存了下来。胡同名称虽然保留下来了,可胡同从东西走向变成了南北走向,且这个胡同现在只有一个23号了。这是为何?因为西裱褙胡同23号是一个特殊的存在,它还有一个名字叫于谦祠。

于谦祠是座青砖灰瓦的四合院,它如今被包围在三栋高楼大厦的中间。该四合院坐北朝南,院门头上挂着"于忠肃公祠"的匾额。进得院门即是一栋二层小楼,一楼正对着院门的柱子上挂着一副黑底金字对联:"中流砥柱独挽朱明残祚,庙容永奂长赢史笔芳名。"这副对联出自魏源之手,魏源就是《海国图志》的作者,号称是睁眼看世界的第一人。对联所在门楣上的"丹心抗节"匾额,很不简单,据说是乾隆下江南时,在杭州于谦墓前写的,这儿是复制品。进得厅内,正中挂着于谦穿着官服的画像,两边的对联是"丹心托月,赤手擎天",横批是"热血千秋"。一楼大厅和二楼都是于谦的生平介绍,四合院的围墙上还嵌着介绍于谦生平事迹的一块块石板,通过生平简介及这些展板,我们知道了历史上真实的于谦究竟是怎样一个人。

于谦的事迹其实我早就略有所闻。在安徽老家上小学的时候,我就读过他12岁时写的《石灰吟》:"千锤万凿出深山,烈火焚烧若等闲。粉身碎骨浑不怕,要留清白在人间。"因为这首诗,于谦的大名深深地植入我的心里。后来上大学读《明史》的时候,我曾特意找到《于谦传》部分,以便对他有更全面的了解。

于谦(1398—1457年)是浙江钱塘人,永乐十九年(1421年)进士。需要特别说明的是,这一年,朱棣建造的北京城刚刚投入使用,于谦是北京城建成后的第一科进士。就因为这个原因,似乎在冥冥中,于谦注定与北京有不解之缘。读史尚知,于谦幼年聪颖且读书用功,他的书房墙上悬挂着南宋名臣文天祥的画像。只是不知道于谦后来是否知悉,文天祥最后被囚禁的府学胡同63号,离他在北京的宅子不过几里之遥。而且我知道,现在北京东城区有三个纪念馆是文物部门重点推介的,一个是文天祥祠,一个是于谦祠,还有一个是袁崇焕墓。它们其实离长安街都并不遥远。

于谦最为人所称道的就是"北京保卫战"了。我甚至觉得,如果没有于谦当年的"保卫",是否还会有今天的长安街?还是让我们翻开那历史的一页吧!

正统十四年(1449年),于谦临危受命为兵部尚书,一场北京保卫战在北京城周边打响了。十月十三日,瓦剌首领也先进攻德胜门。经过土木堡一役,也先像喝了血的蚂蟥一样,迅速膨胀了起来。他带着17万大军包围北京城,这几乎是也先势在必得的胜利。试想一下,几个月之前,他只有10万军队,竟然干掉了装备精良的50万明军。现在,自己的军力扩充了三倍,而明朝军队满打满算不过22万人,最要命的是,这还是老弱病残的军队。双方实力一对比,也先想不骄傲都难。

可历史不是算术题。一个钉子能影响一只马掌,一个马掌会毁损一匹战马,一匹战马会影响一场战役吗?

也先不知道,他遇到的对手是于谦,他更加想不到的是,于谦率领的是一支愤怒的军队,这样的军队在战场上红了眼、铁了心。这是一场你死我活的较量,于谦早已做好了鱼死网破的准备，他将22万大军分别布置在京城的几个城门口。大军一出城，他立即吩咐守城的士兵关闭城门，并且下令，守城的士兵拉弓准备，只要是向城门方向来的人，无论是敌是友，一律杀无赦，这个釜底抽薪的战略让全部明军已经没有了回头路。于谦亲自带领一队人马守卫德胜门，他先是使用诈败计，让也先军队逼近德胜门，躲在一边的火枪手出现了，打得也先的先锋队伍人仰马翻。经过三天三夜的激战，也先损失惨重，最后不得不从良乡落荒而逃。北京保卫战确立了于谦大英雄的历史地位，他像文天祥一样，在北京及至全国，赢得了世代人民的景仰。

人们缅怀于谦，还因为，后来于谦被捕入狱，为奸人所害！那是明英宗天顺元年（1457年）正月二十二日，当锦衣卫冲进于谦家中的时候，发现于谦竟然家徒四壁！当唯一锁着的正屋门被打开时，他们发现，屋里放的都是皇帝御赐的荣袍、剑器、圣旨等，这些东西原本是该拿出来显摆的，可于谦怎么将其锁在屋里纹丝不动呢？抄家的锦衣卫都哭了，历史在这儿也哭了……

说起来，我知道北京有于谦祠，最初只知道其位置大约在长安街附近。我是带着侥幸的心理踏上长安街去探访的。当时的心情是，也许于谦就像天空中飞过的大雁，在北京的天空闪耀过，但雁过无痕，毕竟历史已经过去了近600年……我循着手机导航，当走到那栋毫不起眼的四合院面前时，欣喜之情无以言表，仿佛沙漠中遇到一汪清泉，又宛如迷航的水手发现了归岸的灯塔。北京，就是这样神奇；长安街，就是这样最美！

那天从于谦祠探访回家后，我又查阅相关资料得知，西裱褙胡同23号原是于谦的私邸，于谦就义二十多年后获得平反，朝廷将其府邸改作于谦祠，以便永久纪念他。我们现在见到的于谦祠是2004年前后在原址重建的，它现在是北京市重点文物保护单位之一，曾被称为长安街东西中轴线上仅存的一座四合院。我以为，"最美长安街"是多种多样的，我所亲见的这座四合院即为其中之一吧！因为其中永远鲜活着一个不屈的北京之魂……

作者简介：

朱晔，中国作家协会会员，中国金融作协副主席（常务）兼秘书长，现供职于中国工商银行业务研发中心，先后出版文学专著7部。作品曾获金融文学奖等文学奖项。

第一次来到人民大会堂

任启亮

如果要问长安街上哪一座建筑在我心中最有分量,毫无疑问是人民大会堂。这座只用不到 10 个月时间建成,占地 15 万平方米,建筑面积达 17 万平方米,举世瞩目的人民大会堂,彰显了中国速度和中国气派。她坐落于西长安街东侧,面对天安门广场,与天安门城楼、国家博物馆、人民英雄纪念碑、毛主席纪念堂构成独具特色的建筑群;她是党和国家举办重大政治、外交、文化等活动的场所,建成后历届党的全国代表大会和每年的全国人大、全国政协大会都在这里举行;她有气势恢宏的万人大会堂、宽敞明亮的大宴会厅、金碧辉煌的金色大厅,还有以各省区市和香港、澳门、台湾命名的 30 多个各具特色的大厅。人民大会堂里每一种装饰、每一幅书画作品、每一件工艺品都深深吸引着我,让人流连忘返。

最让我记忆犹新和不能忘怀的还是第一次来到人民大会堂的情景。那一次,我万分荣幸地见到了无比崇敬和景仰的邓小平同志。

那是 1985 年 6 月的最后一天,我国与西方石油公司合作开发的平朔安太堡露天煤矿开工在即,西方石油公司董事长哈默博士专程来华出席开工典礼。中美联合开发平朔安太堡露天煤矿,是中国对外经济合作与改革开放的标志性事件,有着"试验田"的意义。邓小平同志对这个项目非常关心和重视,在谈判过程中曾多次询问进展情况,并鼓励中方有关人员放开思路打破框框,力争合作成功。这次哈默博士来京安排的主要活动除邓小平同志在人民大会堂接见外,还有党和国家其他领导人的会见、会谈、宴请,以及国务院及有关部门领导同志与哈默一起乘专机赴朔州出席开工典礼。我当时是煤炭部下属的中国煤炭开发总公司办公室的工作人员,全程参与了上述活动的具体工作。

6 月 30 日下午 3 时前,参加会见的中外人员先在人民大会堂二楼会见厅门口照相的架子上排队站好,我们作为工作人员随当时的煤炭部部长高扬文在小平同志乘坐的电梯门前迎候。大家都静静的,眼睛盯着电梯的方向。我屏住呼吸,按捺不住激动的心情,期待伟人出现的那一刻。电梯门轻轻打开,邓小平同志从容走出电梯。他经过我们身边时距离也就两三米,我能感受到伟人的气息,激动的心情无法表达。

趁着小平同志与哈默博士寒暄的机会，我们急忙跑到架子的最后一排，站在自己的位置上。参加照相和会见的中方人员有国务院和有关部委的领导同志。

照相之后，宾主进入会见厅。哈默感谢小平同志百忙之中与他见面和对这个项目的关心，表示有信心把这个项目做好，请小平同志放心。二位老人谈话轻松、愉快，没有固定主题，也没有外交辞令，时而发出会心的笑声。邓小平同志说这个项目只是一个开端，中国的对外开放步子会越来越大，合作项目会越来越多，越来越广泛。欢迎更多的美国朋友到中国来走走看看，开展合作。

我是"文革"后恢复高考，从农村考入大学的。如果没有邓小平同志在1977年以超前的眼光和非凡勇气，力推高考制度改革，我不可能上大学，更与北京无缘。今天，作为一名大学毕业只有两三年、经历简单的年轻干部，有机会参与如此重要的外事活动，尤其是亲眼见到邓小平同志，激动和兴奋的心情可想而知。我坐在后排工作人员的位置上，仔细聆听邓小平与哈默的对话，并不停地记录，生怕漏掉一个字，握着笔的手被汗水浸湿。

活动结束后，我们走出东门来到天安门广场，人民大会堂巍峨壮观，正中悬挂的巨幅国徽熠熠生辉。广场上游人如织，欢声笑语，一派祥和气氛。天安门城楼彩旗招展，长安街车水马龙。我若有所悟，长安街并不是一个普通的街市，也不是一般意义上北京城市的东西轴线和交通干道，她首先是一个政治和文化意涵丰富的概念。她见证了中华民族的非同平凡过去，也必将昭示着发展复兴的未来。正是数百年的历史沧桑，沿街那些标志性的建筑和重要的党政机关，雄伟壮丽的天安门和世界上最宽阔的广场，更因为有常常规划并决定着国家命运和走向，令全世界聚焦的人民大会堂，才成为"神州第一街"！

斗转星移，从我第一次来到人民大会堂至今已经过去37个年头。后来，进入人民大会堂的机会渐渐多了起来，参加有关会议、活动，观看文艺演出，前些年每逢节庆日还举办一些群众性文娱活动。我参与组织的一些涉侨会议和活动，也常常在人民大会堂举行。每次跨入人民大会堂，37年前第一次来到这里的情景都历历在目，邓小平同志的音容笑貌如在眼前。

一次在人民大会堂宴会厅由国务院侨办等有关部门组织的海外侨胞、港澳同胞和台湾同胞的国庆招待会上，一位举止儒雅的男士手持酒杯走到我面前，问我还认识他吗。我仔细端详片刻，实在记不起来了，只好表达歉意。他说："1985年6月30日，邓小平先生在人民大会堂会见哈默博士，我当时是哈默的助理。"我想起来了，正是于先生。

于先生多年前已经回国发展,创办了自己的文化公司。不久后我应邀到他位于东五环的园区参观,邓小平同志接见哈默一行的照片挂在他办公室最醒目的位置。照片中的我和他都在后排,并肩而立,真是缘分啊。于先生很健谈,说起他20世纪70年代出国,后来当上哈默的助理,以及回国创业的经历,感慨改革开放给中国城乡带来的巨大变化和华侨在国外地位的提升以及给华侨华人带来的发展机会,并充满情感地表示要感谢改革开放,感谢邓小平同志。这一点我深有同感。从事侨务工作30年,接触很多世界各地的侨胞,他们无不为祖国的发展和进步欢欣鼓舞,为自己作为中华儿女的一员倍感自豪。岂止是他们,改革开放40多年来,我们每一个家庭,每一个中国人的感受何尝不是如此。

今年是我参加本届全国政协的最后一次全体会议,以后再来人民大会堂的机会不会多,也可能不会再进来了。无论到什么时候,第一次来人民大会堂的记忆,都会在我心灵深处永远珍藏。

2022 年 5 月 13 日

作者简介:

任启亮,全国政协委员,中国作家协会会员,曾任国务院侨办副主任。作品散见于《人民日报》《光明日报》《人民政协报》等报刊。散文被选入中小学《语文主题学习》等十多种读本。著有散文集《一路风景》《特殊的旅行》等。

把诗发表在长安街上

华 静

"穿着妈妈做的鞋,我走在长安街上。啊,妈妈也是诗人,她一针一线写成的诗,被我发表在长安街上。中国最长的大街,最大的一本刊物,发表了妈妈的诗。"

这是作家李一鸣授课时讲到的一段有关母亲和长安街的诗句。

现场聆听,对母亲,对长安街,对作家李一鸣,肃然起敬。

他讲深厚的人文情怀和哲学情怀、爱国情怀,讲精神地质形态,讲血管和笔管应该连在一起,讲作家流传下来的作品无一不拥有人民性,讲作家的责任,讲仁人志士的天下情怀以及那种为天下开太平的猎猎担当……

时间回溯到2017年8月10日。中国作家协会在国二招举办的"深入学习贯彻习近平总书记文艺工作座谈会重要讲话培训研讨班"上,李一鸣围绕《天下情怀》的主题开讲时,就提到了长安街。

那天是星期四。国二招的大礼堂里坐满了我敬仰的、著作等身的老中青年作家们。

从8月8日起其实就开课了,一天一课。

第一节课是作家李敬泽作的开课发言,他特别讲到中国精神、中国形象、中国气派、中国经验、中国道路、中国元素、中国故事……"中国",我们何以是中国?不仅仅是我们有疆域,有军队,根本是我们有文化,我们有价值观。

8月9日第二课是作家胡平讲的《创作无愧于时代的优秀作品》。他说要写好这个时代,作家要争取成为思想家。他讲到思想性与信仰,说一个人有信仰才能感动世界,一个作家有信仰才能感动读者。他把精神性写作提到一个高度上,把精益求精搞创作与深入生活联系在一起。

第三课就是作家李一鸣的课。他让大家记住了他诗句中的母亲和长安街,记住了他表达出的赤子情怀。

真是一次学习的好机会,授课老师们讲得都很精彩,我受益匪浅。

结业式上,我也有幸作为4个学员代表之一与著名作家李迪、鲁迅文学院年轻教师赵依、军旅作家陈怀国等老师一起,在会上汇报了各自的学习体会。

那天,我站在会议厅的演讲台前谈学习体会的时候,脑海中一直萦绕着那温暖人心的诗句。"妈妈也是诗人,她一针一线写成的诗,被我发表在长安街上"仿佛给了我无限灵感。于是,在这诗句的影响下,我的发言主题聚焦所读作品的积极品质展开,沿着这"情怀"表达出了我对"文学表达"的进一步认识。由此,我相信了:"真正好的文学作品始终具有直抵人性深处的力量。"令人触目难忘,根植于心。

十里长安街,我坐车路过、开车驶过,也曾一步一步地走过,却很少认真地感悟过。培训结束后的一个周末,我做的第一件事,就是从永安里出发,骑车到复兴门。

那是晴朗的一天。骑一程,走一程,我徜徉在长安街上。

关于国庆阅兵的记忆被唤醒,饱含情感张力的情绪被点燃,长安街的话题强化了我对"中国第一街"的重新认知。

时间无形。一条长街见证了多少变革,成就了多少人的梦想。几代人,写着勇者无疆的赞歌。几百次的行走和走过,让多少人在不知不觉中成为最深情的风景。而历史记载的有关长安街的日记和随笔,用文字、图片记录今昔影像,留住了长安街变化的吉光片羽。

曾记得,1997年在朝阳门地铁口,年轻的我带着孩子来此寻找朝阳门原来的位置。一位热心的大爷介绍说:别说朝阳门了,东西长安门都变成今天的长安街一条大道了。然后他说:这不就是国家新的开始吗?

怎么不是呢?忆当年,李大钊将从遥远的俄国传来的马克思主义的信息传播给中国的青年学子们,点燃了他们民主救亡的使命感。不能忘怀,3000多名爱国学生会聚在天安门前,反对西方列强在巴黎和会上无理践踏中国主权的行径。

民族危亡时刻,"一二·九"运动在长安街上爆发。只有汇聚力量,才能对抗侵略者。呼吁反对内战,一致对外。

历史会铭记,七七事变北平沦陷、古城蒙羞的那一刻。仿佛在今天还能听见长安街上"不愿做奴隶"的歌声。

东大桥居住的老邻居在一个夏日的傍晚,问我,你知道复兴门的来历吗?那就是为了一扫长安街的屈辱,寄予了一种复兴国家的强烈愿望。

你知道吗,你知道吗……我应该知道,我们的孩子们也应该知道。

当解放战争进入最后阶段时,为了保护古城免受战火摧毁,抗日名将傅作义深明大义，促成北平和平解放。解放军进城的场面，今天凭借过去的影像可以看到。前门大街，东交民巷，长安街上，涌满了欢迎的人群。北平解放大会就是在天安门广场进行的。

1949年10月1日开国大典，毛泽东主席在天安门城楼上庄严宣告："中华人民共和国中央人民政府今天成立了！"

在《义勇军进行曲》中，天安门广场上升起第一面五星红旗。人们纵情欢呼，在天安门广场上庆祝人民当家作主的喜乐。

为纪念为国牺牲的革命烈士们而建的人民英雄纪念碑，从奠基到落成，历时9年。纪念碑位于天安门广场中心。一整块花岗岩的正面镌刻着八个大字：人民英雄永垂不朽。值得一提的是，纪念碑正面，面向长安街。

据说二十世纪五十年代，抗美援朝时期，当时的东西长安街规划宽度为100米宽，准备临时作为机场跑道使用。

"十个月建成人民大会堂。"这不是神话，而是发生在北京的真实故事，是中国人奋力建设新家园的最美好见证。在这个地方，完成了毛泽东等老一辈革命家们的愿望："等到将来革命胜利，我们必然要靠着自己的力量，建立一座能容纳万人开会的大礼堂。能和全国人民，一起商量国家的事务！"各行各业，多少人在各自岗位上，默默地为这个古老而又年轻的都市贡献着自己的力量。

有人说，长安街是中国也是北京最忙碌、最生动的迎宾大道。当年有一次我从蓝岛大厦购物回家的路上，遇到临时交通管制，一问，才知道当天有外宾来访，从机场驶来的车队到永安里路口右转，驶入长安街。据说，当年尼克松访华时也走过长安街。

只是，谁也没有想到，1976年，就在这条叫作长安街的地方，人们先后送走了三位伟人，十里长街上的悲痛就在这一年写在了共和国的历史上。

同是1976年，发生了唐山大地震。民族的伤痛和重创，让人猝不及防。

还是1976年，《祝酒歌》响彻神州大地。一首歌，唱出金色十月的中国在重大历史转折关头的昂扬主旋律，"唱响了一个历史新纪元的来临"。

长安街扬名海内外，历时百年时间。见多识广、历经沧桑的人们从心里赋予这条街生命的新意：百年长安街是新中国一条流动的血脉。

1979年，邓小平同志出访美国，现场听到一群美国小朋友用中文演唱《我爱北京天安门》。自此，中国改革开放的进程迈出了历史性的一步。

1997年7月1日,香港回归祖国。"中国政府对香港恢复行使主权。"天安门广场东侧矗立的倒计时牌在925个日子里,极大地激发了人民的爱国热情。

1999年12月20日,澳门回归祖国。"中国政府恢复对澳门行使主权。"天安门广场东侧的倒计时牌在度过了594个难忘的日夜后,迎来闻一多先生写给澳门的《七子之歌》的歌声。

2001年7月13日,北京获得2008年奥运会主办权的消息传来,夜晚的北京沸腾了。长安街上挤满了欢乐的人群。北京向世界自豪地宣布:2008年,北京见!

2001年10月7日晚上,我和家人推着坐在轮椅上的婆婆,在天安门前看完街景,大约快10点了,正准备回家,忽然,发现街上的人越来越多,人们挥舞着手中的号外再现了欢腾的场面。我们才知道,那晚,中国足球队战胜阿曼队,获得世界杯足球赛参赛资格。有一个年轻人看到了我们,直接将两份号外塞到我婆婆手里。每份号外上都整版一行大字。一份上写:我们出线了。另一份上写:冲出去了。鼓乐声不断,高呼"中国万岁""祖国万岁"的口号声不断,喝彩声不断,汽车喇叭声不断,我们的热血沸腾了。

我们加入欢乐人群中。坐在轮椅上的婆婆,原本有些累了,可在这样的氛围里她竟然挺起了腰板,用手在胸前端正地举着号外。

没想到的是,我们还上电视了。我婆婆接受中央电视台记者现场采访的画面,竟然也成了北京那个不眠之夜的新闻亮点之一:八十多岁高龄的老人坐着轮椅都上街庆贺了。远在山东的五姐当晚看到新闻直播,打来电话说:"我们在电视里看到你们和妈了。"

长安街的诗意是写在我们心里的。与现实有关的每一个经历,哪怕再不容易,也都让我们收获过惊喜。就像李一鸣老师对生活诗意的解读,何尝不是来源于贯穿长安街的那种恢宏气质。

当雨后的长安街尽头挂上了彩虹,当凌晨的长安街上传来升旗手们整齐的脚步声,当早起的人们追寻着长安街上的朝霞,当悠扬的鸽哨声掠过长安街的上空……越来越真切的北京,向世界展示出原本属于自己的那份平凡简单的至真之味。

春暖花开日,两会进行时。作为2002年的上会记者之一,我连续采访了几位政协委员,完成了有关会议报道的话题,按计划匆匆赶赴代表驻地并参加了各团体的分组会议。记得迎风站在人民大会堂前留影时,我脑海中还在回放着代表们议政建言的每个动情瞬间。全国各个媒体的两会报道从不同角度解读政府工作报告核心要义，让长安街有了新的历史温度。

慢慢地，我发现自己走在长安街上时，莫名的酣畅感越来越明显了。长安街上，常见有游客手拿自拍杆，头戴遮阳帽，乐此不疲地拍照留影。一友人讲过一个温暖的小段子，说有一个外地中年男人乘坐公共汽车路过天安门时，激动地拿起手机与家乡的朋友大声通话：你羡慕我吗？我现在北京长安街上，我看到天安门了！仿佛看到天安门，心中就有了一个广阔的小宇宙，那般纯真通透的表达，当时感染了车上所有的人。

感慨归感慨，我还是觉得所有岁月长河里的种种，都被那句温情脉脉的诗句表达所概括。"把诗发表在长安街上"为长安街赋予了更加深远的寓意和浪漫色彩。一腔柔情，几多豪迈。

至今我保留着与长安街有关的部分照片：

在建国门北侧的街边花园，坐在轮椅上的婆婆晒着太阳；在天安门前熙熙攘攘的人群中，我与10岁的儿子合影；在原外经贸部的门口，而立之年的我正在看着"我"不知疲惫地忙着约稿审稿；在北京新闻大厦，与业界同仁实地学习北京日报报业集团的好经验；在海关总署门前，联想到二十多年来追踪、跟进、报道海关人作为国门卫士为国把关的风采故事以及捕捉口岸新闻、口岸动态的敬业精神……

奔赴长安街的往事，全在镜头里。镜头里的长安街，有年代感，有时代感，有格外深刻的共情。

若戴上耳机听着歌唱家李光羲的《北京颂歌》，感觉整个长安街都是春天，都是清晨，街面上洒满了水，心底荡起激情的涟漪。

"最具表现力的共和国在长安街上展示。"史诗一般的场面，聚焦一个民族的历史。有关长安街的叙事脉络，来自几代人的情感叠加。

漫步长安街，情满长安街。蓝天白云下，闪耀的星光里，长安街街上行，一街连四海，一脉通古今。

如今，虽然疫情还没有退去，只要我们的健康宝是绿码，一样可以在京城内自由行走。即便是站在王府井的街口想到了纳兰性德的词，在西单的街口想到了勒庞的心理学专著，都不妨碍我们在长安街上走笔。

"中国最长的大街，最大的一本刊物，发表了妈妈的诗。"有着600年历史的长安街,有关她的诗句不会画上句号。

作者简介:

华静,高级编辑,中国作家协会会员,北京作家协会会员,中国作家协会第八次全国代表大会代表,2016年度全国新闻出版行业领军人才,第三届中国产业报协会"十佳编辑"。散文作品获第八届冰心奖。出版诗集、散文随笔集、报告文学集及《华静文丛》(新闻文学作品三卷)多部。

生命中的长安街

亦 农

1998年初春,北京的天气还比较寒凉。我与新婚的妻背着沉重的行囊从西客站出来,公交车左转右转,驶上一条大马路。忽听人说,哦,长安街!透过几个脑袋的间隙,我看到窗外景致:灰砖瓦房低矮错落,老旧院墙蜿蜒逶迤,人腰粗的古树盘虬卧龙,车辆如流,行人匆匆……

在天安门东站下车,被阔大的广场吸引:那面高悬的五星红旗电视里天天见,如今就在眼前。红墙黄瓦巍峨的故宫,庄严雄伟的人民大会堂……看得我心潮澎湃。

还算幸运,半个月后,我找到第一份工作——在《中国军工报》做编辑,单位在西三环航天桥附近。每天早上五六点钟,骑自行车从东交民巷出发,经天安门广场,沿长安街一路向西,过民族文化宫、复兴门、军事博物馆,到公主坟右拐向北,再骑行六七站方能到达。

本以为自此可以安稳度日,然而数月后,报纸撤并,我不得不另谋生路。

故宫旁边的工人文化宫每周末举办人才招聘会,大多是保险公司招聘推销员。在人才市场转一圈,颇觉失望。准备离开时,无意中瞥见入口处摆着个木牌,一家建筑施工行业杂志社招编辑,虽与文学相去甚远,好赖是和文字打交道,便不抱多大希望地递了简历。不久,我开始每天到三里河建设部大楼上班。两年后,又应聘到经济日报下属一家报社,地点在月坛附近。依旧每天骑自行车沿长安街西行,至南礼士路向北拐。再后来,我到金台西路人民日报下属杂志社工作,每天改成沿长安街向东而行。

除了周末,我在长安街上风雨无阻骑行了四五年。从春秋到冬夏,从朗朗乾坤到雨雪霏霏,我熟读长安街的建筑风貌,看惯了街两旁的花开花落,朝夕与晨昏。曾和朋友吹牛:闭着眼睛,能从长安街一路摸回家。

我们先租住在天安门广场东侧东交民巷31号院,一间五六平方米的石棉瓦房,随后搬至前门大栅栏对面的大江胡同,住进106号院一间20多平方米的百年老屋。虽住得促狭,但这么阔的广场、长长的大街,街两旁满是全国闻名的国家级单位、著名建筑,顿觉心中敞亮。日行其中,养我双眼,为我所享。这样想来,肚腹里就满是莫名的优越,方寸陋室,何足道哉!

女儿读小学时,我教她如何描写场景作文,首先想到的就是天安门。为了让她有切身感受,我们专门到此一游:站在天安门广场,东面是国家博物馆,南面是人民英雄纪念碑和毛主席纪念堂,西面是人民大会堂,北面隔着宽阔的长安街,是故宫。

我家距天安门广场三五百米,晚饭后消食的时间,就可以走过去。夏日傍晚,广场上凉风习习,惬意舒爽,很多人轻摇蒲扇在此乘凉。每到春天,总有人放风筝,长尾蜈蚣、红鲤鱼、大章鱼,把湛蓝的天空点缀得像神奇的科幻世界。

女儿最爱骑她的"宝吉宝吉"脚踏车。从家出发,一路骑到天安门广场。在广场上自由奔驰。敏捷的动作,飞扬的短发,咯咯的笑声,引来众人羡慕的目光。后来长大些,我给她买风筝,她举着小手牵着"蝴蝶"在广场奔跑……看着女儿在祖国的心脏,在万人向往的地方尽情玩耍,我忍不住就想,如果不生活在北京,咋有这机会!

广场靠南是毛主席纪念堂。一天路过,正巧遇到对外开放。平常参观者甚众,常常九曲回龙般排出数百米。那天有雨,参观者不多,便过去排队。进入庄重肃穆的纪念堂,在乐声中绕主席水晶棺走一圈,静静瞻仰,我心中默念:主席您好,俺来看您了。

人民大会堂是举行全国人民代表大会的地方。因记者身份,又长期生活在北京,我有更多机会走进这里。2009年我加入中国作协。年末,作协举行迎新春联谊会,邀请部分在京作家参加,地点就在人民大会堂。那天,遇到许多知名作家、艺术家。有些作家年已耄耋,拄着拐杖,甚至坐轮椅,行动需家人搀扶。那一天,人民大会堂的空气都弥漫着文学的气息。

人民大会堂西侧,是国家大剧院。一年岁末,应某跨国企业邀请,到此参加年度答谢宴会,看歌剧《天鹅湖》。那天,来自国内外各大媒体的老总、编辑、记者纷沓而至。忽然看到转角门外进来一男青年,白色直裤,格外亮眼。大约是某报的记者,头发有型,精神奕奕,一举一动都很挺拔。不知为何,莫名想起巴尔扎克笔下的拉斯蒂涅和司汤达《红与黑》中的于连……

1999年时,长安街上还有私人面包车,俗称"小蝗虫"。后来,"小蝗虫"被取缔,又增加不少公交车。即使如此,上下班高峰乘客挤公交,仍能把人挤成"相片"。

北京地铁最早只有一号线和二号线,一号线就在长安街下。2000年时,还有地铁月票。后来改革了,地铁月票被淘汰。2006年5月,北京市政交通一卡通正式启用,取代了以前的纸质月票。

我对自行车情有独钟。一可以健身,二比较自由。长安街在扩路前,上下班高峰会出现超长拥堵,此时便显出自行车的优越性。如鱼般穿梭在车海,把那些名车座驾甩在身后,令人有一种不可名状的快感。春有百花秋有月,夏有凉风冬有雪,在冉冉升起的朝阳里,在彩霞漫天的余晖中,骑行在宽阔的长安街上,我仿佛变身小鸟,自由地飞翔。

　　一天下班,发现民族文化宫有演出,宣传海报上赫然写着著名表演艺术家马金凤。我听着豫剧长大,当然知道马金凤大名。遂凭记者证进去,在舞台后面见到马金凤并合影。我把照片寄回老家,父亲特意拿相框裱了挂在客厅。每有人来,是一种无声的炫耀,令父亲觉得倍有面子。

　　春节前夕,工人文化宫院内会组织年货大集,干果、杂货、书画文具等琳琅满目。我也会去购物,逛罢大集,顺便来个太庙游。一次,北京晨报组织优惠订阅活动,邀请姜昆、游本昌、李嘉存等前来助兴。我凑热闹拿了份宣传画报请他们签名。可惜后来搬家,那份签名画报不晓得丢哪儿了。

　　光阴荏苒弹指一挥间,十几年过去,二人世界早变成三口之家。2000年女儿降生。父亲母亲过来帮着照看女儿。我带他们看天安门。母亲出身乡下,从未出过远门。父亲当兵出身,也不曾见过大世面。二老漫步长安街,两旁街景目不暇接,身前是蹒跚学步的孙女,身后是大儿与儿媳。像我们这般普通的中国家庭,在长安街的游客中并不鲜见。家人团聚,儿孙绕膝,小民的幸福,莫过于此。

　　2003年夏,前门一带拆迁,我们移居到北四环外亚运村。虽然离开了,偶尔还会趁节假日回去看一看。大江胡同彻底消失,取而代之的是一条崭新的马路。问闺女,猜猜我们原来睡觉的地方在哪儿?她四顾半晌,指着宽阔的马路中央说:这儿!

　　北京的变化日新月异,长安街更是如此。高楼耸立、华灯如林、绿树成荫、百花飘香,犹如一条长长的街区花园。一位出国多年的同学归来,连连慨叹:北京已赶超世界上最繁华的都市,北京人到国外任何城市都不会感到惊诧。

　　我看过春天的长安街。金水河畔宫墙御柳,桃红梨白,无数爱美的人在此流连徘徊;我看过夏天的长安街,红红火火,那脸颊上晶莹的汗珠,遮不住初次踏上这条大街的激动和喜悦;我看过秋天的长安街,秋高气爽,虽然两旁满是错落有致的高楼,仍可以看到辽阔的蓝天,白云朵朵;我看过冬天的长安街,皑皑白雪,银装素裹,忍不住就想:皇帝嫔妃也是看过这雪的吧?滚滚的历史车轮,任谁也无法阻挡。

　　人民是历史的创造者,是真正的英雄。我们和祖国同呼吸共命运,更期盼永远国泰民安。长安街上,无数个像你我这样的普通人,汇成人流,聚成海洋……如果你在长安街无意中看到一个踱步的中年人,或许,那就是我!

作者简介:

唐哲,笔名亦农。中国作家协会会员。著有童话、儿童文学、散文小说等50余部。1986年开始发表作品。已出版唐豆豆成长日记系列、"金牌三人组"奇幻系列等。部分著作被翻译至海外。

长安街畔寄诗情

刘丙钧

如果说,以天安门为核为轴的建筑群,是京城的心脏中枢,那自东单延至西单的十里长街则是京城的一条主干大脉,称其为天街、京城第一街,确是无愧当之,更无出其右者。

长街的北侧,太庙(后改名劳动人民文化宫)、天安门、社稷坛(后改名中山公园)、中南海次第而列;长街之南,历史博物馆(后改名中国国家博物馆)、人民英雄纪念碑、毛主席纪念堂、人民大会堂错落而矗。左视右顾,溯史抚今,数百年历史风云,聚拢一方,春翻秋阅,启人万千感慨。可谓一部其字珠玑、其文灿耀的磅礴大书。

题曰"长安街畔寄诗情",并非道说有关咏吟讴歌十里长街及其周边古建今筑的韵文诗作,而是忆及并念念我曾十数年往来长安街畔劳动人民文化宫的习诗之路。

劳动人民文化宫,原为太庙。太庙,系中国古代皇家的宗庙之称,曾名为世室、重屋、明堂,秦时改称太庙,系供奉皇帝先祖之处。再后皇后及有勋绩的功臣,得皇帝恩准,也可配享于此。这里所说太庙,系明清两代的皇家宗庙。

1949年,新中国成立,中国人民从此站起来了。万众齐心,万物更新。各地各处,一派欣欣之貌。得周恩来总理亲批,将此太庙更名为北京市劳动人民文化宫,成为北京工人群众文化娱乐活动之所。郭沫若先生曾有诗道:"昔日帝王庙,今作文化宫。"

在劳动人民文化宫开展的诸多文化活动中,北京工人诗歌创作组可说成绩斐然,令人瞩目。与其同期,上海从事小说创作、被称为三驾马车的工人作家胡万春、费文礼、唐克强,亦是多有成就。两者相呼互应,双峰并峙,故而有"北京的诗歌,上海的小说"之赞语。

北京工人诗歌创作组自20世纪50年代成立,一直延绵至80年代末("文革"期间曾有中断)。在这几十年间,走出一代又一代卓然有成的工人诗人,他们创作出一批批颇有影响,甚具体量的反映现实生活、展现时代精神风貌和情感的诗歌作品，其佼佼者如温承训、李学鳌、王恩宇、陈松叶、陈满平等等，难以尽数。李学鳌则更是被称为中国第一位工人诗人。曾为文化部常务副部长、河北省委副书记、中国文联党组书记等职的高占祥先生，亦是诗歌组成员。至今，我的书柜中还藏有李学鳌、王恩宇、陈满平等诗歌组前辈的诗集以及高占祥先生的亲笔复信。习诗之初，于中受益良多。

我生也晚。在20世纪70年代，得时在北京市作协工作的高华老师热心荐推，有幸加入这个声气相投、同切共磋以诗会友的大家庭。要知道，当年的诗歌组，可说是业余诗歌创作者的圣殿明堂。和我一样，许多当年的诗友，以此为端始，改变了职业和人生轨迹。

那时，每周一次的诗歌组活动日（记得好像是每周四晚上吧），下班之后。匆匆吞咽几口饭，有时甚至来不及吃饭，大家从京城的四面八方朝圣般地会聚而来。记得年为兄长、在首都钢铁公司工作的王德祥先生更是从远处西郊石景山单位迢迢而至。大家为诗而来，因诗而论，心痴痴而意浓浓。参加活动者，不仅是这些诗友，还常有《人民文学》《十月》《诗刊》《北京文学》《北京晚报》《北京日报》《儿童文学》等报纸杂志的编辑老师来授课组稿。

诗歌组活动时，文化宫中早已是园寂灯熄，更无游人，唯有诗歌组活动所在的三大殿之后殿中，灯炽如昼。一众诗友环桌而坐，阔论高谈或凝神而听。

诗歌组的活动之所以能勃勃兴兴几十年，作为组织者的文化宫文艺科的工作人员彭惠贤、瞿小伟、谢志坚等自是功不可没。他们为此付出诸多心血和精力，于此念之谢之。

我与诗歌结缘后的很长一段岁月，可说是每一点些微进步，每一个敝帚自珍的作品节点，都得益于诗歌组的活动。亦可以说，习诗之路上，每一步行痕履迹都与文化宫有关，与长安街有关。

至今依是感念荐推我加入诗歌组的高华老师。其时，她工作的单位北京市作协，亦位于西长安北街被誉为"北京十大建筑"之一的电报大楼东侧，而处于同院的《东方少年》杂志，更是我作为作者，常发作品联系甚密的刊物之一。十里长街，可说是我与诗歌情缘的见证。

我正式发表的第一首诗，系经诗歌组前辈、《工人日报》副刊编辑王恩宇老师之手编发，我的第一首儿童诗则系由时任《儿童文学》诗歌编辑、半师半友的陈满平先生编发，并由此始，我的创作重心转向儿童文学，后更有幸接手他任的陈满平先生成为《儿童文学》的诗歌编辑。诗歌组的好几位诗友同好，亦成为《儿童文学》的重要作者。相情互谊一直延绵至今。每每忆起当年文化宫诗歌组的种种般般,总是恋恋念念情动不已。

到80年代后期,诗歌组的活动因种种因故憾不复继,成为过去时。但同时也成为众多诗友深深镌刻于心的记忆和怀念。

每当路经长安街时,总是不由自主地朝文化宫的大门侧头而望,而每当进入文化宫的园院时,更是会在这后殿阶下止步些时,殷望些时。用"昔人已乘黄鹤去,此地空余黄鹤楼"来喟叹喻比,固是有些不类不论,但目及之处,确也是人已星散四处,大殿依然巍巍如昨。

我常有种吒想,何时有机缘,诗歌组的几代诗友能在这大殿中相聚一晤,谈今抚昔,言诗叙情。要是能更进一步,编辑出版一套北京历代工人诗人丛书,该是多值一念的幸事。而这足可以成为北京文化史上的一笔一页。如现今文化宫的领导和相关部门能有此一举,该是多有价值和意义的一项活动呀。

在一次驻足当年诗歌组活动的后殿阶下后,曾因忆为念地涂鸦一首小诗:"犹忆当年文化宫,为文寻诗草初萌。寒来暑往十余载,文化宫里忆诗情。"思琢几番,最后一句改为"长安街畔寄诗情"。

是的,长安街畔寄诗情。

作者简介:

刘丙钧,中国作家协会会员,儿童文学作家。先后出版作品三十余部,多部作品曾获中国作家协会"全国优秀儿童文学奖""国家图书奖"和"五个一工程"奖,并有多篇作品入选小学课本。

一部渊深的典籍

刘汉太

在北京生活多年，我对长安街的熟悉如同自己的掌纹。

对于我来说，长安街不仅仅是北京的窗口乃至中国的象征，还蕴藏着我的长期观察，我对国家和城市成长轨迹的感情维系。

长安街是最有时间记忆的一条街。它的雏形源于元大都南城的顺城街，明永乐十七年（1419年）城墙南移二里，同时拆除文明门与顺承门之间的墙体辟为路径，由此开始长街的延伸。据史料记载，明清之时，东单至西单全长不过10里。1990年以来，北京市政府悉心四次大修，最终形成西起门头沟三石路、东至通州宋梁路的"百里长街"。从元大都迄今，长安街已经跨越了600年，堪为大街历史之冠。

中国当代建筑的思想史凝固在长安街上。漫步其间，我可以找到不同时代的印记，看到截然不同的版本；我可以品味各自独特的形象，仔细欣赏拼贴画的传奇。而随着改革开放的进程，我更亲眼看见长安街用中心化的功能打通了CBD、金融街、WSD、金宝街、华贸、SKP等价值高地，不仅进一步拧紧了中心城与东西向之间的纽带，更像一支强劲的脉管将资源与人才的血流左输右送，开启了北京政治、经济、文化三驾马车并辔而行的新纪元。

是的，修缮后的长安街比之先前更为完臻。55公里的距离相当于日本岛的半径，繁华的内在更远超伦敦砖巷、纽约第五大道、莫斯科的阿尔巴特街。

长安街的"长"是依托于国家威权的"长城"。这条街上不仅坐落着中南海、人民大会堂、天安门广场以及全国人大、全国政协、交通部、商务部、信工部、财政部、中国银行等数百家中央和国家机构，更是国家举行纪念、庆典、会务等重大活动的场所，15次雄姿英发的大阅兵显示了中华民族的精气神，长安街啊，就是一部承载和记录中国历史的浩帙长卷。

长安街的"全"是城市构筑的百科全书。看红墙绿瓦、雕梁画栋的杆栏式建筑有故宫、天坛、郡王府；观古代传统与现代艺术结合的建筑有人民大会堂、民族宫、北京饭店；而欣赏最现代的建筑则有北京国际饭店、央视大楼、首都博物馆、财富大厦、国家大戏院、国贸中心等楼形塔影。长安街规划设计的工巧，委实值得很多城市借鉴。

长安街的"留"是老北京的缩微版图。顺着它走向支道、小街及胡同,你会找到过往的遗迹、昔日的店铺、民间大杂院以及见识坐洋车、吹糖人、架鸟笼、抖空竹、耍杠子、卖吆喝之类乐趣,吃烤鸭、卤煮、炒肝、甜圈、驴打滚、涮羊肉、芥末墩、炸酱面之类道地美食以及体验住四合院、喝雪花酪、听相声京剧、品京韵大鼓的土味情境。

作为地标的长安街的"高"尤为令人惊叹。它集中了从远洋大厦、东方广场、万达广场到金地中心、华贸中心、国际金融中心等上百栋闪着钻石光芒的最风行的高层建筑,中国尊则以528米的纬度占据了北京的制高点。

长安街有着海纳百川的襟怀。东西方的文化、科技、资本在这条街上交汇,许许多多的外国机构、品牌商家、资本大鳄和经营达人在这条街上落脚,不同国度、不同肤色、不同语言的来客在这里寻到了奶酪,找到了舞台,获得了第二故乡的感觉,开启了一段新鲜的岁月并融入北京的日常。

即便如此豪放地拥抱时代与未来,长安街一刻也没忘记自身的基因、谱系与印戳。于是,我们看见了长安大戏院门前的"脸谱",望见了银泰中心顶楼的"方灯",见识了国贸三期的"叠彩",领略了中信大厦的"酒樽",更在各个盛大节日体味了沿长安街一线摆设的灯笼、盆景、花坛、光雕组成的充盈着中国元素和北京符号的造型,情志立马深陷过目不忘的感动。

站在这条穿越时空的大街前,我所感知的不仅仅是立体的享受,美学的满足,还透过岁月的风尘看见过往的痕迹,时间的皱褶,人类的憧憬。

果戈理说:"建筑是世界的年鉴,当歌曲和传说已经缄默,它还依旧诉说。"的确,没有哪一个街道能够像长安街这样超越时间和媒介的限制,如此长久地直接地震撼人们的心灵。

是啊,长安街的一切都在诠释中国文明和中国意志,展示北京人的洒脱、豁达、睿智与热情,它竭诚地张开双臂,欢迎参加一带一路高峰论坛的嘉宾,拥抱世界园艺博览会的组团,击掌双奥会的运动员,迎接一切你浓我浓他浓的外国宾朋,亲吻一张张在长安街来来往往徜徜徉徉的笑脸。

毫无疑问,爱上一座城池,它就入你的"慧眼";爱上一条长街,它就入你的"法眼"。

作为一个长安街的拥趸,目光逡巡之际,你不能不被不断变脸的长安街的颜值吸引,不能不为"水蛋""扭胯""蘑菇群""旋转塔"等建筑惊世骇俗的形象,财富大厦、北京卫视、中国尊、中央广播电视发射塔的绝对高度,银泰中心、嘉里中心、王府饭店、东方君悦大饭店错彩镂金的奢华,国际金融中心、恒基商业中心、中国银行总部和远洋地产中心的阔大、精致、旷达,积木造型、圆柱造型、珠贝造型、花铃造型、网格造型、天窗造型的对称与非对称性的美学,不由自主地就被它不断传达的"语汇"和"巧思"所浸润、陶醉而不可自拔。

啊,大象无形的长安街,多重理念、多重流派和多重风格杂糅的赤橙黄绿青蓝紫的七色彩练!

啊,大音希声的长安街,充满精神内涵的排列组合,物化记忆、沧桑历史和文化积淀的雄浑交响!

大美大巧的长安街啊,赏不完的瑰丽,窥不尽的秘籍。

我特别精微地体察到,容积巨大、数量众多的博物馆集群构成了长安街的独特景观:

瞧,中国国家博物馆、中国革命军事博物馆、故宫博物院、首都博物馆的博大精深;

中国自然博物馆、中国地质博物馆、中国美术馆、北京紫檀博物馆的精粹纷繁;

中国印刷博物馆、北京民俗博物馆、北京古代建筑博物馆、中华世纪坛艺术博物馆的单纯极致;

中国传媒博物馆、中国电影博物馆、北京非遗博物馆、北京数字博物馆等的玄妙神奇……

在其间盘桓萦回,远溯龟甲青铜彩绘,近探陶瓷玉雕碑帖,或上下五千年求索,或纵横数万里飞行,蓦然间我坠入时光隧道,走进历史纵深和知识宝窟。

啊,爱上长安街不需要理由,爱上长安街上如此众多的博物馆简直就是"心灵之约"的期遇。

就像三星堆、埃及金字塔、玛雅遗迹散列于北纬30°线,长安街也拥金抱玉、卧虎藏龙,集合着把脉中国乃至世界命运的诸多智库,它们仿若《水浒传》里的一百零八将:

持大刀的国务院发展研究中心;

挥板斧的中国国际经济交流中心;

擅三节棍的中国社科院、中国科学院、中国工程院;

使方戟的中国宏观经济研究院、中国国际贸易研究院、首都科技发展战略研究院、国家信工部区块链研究院;

舞动狼牙棒的中国财政科学研究院、中国环境科学研究院、中国航天研究院、中国兵器研究院；

擅长匕首投枪的中国生态研究所、北京中医研究所、北京气象研究所、首都儿科研究所……

哦哦,近百家智库麾下集合着众多脑洞大开的谋士,他们凭借先进的知识专长与数据分析,随时接受咨询,打开锦囊,提供思想、观点、方法与对策。

所以,踏入长安街尽可以寻寻觅觅,只要走进智库你就会得教得道得济,因为与智士对话你会变得聪明,借助外脑你能获得财富,依靠"国之器"之助力你就霍然逾越眼前的困厄飞向诗与远方。

毋庸讳言,长安街会使你获得力量与启示。

它是一条要素禀赋、形态独异、灵魂散发迷迭香的大街,它将过去与现在的信心和乐观结合起来,使首都成为一个有着无限可能的领袖,一个气势磅礴与活力四射的灯塔,它让我们时刻处于最雄心勃勃的时代。

啊,长安街,你绝不仅仅是一块金镶玉的牌匾,一个都市文明展示的样本,而是留给整个人类的巨大启示录,你以自己的方式述说着历史与现实、苦难与辉煌、欲望与希冀、梦想与未来……

是的,长安街,你的名字属于全世界。

你的存在就是一部渊深的典籍,期冀无数人的读解。

作者简介:

刘汉太,中国作家协会会员,博士,教授,《寻找巨人》《深空时代》等多部作品全国获奖。

南长街纪事

刘春声

二十世纪五六十年代，我姥姥家住南长街4条1号。

南长街位于天安门西侧，是一条"夹道"。北京有不少夹道，养蜂夹道、东筒子夹道、同福夹道，只有南长街最特殊，民间称为"最尊贵的夹道"。

和古老的都城相比，南长街历史算短的，仅百多年。在清代，这里是为大内提供生活保障的会计司、煤炭库、章仪司的地界儿。民国初年为方便交通，在社稷坛（今中山公园）的墙上捅开一道豁口，开辟新街，并在南口建起一座高大的拱门，门额题三个大字"南长街"。历经百年风雨，今天的拱门和三个大字依然原汁原味，完好如初，这也是一奇。

南长街其实并不太长，加上北长街也就二里多地。西侧多住达官贵人，深宅大院居多。东侧因为紧挨着中山公园的西墙，没有腾挪余地，所以都是小门小户的平民百姓。

走进南长街拱门，东边第一个小巷就是4条，我叫它小巷不叫胡同，是因为它只有两个院门，头一个两扇醒目的大红门是中国首任驻美大使柴泽民先生的宅院。往里是座三合院儿，称4条1号，从五十年代初到"文革"前，姥姥家就住在这个院儿的南房，二姨是进城老干部，这间房是组织上分配给她的两处住房之一。我出生在保定，父母在河北省直单位工作，从小由姥姥带大，和姥姥、姥爷感情笃深，所以即使是上了小学，每逢寒暑假，也都要到4条1号和姥姥、小舅住上一阵儿，姨表哥平时住校，放假也过来住。

二十世纪五十年代早期，北京民宅的大门上方都有一个圆形小标牌。如果是私产，牌子就是蓝色的，上面写有一个私字；如果是公产，那就是红色的牌子，上面也是一个字：公。颜色是有感情色彩的，1949年中华人民共和国成立，实行社会主义制度，人民政权的"公"字牌当然就是红色的了。

4条1号房产主姓刘，住北房，我们都叫他刘大爷。耳闻刘大爷从前在京师警察厅做事，是位混过大衙门的旧警察，新中国成立后，住了几年局子。但印象中这位刘爷慈眉善目，怎么也和平时看到的警察联系不起来，后来我读了老舍先生的《我这一辈子》,感觉他身上有福海的影子。刘奶奶对咱家有恩,我二姨回忆说:"有一年你哥中了煤气,只有保姆在家,她是个乡下大姐,看怀抱的大哥没了气的样子,手足无措,只会咧着嘴大哭,刘奶奶听了,知道事情不好,先把门窗都打开,又跑到街上给我打电话,我赶回来把你哥送到医院才捡回一条命。"

4条出口就是公交5路南长街站,有一棵粗大的老槐树。我小时候喜欢搬着小板凳在胡同口看汽车,每一辆5路车从减速进站到开关门上下客再到起步,我都看得如醉如痴,甚至它屁股冒出的汽油味我也喜欢闻,直到姥姥喊吃饭了,就是因为那时候车少。

北京当年的公交车都喷涂红黄两色,长大后我才悟出可能和国旗的红底黄星有关。那时,不要说南长街,就是长安街上的汽车也不多。除公交车外,小汽车更少,还多是苏联生产的,最常见的是拉达,伏尔加也不少,鼻子上有一只飞奔的小鹿。如果看到一辆黑色的吉姆,那就很幸运了,至少是部长以上官员的座驾。比吉姆更高一级的是大吉斯,那是国家领导人的专用轿车。有一次一辆大吉斯从新华门缓缓驶出,后排坐着的竟然是周恩来总理,可惜只有一秒钟,窗上的百褶白帘就拉上了。再后来的后来,才有国产的上海。

五十年代北京的公交车分两种,长安街上跑的大1路是捷克进口的斯柯达,身高马大,风挡是一整块大玻璃,十分气派。其他线路是国产的红黄两色公交车,看上去更亲。特别是从南长街穿行的5路车不可小觑,它可是北京历史上第一部正式运营的公交车,到现在已经是快100岁的"高龄老人"了。1935年8月22日,5路车在东华门外小广场举行通车仪式,首趟从东华门始发,经西单牌楼、西直门等地,到达静宜园(今香山公园),全程24公里。现在的5路从北土城公交场站至菜户营,全程37站,23公里,比民国时还少了1公里。有意思的是,88年前的5路,到今天仍然还是5路,真正是行不更名,坐不改姓。

可能很多人不记得了,五六十年代的汽车没有转向灯,那汽车转弯怎么表示呢?就是在司机前方的风挡玻璃处,安装一个箭头,左右转向时,需要司机提前把它转动一下,让箭头指向要转的方向。到掌灯时分,箭头里的灯就亮了,很远就能看到。

出4条斜对着的是捷克大使馆,旁边是一家私人诊所,现在都没有了。大使馆后身是161中学(从前的女一中),这块地界儿再往前捯是清代升平署,清早期是南府,专掌宫廷戏曲演出事务,道光年后改南府为升平署,仍主持宫内演出,直到1911年寿终正寝。

4条往北是中山公园西门,小时候去中山公园最多,中山公园音乐厅有露天电影,票价5分钱,印象最深的是《孙悟空三打白骨精》,绍剧改编的,表现正义必将战胜邪恶的主题。剧中的角色都说江浙口音。那一次看完电影,天色已晚,我仍然深浸在剧情中,在散场的人流中突然冒出一句猪八戒浙江味的台词:"一个叫我猪爹爹,一个叫我猪爷爷。"引起大人们一阵嬉笑。

姥姥做过街道工作,所以我家平时来的人最多。小舅喜欢画画,曾在中央美院附中业余班学美术。他酷爱刘继卣笔下的孙悟空,临摹的花果山、大闹天宫惟妙惟肖。姥姥家墙上的画都是他的作品。他在南长街小学读书,大队长三道杠。每逢五一、国庆,天安门广场放礼花,晚上,家里人就多了起来,都是小舅的同学,天安门广场有活动都戒严,不能随便出入南长街南口,同学们自有办法,警察问:"嘿,小孩儿去哪儿?""回家,4条1号。"警察也没脾气。因为离广场近,大家在院儿里就能欣赏焰火晚会,运气好的还能捡到小降落伞。暗空中忽忽悠悠徐徐飘落的小白伞,吸引着所有人的眼球,每当有人抢先抓到一只,都会爆发出开心的欢笑。我还记得降落伞是白尼龙绸做的,在空中看着小小的,落地后还是蛮大的,每次总是小孩子捡到玩儿一阵,然后让大人拿走派了别的用场。

提起在南长街的日子,年近八十的小舅说有两件事让他终生难忘。

一件是1959年十年大庆,天安门广场群众方阵头一排是一百面少先队旗,一百个三道杠是旗手,小舅是旗手之一,而且排在中间,当群众队伍涌向金水桥时,他的位置正对着天安门的C位,抬头望去,毛泽东、周恩来、朱德、刘少奇等国家领导人都看得清清楚楚,直到今天,说起当时的情景,他还手舞足蹈,一脸的骄傲。

另一件就是他目睹了人民大会堂建设的全过程。为了给国庆十周年献礼,数万建设大军争先恐后,整个工地热火朝天,彻夜灯火通明,在家里就能听到工地上的声音,短短十个月,巍峨壮观的万人大会堂就耸立在世人面前,是当年十大建筑之首,也是世界建筑史上的奇迹。建设者中还涌现出两位传奇人物,一位是钢筋工青年突击队队长张百发,一位是木工青年突击队队长李瑞环,他们后来分别出任了北京市常务副市长和全国政协主席,这在世界历史上恐怕也是绝无仅有的。

人民大会堂就在南长街斜对面,从大会堂到南长街南口之间的长安街中央,有一座交警岗亭至今难忘,那时指挥交通的岗亭,都是高高地擎起,警察要蹬着铁梯子往上爬,然后高高在上坐着指挥,现在这些景致都已成为历史。

我还记得,姥姥有时出门去买菜,怕我不愿意在家里待着,就让我搬着小板凳在胡同口看汽车,每次我坐好后,她都要用小树棍儿围着我画一个圈儿,说圈外是人家的地方不能出去。那时的小孩子真听话,不管姥姥离开多长时间,我始终没出过圈儿。

南长街加上北长街，总共一公里多长，却处处带有老北京的韵味和美丽，也写满了无数传奇与回忆。由于民国才开街，这条街上没有王朝时代的王公府第，但民国名人雅士却不少。

南长街54号曾是梁启超、梁启勋两兄弟的故居。

1914年3月8日，袁世凯政府设立币制局，任命梁启超为总裁。梁启超力求实施银币普及，其胞弟梁启勋则参与了袁世凯银圆（袁大头）的金银铜比例测算。在梁启超的努力下，"袁大头"从1914年至1929年，总发行量超过7.5亿枚。袁大头官版的成色为89.1%；有效地驱逐了当时流通的各种番银，事实上统一了货币，奠定了日后民国政府"废两改元"等金融改革的基础，这件大事，就是在南长街期间完成的。

还值得一提的是，1927年12月18日，梁启超之子梁思成与才女林徽因的定亲大礼也在南长街54号举行，梁启超请了清华研究院导师林宰平先生作为大宾，主要聘仪为玉珮一双，其珮以翡翠一方，碧犀（红色）一方，缀以小金环连接而成，可以佩在项间。有"何以结恩情，美玉缀罗缨"的寓意，据说极其美丽。林家的聘仪是玉印一方和翡翠，也漂亮至极。

著名的南社创始人柳亚子先生，新中国成立伊始北上京华，先住颐和园昆明湖畔，和毛泽东诗词唱和后，从颐和园迁住北长街89号，毛泽东为其居亲笔提曰"上天下地之庐"。

"中华人民共和国"国名提议者，著名教育家张奚若也曾在南长街居住，据说1949年6月15日，新政协筹备会第一次会议在北京召开，在各小组讨论的过程中，对于新中国的国名问题，争论颇为激烈。有人提议用"中华人民民主共和国"。他说这个名字太长，人民和民主的概念重复，建议把"民主"二字去掉，后来采纳了他的提议，果真把"民主"两个字去掉了。

在这条街上居住过的名人，还有写《海瑞罢官》的吴晗、国民党原代总统李宗仁等，中共老一辈领导人胡耀邦、陈云也都曾在这条街上生活过。

1963年，小舅当兵离开了4条1号，本来给他分到潜艇部队，但因他自幼吃素不吃肉食，又调到了地面勤务部队。他刚刚离开4条1号，在新疆当兵的二舅回家探亲了，二舅是1958年的兵，他穿着一身五五式军服，头戴船形帽，非常英俊，让我和表哥羡慕不已，彼此心里都做起了当兵的梦。有一天，二舅给我俩各买了一支小木枪，带我们到天安门玩，在金水桥上，我们哥俩抱着小木枪拍了合影照，一晃60多年了，这张照片已经泛黄。

多年后，我实现了当兵的梦想。1992年，时任国防部长的秦基伟上将在人民大会堂会见即将离任的某大国驻华武官，我作为国防部办事工作人员陪同，武官还没到，我们和年近八旬的秦将军闲聊，这位指挥过上甘岭战役的老将军依然身躯伟岸，声音洪亮，他见我们都在后排坐着，就指着和他一排的沙发用浓重的湖北话说："你们坐到前排来，都是校官嘛。"

会见结束后，一场大雨突至，我站在大会堂西南角的楼上，隔着窗玻璃俯瞰长安街，瞬间，雨收云散，阳光照射下的天安门金碧辉煌，当年金水桥上那个抱着木枪的小男孩儿，如今已经是解放军的正式一员。我的目光又移到南长街拱门，粉刷一新的门楼在雨后越发显得高大瑰丽，更让我惊喜的是，4条居然还在，我家住过的那个小院儿也还在，只是经过了整修，不像原来那么破旧，不知道小院儿里现在住着什么人家，又发生了怎样的故事，毕竟半个多世纪过去了，长安街已发生了翻天覆地的变化。

作者简介：

刘春声，笔名齐庚，别署宜斋主人、汉风堂主人。下过乡、当过兵，体制内外都干过。中国作家协会会员，中国钱币学会原理事，北京市钱币学会常务理事，《中国钱币大辞典》编纂委员会委员、主编。著有长篇小说《天雨》、文化散文集《探花集》等多部，主编出版首部《中国钱币大辞典·压胜钱编》，在各类文化期刊发表学术文章120万字。

三进故宫看国宝

刘俊怡

我是几千里之外的上海人，我爱上海，但我也爱北京，这是因为北京故宫博物院有着全国顶级的国宝，而且，有些国宝不是你想来看就能看到的，那里不可能把所有的宝贝都拿出来展览，尤其是那些举世闻名的孤品，你或者是撞大运赶上了，或者是特别注意展览信息，专程来参观。

而我就属于专程赴北京看国宝的上海人。

我几次去北京，都是这样的专程，有一年还是小住下来，就为了连看三场！

2015年9月我得到消息，北京故宫博物院要举行庆祝建院九十周年大展，其中的系列展览包括"石渠宝笈特展"，分两期展出，两个展场，一共展出故宫书画藏品283件。我查阅了一下目录和资料，其中古代书画文物规格之高，一级品之多，在故宫博物院乃至世界博物馆界都极为难得。知道了这些，我在上海是怎么着也坐不住了。为着能亲眼、尽量两期国宝都看到，我决定专程到北京去坐等了！

天安门广场上国庆节的余味还在，晨曦中的长安街已经车水马龙了。只见天安门金水桥已经是人山人海，幸而得遇长安街上武警小伙子指点，从东边的太庙到故宫午门前面十分方便。我狂奔在太庙的参天古树下，北京的初秋早晨凉意十足，冲到午门前的时候，观展的人群已经挤满大半个午门广场，可见这次故宫博物院院庆展览的火爆程度！

作为今天故宫博物院的首批观众，我走进紫禁城。武英殿外，长长的队伍随着金水河蜿蜒辗转，这一切，都是为了去看那幅令人久仰的名画《清明上河图》。千年前的张择端，可曾料到今天有这么多观众赶来欣赏他的这幅千古长卷？我可是专程从上海赶来的哟！

排队将近三个小时后，我终于得以进到武英殿。在人头攒动中踮起脚尖看：呜哇，东晋书法家王珣的《伯远帖》！这可是现今学术界公认唯一传世的东晋名家法书真迹啊！人太多了，人挤人、人推人、人挨人，就这么缓慢前行。我瞪着眼睛，都不敢眨一下眼，就怕一下子错过了与国宝这几乎是唯一的一次"约会"。紧接着下一幅是东晋顾恺之的《列女图》（宋摹本），传为隋代展子虔的《游春图》，简直太奢侈了，以往只闻其名、未见真容的名画一一展现在眼前，久远年代的风韵恍恍惚惚在大殿里飘荡，千年以来的历史脚步仿佛在眼前忽忽走过。

终于走到《清明上河图》近前，第一眼我真忍不住热泪盈眶，这是真迹，可不是什么印刷品哟！《清明上河图》是中国十大传世名画之一，是北宋画家张择端仅见的存世精品，当然属国宝级文物，是北京故宫博物院的镇院之宝！

《清明上河图》绢本设色，作品以长卷形式采用散点透视构图法，生动记录了中国十二世纪北宋汴京的城市面貌和当时社会各阶层人士的生活状况。这五米多的画卷，是汴京当年繁荣的见证，也是北宋城市世俗生活的再现，这在中国乃至世界绘画史上都是独一无二的。五米多长的画卷里描绘了各色人物，还有牛、骡、驴、车、轿、船只、商铺、民居、桥梁、城楼，各具情态，呼之欲出，体现了宋代文化的特征，具有很高的历史价值和艺术价值。

出于对国宝的保护，灯光保持暗色，大家为了看得更清楚些，几乎都是趴在玻璃上看，谁都想多停留一眼，哪怕多看上一秒钟！此生能看一眼真品真的是无上满足，一千年前的世界，一千年以后看，这还不够难得吗？因着古书画文物的特性，从保护角度来说，对公众展出一次，就得返回库房"休养"至少五年不能展出。而对于《清明上河图》这样的国宝来说，间隔的时间恐怕更长，所以，今天这样能够近距离亲眼观赏到，该知足啦！

然而我还是意犹未尽，于是乘兴走进偏殿，啊哈，又是一个意外收获：《五牛图》竟然躲在这儿！相比《清明上河图》的热闹，这里清静得多，这算是我的饕餮大餐啦！《五牛图》也在列中国十大传世名画，是少数几件唐代传世纸绢画作品真迹之一，也是现存最古的纸本中国画。《五牛图》中的五头牛从右至左一字排开，各具状貌，姿态互异：一俯首吃草荆棵蹭痒，一翘首前仰缓步前行，一纵峙而鸣，一回首舐舌，一络首而立。整幅画面除最后右侧有一株小树外，没有其他背景，因此每头牛都可独立成章。凝神看着看着，牛们好像是活了动了！

《五牛图》是一幅历经磨难回到故宫博物院的古画，殿内设置了古画从面目全非到变成清晰画面的修复全过程，这让我额外领略了我国高超的古画修复技艺。我正仔仔细细地观看时，旁边一人口中念念有词：牛牛牛，保佑我的股票一直牛！哈哈哈，大唐宰相韩滉创作的这幅黄麻纸本设色图画，难道还有这功能？

按照事先的计划，我等来更换展品的第二期开展时间。第二次走进故宫，我天真地以为《清明上河图》撤展后，观展人数就不多了，结果事实证明我判断错了，这里仍是排队而且更长！四小时的漫长等待啊，总算亲眼看到了据说是最好的《兰亭序》冯承素摹本、赵佶的《听琴图》、顾恺之的《烈女图卷》、周文矩的《重屏会棋图》，如此等等！这么多国宝让我一次看个够，此生也不大有可能再一次看到这么多吧，非常满足！

第三次进故宫时，我来到了以往一直向往的陶瓷馆。带着朝圣的心情，我走进当时陶瓷馆所在的文华殿。这里可以说是国内陶瓷收藏档次最高场所了。终于亲眼看到了一直只是在电脑上看过N遍的各种瓷器。各色釉彩大瓶竞相比美，尤其是当年乾隆皇帝的最爱。清代乾隆时期历时六十年，是中国陶瓷工艺发展的一个鼎盛时期，由于乾隆对瓷器情有所钟，再加之督陶官唐英对景德镇御窑厂的苦心经营，一大批身怀绝技的名工巧匠汇集于景德镇，使御窑厂的瓷器生产无论在数量还是质量上都达到前所未有的境界，工艺技术之高可谓鬼斧神工。你看，这件各种釉彩大瓶，集各种高温、低温釉、彩于一身，素有"瓷母"之称，集中体现了当时高超的制瓷技艺，传世仅此一件，弥足珍贵。

"雨过天青云破处，这般颜色作将来"，相传距今千年前那位文人皇帝宋徽宗赵佶的一个美丽梦境，造就了当今我们所能看到的传世五大名窑之首——汝窑。天青色釉清淡含蓄、不温不火，由于烧造时间短，烧成难度大，汝窑瓷器在南宋时期就已有"近尤难得"之说，流传至今的产品数量则更为有限。因此，汝窑瓷器以传世稀少和具有极高的审美价值而备受世人青睐。根据最新统计，传世北宋汝窑瓷器存世仅有90多件，主要收藏在北京故宫博物院、台北故宫博物院、英国大英博物馆（含大维德基金会）和上海博物馆。此次故宫博物院90周年院庆，以上博物馆都拿出馆藏汝窑参展，比较难得的是遥远的大英博物馆也来加盟。故宫博物院更是将馆藏18件全部展出，让瓷器爱好者来了个"让我一次爱个够"！

选择在故宫博物院90周年院庆之际来参观，真是一个超级明智的决定，观看国宝之余，我还有幸登上了新中国成立后从未开放过的午门城楼，贴近故宫的标志性建筑：角楼。尤其是在故宫博物院成立90周年的10月10日，我竟然在慈宁宫巧遇故宫博物院院长单霁翔先生，他很乐意地答应了我的合影要求，这绝对是此次北京之行的意外惊喜！

这次北京之行的"三进宫"，我走了三个不同线路：从东边劳动人民文化宫进门，在太庙里穿行进午门到武英殿；从西边中山公园进去，在社稷坛里从西华门进宫；又特地安排一次正路，按照明清皇帝的正路，从天安门金水桥经城楼，走过端门，进入午门来到太和殿。我等于是把故宫的三个入门路径都走了一遍，城堞高耸，河水清清，历史名城的古老味道让人沉醉。三进故宫，在紫禁城的高墙广宇之间暴走三天，阅尽即便是北京人也未必能实现的国宝视觉享受。值得，超值！须知，其中有很多古典绘画和陶瓷多年未陈列于观众面前，有的甚至不知下一次要何时才得灵光再现。

  第三次出宫的时候，我没有走大多数人所去的神武门，而是特意选择了东华门。我跟着长长的人群走到长安街，暮色降临，灯火通明，我久久地站立路边，享受着眼前辉煌的长安街景。

  再见，长安街！再见，故宫博物院！再见，北京！待到故宫博物院百年大展的时候，我再来享受这般华夏传统文化的视觉盛宴！

作者简介：

  刘俊怡，中文专业毕业，热衷文博文化，多次到北京故宫博物院、国家博物馆、首都博物馆等地各大博物馆参观，并远赴台北"故宫博物院"、法国卢浮宫博物馆、俄罗斯艾尔米塔什博物馆、英国大英博物馆等地游览。

四代人的长安街

祁 建

北京的长安街伴着我家的四代人,走过了百年的风风雨雨。这里有我的爸爸童年生活的地方——太平湖和西养马营,这里有我的妈妈童年生活的地方——西单横二条……还有如今我的女儿妞妞上学的小学。明天就要上小学了,我们要带她去看新学校,见新老师,见新同学……

我的爸爸曾经说过他小时候上学的事,那时他还住在西城区七爷府往南的太平湖边,我的爷爷说他该上学了。爷爷那时教大学的,和旁边的宏达中学的小学说了,就送了过去,那位置大概就在今天的西单西面一带,但宏达中学是现在哪个学校,真不知道了。

爷爷送他到学门口,把手里一个包好的烧饼给了他,说上课之后可以在大炉子上烤一烤吃,爸爸把烧饼放在大炉子上了。

等吃饭时候却找不到自己的烧饼了,最后只有一个窝头没人拿,估计是有个拿窝头的小朋友,吃了我的爸爸烧饼。

爷爷就送过他这一次上学,也许那年代孩子多,或者是那年代的孩子都很"皮实",也没在乎孩子的成长。在动荡与战乱的年代,孩子的成长都是悄悄的,能够吃饱饭,能够有衣服穿就是不错的生活。

那时我们家最早住在在离太平湖很近的村子里,离七爷府(现在的中央音乐学院)很近。村子里的老街坊大多是旗人,都是世代在这里生活的老住户。那时还没有复兴门,还没有今天的长安街,复兴门立交桥左右的位置有一个被炮火轰塌的城墙豁口,老百姓进城为了省事,都从豁口跳来跳去。我的爸爸跟着我奶奶拿着碗从这个豁口去白云观领粥,那时白云观有个舍粥的粥厂,为穷苦的老百姓每天发放免费的粥。清晨,穿过这个如山洞的豁口,总能够听到一个步履蹒跚的"老傻子"一边走、一边喊:"穿大洞,到白云观喝热粥……"那个"老傻子"唱这句的时候,总把"白云观"念成"博云观",让小时候的我的爸爸一直以为那里叫"博云观"。

再后来,太平湖那边的老宅被日本人占了,我家就搬到了西养马营。1949年街道大爷开始组织胡同里的孩子参加开国大典,孩子们欢天喜地地准备参加。孩子被这位老爷爷带着，老爷爷嘱咐着孩子们别乱跑，孩子们开始还拉着手，到了会场就自由行动了。

这个去那边看看游行的阿姨，那边看看准备放礼炮的叔叔，孩子第一次见到大炮，也是格外惊喜。孩子们在欢乐的海洋里，自由地一会儿到这边，一会儿到那边。老爷爷拉着周围的孩子，在金水桥边，深情地摘下草帽，一边流着眼泪，一边喊："毛主席，万岁！毛主席，万岁！"这个场面，打动了许多人，第二天许多报纸都把老爷爷的照片刊登在显要位置。

那个老爷爷动情的样子，我的爸爸多年以后还记得。一次偶然看我买回来的电影DVD《开国大典》，而临近电影尾声的时候，父亲一下激情地喊出，这就是当年他们的场景，镜头闪出有个老爷爷带着孩子喊"毛主席万岁"，就是当年的他们，就是那位带他们参加开国大典的老爷爷，而我的爸爸，当年就是老爷爷拉着的、站在身后的小孩子之一。

当年的新闻电影摄影师，无意中记录了我的爸爸这拨孩子的一个历史性的场景，而和我的爸爸一起的这拨孩子们，如今也都成了老爷爷。

我的这代人，有我自己的故事，这条街有我熟悉的电报大楼，有我熟悉的西长安街7号。在北京的东城区作家的活动中，遇到了27年前北京作协儿童作家班的班主任尹世霖老师和马光复老师，还有班长黄喆生。我几乎可以用激动万分来形容。岁月让感情经历了磨砺，时间让记忆更加清晰。有时想起他们，内心就有一种动力，无论自己经历了什么磨难。有时想起他们就感觉是一种温暖。那是1990年深冬的一天，我第一次来到那时还在西长街七号的北京文化局的小礼堂，那一天尹世霖老师在台上主持了开班仪式，那梦幻般的场景，我27年以后还清楚记得，开学典礼时候老师们的每一个动作，每一个表情……那年十七岁的我，被他们也由此拽上了文学的殿堂，看老师们讲文学，那时很多更老的前辈还在世，叶君健、管桦、赵大年等还给大家讲解了写作。

那时的时间也好像很缓慢，每一句的讲解都像刻在我的心中一样，有时我猛一回眸，还像坐在那个小礼堂，什么常瑞先生、樊庆荣先生……都那么清晰地在眼前闪过。还有那时还年轻的郑渊洁、曹文轩、孙云晓……其实那时年仅十七岁的我，还谈不上文学创作，更多的是看师哥、师姐们创作，我是跟着跑的"小尾巴"。

小礼堂里师哥、师姐都坐在前面，能参加讨论，我一般都是胆小不敢轻易发言，但看着尹老师的激情感染，我也偶尔站起来提问，每次主讲老师还能够认真回答，让我激动很久。好像有次是郑渊洁讲课，我问的什么现在回忆不起来，只记得郑渊洁用了半个多小时来回答。马光复老师讲的儿童小说,而讲过不久,我冒冒失失地给他邮寄了一篇稿子,却幸运地在他主编的杂志《学与玩》上发表了,那对于十七岁的我来说,几乎可以用开启一扇阿里巴巴的大门来形容。还有常瑞老师,我那时写的儿童诗邮寄给他,而能够将自己的名字出现在《北京日报》,常瑞先生给我做了精心的修改和编辑。

有一次讲座结束,我去长安街上坐1路,路上正好遇到了韩少华老师,他和我顺路,我们一路走,一路聊。

韩少华老师询问我写什么,喜欢写什么,一直送我到了车站,车快来了,我才知道他不坐这路车,目送我上车后,他再转头去坐他要坐的车。每当想起这段往事,我都热泪盈眶。

那时主讲老师在台上讲的时候,我们的尹世霖老师就站到门口的位置,我有几次早退,一看他注视我的目光,就感觉火辣辣的,那是一种如履薄冰的感觉。

几个月的短暂学习结束了,而1990年儿童文学作家班却始终如一种前所未有的动力,影响着我。好多年后,我总梦想着走过电报大楼,偶尔踩着钟声,走进那狭长的大门,走到最里面的楼,走到那充满热烈气氛的小礼堂,老师在讲着,学生们在听着,记着笔记。韩少华在那里,常瑞老师在那里,樊庆荣老师在那里……都在讲台呢,27年的时钟又转在那个时刻,师哥师姐们都没变化,"你们好啊,我今天又要早走一会儿"。笑声迎面来了,我却哭了。

嗨,27年啦,你们没变化啊,还是那个老地方,桌椅没变化,阳光射进来的方向也没变化,还是讲的文学,今天我听课不再早退了。

我的闺女妞妞,有她的故事。这三年来,在复兴路边的一所幼儿园的生活,让妞妞已经长大了很多,从第一天高兴地去幼儿园,到第二天知道离开爸爸妈妈开始不愿去幼儿园,到一点一滴学到很多,会自己喝水,会自己和老师交谈,自己去上厕所……看着孩子一天天在忙碌中长大,有时感觉自己都跟不上孩子的成长速度,一瞬间她就小大人似的和你讲道理了。

充满梦想的小鸽子一般的妞妞转眼就走进小学校门,我忐忑、又焦虑、又期盼。一早送妞妞去上学,公交车很顺,一路也没堵车,不到半个小时就到了。我把她的书包给了妞妞,妞妞自己背着书包,就往里走,我直问:"认识你的教室吗?"妞妞回头说了一句"我认识"。那位站在校门口迎接孩子的老师,也说:"这孩子,就是聪明!"

这条普通的街,陪我做过一段段故事,一场场风雨,蓦然回首自己也长大了。爷爷、爸爸从这里走过,而今我和妞妞也在这里行走。

我总是在想是否有时空机器能重放一下?我好像看见了我的爷爷大学教书的情景,我好像看见了父亲小时候"穿大洞"(过复兴门)的场景,我好像看见了我的妈妈上火车去当知青的场景。他们好像也看见了我和妞妞,我听见他们喊:"小建你要好好的,照顾好妞妞!"

我和妞妞高兴地走着,兴奋地回答:"知道了,我们一定好好的,你们放心吧!"

阳光下,长安街很宽,人潮熙熙攘攘。

作者简介:

祁建,中国作家协会会员,中国报告文学学会会员。北京市老舍文学院首届作家班学员。著有《城忆:旧事寻踪》,为北京出版集团2019年度评选的好书之一。

长安街长安情

孙现富

记得读小学的时候,学习过一篇《十里长街送总理》的课文,文章虽然不长,却让人垂泪三尺、荡气回肠,也让我这个来自农村的娃娃体味到,北京不仅有雄伟壮丽的天安门,还有宽阔厚重的长安街。

直到今天,再次读起那篇文章,仍让人热泪盈眶:"天灰蒙蒙的,又阴又冷。长安街两旁的人行道上挤满了男女老少。路那样长,人那样多,向东望不见头,向西望不见尾。人们臂上都缠着黑纱,胸前都佩着白花,眼睛都望着周总理的灵车将要开来的方向……"

如泣如诉的文字,把人们对总理的爱戴、敬仰,还有心中的悲痛描写得淋漓尽致。从那个时候起,周总理永远铭记在了我的心里,长安街也成了我心中的一个向往。

1992年12月,我从鲁西南应征入伍来到北京。那一年,我刚满17岁。虽然部队驻地在卢沟桥畔,但是心理上感觉距离长安街近了很多,总是期盼着能早一天走上长安街,看看天安门。

也就在那个时候,我开始更加关注长安街,还专门跑到部队图书馆查阅了相关资料,对它有了更多了解,才知道古时候的长安街只有3.7公里,是十里长街,在北京历史上也被称为"天街"。

当年,从长安左门至东单牌楼,被称为东长安街;从长安右门至西单牌楼,叫作西长安街。1940年,内城墙中东西两侧的建国门与复兴门被打开后,成了今天长安街的雏形。

了解得越多,心里愈加感觉神秘,渴望感更强。终于有一天,我们可以请假外出了。我和几位刚刚下连的新战友一起坐公交、换地铁,来到了长安街。现在还能恍惚记得第一次站在长安街上的感觉。

记得刚走出西单地铁站,就听到了悠扬的钟声《东方红》。不用说,这是从电报大楼传来的。电报大楼不仅是新中国、新北京的重要标志,也成为北京的一个文化符号。其营业厅曾为亚洲最大的电信业务综合营业厅。

钟声响彻,再看看宽敞的长安街,我们几个家伙竟然不知道该怎么走啦。东瞧瞧,西看看,一切都是那么新鲜、好奇:这就是"神州第一街"吗?平坦的马路,干净的街面,挺拔的路灯,川流的人群,还有一趟趟疾驰而过的小轿车、大公交。

那一刻,我的脑海里又出现了《十里长街送总理》的场景:"一位满头银发的老奶奶拄着拐杖,背靠着一棵洋槐树,焦急而又耐心地等待着。一对青年夫妇,丈夫抱着小女儿,妻子领着六七岁的儿子,他们挤下了人行道,探着身子张望。一群泪痕满面的红领巾,相互扶着肩,踮着脚望着,望着……"

思绪中,我禁不住热泪盈眶,努力追寻着文章中与长安街有关的每一个细节。在我心里,长安街早已不再是一条街道,一个地标,而是首都的重要文化符号,更是我心中的精神高地。它历经沧桑,印证着共和国的成长;它就像一本厚重的书籍,记载着中华民族的复兴和成长……

回到部队的那天晚上,我做了一个奇怪的梦:梦见自己把家安在了长安街上。醒来后,感觉很好笑,没好意思告诉任何人,怕老乡们知道了嘲笑我痴人说梦,也怕被老兵戏弄。要知道,那个时候我还是一个兵龄不到半年的"新兵蛋子"。

不知是为了圆"长安梦",还是为了追寻"将军梦",从军的日子,我一直很刻苦很努力。当时,我在师政治部宣传科当放映员,我们电影组一共4名战士,每个人都有自己的特长。许班长的绘画、郭班长的书法、赵班长的表演,都堪称一绝。

而我,业余时间一直都在坚持新闻写作。不论春夏秋冬,酷暑严寒,白天有时间就跑研究室、实验室、训练场,找各种题目和素材,晚上就挤在不足3平方米的库房里潜心写作。辛勤的汗水,浇灌出一条条"萝卜干",也码起了一个个"豆腐块"。时间久了,我也成了小有名气的"兵记者"。

命运有时也很会考验人。1996年8月,也就是我当兵的第四个年头,因工作需要我被调到了河南洛阳。说实话,从繁华的首都到贫瘠的豫西,从宽阔的长安街到狭长的龙门沟,心里还是有一些失落。但是,"革命战士一块砖,哪里需要哪里搬"的道理我还是懂的。

随着离别的日子越来越近,心里也是越来越不舍。临行前两天,总部机关的几个战友给我送行。我们的机关在复兴路上,是长安街的延长线,平时因工作需要也经常来这里。但是,那一天却显得格外凝重,心情一点都快乐不起来。

当我走出地铁站,沿着长安街一步步向东,步履很是艰难,心情也越发慌乱。想到自此一别,还能不能再回到北京城。一种难以言状的离别感、失落感涌上心头,眼泪瞬间模糊了视线。那顿饭,吃得很伤感,战友们都流下了不舍的泪水,我更是哭得一塌糊涂。

调离北京的几年间，我努力工作，笔耕不辍，先后实现了军校梦、提干梦，还多次被选送到专业院校进修学习，文字水平得到提升，业务能力得到锤炼，所负责的新闻宣传工作也多次受到总部机关和首长的高度肯定。

2005年8月，一纸调令，我又正式被调回了北京。当年离别时，我还是独身一人。那时候，自己还是一名战士。这一次，举家北迁，我也成了一名营职干部；当年，我所在的部队在郊区，这一次工作和生活都在长安街上，距离祖国的心脏——天安门只有三公里。

家住长安街，魂绕长安情。没想到，当年一个新兵的奇怪梦真的变成了现实。那一刻，我倒感觉自己好像真的是在做梦。此时的长安街早已今非昔比，除了东、西马路早已展宽外，沿途也是高楼耸立、华灯如林、绿树成荫、百花飘香，其变化之大，足以使人诧为奇观。

现在，还能依稀记起住到长安街上第一个晚上的情景。站在阳台上，俯瞰长安街，宽阔的街面上，华灯高照，流光溢彩，在灯光的装点下，长安街显得格外美丽、格外璀璨。虽然街上车流不息，人来人往，却一点也不感觉喧闹。夜深时刻，即使有车辆疾驰而过，留下的也是一片宁静与祥和。

向东望去，复兴门桥上的霓虹灯闪烁着梦幻般的光彩，给长安街的夜晚又增添了一道亮丽风景。那一刻，我感觉自己成了最幸福的一个人，一股无形的力量也在激励着我，鼓舞着我，要把幸福感化作强动力，好好工作，回报组织。

这份激动和感恩也一直鞭策着我，让我在工作中不敢有一丝懈怠，即便有时加班到很晚，站起身看看长安街上的灯光，心中也会增添无穷的力量。有时，工作或生活中遇到不顺和挫折，就端一杯清茶，站到阳台上极目远眺。看到长安街上驶过的车辆、骑行的人群，总感觉自己是那么幸福、那么幸运，还有什么委屈可言。顿时，又是热血满满。

就这样，多少个不眠之夜，多少个朝霞黎明，一篇篇注满心血的新闻通讯、文学作品、时政评论在夜色中构思，在晨曦中收笔，登上了各大中央媒体的大雅之堂。我也从部队写到了地方，写进了中央国家机关。

时光如梭，如今我已在长安街工作、生活了整整17年。在这期间，我参与了新中国成立60周年国庆阅兵后勤保障。当我们的大国重器穿行长安街，驶过天安门，满满的自豪感激荡着我的胸膛；在这期间，我站在家里阳台上，亲眼见证了中国共产党建党100周年的盛大庆典。当鲜红的中国共产党党旗在直升机护旗梯队的护卫下呼啸穿过头顶，对党的深情热爱一次次油然而生……

而今，当我在长安街的家里慢慢回忆这段往事，心里更多充满的是感激。感谢岁月不居，让我从一个毛头小伙变成了成熟大叔；感谢部队培养，让我从普通一兵成长为正团职干部，还转业进了中央国家机关；更要感谢老首长王学礼，当年要不是他的鼓励和培养，我所有的梦想也很难实现。

厚重长安街，不舍长安情。每当提起"长安街"这三个字，总是感觉充满力量和温暖。在我心里，长安街早已浸入骨髓，融入血脉，它陪伴着我成长，我见证着它辉煌，我们早已融在了一起。

我现在养成了一个习惯，晚上睡觉从来不拉窗帘。每当夜深人静，长安街上的灯光都会照进房间，枕着它，我会睡得很香、很甜。

作者简介：

孙现富，中国摄影家协会会员、中国报告文学学会会员。曾在部队科研机构、院校和军种机关服役 25 年，现转业至某中央国家机关。文学作品和时政评论散见《人民日报》《解放军报》《中国纪检监察报》等报刊。出版文集《心灵的感动》等。

大道通天

孙晓青

小时候,我家住在正义路。正义路是闹市中的一条幽静小街,街心花园绿树成荫贯通南北,南口和东交民巷衔接,北口与东长安街交汇,距离天安门很近。

儿时的记忆里,天安门总是同国庆节连在一起。还在幼儿园时,我就坐着竹制儿童车被参加群众游行的老师推过天安门;上小学时,我们又在天安门广场组字,随号令旗举起不同颜色的花束变换出各种背景图。更难忘国庆之夜的焰火晚会:缤纷的礼花点亮夜空,不时引来阵阵惊叹,每隔几轮空中便会绽放朵朵伞花,那些挂着灯笼串的小降落伞悠然飘落,最让孩子们疯狂。

在拼抢降落伞的人群中,我的三姨夫把我高高举起,随着人流东奔西跑,终于让我从无数人的头顶上一把抄到降落伞。其实,那种降落伞很简陋,可我却兴奋异常,同时特别感激三姨夫。母亲说:"长大后,别忘了你三姨和三姨夫,他们是真正的劳动人民。"

三姨夫的老家在河北农村,旧社会穷得炕上只有半张席,新中国成立后进京谋生,成为新中国第一代建筑工人,参加过修建人民大会堂等北京十大建筑的工程。他不善言辞,说得少,做得多,淳朴厚道,特别有力气——这就是三姨夫留给我的"劳动人民"的朦胧印象。

人民,一个神圣的字眼儿。从人民共和国到人民政府,新中国的许多机构、团体乃至特定人群都被冠以"人民"二字:人民法院、人民检察院、人民警察、人民银行、人民医院、人民大学、人民教师、人民剧场、人民演员等等。那时我少不更事,对经常挂在嘴边的这个词很少细想,直到当兵后才逐渐有了认识。

我的新兵第一课是在云南边疆上的,当年红遍全国的《阿佤人民唱新歌》,便诞生在我们团驻守的西南边陲阿佤山。"为谁扛枪,为谁打仗"最现成的答案,就是身边的阿佤人民。同新中国成立前相比,阿佤人几乎是从奴隶社会一步跨入社会主义,变化翻天覆地;可同祖国内地相比,阿佤山依然贫穷落后。遵循全心全意为人民服务的宗旨,边防部队除了履行训练、执勤、作战等捍卫国家主权和领土完整的职责外,还担负着宣传群众、为民解困、帮助当地发展生产等任务。有一年,驻地严重缺粮，公社卫生院住了不少浮肿病人。军分区司令员下来检查工作发现后，除吁请地方政府调拨救济粮外，还指示营部和我们连每天改吃两顿饭，省下一顿口粮帮群众渡难关。他讲的理由我记了一辈子：人民军队为人民，咱们是靠人民养育的，现在群众有困难，咱们理应勒紧腰带回报他们。

阿佤山有个佤族村落叫小新寨，寨子里的民兵排很有战斗力，在保卫边疆、建设边疆的斗争中多次立功，赢得"钢铁的堡垒，战斗的新村"美誉。有一段时间，边境形势紧张，连队奉命在小新寨设置前哨班，并派我们班前出执勤。常驻小新寨的那些日子，我们白天和民兵一起巡逻，夜里和民兵并肩站哨，在军民联防保边疆的实践中加深了同佤族群众的感情。有的民兵知道我是北京兵，常问我：去过天安门吗？见过毛主席吗？北京城有多大？长安街有多宽……说实话，不到阿佤山，我还真不知道北京在边疆人民心中的分量！从那时起，这些皮肤黝黑、眼睛清澈的佤族老爹、大妈、姑娘、小伙，以他们的忠诚、勇敢、勤劳、善良定格在我的脑海里，汇入"人民是靠山"的理念。

再一次感知人民之伟力，是在1976年。那时，我在云南思茅军分区任职。周恩来总理去世，举国同悲，边城思茅也不例外。宣传科不知从哪儿弄来一台黑白电视机放在礼堂前的台阶上，虽然屏幕只有12英寸，可操场上黑压压站满了人。看着北京市民寒风中十里长街送总理的悲情画面，电视机前的我们默默抽泣，就像泪洒长安街一样。10个月后，还是通过电视机，我们看到了天安门前人们庆祝党中央粉碎"四人帮"的欢腾场面，不禁欢呼雀跃，如同放歌天安门一样。无论大悲还是大喜，在遥远的边地体味发生在北京长安街的故事，人民的意志、人民的力量并未因边际效应而衰减，相反却被加力传导而放大。

"四人帮"倒台后，我从思茅调到北京，作为一名媒体人见证了改革开放的伟大历史进程。本来，中国的巨变是人民群众在共产党领导下创造的，可有些人却忘记人民，脱离人民，甚至贪腐堕落，走到人民的反面。对此，也有人见怪不怪，习以为常。就像久居大河下游，看惯了河面虽宽阔、河水却浑浊甚至因污染而还有点肮脏，便以为大河就是这个样子。直到有一天，人们溯流而上来到河源，才发现亘古高原雄伟瑰丽，千山万壑气势磅礴，无数细流从高原的冰盖上，从大山的褶皱里源源渗出，汩汩流淌，争先恐后汇成一片，浩浩荡荡逶迤远去。它们是那么纯净，那么执着，那么义无反顾……

那一年，我们报社组织了一次"革命老区行"采访活动。记者们走进老区，走进历史，走进中国革命的源头，心灵受到极大震撼——共产党从孕育到诞生，从成长到成功,始终得益于两个字:人民。

人民是谁?老区的故事告诉我们,人民是那个把8个儿子一个一个送去参加红军最后全部牺牲的孤独老汉;人民是那个在丈夫随红军远征后苦苦等待,并且每年做一双军鞋,辞世时留下75双军鞋的苏区军嫂;人民是那些用自己的乳汁滋养八路军伤员、用自己的孩子从敌人刀下换回共产党干部后代的大娘大婶;人民是那些省吃俭用拿出铜板认购苏区公债、拿出自家口粮交售公粮的男男女女;人民还是那些抄起扁担随军出征最后客死他乡连名字也没留下的贫苦挑夫……一句话,人民是千百万拥护革命、支持革命、为了革命不惜做出重大牺牲的万千民众。

得民心者得天下。依靠人民打江山的共产党岂能忘记人民?忘记人民就意味着背叛!

庆祝中华人民共和国60华诞那天,我有幸佩戴记者证,在天安门城楼东侧的机位上,用照相机见证盛典。

盛典开始。60响礼炮在轰鸣,像是历史的回声,反衬出数十万人聚集的广场一片肃穆。铿锵的足音隐约传来,国旗护卫队从高耸的人民英雄纪念碑出发,缓步走向升旗台。万众瞩目下,威武的阵列迈出凝重的慢正步:高踢腿,马靴闪亮;轻踏步,枪刺如林。俄顷,嘹亮的小号声爆发出《义勇军进行曲》的第一个音符。蓝天下,一面鲜艳的五星红旗徐徐升起。

这一刻如醍醐灌顶,我突然意识到:万物皆有源。国庆大典以这种形式开场,不正蕴含着"我们从哪里来"的命题吗?

党的十八大以来,一个热词在全党叫响:初心。初心即为民之心,是共产党立党之初便抱定的理想,许下的志愿。在长期的革命和建设中,党始终践行一切为着人民、一切依靠人民的马克思主义人民观。历史进入新时代,党中央明确提出"不忘初心,牢记使命",无疑是重申"人民至上"的基本理念,坚决同脱离人民的倾向做斗争。无论是从严治党,高压反腐,还是发展经济,精准脱贫;无论是保护生态,绿水青山,还是改革强军,防控疫情,党都在履行"人民对美好生活的向往就是我们奋斗的目标"的承诺,都在为中国人民谋幸福,为中华民族谋复兴。尽管现实仍有不尽人意之处,但只要党坚守执政为民的初心,人民的事业就会蓬勃向前,蒸蒸日上。

2015年9月3日,我又来到天安门前,出席中国人民抗日战争暨世界反法西斯战争胜利70周年纪念大会。看着阅兵式上人民军队的钢铁洪流穿过长安街接受人民检阅,看着群众游行的队伍载歌载舞把长安街变成欢乐的长河,我思绪万千,浮想联翩。

我想起美国记者安娜·路易斯·斯特朗写的《斯大林时代》。在这本小册子的扉页上，印着这样一句话：领袖来复去，人民却活着，只有人民是不朽的。

我想起毛泽东的名篇《为人民服务》。一代伟人在延安窑洞旁为一名普通战士举行追悼会并发表演讲，提出我党我军的宗旨。多年后，又是他在天安门上喊出那句振聋发聩的口号："人民万岁！"

我还想起很早以前看过的一本介绍中国革命的书。书名《晨流》，作者是英籍华人韩素音，她在书中引用了邓颖超同志说过的一句充满诗意且富含哲理的话：人民好比汪洋大海，领导人们是波涛上白色的浪花，从人民中产生，依靠人民，才能永生。

这一切，无不诠释出一条朴素的真理：人民，只有人民，才是创造历史的动力。敬畏人民，天经地义；服务人民，初心最美。

大道通天。长安街的故事还会延续，而我在这条中国最宽大道上的所感所悟，足以受用终生。

作者简介：

孙晓青，作家、资深媒体人，曾任《解放军报》社长兼总编辑，少将军衔。著有《高原长歌》等作品多部。

长安街，我的上学之路

牟新艇

"飞呀！飞呀！快快飞呀！向着东方，向着太阳！"这是我小时候看过的电影《五彩路》的主题歌，也是我上学路上常常哼唱的小曲。

1963年，我由北京郊区的部队子弟学校考入了位于东城区灯市口的北京二十五中，由于学校没有学生宿舍，只好寄宿在位于西单的父亲老战友的家里。

这是一个规规矩矩的老北京四合院，坐落在西单路口向南不远的安福胡同内，全称"后牛肉湾"。它的后身就是著名的四川饭店，在我的感觉中，其中一段路，长三十米左右，不是全北京最窄的胡同，起码也是其中之一。

你如果是骑自行车，每当拐进后牛肉湾就要准备随时下车，因为不论对面有人骑车过来或是有行人走来，都必须即刻下车推行，与来人擦肩而过，才能通过这段狭窄的小道继续前行。

一开始上学，由于刚刚从郊区进城，对北京的道路不熟悉，只好去坐公交车，幸好当时有一条公共汽车线路可以从西单直接到达灯市口，这就是4路环行，这在当时可是唯一的环城公交汽车。所谓"环城"，其行车路线不过是西单—东单—东四—西四—西单。由此可见，当年的北京城区才有多大。另一个佐证是，六十年代初创办的"环城赛跑"就是跑的这条路线。再者说，离东单不远的建国门外小树林，在当年就是城外荒郊野地了。

改为骑自行车上学后，刚开始时沿着4路环行的路线走，由西向东。每天听着电报大楼的第一响钟声起床，骑上自行车驶上长安街，迎着朝霞，向着太阳，哼着小曲，十分惬意！

但慢慢发现，几位同行的高中同学，有住在六部口的林承华、住石碑胡同的张禾、住虎坊桥的戈成，骑着骑着便不见了踪影，而且还往往比我早几分钟到学校！慢慢发现，原来他们骑到天安门广场后就拐进了天安门城楼门洞。啊，真没想到，原来那里可以骑车穿行呀！

穿过天安门门洞，在故宫午门前向东拐，经过劳动人民文化宫西门，沿筒子河骑到东华门，向东到王府井八面槽北拐，路过大教堂，直达灯市西口再向东就到学校了。这一路行人少，出东华门后才有公共汽车，是一条理想的路线，也成为我多年的上学之路。

一路上，值得回味的事情很多，印象深刻的记忆也很多……

记得我们几个同行的校友（基本不是一届也不同班），常常在下午没课的时候，相约骑车到劳动人民文化宫西门，把车存放在存车处（存一次两分钱），每人手持用竹木做的三寸长左右的存车牌，掏出学生证进入文化宫，在筒子河边每人占一个靠背座椅，看书，朗读课文，背外语单词。兴致到时，还学着晨练的人们高声吼两嗓子，特别是从小酷爱京剧的戈成，常常惊动路人驻足张望。困了，侧倒一卧，睡上解乏的半个小时，在几百年高墙角楼苍松绿树掩映之下，在处处散发着中华文化韵味的皇城公园里，读书学习放歌休息，如今，能有几人会有这般的快意！

还记得那年因参加学校活动，离校时已近晚上十点钟，在我们骑车穿出天安门门洞时，发现金水桥畔聚满了人，几辆大卡车就停在华表旁边，站在车上的人不停地向下面的人发放着什么。骑近一看，原来是《人民日报》号外：我国第一颗原子弹胜利爆炸！号外登载了一个整版，全部是红色字体印刷，特别是人民日报报头旁的号外两个大字，格外醒目！当我们抢到几张报纸时，兴奋地翻看着，吼叫着！为我们是第一批读者骄傲自豪！当时人民日报社就在附近的王府井大街。我向车上工作人员要了一大摞，并高声喊着：我们到西单去散发！

那时的西单，除了路口南边的各个老字号又一顺、同春园、鸿宾楼、长安大戏院以及路西北的西单菜市场外，给我印象最深的，要数路口东北的大空场了。它足足有一个足球场那么大，后来70年代果真改造成了一个足球场。靠南边是停靠马车的地方，喂马饮水的槽子一应俱全。而北边一溜儿，东边一排全是卖各类大众食品的店铺，一口口大锅，热气腾腾，大饼油条、卤煮炒肝、豆汁元宵，各类低廉的北京小吃应有尽有，专供来往的车夫行人大众市民。

就在西单散发号外剩下没几张时，我突然想到，这是一张非常有纪念意义的报纸，既是我国第一颗原子弹爆炸的消息，也是我第一次见到报纸的号外，我应该留下两张珍藏起来作为难得的纪念。于是不管围抢的人们还在喊叫，我握紧报纸，飞身上车，扬长而去。

由于很多次夜间骑车从天安门广场经过，常常可以看见清洁车和清洁工在清扫天安门广场和东西长安街，虽然也感受到了他们工作与众不同的辛劳，因为他们夜里工作，既与家人的生活节奏相反，又被社会上一些人称为干脏活，但也只是充满同情罢了。有一天，在我路过天安门广场停车驻足观看他们劳动的场面时，抬头望见夜空中繁星点点,它们在争相眨眼,虽然光芒微弱,但持之以恒,在黑夜中给人类世界以竭尽全力的光明!这就是星光的美好和伟大!而我眼前的这些辛勤忙碌把肮脏清除,为大家带来整洁干净的工人,不正像天上的繁星吗?!我有感而发,以此为题,写了一篇作文,受到了老师同学们的鼓励和好评!

从1963年到1968年,漫漫长安街,从西到东,从东到西,一路上难忘的故事太多太多,一路上刻进大脑的记忆太深太深。

现如今,当我开着车行驶过天安门广场时,都不禁朝那个中间最大的门洞望一望,似乎想看看有没有哪个中学生小姑娘小伙子从那里骑车而出。如今的西单东单西四东四,商业繁荣,高楼林立,当年的"环城赛跑"早已被北京国际马拉松A级赛事所取代。建国门外的小树林、朝阳门外的庄稼地、西直门外的西郊公园、安定门外的北郊市场、永定门外的老厂区……又都去了哪里?挂在嘴边的十里长街,如今东西延伸了何止百里?环城的二环、三环、四环、五环、六环……

一路,阅尽新北京的发展;一路,寻找老北京的印记。

作者简介:

牟新艇,部队大院成长,插队穷乡小村,街道工厂务工,高等学府读书,新闻工作终老。曾连续采访了第八届、九届、十届、十一届、十二届、十三届全国两会,成为资深媒体人。

长安街教我读懂人生

苏 菲

到过长安街的人很多，人们对长安街的定义也很多。那么，长安街在我心目中是什么呢？

我从小在民族文化宫对面的一条小街——佟麟阁路长大，后来在军事博物馆和大北窑红庙附近的机关宿舍住过，最后又搬回佟麟阁路。60多年来，我沿着长安街来来往往——上学、工作、生活。我到过五十年代西单路口的大车店，也见证过六十年代长安街上中国第一条地铁开挖的深坑；我戴着红领巾去中山公园过队日，也曾坐在午门广场听帕瓦罗蒂、多明戈、卡雷拉斯的歌声在紫禁城的夜空飞扬；我记得新中国十大建筑的脚手架，又眼看东方新天地、国贸中心、国家大剧院先后崛起……在我心里，长安街如同我青梅竹马的发小、血肉相连的亲人。然而，思绪万千之后，我觉得长安街更像是一位良师、一本教科书，它教我读懂了人世间。

1962年，小学二年级时，我家从佟麟阁路的新华社搬到军博对面的宿舍大院。从此，每天早上，我都坐大1路公交车到西单，再走一站地到石驸马大街的学校。班里有好几个同学住在沿线，我常常一路走一路叫上她们，几个人一起到校。

我叫的第一个同学是李珍。从大1路下车后，我顺着西单十字路口东南角往宣内大街拐，经过长安戏院、文华文化用品商店后有一座小木板房，这是109、105电车调度室。李珍家就在调度室后面，那是一间很小的房子，屋门直接对着大街。我在门口喊一声，李珍就背上书包跟我走。

三十多年后小学同学聚会，我得知李珍家早已住进了楼房，父母健康，她和弟弟妹妹们生活安稳幸福。同学们也都享受着改革开放带来的"红利"，从他们身上我看到了国家的发展带来的"今非昔比"。

1969年8月17日下午，我从军博坐大1路前往北京火车站，出发去黑龙江生产建设兵团。车窗外，木樨地、西单、天安门、王府井等熟悉的景物飞驰而过，我心头顿时涌起不舍之情，似乎意识到这次可能要永远离开北京了！火车站里人头攒动，一群群十五六岁的孩子和家长依依惜别。父亲只会呆呆地看着我，母亲则一遍遍地叮嘱"要穿暖""注意安全"……她对我父亲说："这孩子，怎么也不知道哭呀？"而当汽笛嘶吼、火车开动的一刹那，车上车下哭声、喊叫声猛然迸发，我的眼泪也不知不觉地冲出眼眶。那一刻，我尝到了"悲欢离合"的滋味。

"客舍并州已十霜，归心日夜忆咸阳。"1977年1月，我作为返城知青回到北京。当再次坐大1路驶上长安街时，看着王府井、天安门、西单、木樨地依次从车窗外划过，我特别踏实，"国家安宁个人就幸福"这句话在脑海中久久萦绕着。

我下乡四个月后，父母也在新年前夕下放去了山西五七干校，住房被单位收走，只给留京的哥哥在达智桥胡同的大杂院里留了一间七八平方米的旧平房。从此，北京成了我探亲途中的驿站。哥哥住单位宿舍，我办完事后回到那间只有一张矮床的小屋，独自伴着一只小煤炉熬过寒夜。对陌生环境和寂静黑夜的恐惧，使我尽可能地早出晚归，白天除了在各商业街瞎转，就是找理由去熟人家"串门"。

我必去的地方是兵团的同班战友胡伟家。她家住在府右街57号，院门正对着中南海西门。胡爸爸是一位高级别的老工人，胡妈妈是家庭主妇，两个人都是话不多的厚道人。我到她家后，胡爸爸会出去和大街上的值班民警聊天，胡妈妈就屋里屋外地忙家务——他们把有限的空间让给我们。到一定时间，胡爸爸就回来陪我们说话，说着说着会恍然大悟般地说："哎哟，该吃饭了，你和我们一起吃吧。"这时，胡妈妈也会凑到跟前，一边嗫嚅着，一边热切地看着我，我的百般推托往往抵挡不住他们的坚持。

看我答应了，两位老人和胡伟会松一口气，相视而笑。弟弟妹妹们也赶紧摆桌子、拿碗筷……以后几年，每次探亲路过北京，我都会去胡伟家看望两位老人，他们每次也设法留我吃一顿饭。那饭菜的香味、温暖的气氛，抵消了冬季的寒冷，也让我感受到亲缘关系之外的"人间真情"。

北京城有数不清的街巷、胡同，互相连通，各有特色。但在北京人心里，条条道路都通向长安街。如果说，发生在街巷胡同里的家庭故事多是些个人小情绪的话，长安街却能串联并激发起无数人的大情怀。

1976年1月11日，我是"十里长街送总理"中的一员。那天天空阴沉沉的，从北京医院到八宝山的长安街旁，站满了前来送周总理最后一程的群众。我站在西单路口便道上，等待了四五个小时，在暮色中目送总理灵车缓缓西去。巨大的悲痛笼罩天地，长安街成了一条溢满泪水的河流，人们哭红的眼睛和哽咽的呼唤，定格在中国的史书上。那一天，我明白了什么样的人是真正的共产党员，也感受了何谓"民心所向"。

2001年,我在长安街上又见证了万众欢腾的时刻。那是一个奥运热情在北京逐渐炽热的年份。5月的一个星期天,正在35中读高中的女儿作为团支部书记,带领全班同学到西单文化广场宣传奥运。我们全家前去助威。同学们向过往群众发放宣传品、征集"奥运寄语"。很快,写着寄语的彩色纸片,就把大展板上的五环图形贴满了。在场的北京市委宣传部副部长宋贵伦和北京奥申委办公室主任接受了这块写满人们心意的展板,众多新闻记者的照相机、摄像机记录下了少年们绯红的脸庞,记录下了我八十多岁父母手摇申奥彩旗的画面,也记录下了中国人渴盼奥运、拥抱世界的心声。

　　7月13日晚上10点多钟,我们在家里听到外面成串的锣鼓声,女儿一下子蹦起来:"申奥成功啦!"我和女儿兴奋地跑上长安街,这里已经变成一片红色海洋,马路上的汽车纷纷鸣响汽笛,人们举着五星红旗高喊:"北京赢了!中国万岁!"礼花绽放,锣鼓喧天,全北京沉浸在欢乐之中。那一夜,我看到了"举国同庆""万众一心"。

　　时光流逝,社会发展,好多人和事都发生了很大变化,长安街也越来越宽、越来越长。然而,无论是十里长街,还是百里长街,长安街的中心永远是天安门广场,长安街的灵魂也是天安门广场。而我心中那个最美的镜头,就发生在天安门广场。

　　退休以后,我参加了母校——中央民族大学附属中学校友会的工作,担任北京分会副会长。由此我进一步了解了母校,认识了更多不同届别的少数民族校友。

　　我的母校前身是北平蒙藏学校,坐落在离长安街很近的西单小石虎胡同内。它最早是清代皇家的"右翼宗学",至今已有百余年历史。新中国建立后,民大附中主要从全国各地招收少数民族学生。七十多年来,附中为国家培养了大批少数民族优秀人才。

　　2016年8月的一天,我受云南傣族朋友委托,到北京西客站去接他那被民大附中录取的儿子岩温。在出站口,我发现同岩温一起来的有七八个孩子,来自德宏、临沧、普洱、景洪等地区,出自傣族、傈僳族、黎族等几个少数民族,统一由云南省教育厅老师护送到北京。面对车站广场汹涌的人流,有的孩子显然惊到了;有的孩子路上一言不发,问他什么都只是腼腆地笑笑。后来才知道,有的孩子只听得懂本民族语言,多数孩子是第一次离开自己的村寨。他们在当地是本民族考试成绩最好的,能到北京读书,他们成了全寨子的骄傲。同学们到北京的最大愿望是到天安门广场看升旗。11月6日清晨,我和民大附中的老师,带着岩温及他的同学们来到了天安门广场。

广场上已是人山人海。在焦急地等待中,《歌唱祖国》的乐曲声陡然响起,铿锵有力的脚步声渐近,只见国旗护卫队的战士们迈着整齐的步伐,跨过金水桥,穿过长安街,正步走向国旗杆基座。在《义勇军进行曲》声中,展旗手用力一甩,五星红旗伴随着太阳冉冉升起,所有人热血沸腾,高唱:"……我们万众一心,冒着敌人的炮火前进!前进!前进!进!"

仰望徐徐上升的国旗,我似乎看到红其拉甫哨所、西沙永兴岛、黑瞎子岛上的五星红旗也在迎风飘扬;一代又一代中国人,为中华民族伟大复兴不断奋斗的身影……我转头看了看身边这些十四五岁的师弟师妹,只见他们稚气的脸上,满是庄严、自豪、激昂的神情。

升旗仪式结束了,同学们仍然不愿离去,七嘴八舌地抒发感想。傈僳族的和小琴说:"我一辈子都会记得今天!"维吾尔族的铁木尔说:"我要赶快把这一切告诉爸妈,告诉全村人!"黎族的黄华说:"我决心好好建设家乡!"岩温则大声说:"我长大以后要为国争光!"这时,民大附中的老师因势利导:"对!同学们,我们要努力学习,学成后建设家乡、为国争光!"同学们激动地高喊:"建设家乡!为国争光!"

同学们的呼喊,像一声炸雷震惊了我!

我陡然明白:此刻,"祖国"的意识已深深植入这些少数民族孩子的心里。他们昂首从某个村寨、某个民族走出来,站在中华人民共和国公民的立场来看世界了!天安门广场,给孩子们上了人生最重要的一课,也使我深刻认识了把五十六个民族团结在一起的"国家意识"。

行文至此,如同沿着长安街重览我生命中的光点;细品"最美长安街",越来越感觉她的美确实是丰富而多彩。从这本人生教科书上,我不仅学到了人间道理,也读懂了对国家精神的解说。其实,从这本书中受益的,又何止我一人呢!

2022 年 6 月 16 日

作者简介:

苏菲,高级编辑,中华诗词学会会员,野草诗社副理事长。曾任中国工商报社常务副总编辑。中国记协第二届"全国百佳新闻工作者"获得者,先后荣获中国产业报协会"总编辑金笔奖""媒体创新奖"。

我的长安街情缘

杜 京

都说"上有天堂,下有苏杭,比不过长安街金碧辉煌"。在我的眼中,长安街不仅是中华第一街,也是世界第一街。

北京作为五朝帝都,留下诸多名胜古迹,其中最令人耳熟能详的莫过于天安门、长安街了。宽阔壮观的长安街像一条璀璨亮丽的彩带,飘曳在天安门广场东西两侧,既古朴端庄又俊美大气。它历经记载了中华民族百年磨砺的沧桑巨变,诉说见证着古老又崭新的北京城,风风雨雨的峥嵘岁月。

历史的跨越,民族的崛起,"十里长街"与天安门广场同为中国首都北京的象征,中华民族近现代史的缩影。在我的心里,长安街早已将我的生命血脉融入其中。从"祖国心脏"之地开启人生之路,是我的幸运。从出生成长,到工作生活,我与长安街有着千丝万缕的深深情缘……

(一)

从我的名字里,大概就能猜出我与首都北京的不解之缘——说出来您也许不相信,我没出生时还在母亲腹中,就已经在长安街上徜徉,在天安门前留影,随母亲登上天安门城楼参加国庆观礼,还见过毛主席、周总理、朱总司令呢……这个故事要从我的父亲母亲说起。

我和弟弟有幸出生在一个父母都是军人的"双军人家庭"。父母所在的部队,被誉为"中国第一王牌军"。这支由徐向前元帅亲自创建,陈赓大将亲自指挥的英雄部队,战争年代转战南北,战功显赫,和平年代镇守边疆,功绩卓越。在这支英雄部队里,我的父母和许多战友一样,把最宝贵的青春年华奉献给了祖国人民,艰苦难忘的战斗岁月,成为他们一生中最自豪珍贵的记忆。

母亲出生书香门第,为家中独女,刚解放就毅然参军。高唱着"雄赳赳、气昂昂跨过鸭绿江,保和平卫祖国就是保家乡……"走进抗美援朝的队伍。瘦弱的肩膀挑起的却是千斤重担。作为一名白衣战士,母亲每天为伤病员打针、送药、做饭、洗衣,脏活累活抢着干。由于表现出色,母亲入伍3个月就入了党,无数次冒着生命危险抢救伤员。一次,有位重病伤员生命垂危,母亲不顾危险,在当时没有呼吸机的情况下,她就口对口为病人做人工呼吸,终于把危重病人从死亡线上抢救过来。

母亲年轻时,所在的铁道兵部队总部就在北京,多年后母亲随父亲部队调往地处云南边疆的野战医院工作。当时环境艰苦,没电没水,吃水靠人肩挑。母亲每天提着小马灯去查房,点着煤油灯、打着手电筒为患者进行手术……母亲的无私付出赢得了官兵们的敬重和组织上的表彰,年纪轻轻立功受奖无数。以她名字命名的"周世珍模范医护小组"荣立集体三等功,并受到全军通报表彰。金秋十月,母亲光荣出席全军积极分子代表大会并荣获一等功,随"全军先进英雄模范事迹报告团"巡回在全国作报告。

最令她难忘的是,作为全军唯一的女军人英模代表,母亲多次应邀参加国庆观礼活动,并在北京中南海怀仁堂受到毛泽东、刘少奇、周恩来、朱德、邓小平、彭德怀、陈云、罗荣桓等党和国家领导人的亲切接见。照片上,站在毛主席身后右边第二排第四位的就是我的母亲——当时已经怀有身孕,腹中怀着的这个幸福的孩子就是后来的我。翌年夏天我出生后,父母亲为我取了一个有意义的名字:杜京。

总有一些时光,要在逝去之后,才会发现其实它已深深镌刻在记忆中。少年之心,稚嫩柔软,回忆起父母亲带着我和弟弟在长安街漫步,天安门前留影,那一幅幅爱与温暖的画面,至今依然清晰地印在我的脑海。

(二)

"东方红,太阳升……"日复一日,年复一年。

每天清晨,长安街上空回荡着《东方红》的乐曲。迎着朝阳,踏着晨曦,我驾车行驶在长安街上,家就住在长安街附近,时间充裕天气好,我会步行去位于东长安街的报社上班,迈着匆忙的步子,开始一天又一天崭新的工作。

担任北京日报时事政治新闻部主任,其工作性质不言而喻。无论是去北京饭店报道外事会见,还是随市里主要领导到中南海汇报工作;无论是到人民大会堂出席活动,还是陪外宾游览故宫,我的足迹总是在长安街行走徜徉。

自1996年起,每年我都上两会,在长安街穿梭过往。每当两会开幕之日,我都会在天安门前留个影作为纪念。跑两会的记者,一跑就是22年的为数不多,而我却是其中之一。与此同时,我与长安街的感情也与日俱增,每次出差或出国回京,都会第一时间驾车在长安街"兜风"一趟，"自豪"一下。

作为一名时政新闻记者，工作十分辛苦，但也有比常人更多的采访机会。2001年7月13日是亿万中国人民永远难忘的日子。随着国际奥委会主席萨马兰奇一声"Beijing"，神州大地欢呼沸腾，一片欢乐海洋。晚上10:20党和国家领导人、北京市各级领导来到位于西长安街沿线的北京中华世纪坛，与人民群众同庆北京申奥成功，我作为一名现场采访的记者，瞬间被包围在人山人海之中，那份激动那份自豪，难以言表……至今，回想起那个热血沸腾的不眠之夜，依然让我的心灵为之颤动。

我有幸参与了申奥过程中的活动报道，倍感荣幸。还记得2008奥运会申办之前的第一次新闻发布会，是在位于长安街建国门西侧的北京国际饭店举行。面对来自路透社、法新社、美联社、安莎社、中东社等世界各大通讯社、境外驻京媒体、港澳台媒体，作为北京日报记者，在新闻发布会上，我第一个举手得到向刘淇市长提问的机会。当时北京日报摄影记者抓拍到我第一个举手提问的照片，至今还珍藏在影集里。

2008奥运会期间，88岁高龄的国际奥委会名誉主席萨马兰奇来到北京。我接到任务，在长安街沿线位于建国门桥东北角的国际俱乐部采访他。萨马兰奇从"幕后"走出，笑容可掬，和蔼可亲。他说，五环旗下，不同种族，不同肤色，不同国家，不同信仰的人们相聚北京，我很高兴。当乘车行驶在世界上最漂亮的长安街，我看到了北京的变化，感到十分惊讶，中国伟大，北京骄傲。

采访中我细心发现，当29届奥林匹克运动会获奖的各国运动员手捧红红火火、美丽绽放的红色之花登上领奖台，他们的微笑与火红的花朵竞相绽放，那一幕真是激动人心。看着这把火红的月季花，我为它取名为"中国红"。

我心想，在中国这个花卉王国，百花齐放，芬芳绚丽。有牡丹、荷花、菊花、梅花、兰花……数不胜数，为什么会偏偏选择了红红火火的月季花？这鲜艳漂亮的花儿来自哪里，产自何方？于是，我将目光紧紧盯住了这把花，经过不辞辛苦，辗转反侧深入采访，电话打到云南，还专程飞了一趟，终于撰写出长篇通讯《中国红 云南花——第29届奥林匹克运动会颁奖用花背后的故事》，荣获第29届中国新闻奖。

北京2008年奥运会结束时，奥委会组委会负责人曾经问我："这届奥运会全世界有21600名记者齐聚北京，采写这把奥运颁奖用花的记者你是唯一的，你怎么会想到写这把花呢？"我回答："是长安街带给我的灵感，文章千古事，我手写我心。"

（三）

2008年5月12日，四川省汶川县发生了里氏8.0级强烈地震。当时我正驾车行驶在东长安街上，准备前往台基厂路口的中国人民对外友好协会开会，当时我就想第一时间赶到地震灾区采访。从内心来说，是长安街带给我勇气和信心。

在不同寻常的采访中，我将目光更多地投向了孩子，对于在灾难中受伤的儿童，更是十分心疼和倍加怜惜。我来到成都市儿童医院病房，眼前全身"伤痕累累"的小男孩，两条小腿打着石膏被高高吊起，头上的伤口缠着白色绷带，小屁股上露着青紫的伤痕，使劲拍着小胖手，两眼冲着我笑，一脸阳光般的笑容。见此情景，我立马按下快门，抓拍到了自认为很是精彩的照片。

这个名叫张洋的男孩，1岁2个月。我问："你疼吗？"爷爷教他说："不疼。"小张洋虽然说话还不清楚，但我从他咿呀学语的口中听到了两个字"不疼"。于是，我将这张摄影作品取名为"不疼"。

2008年6月10日，"抗震救灾众志成城——2008中国抗震救灾大型新闻图片展"在位于西长安街延长线的中国人民革命军事博物馆举办。200余幅照片展示了这次抗震救灾刻骨铭心的近30个日日夜夜，中国人民在灾难面前迸发出的空前凝聚力向心力。

我拍摄的《不疼》这张照片被放大成8米，悬挂在展厅最醒目的位置，备受好评，令人鼓舞。这张照片被收入由中国摄影家协会编纂、中国摄影出版社出版的《见证汶川2008大地震》画册，并被中央档案馆永久收藏。

雄伟壮丽的天安门，伴随着欣欣向荣的伟大祖国跨过了极不平凡的岁月。辉煌绚丽的十里长街好似缀满珍珠的彩带，将京城东西紧紧相连，散发光芒熠熠生辉。

那是世纪之交，新中国迎来辉煌50年华诞，我被选派为参加"中华人民共和国成立50周年庆祝活动"新闻采访报道组记者，采访大型阅兵，走进国旗护卫队，感慨万千。我挎着照相机，久久伫立在天安门城楼下，眼前金水河波光粼粼，五座雕塑精美的汉白玉桥横跨两端，好似通往仙境的小径，精美而富有诗意，与车水马龙的长安街相映成趣，浑然一体。

历史交替，时光荏苒。我脑海中一幅幅画面，像放电影似的一幕幕闪过：从新中国成立50周年大庆，到60年、70年；从香港回归、澳门回归，到北京奥运会，亲历现场，采访报道。我曾经无数次行走在长安街，漫步天安门广场，夜色璀璨时，采访阅兵演练。夜空下赤橙黄绿青蓝紫,灯光变幻莫测,星辉闪烁交映。一个个难忘瞬间,在我的镜头中留下精彩画面;一个个动人故事,在我的笔端下书写最美华章。

在我的记者生涯中,一次次极不平凡、刻骨铭心的难忘采访,大都与长安街有关,我与长安街始终有着难以割舍的情愫。往事历历,动人心弦,长安街成就着我的事业,激励着我的工作,滋养着我的心灵,丰富着我的生活,带给我无限美好的回忆。

(四)

在我的眼中,长安街毫无疑问是世界上最漂亮宽敞的大街。我曾经走过数十个国家,到访许多过世界名街。如金字塔外的风景埃及开罗卡内卡利里街、迷人的阿拉伯风情摩洛哥马拉喀什的佛纳广场街、英伦三岛政治中心英国伦敦唐宁街、古今建筑艺术长廊巴西利亚三权艺术广场街……踏遍千山万水,走遍世界名街,我最爱的还是北京长安街。

中华文明历经数千年漫漫长路,凝聚着中华民族的力量,蕴含着中华文化的精髓,如诗如画的长安街,记载着历史坎坷的思索与进步、包容与繁华。长安街如同一条宽广的运河,最宽的地方可达100米,其宏伟之势可见一斑。遥望长安街,道路两旁白杨、榆树、青松静静相伴,随风摇曳;红墙边的白玉兰悄悄绽放,尽情吐露着春天的气息……今天的长安街,正以日新月异的姿态,汇入中华民族一日千里的巨变长河之中,蒸蒸日上,欣欣向荣。

在我的心中,长安街是连接五洲四海,传递和平友谊,向世界展示最美中国的一条形象大街。在这条闻名于世的大街及东西沿线,我先后采访过一些各国政要,知名人士:美国老布什总统和夫人芭芭拉、美国国务卿希拉里、德国总理施罗德、欧洲理事会主席图斯克、波兰前总统科莫罗夫斯基及夫人科莫罗夫卡、波兰总统杜达、国际奥委会名誉主席萨马兰奇、国际奥委会主席罗格……

一座城,一条街,连着中国,连着世界。"谁曾想到老北京最初叫'天街'的这条连接皇城和紫禁城尘土飞扬的土路,就是今天车水马龙最繁华热闹的长安街。"多年前我陪同英国牛津商学院院长斯坦利先生和学院总监尼克先生游览长安街时,当他们听到我这番"讲解"后,感到非常惊讶,翻着旧时的老照片,看到眼前的新变化,他们异口同声地说"北京了不起"。

记得几年前的盛夏时节,我陪同波兰证监会副主席米郝先生和女儿参观故宫,米郝先生走在长安街上,惊叹不已:"长安街非常漂亮。"来到故宫,更是赞不绝口。面对故宫,我心中涌起无以言说的冲动,感到无比自豪。参观故宫后,米郝先生说,故宫就好像一座城,长安街就是一条通往天上的大道,是中国人智慧的伟大,成就了北京城的伟大,铸造了长安街的宽广,超越了通常意义上的建筑,美不胜收,无与伦比。

游览东长安街路北南河沿南湾子胡同,我带他们穿过夏花灿烂的胡同,来到一位白发大妈家做客,感到格外惊喜。喝下两杯冰酸梅汤,品上一杯茉莉花茶,顿时神清气爽。米郝先生说:"我没来北京之前,只看过一则广告上的图片,现在真的站在四合院里,我感受到有血有肉的北京,这里是我眼中最迷人的地方。"

时光浸染着心灵,回首与长安街相遇的温暖,一情一景都撩动记忆,一点一滴都镌刻在梦的心湖。生活需要诗意,诗意是生命之海中一朵小小浪花,也是灵魂抵达的终极之地。行走在长安街,我眼里总能看到诗和远方。

晨曦中明代角楼诉说着北京的历史,艳阳下后海荷花绽放着北京的温情,夜色里蓝色港湾的灯光闪烁着北京的时尚,晚霞中绚丽的长安街彰显着北京的辉煌。

长安街,一条璀璨多彩,生生不息的十里长街,情缘深深,情意绵绵。连着中国连着世界,连着川流不息的行人,也连着我的生命与灵魂。

作者简介:

杜京,高级记者、中国作家协会会员、中国摄影家协会会员、中国散文学会理事。四度荣获中国新闻奖及多项国内外新闻奖项,多次荣获中国报纸副刊作品一等奖、第八届冰心散文奖。荣获波兰共和国"杰出贡献勋章"。出版《我与老师》《跨越国界的芬芳》等10余部著作。

写给长安街的抒情诗

李 娟

在北京生活的这些年,我有一条固定的散步路线,这条路养眼、养心、养精神。从地铁1号线西单站出来,沿着长安街往东走,贴着朱红色的宫墙,缓缓地、慢慢地往前走。春天有玉兰花,夏天有绿荫,秋天有金黄的树叶,冬天有火红的灯笼挂在树梢。走到头,故宫到了。若是故宫年票还没到期,总要去宫里转转,看看琉璃瓦,朱红色宫门,屋檐上的脊兽,殿前的铜炉。撇开三大殿,沿着东西六宫走,若是下雨,贴着宫墙,打着红伞,与稀稀落落的游人擦肩而过。此情此景,恍然间穿透六百年时空,巧手的匠人抬着圆木,凿着砖石,描着彩绘屋檐。西洋自鸣钟嘀嘀嗒嗒,城墙在枪炮中轰然倒塌,狼狈的末代皇帝仓皇出逃,紧接着快门一闪,阶前蒿草换了新绿,那踏着石板路的千千万万只脚印,也曾在广袤的泥土里扶犁锄麦——紫禁城是属于人民的了。

没在故宫看过雪,算不得北京人。十年前,北京经常下雪,记忆中每到冬天,全北京人穿着棉袄、裹着围巾,胶底厚靴踩在雪地里咯吱咯吱响。近两年气候变化,很少下雪了。如果这时候来北京,一定会大失所望,认为北京是不下雪的城市。去年下了一场雪,看雪成了行为艺术,朋友圈有人为了看雪,提前一周关注天气预报,请假调班,终于在周五赶上了故宫大雪。风景照甫一发出,立刻获得点赞评论,数量比平时多了两倍不止。没抢到票的,只能去景山公园望梅止渴。

故宫春夏秋冬各有风景。若是想体验市井生活,则不进宫,而是沿着南河沿大街往北走,青瓦朱门的四合院,院内的玉兰树伸出墙外,相机随手一拍,便是一幅绝佳的工笔画。再往前,在中山公园门口看护城河,宫墙绿柳倒影于水面随风摇动,雏鸭凫水妙趣横生,常有学美术的年轻人在河边写生,寥寥数笔勾勒水墨丹青。没有艺术细胞倒也无妨,用眼睛把美景珍摄,凭记忆将时光珍藏。再往前走,西北的故宫角楼更是凝结了中国古代的建筑美学,巍巍宫墙,绿水环绕。若是晴天,河中倒影蓝天白云;若是阴天,黑云压城城欲摧,历史厚重感扑面而来。

故宫的身后是历史长河,前面则是灿烂千阳。在北京读书的大学生,没在天安门广场看过升国旗的人生是不完整的。我们曾在国庆那天,城市还没苏醒,地铁、公交还未运行,徒步几公里,只为了看升旗。想当初站在人群里,冻得瑟瑟发抖,神情肃穆庄严,那抹鲜红随着日出扬起的刹那,热血上涌,在那一刻完成了自发的爱国主义教育。国家博物馆作为神圣的文化殿堂,读书的时候我恨不得常年住在那里,哪怕是做一只承载文物的玻璃柜。文化涓滴如何汇聚成滔滔大河,五千年文明生生不息,博物馆便是答案。在那里你能看到来自商朝的青铜酒樽,汉朝的漆器红盘,唐朝的秘色瓷,宋朝的帆船残骸……站在橱窗前感动,自豪感油然而生,然后庆幸自己出生在这样一片瑰丽的文化沃土。这样的文明在世界上仅有四个,而我们是保存最完整的那个。

  长安街是中国的大动脉,街道两侧遍布国家机关。北京的哥可以带你深度长街游,你只需从国贸打车,往八宝山走,这一路上的建筑,哪年建的,哪年修的,前身是什么机构,现在做什么用途,他能讲得清清楚楚。下车时如果你不付一点小费,将对不起导游服务。长安街若要征集广告词,我有一句参赛:"长安街,历史与现代相互交融,古老与新潮交相辉映,当下与未来热情相拥。"

  大学毕业后我在国贸上班,住在石景山,与地铁1号线建立了深厚的感情。北京的变化在地上,也在地下,不知道从什么时候起,地铁车厢内的线路图变得密密麻麻,仿佛一夜之间画出来似的。在无数个忙碌的工作日早晨,乘着1号线穿梭长安街,每处站点,车门开合,下车的人既是去上班,也是去观景,如果内心足够浪漫的话。若是来北京旅游的国际友人,免不了要坐1号线。北京四通八达,地下动脉贯穿全程,我曾在二十多个国家旅游,敢拍着胸脯保证,北京的地铁就算不是全球第一,也是全球第二。这座古老的城市,几千年的历史,每一站地铁站出来,都能发现文物古迹,这是北京人的骄傲,也是中国人的骄傲。

  石景山人经常活动的区域在万达广场,亲朋好友来访,必定带去万达,买衣服或是逛街。再往东,可在五棵松体育馆看比赛。印象最深的是2015年,那年夏天,有朋友从新加坡留学回来,到了北京,请他吃饭。饭后,他拿出两张票,五棵松体育馆有篮球赛,叫我去看。到了现场,队伍已经排了老长,黑压压的一片。我至今记得那些年轻的同龄人脸上洋溢着的青春和朝气,进球时场内的欢呼。华熙Live是后来建的,具体哪一年不记得了,只觉得周围的新地标好似雨后春笋,悄悄地就出现了。朋友聚会、同事聚餐、情侣约会都去那里,逐渐代替了万达,因它更懂年轻人。露天音乐会、LED大屏、富有情调的蛋糕店、装潢考究的餐厅,吸引着大把刚工作的时髦青年流连忘返。光影绰绰的下沉广场交织着欢乐,从广场上来,沿着小公园往前,或是穿过停车场,就到了耀莱成龙影院。几年前异军突起的国产电影票房,五棵松青年功不可没。购票大厅摩肩接踵，门口的咖啡台常年需要排队。左手端着咖啡，右手抱着爆米花，在IMAX影厅看一部喜剧片。全场的观众笑点出奇地一致，大家互不相识，在同一个空间，同一时间共享同一种快乐。那样的日子，真是惬意啊！

不知哪年，1号线八宝山地铁站对面有座白色的圆顶建筑拔地而起，它有个在夏天看了凉飕飕的名字——冰雪体育馆。这里是热爱冰雪运动的人的天堂，极大地解决了京西人的运动需求。我是怕摔的，硬着头皮去学过几次滑冰后，竟喜欢上了穿着冰鞋在冰上飞翔的感觉。我们的视线再往西看，周末的活动半径往首钢园那边拓展。冬奥会期间，那些优秀的世界运动员就在我家几公里外的地方竞技，共享同一片天空，见证奥运精神，那种感觉非常神奇。分明记得几年前，首钢遗址还是一座废弃的工厂。四月，梨花开了，这时候骑着自行车去首钢园，在大跳台前面的野湖里打水漂。电视里那个被摄影师用立体角度拍出惊心动魄视觉奇观的大跳台此刻安静得就像儿童滑梯，这时候反而觉得它是真实的。如果有孩子这么想呢，那在他的心里将会种下梦想的种子，那种"我也想试一试，说不定我也行"的挑战精神，将会激励一个人前进。那一刻，我似乎明白了首钢工业园的良苦用心，大跳台放在那里，作为凝固的建筑之诗，呼唤年青的一代，燃起奋发之志。说不定下一个世界冠军，就在园子里玩耍的孩童当中。

北京是一座包容的城市。作为新北京人，我对北京的向往源于课本和电视台的熏陶。小时候趴在老家的窗台上看飞机，对着天空大喊："飞机，飞机，把我带去北京。"后来果然考上了海淀区的一所重点大学。北京人敞开胸怀接纳了我这个外地"入侵物种"，从北京西站下火车那天，我便感受到了北京人如八月艳阳般的热情。我对北京的感情就是从那个时候建立起来的，这种感情历久弥新，越久越深，哪怕雾霾最严重的那几年，我也没想过离开。在我内心深处有种英雄主义，我要同北京荣辱与共，过去、现在还有将来。

作者简介：

李娟，90后文字从业者、翻译，豆瓣文学、爱奇艺文学签约作家，发表过6部长篇小说。短篇作品散见于《神州学人》等国内期刊。

长安街的新闻情缘

李家良

"东单西裱褙胡同34号。对,就是这里。"长安街南侧一条贯通东西的胡同,中共北京市委机关报《北京日报》的所在地。20世纪80年代末90年代初这里是我的"密接地"。人生从这里改变,事业从这里提升,友情从这里结缘……

1987年,第十一届亚运会工程建设全面铺开。这是改革开放后,国家在北京举办的第一次体育盛会。受组织委派,我被调到公司亚运工程指挥部负责新闻宣传工作。那一刻起,开始与《北京日报》《北京晚报》打交道,那个时期隔三岔五给报社邮寄稿件,大多是泥牛入海无消息。偶尔也有"火柴盒"似的消息见诸报端,也如"范进中举",稿件仅凭邮寄如同撞大运,硬着头皮也要直接送去。

于是,我从北郊工地骑行20多公里,怀着忐忑的心情来这里送稿。记得第一次到报社送稿,当时是"两眼一抹黑",来到传达室,先要填写登记,领进门条,把条儿交给站岗的武警战士后进门。当时报社还是四层红砖的办公楼,进楼后右拐在一层的西侧,找到工商部,轻轻敲门没人,慌忙从包里掏出装稿子的信封,从门缝塞了进去,如释重负离开报社。这是第一次送稿的经历。天长日久和编辑记者们都混熟了,登稿总算有了点眉目,但还是不尽人意,领导也不太满意。

直到"跑口"记者换成王晓东,刊发稿件才有了新的转机。初识王晓东是在1995年的岁末,我去报社送稿,接待我的是工交部的老主任赵文翰老师,在传达室门口他告诉我,"跑口"记者换成了刚从总编室调来的记者王晓东,以后有事儿跟他联系,并把他的电话号码告诉我。

"你是家良吗?我是北京日报社的王晓东,你那边有事儿招呼一声。"第二天他主动打来电话。第一次和他通话,感到很亲切,一点没有距离感。转过年,企业要召开工作会,领导要求邀请媒体记者采访报道企业一年的成就。会议当天,我把他从报社接到我们会议中心。初次见面,他穿着灰色西装,套着圆领毛衣,戴着金边眼镜,拎着手包,一副文质彬彬的样子。到了客房寒暄过后,我开始给他介绍企业的基本情况,并找来工作报告,他边听边在上面写写画画,认真地思考,当时我也没抱什么希望,觉得只要把记者请到,领导交办的工作就完成了一半,顶多在报纸发个

"火柴盒""豆腐块"大小的报道也就完事大吉了。午饭后,他急匆匆起身告辞,赶回报社。

下午他给我打来电话,跟我说稿子明天见报。"如果需要,我给你预留报纸。"经请示领导,需要200份报纸给参会代表人手一份。他告诉我:"晚上我值夜班,报纸印出来后,应该在深夜12点左右,你来拉报纸我等你。"那天夜里,北京飘起了鹅毛大雪,天寒地冻格外寒冷,我从通县经长安街赶到北京日报社已经是凌晨1点左右。在传达室我给他打电话,他出来把我接进去,后又帮助我把报纸搬到车上,给我们送走,他才回去睡觉。

天气虽然寒冷,但我的心却很热乎,也很感动。感觉到晓东真办事,且热情暖人。次日,上午工作会闭幕,主席台的领导和代表们落座后,摆在他们眼前的《北京日报》,让他们眼前一亮,一版显眼位置的大幅报道,引起了与会代表的热议,也在社会上产生了强烈的反响。就这样,与晓东第一次合作,不仅感觉到了他为人的真诚,也让我从他的精湛业务中学到了如何从会议和文件中发现新闻,提炼、撰写新闻。

唐末著名诗人郑谷为和尚齐己改诗歌的故事,早已成为"一字之师"的成语典故,为世人传为佳话。王晓东对于我来说,可谓是"一稿之师"。一次我到二级公司采访,连夜写出一篇长稿寄到北京日报社。几天后,我收到了王晓东修改完的稿子,定稿后,盼着早日见报,谁曾想,王晓东打来电话说,感觉采访还不到位,又派来一名实习记者继续采访,我们合写了一篇稿子,晓东还是不太满意,把稿子寄给我,要求结合上次修改的稿子再出一稿,并附上一份写作提纲。经过重新修改后再次返回报社,晓东看完后,还要求我进行修改,这次寄来的提纲更为详细,并嘱咐我要跳出企业,从市场的角度写,要通俗易懂。我恍然醒悟,感觉晓东的用心良苦,他不是在改稿,而是在帮我们企业通讯员改变固化的思维方式。经过四易其稿,这篇稿件后来终于见报。

古人云:"授人以鱼,不如授人以渔。"王晓东作为党报的记者编辑不仅不厌其烦地帮助企业通讯员改写稿件,而且经常指导我们如何发现捕捉新闻。他常说:"要想在企业搞新闻,就要吃透两头,上接天线,下接地气。"在他的启发下,我也在不断地尝试和摸索。一次我受邀到我们的机械租赁公司参加工作会,偶然听到职工自筹资金买塔吊的事儿,感觉到这是一条重要的新闻线索。于是马上和晓东通电话,他说这事儿与十五大精神相吻合,是条好新闻,抓紧时间采访,把稿子写出来,越快越好!我以最快的速度把稿件写完交给了他,第三天,《北京日报》就在头版头条的位置刊登了。这篇新闻稿在社会和行业内产生了很大的影响并被报社评为当月的优秀稿件。

乐于助人，甘愿做通讯员的"绿叶"陪衬，是晓东的优秀品质之一。一次我采访海外员工，听说他们在扎伊尔援建时，该国突然发生政变，在紧急关头，他们不顾个人安危，冒着枪林弹雨隐藏机械设备，保护国家财产，组织撤离……

但我对这素材总理不出个头绪，想写一篇长篇通讯，感觉无从下笔，只好求教于晓东。他认真地帮我研究素材、理清思路，还帮我确定好大标题和每个段落的小标题，使我的思路更加清晰，写作灵感也呼之欲出，后一气呵成撰写了一篇5000多字的长篇通讯。我对他说："文章要加上你的名字！"他一笑，说没必要，稿子是你独立完成的。

后来，这篇通讯在《中国建设报》发表后，在行业内产生了很大的反响，先后获得中国建筑类报刊一等奖、中国企业报二等奖、全国党建报刊三等奖等共计五个奖项。在晓东负责城建口的一段时间里，我们企业一大批报道见诸北京日报一、二版重要位置。这里面有晓东不少的帮助和支持。

良师挚友兄弟情。王晓东还是我们城建系统宣传"三兄弟"的挚友，是他穿针引线，像纽带一样把我们紧紧地系在一起，使我们相识相交，相互合作，相互提高。原市国资委副巡视员荀永利，当时在建工集团负责新闻宣传工作，于跃民是城建集团的新闻干事，我在住总集团宣传部负责新闻宣传，我们是同龄人，三个人经常在报纸上见面，但是互不往来。王晓东负责城建口后，把我们聚到一起，经常切磋新闻的写作技巧和各自企业的见闻，有时还给我们创造合作的机会。

记得那年，长江发生百年不遇的特大水灾，为弘扬抗洪救灾精神，《北京日报》在一版开辟专栏，对各行各业进行报道。晓东把这项任务交给我们三个人完成，让我们分别采访两个重点工程，各写各的，最后由他来合总。当天，我冒着酷暑采访了长安街东端的航华建设工地民工后，又马不停蹄奔向长安街西边的青塔小区采访施工人员，并于当天下班前把稿子写完，送到报社。第二天，我们三人合写的报道在一版显要位置刊登。这是我们一次载入史册的合作。晓东牵线，新闻结缘，我们兄弟三人始终保持着血浓于水的兄弟之情。二十多年来，不管多忙，每年都要相聚几次，畅饮畅聊，不忘晓东牵线搭桥之恩。

人品加能力，使晓东平步青云，逐渐走上领导岗位，后来荣任北京广播电视总台党委书记、台长。地位变了，职务升了，晓东却依然如故，没有丝毫的改变。尽管我们见面相聚的机会少了，但是每年他还都要与我们兄弟三人聚上一两次。

他看到我们总是挨个嘘寒问暖，了解我们的工作情况，打听多年不见的朋友信息，让人感到心里暖乎乎的。言谈话语中，他没有官场的客套和虚伪，有的只是友情和亲情。要说改变的话，就是他在搞平面媒体的基础上，更增添了一份对电视事业的热爱。

不幸的是，2012年3月，晓东突然被确诊为肝癌。作为他多年的挚友，我们不敢相信，也不愿相信这是真的。但事实是无情的。当时，北京电视台和北京日报社领导要求任何人都不能去医院探望打扰他，让他安心养病。直到那年的8月初，我们才有机会在医院见到他。在病房里，他看到我们非常高兴，还是那样嘘寒问暖，还要亲自为我们切西瓜，但被我们拦住了。事后，我们得知医院已经告诉他没有多长时间了，但他显然没有被病魔吓倒，而是与绝症进行着顽强的抗争。看到在疾病的折磨面前，他还能和朋友们谈笑风生，我当时心里一阵阵酸楚。

在和病魔抗争一年零八个月后，王晓东永远离开了我们。他生前留下遗嘱说，不举行告别仪式和追悼会。尽管如此，送别晓东当天，市委宣传部的领导和北京电视台、北京日报社领导及他的生前好友1000多人为他送行。伴随着告别室传来的西藏民歌《向往神鹰》——这是他生前最喜欢的歌曲，我手捧着一束黄色菊花伫立在晓东的面前，在党旗覆盖下，他神态安详，好像熟睡一样。当时我还没有真正意识到是和晓东诀别的日子，在不断看到晓东的亲属们哭得痛不欲生的情景时，我才真实地感到他的确是永远离开了，控制不住惜别之情，失声痛哭………

晓东英年早逝，白发人送黑发人的母亲悲痛中又表现着坚强。我们告诉妈妈：晓东不在了，每年我们都要替他看望您，好让晓东远在天堂放心！我们相信这一定是晓东所希望于我们的。

前不久，波音飞机从北京大兴国际机场出发，经过一个多小时的航行，终于降落在鄂尔多斯机场。我们一行来到晓东的家乡看望他年迈的母亲。夕阳西下，美丽的鄂尔多斯洒满金色的阳光，微风吹拂着五颜六色的格桑花，湖畔蒙古包里的马头琴声悠扬，飘香的奶茶和手把肉的香味交织在一起，我们和晓东的母亲及其家人团聚了！"月圆之夜人不归"，唯独就缺晓东了，这时候，对《北京日报》的感念，对西裱褙胡同的思念，油然而起的，还有对最美长安街的感恩，一起涌上心头……

是的，灯火阑珊，霓虹闪烁。夜晚的象棋广场仿佛连着天安门广场，漫步在鄂市的中轴线上，仿佛置身于北京的长安街，仰望星空，我们仿佛看见晓东还在北京日报社的采编大楼编辑稿件，仿佛看见晓东还在市委大楼里加班加点赶写材料，仿佛看见晓东还在北京广播电视台的大楼里正在主持会议……

思绪在流淌,现实成梦想。长安街的新闻情缘,刻骨铭心,终生难忘。

作者简介:

李家良,《建设智库》杂志总编辑,曾任《建设市场报》总编助理、副总编辑,获第十七届中国新闻奖网络专题一等奖、中国建筑类报刊一等奖、中国企业报刊二等奖等。

我从天安门前走过

李培禹

生在北京,长在北京,有谁没有从天安门前走过?然而我要说,我可能是从天安门前走过次数最多的人之一。小时候,家就在与北京站一街之隔的南小街的一条胡同里,儿时的小伙伴们打打闹闹,一溜烟儿就上了长安街,奔了天安门。大学毕业后分配到北京日报社,社址就在东长安街边上,从新闻大厦办公室的玻璃窗西望,王府井、南池子、天安门,近在眼前。从1982年8月来到报社报到算起,三十多个寒暑,十余万个工作日,我都是披拂着长安街的晨风上班,沐浴着天安门的晚霞下班。尤其是在日报总编室做夜班编辑有四五年的时间,那可说是在长安街上度过了一个个不眠之夜啊。

想起1974年春天,我在北京二中高中毕业,离开京城去了顺义谢辛庄插队,成了知青。国庆期间正值村里"三秋"大忙,我在农田里度过了第一个离开家、离开亲人的国庆节。这天收工后已是秋月如水,我扒拉了几口饭,就写起诗来。今天还能记得有这样激情的诗句:

我开着隆隆的拖拉机耕地
仿佛是迈着正步从天安门前走过

为什么能记住这两句?因为我曾把这首"诗"寄给了大诗人臧克家先生,臧老一如既往地给我回了信,鼓励我:"有的句子不错。"他在我的诗稿这两句的下面用钢笔画了连续的圆圈圈儿。瞧,当农民的时候不想家,想的是天安门!

我爱北京天安门,自然也爱长安街上我供职的报社。自打报到那天起,我就开始了在长安街上当记者、编辑的生涯,直到前几年退休。我的报社同事们虽然也是每天上班都要经过东西长安街,但他们也许比不了我与长安街的缘分——我与这条"中国第一街"的新闻之缘。

有些事今天看来无足轻重,可在当年发生的瞬间,那就是大事,从历史长河的角度看,记录下它们就是记录下历史。试举几个我亲身经历的"独家新闻"吧。

二十世纪八十年代初，记不清具体是哪年哪月那天了，《北京日报》一版刊登了一条醒目的新闻《天安门广场将成为花的海洋》。消息中透露："今年国庆期间，市园林部门将用十万株鲜花装点天安门广场，届时，天安门广场将成为花的海洋。"今天看来，这算什么新闻呀？况且只有十万株鲜花，现在每逢五一、十一等重大节日，天安门广场摆放鲜花的数量都在百万盆之上，甚至十里长街皆花海！可在当年，发出这条新闻并非易事。我是在参加市农口的一个会议上，从一堆文件资料中发现这一线索的，等到会议结束那天，市主要领导来参会，我把按惯例写好的会议消息直接送这位领导审阅，同时把已准备好的"鲜花稿"也附上了。"主稿"顺利通过，领导满意地画圈儿签字："可发。"拿起第二条"附稿"，他看到"天安门广场将成为花的海洋"的标题，竟眼前一亮，顺口说出："好！"核实无误，《北京日报》抢发了这条"独家新闻"。当天的中央人民广播电台"新闻和报纸摘要"节目、第二天的《人民日报》都摘发了。显然，在那个年代这确是一条养眼的"新闻"。

转眼到了1995年，我已离开记者一线，到编辑岗位上任职。然而毕竟算是个"京城老记"，"新闻"那根弦还在心里绷着。初冬的一天傍晚，我又一次从天安门前走过，忽然发现西长安街上电报大楼的塔钟有些异样，细观察，啊，这座老钟增添了"秒针"在运行。一秒一动的绿色荧光秒针，一下拨动了我心里的那根"新闻弦"。我觉得我有义务把它告诉北京市民，我有责任把这条消息首发在自己的报纸上。采访并不顺利，一些曲折不再赘述，直到联系上具体施工的山东烟台塔钟厂，才算完成了这条仅有几百字的新闻稿。我还记得那天报社值夜班的是副总编辑蔡赴朝，老蔡也是记者出身，他一眼便看出这是一条有意思的本市新闻，当即说："明天见报，争取上一版。培禹辛苦了！"

1995年12月10日，《北京日报》一版发表了我的"业余"新闻作品，老蔡还让编辑把它列入了"新闻精品擂台"栏目。这篇新闻还能搜索到——

"中国第一钟"悄然进入"第三代"（引题）
电报大楼塔钟添秒针鸣响（主题）
本报讯 昨天清晨6时整，随着电报大楼塔钟上的秒针精确地跃动，悦耳的报时钟声回荡在长安街上空——北京又迎来了一个新的黎明。

细心的读者也许注意到了，素有"中国第一钟"称誉的北京电报大楼塔钟，历史性地拥有了"秒针"，而成为世界上目前唯一一座带秒针的大型塔钟。

电报大楼顶部的塔钟是1958年在周恩来总理的关怀下，由当时的民主德国制作投入运行的，1979年经上海电钟厂维修更换过一次，它曾为共和国的多次重大庆典鸣响过历史的钟声。历经岁月沧桑，现塔钟的走时、报时、照明都已落伍，更换塔钟已迫在眉睫。"第三代"塔钟在保证外观不做变动的前提下，由山东烟台塔钟厂进行了精心的"心脏置换"，采用了该厂在国际上领先的TZ—F6塔钟子母钟系统，可高保真报时和播送乐曲，用使用寿命在10万小时以上的近20万支发光二极管取代了原来易损的172根日光灯管，使嫩绿色的指针和刻度在夜晚显得更加柔和而亮丽。由于整个计算机系统具有故障的自我诊断、报警、维护等功能，塔钟在无人值守的状态下，每分钟可自动校时一次，做到了与北京时间同步。

据悉，由于"第一钟"地处长安街的特殊位置，更换后的塔钟是否增添秒针，是否采用烟台塔钟厂这一在国际上独领风骚的新技术，须逐级上报。很快，有关部门批准了带秒针的方案。于是，"第三代"塔钟伴着一个新时代悄然诞生了。

我所在的"长安街上的报社"——北京日报社，今年十月将迎来创刊70周年华诞。我忽然想起一首军歌："十八岁十八岁，我参军到部队……生命中有了当兵的历史，一辈子也不会后悔！"我真想给这首歌改一下歌词："生命中有了当记者的历史，一辈子也不会后悔！"

让我说说党报记者生涯中最难忘的一次"我从天安门前走过"吧。

那是1984年，新中国迎来35周年国庆。中央决定隆重庆祝，首都将举行盛大阅兵仪式和群众游行；国庆之夜，天安门广场还要举行20万人参加的盛大的联欢晚会。报社举全社之力投入了国庆报道工作。日报编辑部成立了两个前线报道组，一个负责白天阅兵和群众游行的报道，一个负责国庆晚会的报道。任命通知下来了，白天组组长由已是部门主任的资深记者刘霆昭担任，我的名字列在组中。晚会组组长由我担任，组员是两位经验丰富的老记者，一位还是部门主任。我去找报社领导，一定是搞错了！当时主管国庆报道的副总编辑唐纪宇乐呵呵地说，没错，你写完白天的部分稿件，统筹国庆晚会的稿子。

我这个刚分到报社两年，初出茅庐的年轻记者，就这样带着一份沉甸甸的责任，走向了天安门广场。

那是一个终生难忘的国庆之夜！我在稿件的开头写道："缀在西天的晚霞还没有退尽，天安门广场就汇集成欢乐的海洋。晚上七时整，联欢晚会拉开了帷幕。顷刻，广场上二十万男女青年同时跳起了集体舞。色彩斑斓、奇幻多姿的夜空下，青年们围成了一个个舞圈儿，欢唱着，雀跃着。"我从位于东单的报社一出门，就汇入了人们欢乐的海洋。一支支团队看到我胸前红色的记者证，纷纷打招呼，希望我能把他们写进报道中去，有人问："你能进入广场中央吧，你能见到胡耀邦、邓小平吧？""能！"我大声回应着，脚下的步伐变得欢快、轻松，一点压力也没有了。临近金水桥东侧，忽然听到有人喊着我的名字，哦，是我们北京日报社的团队！本来我也是其中的一员，也参加过几次集体舞的培训，立即被同事们拉进了跳舞的阵容。乐曲响起来了，那是我熟悉的云南民歌"阿细跳月"。正值青春，顷刻被那欢快、动听的旋律感染了，被那优美、激越的舞姿陶醉了。那是无数快乐的青年们在天安门广场拉起手，围成圈，尽情欢庆共和国生日的一个不眠之夜。集体舞是交错行进式的，一段乐曲结束，你的眼前就会出现新的舞伴的面孔。当时我觉得对面我们报社的女生一个个都像阿细姑娘般美丽。舞曲间歇，我有点卖弄地说，阿细跳月的故乡在云南红河哈尼族彝族自治州的弥勒县，她的名字叫可邑，我去过。"啊，真棒！"大家欢笑着。我问："今晚的报道做个什么标题呀？""难忘今宵天安门！""激动人心的国庆之夜！"……不愧是新闻单位的团队，我记下了一串儿好标题，每一个都发自内心。

"轰隆隆！"第一束节日礼花施放了，有点震耳，让人兴奋。我在见报稿中写道："七点五十分，节日的礼花腾空而起。第一束越上夜空的叫'红连星'。在人们的欢呼声中，无数串乘着降落伞的红火球挂满节日的夜空。随后，五颜六色的连珠花'庆胜利'在'宫灯'群中欢唱着、升腾着、燃烧着。'万山红'和'红菊'竞相怒放，像是把晶莹璀璨的红宝石漫空播撒；金灿灿的'黄牡丹'、绿莹莹的'春风杨柳'以及'葡萄满园'、'瑞雪丰年'等争奇斗艳。首次在天安门上空出现的彩色激光，红、黄、蓝、绿的光束交织闪烁，变幻无穷。这一切，仿佛把狂欢之夜的人们带入了'天花无数月中开，五色祥云绕绛台'的仙境之中……"读了这段文字，可见我是提前做足了功课。国庆之夜，我还现场采访了集体舞的编导之一段世学，歌唱家蒋大为、德德玛，日本青年太刀川登等，我把他们从不同角度写进了新闻报道。有趣的是，我在欢乐的人群中认出了全国劳模朱伯儒，便和他合影，留下联系方式，作为今后的采访线索。

回到报社后，和我同组的两位老师辈儿的记者王阵容、张延军也已出色完成了各自的采访任务，我们配合默契，很快完成了整体稿件。送审，一稿通过。当晚，我们十几位记者都不愿离去，而是等到全部版面都下了清样，才纷纷离开报社。

那是一个多么难忘的国庆之夜啊！

岁月荏苒，时光如梭，2009年来到了。报社决定举办一次以"我从天安门前走过"为主题的文学作品征文。作为征文活动的组织者，已是日报副刊部主任的我，写下了这样一则"征文启事"："在迎接新中国诞辰60周年的时候，我们怎能忘记与祖国共同走过的光辉岁月？我们的思绪又怎能不再一次从天安门广场出发，从天安门前走过？如果你想为祖国母亲唱一支歌，如果你与首都北京、天安门的经历值得记载，如果你情感深处的波澜需要倾诉，那么，来吧！请参加北京日报举办的'我从天安门前走过——新中国60华诞文学作品征文'活动。让我们把心中最美的文字献给伟大的祖国，也献给我们自己！"

今天，我从天安门前走过……

作者简介：

李培禹，中国作家协会会员，五度"中国新闻奖"、首届全国"孙犁报纸副刊编辑奖"、第八届冰心散文奖获得者。曾任《新闻与写作》杂志主编、《北京日报》副刊部主任，现任北京市杂文学会秘书长。

长安街记忆

李硕儒

感谢光阴厚爱，为不使它失望，在它慷慨赐予的岁月里，也曾走过不少的路、踏过不少的街、游过不少广场，如伦敦的摄政街和伦敦广场、巴黎的香榭丽舍大街和协和广场、纽约的华尔街及时代广场、华盛顿的宾夕法尼亚大街和华盛顿广场、莫斯科的特维尔大街及红场……有比较才有鉴别，本无意炫耀自己的游踪，只是想说，经过亲眼所见、亲身所历，才可以自豪地说，举世相较，我们的长安街是世界上最宽最长最辉煌的长街，我们的天安门广场是世界上最广阔最神圣最具政治魅力和文化风情的广场。

我本不是地道北京人，是十二岁时随父来京读书、后来举家迁京的。虽如此，我与北京和长安街也已共享过七十年的春花秋月，共度了七十年的同舟风雨。

我家的第一个住址是建国门外建国里。那时的建国门虽然城楼已拆，但城墙依旧，护城河也在，走过护城河，再穿过一片苇塘，就来到建国里。那时，从这里东望，除了大片玉米地就是坟场和烧砖窑，黄昏时候，朝东远望，在烧砖窑冒出的缕缕烟雾中，一片荒凉、落寞的阴影总不由得爬上我少年的心……难怪，尽管从明永乐年间重建的皇都已经辉煌光耀过六百多年，也经不起百年烽烟战乱……

进了建国门便又不同，西去的大街虽尚为水泥石子旧马路，却虽短犹宽，右手边矗立着两座从三层到六层的高楼，那座白色六层楼门首，高悬着海军部大匾，那座灰色三层楼前，则高挂陆军部大匾，门首全副武装的哨兵，更增添了此处的威武豪雄！走过这段一两千米的大街沿路西行，就进入了东观音寺胡同，再往西行，在胡同与南小街的交叉路口总站立一位指挥交通的交警。继续西行，便进入了西观音寺胡同。虽然都名观音寺，东、西两边却大不同：东者，房屋低矮，殊觉简陋；西者，则严整高大得多，特别是将到胡同尽头的右手边，一座青砖墙、黑漆大门处悬挂的一块不大的牌匾"新民报社"，总在吸引我。不记得是从哪里知道的，《新民报》当时的老板和总编辑是张恨水，我读过他的长篇小说《啼笑因缘》，内中的京都风情，樊家树和沈凤喜的悲欢离合曾不时撞击着我少年蒙昧的心。所以每经此地，都要迁延踟蹰，甚至扒门窥望，盼望能巧遇我心仪的作家，至于希望着什么、我能做些什么，自己也说不清。

走出西观音寺西口到了东单牌楼,这才马路宽展、高楼(不过两三层)疏立。再往西:王府井大街南口、八层楼高的北京饭店、巍峨红丽的宫墙、劳动人民文化宫、故宫和天安门广场、中山公园、中南海。至府右街南口,马路又倏然收窄,然而,叮叮当当的4路有轨电车却贯穿始终直到西单路口,其间,也偶有大型公交车和稀有的轿车、吉普车,这就是我记得的那个年代的东西长安街。

作为政治、文化中心大动脉的长安街,从政治、文化、文物古迹到气韵华贵、遗脉传承的所在自然数不胜数、举世瞩目,且不说从故宫博物院到中南海,更不要说后来陆续建起的人民大会堂、历史博物馆、人民英雄纪念碑、毛主席纪念堂、国家大剧院,就是当年西长安街尾的长安大戏院也是文脉绵长、传扬中华传统戏曲文化的不可忽略之地。父亲素喜京剧,当年虽工资不高,但几乎过一段时间就要带我看一两次京戏,吉祥、广和、长安大戏院……都曾留下过我们的足迹。一个初春的晚上,父亲带着我登上一辆叮叮当叮叮当的4路铁轨电车一直驶向西长安街路口的西单站,下车后,脚下生风的父亲拉着我穿过马路,直入长安大戏院。坐稳后,他才兴奋地告诉我:"今晚是马连良的《借东风》,你不知我费了多大劲才弄来这两张票。"父亲在家常常哼唱马派唱段,有时候从亲戚朋友家借来留声机和胶版唱盘,也大多灌的是马连良唱段,他往往边听边跟着唱,从小声到大声,随着他,我也往往随他哼起来……诸葛亮登场了,那韬略在胸、仙风道骨的气派,那羽扇纶巾、长髯飘胸的穿扮,上场白刚念罢就迎来一片叫好声!我们都沉入戏中,父亲听的是戏文、唱腔和门道,我看的是父亲的神态和台上的氛围与热闹……父亲带我看过很多名角的戏,谭富英、李万春、张君秋、吴素秋、袁世海、李盛藻、赵燕侠……至今想来,印象最深的还是这场《借东风》,是因为马连良的功力气韵,是因为剧中张扬的东方文化和东方智慧,还是因为这一切都发生于长安街上?

我的初中母校是北京市第二十四中,校址就坐落于东长安街北侧的外交部街,因为靠近长安街,离天安门也不远,似乎一切政治气息都能很快吹来。新中国刚成立,春风勃发,万事更新,每年的五一、十一都要去长安街游行庆祝,去天安门广场接受检阅并代表少先队员观礼。我加入了少先队,被选为中队长,并在学校军乐队里打大鼓,在一切好事都向我微笑的那年十一国庆节,我和我的军乐队被批准去天安门广场接受观礼。那天早晨,我们凌晨四点集合,向天安门广场进发。在秋风飒飒中,我们的热血驱走了寒凉;在晨光熹微中,我们只盼着朝阳升起。两三小时后,随着东升的旭日,随着《东方红》的奏响,中央领导人登上天安门城楼,他们朝广场上的众人招手，我们朝他们欢呼、跳跃。跳跃中，我突然想起胸前的铜鼓，这才用力挥动鼓槌，在我这大鼓的引奏下，我们的军乐队军号声声、鼓声震响，我那时坚信，我们就是长安街和天安门广场的主人，我们的演奏就是眼前走过的文艺大军、劳动大军，空中飞翔的空军，地上行进的海军、陆军、坦克兵的鼓点和军号！游行接近尾声时，辅导员老师陪工作人员给我们发来了和平鸽，每人两三只。它们暖暖地偎在我的怀中，在咕咕的叫声中，我们曾相视而笑……可我们要听从命令，当辅导员老师命我们放飞它们时，我不能不难舍地将它们放飞高空。望着它们越飞越远的踪影，我相信，它们会给战乱带去和平，它们会给饥饿带去粮食，它们会给贫困带去富足——因为它们来自长安街，来自热爱和平的天安门广场……

少年记忆虽不免幼稚天真却真诚无瑕，少年想象虽梦幻缭乱却无际无涯。回首少年时的长安街记忆，再看今日长安街的真实，真是诗也难于表达，梦也难于祈及，这就是此文开篇一段论断的缘起。

作者简介：

李硕儒，作家、编剧。著有长篇小说、短篇小说集、散文集十余部。《大风歌》曾获"五个一工程"奖，《外面的世界》《寂寞绿卡》曾获全国优秀图书奖，《巨人的握手》（与人合作）曾获电视剧金鹰奖。

夜行长安街

李朝俊

出了从南阳登上的闷罐军列,在新乡换乘绿皮直快客车,深夜抵达北京火车站。

一群东张西望的新兵,在接兵连长带领下,轻装列队出火车站,一路前行在首都的大街上,目标是人人向往的天安门广场。

辨不清东西南北的我,似飘入大海的树叶,紧随战友脚步如浪前行。前边人快跑,我不敢怠慢;前边人慢行,我脚步放缓;前边人有说有笑时,我慢步中快动眼睛,好奇地望向两边街景。第一感觉北京的天空好亮,北京的大街好宽,北京的夜景好美。

向前行走在道路上,拐上长长的大街。没有行人,没有车辆,只有我们列队行走在空旷长街上。街边有高楼大厦,高到从没见到过;街边有辉煌灯火,延伸到远处的天上;街边……正在观察的我,被战友们的争论打断:有说这是长安大街,有说这是前门大街。我一个山村刚穿军装的新兵,耳根眼前都是新词新景,受眼界学识所限没有发言权,只有洗耳恭听长见识。

过一个个十字街口,过一片片四合院舍,过一幢幢高楼建筑……突然,前边响起一阵惊呼:"快看!天安门城楼!"灯火中一座高楼矗立,夜色里天际很低,城楼很高。与年画上的天安门一样一样的,我揉了揉眼睛,再看看身边战友,确信这不是在做梦。我们的队伍加快速度,在连长的"一、二、三、四"口令中,在一阵阵急促步伐中,在大家渴望眼神中,一队新兵走过长安街,走近天安门广场,走向祖国的神圣心房。

北京长安街好长,长得跑酸了腿走疼了脚,长得一生向往一生热爱一生自豪;宏伟的天安门城楼,琉璃瓦龙凤兽脊拥夜空,四方翘檐接天际,厚重红墙耸立在长安街上。我看见城门上伟人慈祥笑容,我看见鲜艳红旗迎风猎猎,我看见庄严国徽熠熠生辉。这一刻我热血沸腾,驻足仰望心中激动嘴里喃喃,若不是随行战友推拥前行,我不知道在金水桥上站立多久多久!

新兵军运中转过京,在京城行走时间有限。匆匆行进中,茫茫夜色下,浓浓真情里,看了华表,看了石狮,看了金水河,看了观礼台,看了人民英雄纪念碑,看了历史博物馆,看了人民大会堂,看了毛主席纪念堂,看了前门城楼……这走马观花,有的近前一看,有的远远一望,有的只是一瞥。

一夜长安大街行,走的是哪个长安街?东长安街?西长安街?战友们在北京站争论,战友们在列车上争论,战友们在新兵连里争论。有人说是东长安街,有人说是西长安街。有人说好像经过了著名的王府井饭店,有人说似乎路过了庄严的新华门……那时没有手机没有微信,没有搜索没有电子地图!一时半会儿我们这些新兵,还真说不清楚道不明白。

过京转车新兵抵达山海关驻地,我们在首都到底经过了哪些地方?对北京两眼一抹黑的我,心里真不知道争论的战友谁是谁非!可心里有一点是确定的,我们夜行走过长安街。

夜行北京长安街,这记忆刻骨铭心,那年我十八岁,这是二十世纪八十年代的一个冬夜。桐柏山里的青年,神话般到了北京火车站,一步登天到了天安门,一步一个脚印走过长安街,这种幸福没亲身经历是体会不到的,任凭多少想象也享受不来的。这个冬夜没有感到凛冽寒风,唯有美好的行程在记忆的春天里。

珍贵的记忆促我奋进,催我向合格战士成长。夜行长安街是我人生的起点,夜行长安街是我从军的标杆,夜行长安街是我航船的风帆。海防线上站岗,军校读书求知,每有进步遇有困惑,都会想起长安街之行,都会渴望再走这宽广的大道。

人生的通天大道在组织的培养中筑基,人生的通天大道在向上的奋进里到来。九十年代军校毕业,直接被分配进海军航空兵机关工作,驻地在京西七里庄。幸福地再次夜行在长安街上,是随国庆五十周年阅兵预演行动。首都北京,金秋夜色,欣逢国庆,流光溢彩。在灯火辉煌的灿烂中,在长河落九天的夜景中,在车水马龙的街景中,长安街上的苍松翠柏,战士般肃立,我观之战友般亲切,这是就位标兵的缩影。那杨树槐树雪松树,若观礼的群众,或成片站立,或一线排列到远方。

乘车在长安街畅行,过建国门、天安门、复兴门,幸福地走过了东西长安大街,真切地看到了新兵夜行时,没有见到过的古观象台、东方广场、庄严神圣的新华门、西单图书大厦、民族文化宫……

那晚我突然明白,新兵夜走天安门广场时,路线应该是出北京站向北,入东长安街西行到天安门,绕广场参观后由前门大街东进回到火车站。

进入新世纪,我脱下军装,转业地方工作。作为北京市民,我与长安街有了零距离亲密接触,到中山公园音乐堂听交响乐,到国家大剧院看演出,到长安戏院听乡音豫剧，这些出行都是在美妙的夜色里，都有别于我初见的长安街。红墙边拍照片，华灯下看迎外宾的旗帜，陪外地进京亲人守夜广场，只为看随旭日升起的五星红旗……

最为难忘的夜行长安街，是在西观礼台上观看新中国成立70周年联欢活动。那天傍晚，我们从远端北京农展馆车场出发，畅行在披上喜庆盛装的长安街，街景如画，晚霞如焰，祥云如凤。大巴车由东向西到南池子大街口右转北行，绕入故宫北门宫墙院中，停泊在近端车场里。我们在故宫古树高墙间步行，左绕右拐出故宫午门，穿中山公园林荫道进广场，很快登上了天安门城楼西侧观礼台。

从观礼台东望长安街，那高高的中国尊，如华夏历史巨椽之笔，将喜气洋洋的长安街，写意成一条国家巨轮出海向洋之河，一条人民幸福生活之河，一条民族复兴向未来之河。

音乐响起，载歌载舞，美轮美奂。人们将广场变成精彩绝伦的舞台，7棵特效光影"烟花树"破"土"而出；那腾飞的焰火光照天穹，雕刻"人民万岁"永恒汉字；那天籁之音环绕广场上空……我感觉观礼台如战舰，随人群欢乐海洋涌动升降；我感觉个人是浪花，各表演方阵是潮头，幸福欢乐把人们卷上涌下，歌声把我们的目光牵东引西，礼花若无数闪光镜头，将人们千万张笑脸瞬间定格……

我在观礼台无意回望，望见一轮明月升在城楼上。这静静明月，这阵阵歌声，这人民的节日，让我思绪万千：多少人心心念念长安街，多少人匆匆走过长安街，多少人仰望向往长安街！说长安街是中华第一街，这个论断实至名归。在全体中华儿女心中，长安街是首都北京的，长安街是全国人民的，长安街是中华民族的。

若有人问我白天走过长安街吗？第一次白天到长安街，是陪同英模们登天安门城楼。那是二十世纪九十年代，我在海军航空兵机关工作，陪同空战英雄王天保、崔巍、姜凯、舒积成、高翔、蔡德咏等功勋们，这些功在海天利在民族的英雄模范，是我学生时代仰望的偶像。陪同英模天安门城楼之行，让我走近了英雄的身边，走进了英雄的战斗故事中，采写的人物通讯被多家报刊发表。

随着岗位角色的变化，我这个普通的市民白天到长安街，和一切在长安街出行的人们一样，有时是上下班路过，有时是到人民大会堂聆听报告会，有时是在天安门广场参加盛大国家庆典活动，有时是陪外地亲朋好友参观游览……

夜深人静行走在长安街上，望向无垠的天空，有次我生出无限感慨：这条寓意长治久安的大街，只有走过万里长征的共产党人，深知如何将街拓宽展长，让人民把江山坐得千秋万代，这就是人民对美好生活的向往，就是我们奋斗的目标。

夜深人静行走在长安街上，拍红墙灯影，摄建筑夜景，让我文思涌动：天上的每颗星星都有名字，我们每个行人都有目的地。夜行长安街看万家灯火繁星点点，辞旧向新迎朝阳彤彤。

夜深人静行走在长安街上，常常促我反思自己：一个农民的儿子，一个曾经的海防军人，一个无名的劳动者，与长安街结缘，一次又一次行走在长安街上，初始对个人是一个标杆向往，今日是一种荣誉担当使命责任。

作者简介：

李朝俊，系中国散文学会会员，北京老舍文学院学员。散文作品在《昆仑》《解放军报》《光明日报》《人民日报（海外版）》等发表。历任海军航空兵政治部宣传处新闻干事、秘书处秘书、组织处科长，现为北京市卫生健康委一级调研员。

长安街上的四季

李敦伟

我是唱着《我爱北京天安门》长大的一代人,岁月流失了生命中的许多东西,可有一种记忆怎么也磨灭不了,那就是我心中的北京长安街。

记得刚入伍到滇南边城蒙自,为迎接新中国成立十三周年,我们一伙新兵,利用军训间歇,整整花了半个月的时间,在连队荣誉室里,精心制作了个北京十里长安街建筑的模型,全凭想象臆造出来的。

我们把天安门城楼做得很高大。新中国成立后,北京新建的许多建筑依次排列在东西长安街上,明显比例不协调,没有一幢高过天安门,那水平与幼儿园孩子搭积木差不多。

但连指导员晚点名时,还表扬我们:"热爱长安街,热爱天安门,热爱首都北京,热爱祖国。我们驻守边疆,心向北京。为毛主席站岗,为人民站岗,主观意识是积极的,为连队欢度国庆增添节日气氛!"

那是平生第一次模拟打造心中的北京长安街。

那年冬天　刻骨铭心

我们有幸参加全军战士业余宣传队和连队演唱组调演,从千里边疆来到梦寐以求的祖国首都。

临出发的头天,全连官兵联名写了封致伟大领袖毛主席和首都人民的一封信,信尾一百二十三人的亲笔签名,代表了一百二十三颗灼热的心,让我们赴京演唱组捎上带到北京,表达战士们对伟大祖国首都的向往和崇敬。

我们不仅带来了自编自导自演反映部队火热生活的短小精干的节目,向党中央、毛主席汇报,更带来了战友们对首都人民的问候。

刚下火车,走出北京站,从站前路便踏上梦寐萦怀的东长安街。

宽阔的道路,车水马龙,崭新的鳞次栉比的楼房一直向西延伸。

过东单,经王府井大街口,来到东西长安街交汇处的天安门广场——我们伟大祖国的心脏。

这时刻,真真切切的长安街展示在我们眼前,恍然大悟,如梦方醒:原来它比我们想象得更壮美更耀眼。

接我们的总参招待所驾驶员,特别理解边防战士的心,当绿色小面包车驶入天安门广场,他特意减缓车速,环绕广场一周,让我们饱览人民大会堂、人民英雄纪念碑、前门、历史博物馆,最后在天安门金水桥畔停下,让我们与天安门合影留念。

我们演唱组一行六人,兴奋地下车,整理军容风纪,把军帽戴正,整齐列队,面对雄伟庄严的天安门,遵循战友们的嘱托,举起右手,向天安门敬了神圣的军礼!心中默默念叨:金色的天安门,边防战士想念您!您是指引我们前进的无穷力量!为保卫祖国安宁,我们紧握手中枪,驻守边疆,用热血筑起南疆的"万里长城"!

这个军礼,是我们首次踏进长安街的见面礼;这个军礼,承载着边防战士对党对祖国人民的忠诚和誓言。

那年春天　春意盎然

万没想到二十年后,正值春暖花开之际,我被借调到中国作协所属《人民文学》杂志社工作,与长安街有了更亲密的接触。

我住在西城区西四羊肉胡同,上班地在东城区东四八条,每天上下班我都要骑车绕走长安街,清晨迎着霞光万道的西长安街向东长安街驶去,傍晚披着金色的夕阳从东长安街返家。

我荣幸地汇入长安街滚滚的自行车洪流,成为其中的一员。长安街以博大的胸怀,容纳我们这些来自祖国四面八方的"北漂"族,以极大的关爱护卫着我们,像阳光雨露哺育着我们,让我们融入建设首都的洪流中,发光发热……

每当我骑车畅游在长安街上时,看着沿街变幻莫测的景致,幸福感、自豪感油然而生。

如今的长安街早已不是所谓的"十里长安",它已向东西延伸了数十倍之远,成为享誉全球的"百里长安",与突飞猛进的新北京相匹配。

我在工作之余,常拜访请教住在沿东西长安街两侧的文学艺术界的老革命、老前辈、老首长。他们分别是:丁玲、陈荒煤、严文井、冯牧等。他们都是早年参加革命,在革命圣地延安工作,亲自聆听过毛主席《在延安文艺座谈会上的讲话》,并把《讲话》精神践行在革命战争和新中国成立后的文艺工作中,让"文艺为工农兵服务""百花齐放，百家争鸣"的革命文艺方针落到实处，迎来革命文化、社会主义先进文化的明媚春天。

每当我在他们家里，听他们讲那过去的故事，文学艺术界的趣事，我都由衷敬佩老前辈们，是在他们带领和领导下，新中国文学艺术才得以健康蓬勃发展，才会涌现出一大批革命文艺作品和德才兼备的作家、艺术家，为繁荣社会主义文艺作出杰出贡献。

每次从老前辈们家里出来，微微春风扑面而来，欣喜踏入夜幕下的长安街，深感取经回来，心明眼亮。

宽畅的长安街变得格外美丽，沿街的路灯像银河般璀璨，电报大楼的钟声恰似敲响了先进文化的战鼓，庞大的文艺大军正以矫健的步伐迎着春风行进在长安大道上，一往无前……

那年夏天　携手共创

我参与并策划的两项企业家与作家联谊的活动，均在东长安街旁的北京饭店举办，在改革开放热火朝天之际，企业界与文学界应势联姻，携手共创辉煌。

《人民文学》杂志社与云南昆明宏达实业有限公司联手，共商设立《人民文学》"宏达文学奖"，助推扶持文学青年作家，促进文学创作事业的发展。

签字仪式上，来自首都文学艺术界的朋友们，从东西长安街涌来，会聚到北京饭店金色大厅，目睹《人民文学》主编刘心武和宏达公司董事长、总经理郭友亮在合作协议书上签字。这是文坛创举，也是文学盛事。

次年盛夏　花开二度

同样在长安街北侧北京饭店金色大厅，举办由华艺出版社与昆明宏达实业有限公司共同打造的《宏艺文库》首发式，包括《王蒙文集》《从维熙文集》《宗璞文集》《蒋子龙文集》《刘心武文集》。

首发式上著名作家王蒙发表了热情洋溢的演讲，他赞扬郭友亮董事长有远见卓识、文学情怀，在创造物质财富的同时，不忘打造精神财富的殿堂，与作家交朋友。这是发生在举世闻名的长安街上的文学新事，是改革开放在文学领域绽放的花朵。

可见,北京长安街与文学艺术也有千丝万缕的不解之缘。

她几乎无时无刻不在发生巨变,展示千姿百态的容颜。长安街伴随着共和国的节奏演绎着动人心魄的故事和绝妙悦耳的乐章。多少人为她歌唱,多少人抒写诗篇赞美她,她像金色的彩带镶嵌在祖国首都的中轴线上,像巨龙屹立在世界的东方。

那年秋天　盛世庆典

共和国迎来国庆三十五周年的大喜日子。

首都举行了隆重的阅兵式和群众游行。我意外荣幸获得国庆庆典邀请函,那一夜激动得彻夜未眠。

为第二天的着装,我翻箱倒柜,折腾一夜。最后还是选了退伍时的一身绿军装,它是我一生最爱,穿上它,仿佛又回到青春焕发的激情年代,祖国母亲的生日就穿它。为了庄重,我把它放在床上,没有熨斗,用大口缸倒上滚烫的开水当土熨斗,把珍藏多年的绿军装熨得板板扎扎。

一大早,我换上绿色军装,徒步从西四到西单,步入西长安街,华灯初放,楼宇彩灯闪烁,新华门两侧红灯笼耀眼,沿街红旗飘扬,整个长安街披上了节日盛装。

当我来到天安门广场,这里早就会聚了成千上万的首都各界群众,手持小国旗和鲜花,组成花的海洋……

我登上天安门对面西侧临时搭建的观礼台,与来自全国各条战线的代表坐在一起,那份感觉像喝了蜜般甜到心里。

我坐在观礼台最高一排右侧,有居高临下的感觉。坐在我旁边的是位来自云南丽江的纳西族乡村女教师,她穿戴着"七里披月"的民族服饰,格外引人注目。我赞美她:"你这身打扮真漂亮,是谁缝制的?"她自豪地告诉我:"出发来京前,熬了七夜,亲手缝制的,为的就是今天。"是啊,天安门广场上,成千上万的人,谁不是带着像她同样的心情,参加举国盛典!

向东望去,受阅部队像绿色长城矗立在东长安街上等待检阅,一个个方阵,一排排战车,无数新型坦克火箭和国之重器东风各型导弹,沿东长安街延伸,望不到尽头……

站立在天安门两侧东西长安街上的标兵,像守护的神兵,巍然屹立。

上午十点正,在庄严的国歌声中,揭开首都国庆35周年庆祝大会序幕,紧接着阅兵总指挥秦基伟向军委主席邓小平报告:"受阅部队准备就绪,请首长检阅!"

在雄壮的乐曲声中,两辆检阅车向东长安街缓慢驶去,只听到:"同志们好!""首长好!""同志们辛苦了!""为人民服务!"响彻长安街上空。人民为拥有这样一支战无不胜的军队而放心而骄傲!

当三军仪仗队在军旗引导下,踏着中国人民解放军进行曲的节奏,迈着雄壮坚定的步伐,从东长安街行进到天安门,接受党和国家领导人的检阅。

浩浩荡荡的铁血洪流,彰显国威军威。

此时,我情不自禁地站立起来,跟随着军乐的节拍,原地踏起步来,仿佛自己也置身其中。作为曾当过兵、守卫过边防的我,热血沸腾,无比激动……

我的异常举动,同时感染了身边纳西族乡村女教师,她唱着《中国人民解放军进行曲》军歌,助威呐喊,观礼台上发出了共鸣……

首都群众游行队伍从东长安街奔涌而来,工农商学各界举着图标,开着彩车,展示新中国成立 35 周年的辉煌成就,向祖国献礼!

秋日的长安街上,普天同庆,充满丰收的喜悦,捷报频传,欢声笑语,呈现一派国泰民安的壮景。

后来,每当共和国华诞,我都会带着全家,从潘家园乘车经建国门通过东长安街到达天安门场。一路观赏国庆绚丽多姿的花坛,一边在长安街上感受祖国日新月异的巨变,聆听响彻环宇的东方红乐曲……

我在北京,四季轮回无数载,饱览了长安街春夏秋冬的良辰美景,说不尽对长安街的深情,道不完对长安街的眷恋。

作者简介:

李敦伟,曾在《滇池》《人民文学》担任编辑部副主任、主编助理。在《人民日报》《人民政协报》《解放军报》《解放军文艺》等报刊发表过文学作品,也当过影视制作人,作品曾获"飞天奖""骏马奖"。

情缘长安街

李新有

母亲生前最大的愿望是到北京看看那条又宽、又长、又直的大街,那条街上有天安门、中南海、故宫……

1976年唐山大地震,父亲所在部队抢险数月后撤回休整。途经北京小憩了两日,去了长安街观瞻,把看到的惊喜带回了家,津津乐道地给母亲讲长安街上的见闻。从那时起,母亲神往的翅膀就开始扇动了,盼着早一点看到那条美丽壮观的长街,这一盼就是三十年。

2006年,母亲的身体每况愈下,已经不能独自走路了。我与弟弟决定开车陪母亲去北京,帮助母亲实现夙愿,圆她的长街梦。

我们从牡丹江市出发,一路走一路停,行驶1500多公里来到了北京。到京后的第二天,我们顾不上鞍马劳顿,赶早就从建国门驶入了长安街。母亲坐在车里,目不转睛,左右看个不停。这是她第一次来到大城市,也是她第一次来北京。我们准备让她下车饱览长安街风光,便将车驶到北京饭店附近,准备找停车的地方。北京饭店的门卫听说我们的来意后,破例让我们把车停在了他们的院内,真是让我们喜出望外。我们用轮椅推着母亲,来到金水河畔。驻足天安门前,母亲凝视着毛主席画像,眼睛湿润了,久久不愿离去。我们又带她参观了天安门广场、人民大会堂、毛主席纪念堂、中国历史博物馆,继而驱车向西,驶过中南海、西单,从复兴门驶出了长安街。一路上,母亲饱经风霜的脸渐渐溢现愉悦,露出了轻云般的笑容。

我与长安街结缘于二十世纪九十年代初。1993年,中国建设银行总行在全国建行系统选调四名宣传干事到总行代培,我有幸成为其中之一。

那时,建行总行的办公地点在军事博物馆对面,毗邻长安街。每天下了班,吃过晚饭,就去乘坐大1路。大1路公交车贯穿长安街,是北京开通最早、知名度最高的公交线路。乘坐大1路,不仅能看到长安街上的电报大楼、天安门、北京饭店、人民大会堂等地标性建筑,还能感受北京的市井文化。那时候的大1路红黄两色相间,车体宽大,行驶在长安街上特别显眼。车将进站,售票员就开始用圆润的京腔提醒个不停:"瞧脚底下,关门走人!""刚上车的乘客请您往里走,没票请您买票""劳驾您少坐一会儿,给这位抱小孩的让个座儿,我这儿先谢谢您了"……其间,售票员不断重复报着站名,生怕外地乘客坐过了站。外地人向售票员打听路线,她都回答得特别耐心、细致。我不禁感叹:北京就是北京,连长安街的公交车上都透着亲切、和气。

在北京工作期间,结识了许多新闻界的朋友,尤以金融时报社的几位好友交情甚深。那时,金融时报社的社址在六里桥,离我工作的建行总行不远。我时常约上几位家住东城或西城的朋友走上一段长安街,除了交流工作,更多是听土生土长的北京人讲北京、讲长安街的趣事。后来,他们为了方便我出行,还给我提供了一辆自行车,这样我就可以在北京、在长安街上自由、畅快地穿行了。那时的长安街两侧和天安门广场的周边都没有栅栏,我经常骑着自行车来到天安门广场,随意地把自行车一停,坐在被太阳晒热了的石板地上,仰望天空中唯一的鲜艳夺目的五星红旗,那一刻,总有一种暖暖的幸福涌上心头……

当夜幕降临,长安街华灯初上,流光溢彩,熠熠生辉,漫步在夜色中的长安街,听丽人笑语盈盈,看归者行色匆匆……

在北京近一年的工作生活,让我深深地爱上了北京、爱上了长安街。结束培训的第二年,我携妻带子再次来到北京,本想愉快地畅游一番,却发生了一件险些不可弥补的意外。

那年,是麦当劳快餐入驻北京王府井的第二年,前来品尝的人络绎不绝。那天中午,我们一家三口来到麦当劳的时候,店内已经挤满了人。我让妻子带孩子在门口等候,我一个人进去排队。妻子见我进去多时不出来,就把不到五岁的儿子放在了门口的卡通像前,进屋找我。没过几分钟,当我们出来的时候,儿子不见了。我顿觉头皮发麻,妻子呼喊着朝街上寻去。正当我万分着急的时候,一个戴着"治安员"袖标的人领着我儿子走了过来。原来,妻子进店后,恰巧有人要在麦当劳卡通人像前拍照,不谙世事的儿子起身走开了,幸好被路边巡逻的治安员看到,把孩子领了过去。孩子找到了,我们又惊又喜,对这位尽责的治安员不胜感激,更对北京的治安佩服得五体投地。

每每看到长安街上那些执勤的哨兵、巡逻的警察,都会由衷地敬佩。他们个个精神抖擞,容止可观。他们是长安街的护卫者,也是长安街一道美丽的风景线。

我家三代人中,对长安街情感最深的莫过于我的儿子。2004年,他备考美术类艺术院校,只身一人来到北京,参加清华大学美术学院举办的美术高考辅导班。清华美院的前身是中央工艺美术学院,当时的校址就在东三环长安街的南侧。半年多的时间，儿子除了上课以外，大部分时间都集中在了长安街上，几乎走遍了长安街沿线的角角落落。古朴庄严的建筑，摩肩接踵的行人，明霞夕照、花草树木，他用不同的绘画方式将看到的景物表现在画纸上，长安街的美丽也在不知不觉中印刻在了他的脑海里。他喜欢上了长安街，也喜欢上了北京。他立志要到北京读书，填报高考志愿非北京不选。当时，我对他的这种"唯一"选择既高兴又担心。

隔年的冬末春初，北京艺术类院校美术专业考试陆续开始。他在北京服装学院的考试中，以长安街为素材的"色彩"试卷获得了高分，专业考试总分在全国近四万名考生中排名第四，以优异的成绩被北京服装学院录取，实现了到北京读书的梦想。

大学期间，儿子还撰写了《Photoshop&Painter 电脑手绘教程》一书，并由中国科技出版社出版。这本书的出版发行，为他的事业发展奠定了良好基础。

五年前，儿子在北京安家落户了，成了新北京人，我来北京的机会就多了些。他知道我喜欢北京，喜欢长安街，每次来京几乎都开车拉着我到长安街走走，还时常问我："搬到北京来吧。"我会心地一笑："还是留在老家吧。"

我希望自己是个异乡人，那样，每次见到长安街都会有一种别样的新鲜感……

我喜欢长安街，喜欢春天里新华门两侧绽放的白玉兰；喜欢夏天里鲜花簇拥的天安门广场；喜欢秋天里"落叶满长安"的正义路；喜欢冬天里披上皑皑白雪的故宫……

长安街，这条具有六百多年历史的"神州第一街"，每一栋雍容肃穆的建筑都镌刻着历史的印记、岁月的斑驳，每一抹丹韵银律都浸透着斑斓厚重、大气经典。

小憩街边长椅，凝视繁华的长安街，车如潮、人如海，我仿佛被拥进了滚滚洪流……

长安街，美丽的街、神圣的街，每次走近它、触摸它，心中都会油然升起无以名状的激动和澎湃。它充满庄严、充满力量、充满希望，它不仅承载了祖国几千年的辉煌，也是伸长的紧握世界的手臂，更是中华民族伟大复兴的起飞跑道！

我看到了伟大的祖国正从这条跑道上冲天而起，展翅腾飞！

作者简介：

李新有，现供职于中国建设银行牡丹江分行，中国金融摄影家协会会员，曾在《人民日报》《经济日报》《金融时报》等报纸杂志发表作品三百余篇。

我的履历全在长安街上

吴东炬

长安街是我的生命线,我一生的重要时间节点和难忘时刻,都和长安街相系相连;生活工作,苦辣酸甜,喜忧哀乐,都围拢在这条街左右,和它息息相关,可以说,我的履历全在长安街上。

二十世纪四十年代,我出生在虎坊桥南铜法寺,现在叫陶然北岸那片儿。父亲是汽车修理工,每逢经手大修好一辆车总要验车,家门口胡同多,只能到宽绰地儿跑开了才行。每当父亲用棉丝擦着沾满机油的大手跟我说:"走,跟我上大街去!"总是先用他的胡茬亲一下我的脸,被父亲扶上驾驶室,异常高兴地坐到他身旁过车瘾去。他说的"大街",就是长安街。车从虎坊桥大转盘往西拐到菜市口,奔北直到西单路口右拐,上到长安街往东,从六部口右转经和平门、琉璃厂,径直回到家。这种待遇,比给什么好吃的都解馋,弟妹们是得不到的。1957年,父亲被评上北京市先进生产者,被送去北戴河疗养,他改造发明的"前轿后倾器"在中山公园展览过,他还带我去参观呢。

上小学时,我参加过两次国庆节游行,少先队方队中,我挥着手中的花束,走在长安街上接受毛主席的检阅,总觉得是一种荣耀。上中学时,记不清多少次,我们在长安街上夹道欢迎来自亚非拉的外国元首,敬爱的周总理在缓缓驶来的敞篷轿车上,向我们挥手致意。这景象永远定格在心中。

1963年9月,中学毕业,我被选到中央机关工作,机关办公地就在西单北大街98号,西单商场隔壁。我的工作单位在东长安街路北的南河沿1号,中组部翠明庄招待所。每周休礼拜,骑车沿长安街,经前门大街回家,星期日晚饭前赶回单位。若到机关开会,就和同事骑上公配的德造"三枪"自行车,沿长安街西行至西单,往返骑行于长安街上。

半年后,1964年春天,我被调到北池子,在中央委员王维舟首长寓所做公务员,一去就五年多。五年中,我和长安街有了更多的接触。多次在人民大会堂陪首长开会,高山仰止般地见到了日思夜梦都想见的毛主席、朱老总、周总理、刘少奇等中央首长;在国庆典礼那天,王老登上天安门观礼,我和王夫人与家属在北京饭店楼顶阳台上观看游行队伍;国庆宴会,人民大会堂三楼小礼堂看节目,中山堂悼念给毛主席阐释"周期率"的著名民主人士黄炎培,几次近距离见到周总理。平日到北京饭店取酸牛奶,到北京医院陪首长查体,取玉米油,更是长安街上的骑行者。由于工作需要,我有一个阶段常往返于五棵松与西单之间传送文件或办事,骑着"三枪"自行车,沿长安街,从北池子经西单、复兴门、公主坟一直骑到五棵松。那时候公主坟路西北就是庄稼地,路南隔不远只有红砖墙围拢的部队大院,一水的营房,没有楼。水泥搓板路两旁全是高大的杨树。

1969年11月,我从吉林回北京,深夜在北京站下火车,看着长安街上的华灯齐放,倍觉温馨敞亮,一扫郁闷乏累,我和女友(后来成为妻子)竟放弃了坐公交车,背着行李,一步步沿长安街走回了府右街,把女友送回灵境胡同的家。唯一一次两人夜走长安街,我们记了一辈子。只要踏上长安街,心里头踏实。

不久,我俩与中联部、中央党校和同机关的部分人员,被分配到一机部系统的北京锅炉厂当工人,厂址在长安街西延长线的石景山区八角村,长安街西延线出西五环一下坡路南就是。每天一早一晚西单电报大楼下有班车站,337路公交派三辆班车开进厂里接送职工,上中班也有班车接送。在北京锅炉厂当工人,一干十四年,337路公交车坐了十四年。除了上中班有时骑自行车,337路成了"私家车"。

七十年代第一个春天,托工厂的福,我在长安街西延长线的翠微路职工宿舍安了家。爱人是在同一机关交了五年的女朋友李淑琴。可巧,她出生在西长安街路北双塔寺(现民航大厦西钟声胡同)一座小院的东屋。1973年,我们的儿子晓光降生了。姥爷家是长安街办事处管段的灵境胡同后达里,隔长不短少不了回家找姥姥,家里五个舅舅,热闹。姥姥对外孙特上心,疼爱有加,一直住到临上学的年龄,晓光就到姥姥家一墙之隔的后达里小学上学了。

这一时期,孩子由岳母带着,腾出的时间全便宜了我。白天上班,晚上回翠微路灯下熬心码字,坚持工余文学写作。我在火热的工厂生活中获得灵感,先后创作出两个处女作:十幕话剧《钢浇铁铸》、小说《猛擂战鼓的人》。话剧由当时下放到机械局工厂的八一电影制片厂著名演员、《海鹰》电影敌孙舰长扮演者张璋导演,彩排时田华、王心刚还到工厂观戏指导。这个戏在厂里上演了三场,后来还被选去到市里参加文艺调演,受到好评。小说发表在《石景山文艺》杂志上,责编苑省民、刚健老师是北京出版社下放到区文化馆高级编辑,苑老师还指导我编写出版了旅游文学专著《北京大观园》。他们成为扶我走上文学道路的终生恩师。之后,我被局工会推荐到劳动人民文化宫工人诗歌创作朗诵班、工人文学创作班、工人电影创作评论班深造学习，著名作家王蒙、刘绍棠、林斤澜等、著名电影作家、导演、教授于敏、林杉、林洪桐、张华勋、郑洞天等都来授课，使我受益终身。那些日子，上午在工厂上班，吃过午饭，不敢耽误，演员跑场似的，在八角村搭上公交车一气坐到西单，换上10路车到天安门东下，直奔文化宫三大殿，听课去！能到长安街天安门东的太庙三大殿听文学影视界大咖授课，这待遇对于一个工厂的文学青年是否太奢侈豪横！

　　功夫不负有心人。1983年我调到东长安街台基厂三条的市总工会大院，主编创办《北京工人》杂志，并通过自学考试，全国新闻系统大专水平命题统一测试合格，获全国新闻高级职称评审委员会合格证书。之后，四九城高天阔地，十八个区县局采访联翩不断，文思澎湃泉涌。凡有工会的单位、企业的先进人物都是版面主角。首都十大饭店是我们采访窗口行业的前沿，仅坐落在长安街上的北京饭店、民族饭店、燕京饭店就成为笔端上最活跃的文采，就连王府井的环卫姐妹、百货大楼的一团火精神、东安商场的六十年圜圜浮沉，都成了热点报道，好几篇散文都被北京日报刊载。北京饭店后身霞公府里的《旅游》杂志社是我经常光顾的文学驿站。最令人难忘的是在人大会堂采访全国五一劳动模范大会上，我采访了当时红极一时的女篮名将宋晓波、北京饭店的国厨大师罗国荣。从当年陪首长出入人民大会堂，十九年后，又以人民记者身份回到人民大会堂，实现了首长的期许，这就是我短暂人生的沧桑巨变。

　　1989年，我被调到《首都经济信息》报，参与小报改大报的转型。报社在体育馆西路，而制版印刷在东长安街西裱褙胡同的北京日报社。第一份大八开四版的首信报，是我在日报铅印厂拈铅字定版、终审签字付印的。记得那天夜晚，我离开报社，走出胡同口，来到长安街上，如释重负，像20年前从吉林回到北京那夜一样，兴奋得从东单一直走到天安门广场，感慨良久方才离去。

　　2006年，我适龄退休，离开了新闻战线，档案上最后一个单位，是东长安街新闻大厦后身的北京日报报业集团属下的一家浸透一众优秀报人心血的报社。它在长安街上，长安街在我心上。

　　退休未退岗，越老事越忙。在复兴门广电总局院内的中国广播民族乐团到奥地利维也纳金色大厅和欧洲巡演，我被聘为宣传总策划，率一众记者朋友为民族文化走向世界鼓与呼；在中国人民革命军事博物馆举办的中国首届策划艺术博览会上，我荣获了新闻宣传策划特别奖；因首家率先策划宣传大型工美巨制《丝路金桥》的艺术成果，后被移到国庆期间作为长安街组团大型摆件而受世界瞩目，我被中国社会艺术协会评为优秀共产党员。个人的默默付出，长安街上的一步一个脚印都印证着。

长安街成了我家的精神乐园，儿子晓光也与长安街有着不解之缘，上中学时被选进中国广播少年民族乐团，蒙江南鼓王蔡惠泉先生厚爱，收为关门弟子，后考入中央音乐学院师从李真贵教授学习民族打击乐，毕业后入职中国广播艺术团中国广播民族乐团，经二十多年摔打，现为国家一级演奏员。团部就在西长安街国家广电总局大院的广播剧场。晓光几部经典打击乐作品《丰收锣鼓》《龙腾虎跃》《鼓舞》《大潮》都是在国家大剧院、中山音乐堂、北京音乐厅首演或领奏的。不用说，我和老伴是儿子的首席观众。2014年在人民大会堂的一次重要外事活动音乐会上，晓光领奏的《丰收锣鼓》成为开场节目，获得极大成功。

1998年8月，我父亲走的那年，我特意请驾驶灵车的师傅把车开上了长安街，那里曾经是老人开车走过许多次的大街。我退休后就住在广电总局西侧的真武社区。晚饭后遛弯儿到长安街上，沿复兴门大街南侧，到闹市口过地下通道折返，沿长安街北侧西行，6000步左右，一路华灯照耀，打道回府，不亦乐乎。长安街，我的晚年绿道。

这不止是个人的幸运和荣耀，也是每一个曾经和正在长安街上行走的人的幸运和荣耀。

作者简介：

吴东炬，资深记者，著有《北京大观园》《在谢老身边的日子》《巴蜀名将王维舟》《废墟上的爱》等诗歌、散文、影视、纪实文学作品。

人间的城　天上的街

余义林

不知你有没有在夜空中看过北京,尤其是北京的长安街?

熟悉北京的人都知道,北京最好看的时候,其实是在晚上的七点到九点。因为那时街上的灯都亮了,建筑物上的装饰灯也亮了。你在白天看到的那些高高低低、甚至有些平淡无奇的楼宇,到了晚上,忽然就变了。各种颜色各种形状以及以各种方式闪烁的灯光,几乎把每座建筑都装扮得个性十足,光彩夺目。就像平日里素颜的小姑娘,化上了靓丽的美妆,穿上了漂亮的华服,惊艳得让人咂舌,简直不敢认了。很多人都有这种经历——白天开车很熟悉的路,到晚上却陌生起来,一不小心就会走错:千红万翠满眼,误入流光深处。

哈,这可能就是北京夜景带给你的"美丽失误"。

论起北京夜景最为撩人的部分,还是非长安街莫属。因为只有在那里,才有北京最宽阔的街道和最高大的华灯。每当夕阳西下,华灯初上,天安门城楼庄严雄伟,长安街上流光溢彩——这应该就是北京人心中最动人的城市 LOGO 了。

北京的夜景是在不知不觉中美丽起来的。而且不知从什么时候起,流光溢彩的不仅仅是长安街,而是以长安街为轴心,向着整个北京城辐射。比如,京北的奥体中心区域,一入夜,先不要说鸟巢和水立方的奇特幻彩,就那标志性的奥林匹克塔(我们都叫它"大钉子"),身披彩灯的样子便十分璀璨。尤其在节假日,塔身 360 度通体闪亮,每个人看到它,都不觉"嚯"地来一声惊叹。还比如长安街东头的 CBD 中央商务区,高达 250 米的银泰大厦,曾是长安街一等一的"帅男",以冷峻明亮的银色与宝蓝色混织的灯光大氅,成了北京极其亮眼的"网红打卡地"。结果没过两年,它北面就出现了更高更漂亮的央视大楼和中国尊,灯光设计得更加绚丽,更加超凡脱俗。加上国贸区的典雅浪漫、SKP 的时尚繁华,这一带的夜色简直美轮美奂,让人如醉如痴。当然,北京夜景"出彩"的地方绝不止这两处。三里屯 VILLAGE、大望京地区、北运河的北京副中心、中关村壹号建筑群,直至长安街西段的石景山、延庆八达岭长城等等,越来越多的奇彩灯光,都在悄然改变着首都的夜晚。

后来我知道了一个词:城市亮化工程。

城市亮化工程，有的地方也叫城市光彩工程，似乎在人们不经意中蔓延开来。记得刚刚过去的2021年，为了庆祝中国共产党成立100年，北京还举办过一场颇具规模的"灯光秀"，N多"秀点"都特别出彩。望京地区把高大楼宇装扮成一水儿的大红，金色大字"永远跟党走"一公里外都看得清清楚楚；广渠快速路塞隆建筑利用现有筒仓，亮丽的组字投影令路人纷纷驻足；中关村壹号建筑群变成了巨大的彩色魔方，科技感十足。还有，东边的运河游弋着亮闪闪的南湖红船，北边的长城犹如彩色的水晶……

不过话说回来，各个区域的灯光，虽然都称得上华美灿烂，但仍比不上长安街的格局和气势。更何况，我还在夜空中欣赏到了她的大气与辉煌。

那次是到深圳出差，返京的航班傍晚起飞，到达北京的时候大约是晚上八点半。忘记具体日期了，也没想到就是在都城最美的时候飞临，直至身边发出了一声惊叹。

"天呀，这什么地方太漂亮了！"

坐在我身边的一位年轻姑娘双目闪亮，望向舷窗外。我们坐的是国航班机，在T3降落，这条航线是从南向北，擦着北京的东部飞过。我坐在左侧靠窗的位置，小姑娘坐在我右手边。我顺着她的眼光看出去，窗外大约110度方向的大地上出现了一片巨大的金色光芒。飞这一路，机翼下不时出现片片金光，那是灯光勾勒着一座座城市的轮廓，犹如朵朵金花不断开在深色的大地上。但此刻出现的这片光芒，立马把所有金花比下去了。它是那么巨大，方正而浩渺，仿佛半个大地都被它的金光照亮，它又是那么明亮，星汉般灿烂，好像天上的银河倾泻而下……此时飞机已经开始减速，从方位和时间判断，那正是我们的目的地：北京。

我是一个全国到处跑的人，对坐飞机以及窗外的景色都有些麻木了。在飞机上不是看看书，就是睡睡觉，若不是身边这个出门不多的小姑娘一惊一乍，说不定真会错过这绝色美景。别说小女孩惊叹，就我这个"老北京"，在夜空中看到了整个首都的夜色，也是大开眼界。那天天气特好，能见度很高，加之正赶上灯光齐开，整座城美得极其震撼，摄人心魄。

左舷窗外，北京越来越近，纵横交错的光芒也越来越清晰。俯瞰万家灯火，高低明灭，长街溢彩，流光璀璨。一眼望去，天上的星和地上的灯，交相辉映，让人分不清哪个是灯哪个是星，哪里是天上哪里是人间。好像不是我们在天上飞，那座城才是天上的街市。

"真的是北京吗？"小姑娘满脸兴奋，我肯定地点点头。"能看见天安门吗？"

她又忽闪着大眼睛问道。这个我还真不知道。于是我在满视野的光芒中,辨认着我熟悉的城市。忽然,我看见了两条特别直特别亮的光,肯定是路灯无疑。路这么宽,路灯这么亮,难道是长安街? 我顺着这光向西望去(我们已飞在北京东侧的上空。不知是等待航道还是机长有意让大家看看首都美景,飞机的速度很慢),果然在路的中央,也几乎是城市的中央出现了一块金碧辉煌的光点! 从整个城的布局看,那就应该是市中心了,而那最亮的地方肯定就是天安门了呀! 长安街、天安门,果然在夜间也那么耀眼,也有着那么高的辨识度。

"快看! 你顺着那两条特别亮的灯光往前看,中间最亮的那个地方应该就是天安门!"我忙着给小姑娘指点。

"看到了,看到了,"姑娘的眼睛笑成了月牙,"可是还看不太清楚,我下了飞机就要去看看!"

后来才知道,我邻座的女孩是第一次来北京。她是深圳人,家里有亲戚在北京。她要来北京"考察"一下,确定自己要不要当一枚"北漂"。我心想,这姑娘运气真好,还没落地,就已全方位欣赏了北京夜景。即便是我,也是第一次在夜空中以这么近的距离、这么难得的角度看到如此震撼的景色呢。

后来落地和取行李的一路,我都回答着这个可爱的女孩的问题,向她建议视察北京的攻略。当然首推长安街。来北京不去长安街,那能说来过北京吗? 我大致向姑娘介绍,那是一条北京最漂亮的街,也是中国,或者也是世界上最长最宽的道路。最宽的地方有 120 米。以天安门为中心,以东叫东长安街,1507 米,西长安街 1742 米,但长安街现在有了延长线,向东向西加起来有 55 公里,原先人们常说的"十里长街"已经变成了一条"百里长街"了。而且长安街两侧的重要建筑都要去看一看,比如,人民大会堂、中南海、故宫博物院、中国大剧院、中国革命和中国历史博物馆、中国军事博物馆,等等。当然了,天安门和天安门广场是首先要去和必须合影的……

"长安街怎么那么亮呀?"她显然对飞机上看到的景象还念念不忘。"因为华灯很亮啊,"我不假思索,"长安街两边的华灯叫棉花灯,有 13 个灯球,天安门广场周围的灯叫莲花灯,9 球。华灯一共有 253 基,全亮起来有 6000 多个光源,能不亮吗?"我颇有几分自豪地说。

"你们北京人,真像生活在天上。"女孩忽然没头没脑地来了这么一句,并朝我甜甜地笑着。我竟一时不知如何作答,便和她一起傻笑起来。

涉世未深的姑娘的一句感叹,却是言近意远。你想,在一个舒爽的夜晚,开着车,徜徉在宽阔的街道,两边灯光闪闪,有的街还在上方横拉彩灯,整条街成了漂亮的灯廊,人和车在绚丽的光华中走过,是不是有今夕何夕、飘飘欲仙的感觉?赶巧某处灯也别致,光也亮眼,你看吧,总有美女帅哥在拍照,在录视频,在发抖音……一个个巧笑倩兮,美目盼兮,裙袂飞舞,丽影翩跹,京华不夜天,宛似天上人间。再到灯火辉煌的长安街上走一走,会更有人间天堂的感觉吧?那里的灯光多为明亮的暖黄,连起来金灿灿的一片。尤其在节假日,金色的光波照耀着每一个走到这里的人,宽阔的广场和长街会让人莫名地激动。但我知道,这不是辉煌的天堂,这是最伟大的人间。

"羡子年少正得志,有如扶桑初日新。"在夜色中,我有时会忽然想起那个女孩,感觉她此刻也正"生活在天上",也在那些拍照的女孩子中间,甚至很笃定地认为,她正以努力为轴,以奋斗为桨,和我们一起编织着北京的星光灿烂,弦歌不辍,芳华待灼。

作者简介:

余义林,笔名艺林。资深编辑记者、作家。中国报告文学学会会员,中国传记文学学会理事,中国原创音乐家协会副秘书长。著有长篇非虚构文学作品等多部。创作中短篇报告文学、散文、评论等500余万字。

我的大学

沈　鹏

我的大学在天安门东侧的劳动人民文化宫。

如今，当我驾车路过劳动人民文化宫时，总要多看上几眼。因为这里有我的大学生活和学习的足迹。

那年，当我看到北京职工大学八五级录取名单榜上有名时，心里便有了一丝的慰藉。两年多的工夫没有白费，总算有了上大学的机遇。我们这代人庆幸赶上了改革开放，赶上了教育改革的这班车。然而，我们比不上风华正茂的应届考生，学校更不能与上北大、清华相提并论。可是，我们求知的欲望和那与命运的抗争精神，是很多人不能相比的。十六岁的我，没学到知识的"初中时代"，就匆匆告别了北京四中，乘上了奔向北大荒的列车。上大学是我不敢提及的奢望。我们在求学的年龄，过早地离开了学校，过早地离开了自己的老师，过早地离开了课本。我们是经过大浪淘沙的一代。可以这样说，那个时候经过电大、职大和函大学习的奋斗者，都是时代的骄子。他们有的来自机关，有的来自部队，有的来自工厂，还有的来自历年高考的复读生。四十多岁的与二十多岁的同窗学习，这成了大学教室里的特殊一景。你看那女同学撑得鼓鼓的书包，除了课本还有孩子的奶瓶，安排好班上的工作，赶到学校。下学后，他们要赶去幼儿园接上孩子。饭后，再挑灯夜战完成作业。这就是我们的经历。

春天来了！从树荫下低矮的板房教室，到太庙的西配殿，透过一缕缕晨光和金色的晚霞，睁开一双双求知的眼睛，生怕错过黑板上的小小要点。同学们都在洗去心灵的浮躁，细细聆听那来自名校教师的精彩论断。当我们拿起陌生的课本，和那求知若渴的感觉，心中就会升起一股暖流，在这最美长安街的大学里学习，真是人生的一大幸事。

清晨，金色的朝霞映在我们每天都要仰望的天安门城楼。它雄伟壮丽的每一天，都会给我们带来新的希望与进步。当我每一次从毛泽东主席题写的"北京市劳动人民文化馆"金匾下，走进这座明清时代的帝王之庙时，这里实实在在地给了我生命中的知识和勇气。这座不大的门，见证了中国历史的风起云涌，见证了明、清皇帝的金戈铁马,见证了八国联军带来的耻辱,见证了日寇铁蹄践踏下的北京;见证了新文化运动的兴起,见证了新中国的开国大典,特别是见证了改革开放以来祖国的腾飞。

二十世纪七十年代,我曾经在这里,听到过摄影大师吴印咸先生的讲座。学到了摄影中的取景、暗房和照片的冲洗知识;我曾经在这里,聆听过连环画大师贺有直先生等一大批前辈的传授,学到了素描、速写、国画和油画技法。我的美术、摄影作品曾经在这里展出获奖。这里举办的职工黑板报比赛,我们企业的投稿也要拿个头筹;什么春节灯谜、灯会作品,我们也是回回夺目耀眼!

在求知的年代,这里的文化补习班更是如火如荼,春光中,树林里、长凳上到处可以看到学子们的苦读默念,夜幕中更是灯火阑珊。正是那个学习的浪潮,深深地鼓舞了我的学习勇气。我决心恶补初中、高中知识,迎接成人高考。这便是对自己人生的一次重大考验与历练。

一盘盘儿雪白的鸽子,从天安门飞来,在高大的太庙享殿上空掠过,留下一串长长的哨声。伴着教室里传出的琅琅读书声,相映成趣。让我不禁想到郭老"昔为帝王庙,今作文化宫"的诗句,今天仍是那样贴切。

在红墙碧瓦的太庙前凭栏环顾,仿佛可以听到永乐、乾隆皇帝祭奠祖先大典的洪钟大吕的余音。在留下历代帝王脚印的铺地金砖上徜徉,静静欣赏这里展出的艺术作品,祖国传统文化更让我感到博大精深。半个多世纪来,这里成了劳动人民的学校和乐园。这里是我一生中眷恋的地方。

在这里没有"少壮不努力,老大徒伤悲"。这里教给我的就是两个字"励志",做不到大器晚成,能做到的就是努力。近20门功课,从政治经济学到微积分,从科学概论到形式逻辑,从秘书学到国际工运史。老师们和这座雄伟的古代建筑,不但赋予了我们新的文化知识,也为每位同窗打开了一扇通往事业之门。

三年的大学生活就要结束了,同学们互相交换着毕业纪念册,争先恐后地在每位同学的名字下写上个人的寄语。哦!还有给我们的班主任重重地写上一句感恩的话。这边刘班长提议在校门前拍毕业照,那边小王就开始准备相机。大家沉浸在分手时依依不舍的氛围之中……

那年月,所学知识为我们在"决定当代中国前途命运"的改革开放时期,迸发出振兴中华的积极性、智慧和创造力奠定了扎实的基础。

惊回首!三十余载已白头。每当我从影集中翻出当年的老照片,就好像听到老师的谆谆教诲和同学们的欢声笑语。老班长已成了国务院国资委的退休老干部,当年从黑龙江兵团回来的小吴刚刚从北京市有关部门领导岗位上退了下来。同学中有的当了单位的领导,有的成了企业的董事长、总经理,那个年龄最小的小伙子开了自己的物流运输公司,有的在家抱起了孙子!那个整天背着照相机的小王却早早地离开了我们。对当年的毕业实习,我更是有着满满的回忆。曾记得,在沈阳重型机器厂车间里,第一次看到高大的国产水压机和数控机床时,同学们发出的赞叹;曾记得,远眺旅顺军港一艘艘战舰的雄姿,仰望大连造船厂在建的巨轮时,同学们难以言表的豪气;曾记得,烟台海员俱乐部的典雅和兖州矿务局领导们的一片热情,至今历历在目。

进入新时代以来,有的同学离岗退休,有的仍在各个岗位继续贡献。但这段不平凡的经历像一条牢牢的纽带紧紧联系我们。每到同学聚会,大家畅谈感悟,围绕习近平新时代中国特色社会主义思想,沟通思想,凝聚共识,念念不忘那段难忘的岁月。

作者简介:

沈鹏,号正举,副编审。中国书法家协会会员、北京师白艺术研究会副会长、湖南工业大学客座教授。著有《中国百年文化巨匠水墨人物肖像集》《中国科学巨匠水墨人物肖像集》《大国工匠水墨人物肖像集》三部曲及《正举沈鹏书画作品集》等。

一条街的方向

沈俊峰

每天清晨六点半，顶多再迟十分钟，是一定要动身的。在北京上班，有时候晚出门一分钟，就有可能被堵得寸步难行。

出小区几百米上京通路。京通路是长安街的东延长线，人们习惯上还说京通路，可能是因为长安街太长了。以前常说的十里长安街，加上东西延长线，东至通州，西达门头沟，五十五公里。这也太长了。或许是为了表达的方便与准确，才仍然分段称呼吧。

顺着宽阔笔直的东长安街，一路往西，中国传媒大学、四惠、大望路、国贸、建国门、东单、王府井、天安门、西单、复兴门，依次经过。从复兴门折往北，将老伴送到金融街某栋楼——她上班的地方，然后调头，沿西二环往南，一脚油门就到了广安门。桥下是单位的停车场，扎进去，停好，飞奔，正好赶上食堂的早餐，不误准点上班。

这一路上，聚精会神，马不停蹄，争分夺秒。

傍晚下班原路返回，到家多已天黑。

除了节假日休息，天天如此，两点一线，规律整齐。早或晚，有可能遇上升旗或降旗。坐在车里静静地等，看着仪仗队从天安门里走出来，一步步走向广场，或一步步跨过长安街，走进天安门。有时也会遇到国事活动，或行或停，或绕道，时间就不是自己能掌握得了的，上班迟到也是常有的事。

就这样，沿着长安街，从东往西，从西向东，来来往往，我奔波了十多年。长安街成了我每天行动的方向。只是每一趟都有着新鲜感，每一天都有着不一样的感受。这就是长安街的魅力，让人百看不厌。

唱着《东方红》《我爱北京天安门》长大，我对天安门、长安街充满了神往，做梦都想着能去这个地方。没想到人至中年，梦想成真，梦想的阳光直接照进了现实的土壤。

1988年盛夏，我来北京参加一个新闻学习班。那是我第一次来北京。刚住下，便迫不及待去看天安门。顺着长安街，往天安门走。第一次看见长安街的宽阔，非常震撼，心中升腾起豪迈的情感和力量。

一天深夜，被一种莫名的情愫激荡着，丝毫没有了睡意。我干脆起床，趁着夜色来到长安街。顺着长安街走,不知不觉又走向了天安门。夜色浓浓,微风清清,华灯灿灿,我越走越感觉到精神。走到广场,风变得大起来。远远近近的游人,影影绰绰。迎着夜风,信步开去,看天空,看天安门城楼,看人民英雄纪念碑,看人民大会堂……后来有点累,我干脆坐在路边的马路牙子上,让凉风尽情地吹。

那个夜晚,至今怀念。

那一年,终生难忘。

二十世纪八九十年代,央视新闻联播之前,经常会有一段天安门的画面,记忆深刻的是长安街上的自行车洪流,后来,变成了汽车洪流。那些画面让我产生了一个念头:骑自行车从天安门前经过,应该很美。

没想到,有一天我会到北京工作。初来乍到,我租了房子住在单位附近,离天安门不远。那个沉睡了多年的念头像春天的草芽,忽然就顽强地钻了出来。

是个星期天,忘了从哪儿弄来的一辆自行车,骑上就出发。一路上,我骑得很慢,散步似的,东张西望……那天的最大收获,是让我明白了,北京城值得静下心来品味,哪怕是一条小胡同、一家看上去极普通的餐馆,也不容错过,这里面或许就埋藏着曲折的故事、精彩的人生。

那一段时间,我忙着抽空去看房子。按报纸上的房地产指示图,去过许多小区,新房、旧房看过一大堆,最后倾心于西长安街某小区的一套房子。小区安静,离地铁一号线只有几步路,还是我喜欢的板楼,采光、通风都非常好。谁知一夜睡醒,房主坐地涨价,追加十万元。

咽不下这口气,我继续找房子。也真是奇怪了,心中好像有一条线,目光总也离不开长安街附近。

这次,我看中了东边一个即将竣工的小区,立马选房、交钱,然后等着拿钥匙。一天,从西单图书大厦出来,突发奇想,坐地铁去看看新房子。从双桥地铁站出来,过了通惠河,竟然没看见那个小区,眼前苍茫一片,那片高楼像是消失了。

满腹狐疑地快步过去,一直抵到围墙下,才看见浓雾中的高楼,像一个朦胧模糊的影子。

真的,从来没有见过那么大的雾。

2007年年初,我搬进新居,上班的路变得远了。那时还没买车,上下班坐地铁。先坐八通线,到四惠东转乘一号线。地铁一号线沿着长安街穿行。高峰时段,乘车人实在太多,每次都挤得人贴人,车门关起来都困难,真有点"进去是人,出来是照片"的魔幻感。

这是当初买房时没想到的。

透过家里的玻璃窗,能看见四节车厢的轻轨八通线,像一条肥嘟嘟的大豆虫,在阳光下,在高楼和树丛间,穿梭往来。我想,要是能多加两节车厢就好了,就没有那么挤了。

后来,我学了驾照,买了车,上下班不再拥挤,也方便得多,只在限号那天才去坐地铁。

记不清楚是哪一天了,远远地又看见"大豆虫"从楼与丛间爬出来,爬得很慢,爬了很久。再一细看,原来它长大了,真的变成了六节车厢。

念头是很重要的,有了念头,就会有实现那一天的可能。我是这样认为的。接下来,我又生出了另一个念头,那就是八通线与一号线贯通,因为在四惠或四惠东的换乘,实在很耽误时间。

2021年8月29日,我在老家,从朋友圈看见一条让我惊喜万分的新闻,八通线、一号线终于实现了成功并线。回到北京,我按捺不住喜悦,特意坐了一趟地铁,亲身做了验证。

刚买车不久的一天,我开车去了一趟西郊,忘了什么事,也忘了去的具体地方,结束后便急着往家赶。道路非常宽阔,两边有护栏,有各种茂盛的植物,只是看不见行人,车辆也极少。那时候,还没有手机导航,识路只能凭记忆和感觉,跑着跑着,就不知道跑到哪儿去了,像是在路上打起了圈圈。偶尔出现的一个路牌,地名也是完全陌生。就这样七转八转,越转越茫然,越转越发慌。天色渐渐暗了下来,大雾开始弥漫。

这是迷路了吗?想打电话问问朋友,又说不清楚自己的位置,只能硬着头皮,顺路往前走。绝望之中,忽然看见了一个指向长安街的路牌。

那一刻,我这个新北京人有了一种获救的感觉。找到长安街,就等于找到了方向,找到了回家的路,一路向东。

想想在北京的这些年,哪一天离开过长安街呢?

作者简介:

沈俊峰,中国作家协会会员,中国散文学会理事,鲁迅文学院高研班学员。获冰心散文奖、中国报人散文奖、安徽省政府文学奖等奖项。出版散文集、纪实文学、长篇小说等数种,《桂花王》入选安徽省中长篇小说精品工程。现居北京。

我和长安街的诗缘

宋 毅

2021年10月的一个下午,北京秋高气爽,繁花似锦。我和诗友们来到市规划展览馆参加一场文化活动。这里离长安街近在咫尺,原是前门商业大厦,得天独厚的地理位置曾经火爆京城,想当年我骑车上班几乎天天路过,还经常去逛逛商场。如今华丽转身,一座现代化的规划展览馆矗立在天安门广场的东南侧。

规划展览馆是北京历史、现实和未来的缩影。趁着演出前我们坐上滚梯上下楼开始参观,首先映入眼帘的是,展厅中间有一个302平方米的北京城市规划模型,与周边1000平方米的图像交相辉映,浓缩了长安街的诗画之美,我们犹如在高空鸟瞰北京全貌,一览无余。一些"触摸历史"的艺术精品在这里展出,有"北京湾"铜雕、《北京旧城》青铜浮雕、《天衢丹阙》工笔长卷等。一些高科技项目令人大开眼界,动感影院"模拟轻轨看北京",电子游戏"我来规划北京城",互动有趣;长安街景观和虚拟电子书"翻开未来的一页",引人遐思。在声光电演示下长安街及中轴线上的建筑依次呈现,北京的胡同跃然跳动,历史名桥尽收眼底,仿佛从空中看到了我们演绎的"品京韵文化,览古都风貌"情景朗诵展现在规划馆的沙盘上。

"一日看尽长安花",让我们受益匪浅,不仅增加了对古都前世今生的认识,也深刻体会到朗诵与文化一脉相承、科技与艺术融为一体的魅力。这场丰富多彩、别具一格的京韵故事令观众眼前一亮,响起热烈掌声。我有感而发写了一首《采桑子·紫金缩影》:

紫金缩影凭栏望,

光影浮墙,

画柱雕梁,

琳琅古今满书香。

长安百年春秋史,

古殿回廊,

中轴辉煌,

京腔京韵醉群芳。

活动结束后,我从大家的脸上看到那份跨界的喜悦和骄傲,这已是我们第二次表演京味儿情景朗诵,无论是知识面还是表现力,谁不是满满的收获? 真也是"醉了群芳"! 此时,我更加感到温暖和谐氛围才是创作的原动力。这几年不少热爱朗诵的中青年诗友加入北京科技诗苑,为团队注入了新鲜血液和活力。打磨作品时大家交流切磋,协作互补,排练之余时常聊起北京的变化和个人成长经历,增进相互了解,形成表演上的默契和信任。尽管大家来自不同的工作岗位,有着不同的教育背景,最多的话题还是青春和梦想,成长和希望。来自长安街的记忆始终伴随同行,在我们心里扎下了对北京深深的爱。

长安街和中轴线蕴藏着太多鲜活的故事,开拓了我的创作思路,萌生了编创一部京味儿朗诵情景剧的想法。于是不顾夏天酷热,专心做案头功课,思路越发清晰,由京味儿文化主题贯穿始终,以单元剧题材的形式呈现,力求打造一部有温度、有厚度、有新意的京味儿故事,以原汁原味、京腔京韵的朗诵表演,体现北京历史文化和时代变迁。著名京味儿作家刘一达先生的书籍内容丰富,博古通今,我选编了其中的内容。有长安街与中轴线的博大精深;有胡同与大杂院的烟火气息;有护城河的宁静与浪漫;有风采依旧的五大名桥和千年古槐的故事;还有香山红叶的美丽秋色。我构思将京味儿风格的音乐和生动且写实的视频素材融合;借鉴小品、话剧的表演形式;运用旁白的元素进行解说;以及道具的摆放位置……思绪始终在艺术世界里放飞想象,创意并实践着,累并快乐着……

这部京味儿长剧终于开始排练,大家倾情投入,时时感受到朗诵艺术带来的欢乐与感动。有的诗友下班后不顾辛苦开车赶来合练,有的诗友为了排练放弃了和亲人团聚的时间,有的诗友练哑了嗓子,大家无怨无悔,不懈追求,携手前行,因为在诗和远方的路上有我们共同的北京情结,有我们的初心、传承和向往。排练中每每碰撞出新的火花,更教人陶醉其中。蓦然回首,时光荏苒,春华秋实,每个人依稀看到当年在长安街骑车拍照、驻足玩耍、逛街散步的影子,找到属于自己的那份记忆,幸福感油然而生……

2021年重阳节,这部剧在东城区文化馆剧场首演,我们的整台演绎和背景制作,引起在场观众强烈共鸣,反响十分热烈。多家媒体进行了报道,央视频发布了视频专辑。这情理之中、意料之外的惊喜让我们倍感振奋,一直滋养和激励我们前行的脚步。

退休后，我有更多的时间看各类文艺演出，既丰富生活，又充实积淀艺术修养。2021年4月的一天，我到中山公园音乐堂看交响音乐会，沿着绿草如茵的小道，细细品味白墙黛瓦的文化长廊，聆听恢宏而悠扬的旋律，沉浸在美妙的音乐中，心旷神怡，不觉回忆起难忘的经历。那是1984年，我代表电力职工参加三十五周年国庆游行，下了班经常"打卡"长安街，到中山公园集中练队，园内绿树掩映，花香弥漫，我们练起队来格外有劲，每一天都充满着对国庆节的期盼。"十一"那天，伴随着《歌唱祖国》的乐曲声，我怀着喜悦与自豪随群众游行队伍走过东长安街进入天安门广场。别致的彩车，独特的模型，鲜艳的服装，灿烂的笑脸，仿佛汇成一股时代洪流蓬勃向前。直到现在，我依稀记得当时心中涌起的浓浓诗意，写了一首《采桑子·寥廓》：

长街锦绣花千树，

歌舞翩跹，

礼炮和弦，

璀璨星空夜无眠。

群英奋进华夏起，

千里婵娟，

万里河山，

无限风光寥廓天！

一晃三十多年过去了，我与长安街的诗缘在创作与诵读中历久弥新，越来越感悟到其中的审美愉悦，不经意间还收获了不少得奖的惊喜瞬间……

走出中山公园在长安街等车，繁星点点，晚风轻拂，华灯照耀下的天安门广场静谧辉煌，远望人民英雄纪念碑高高耸立，汉白玉浮雕凝铸着华夏儿女百年奋斗史，与古老而年轻的长安街同在，与民族复兴的中国梦同在，在我们心中树立起一座诗魂永存的丰碑。每当仰望它，总有一种情怀在心头萦绕，总有一种岁月铭记于心。想起小时候在路灯下如饥似渴地看小说《红岩》；在大院礼堂我们一帮孩子钻到后台看空政演出歌剧《江姐》的演员；在收音机旁一天不落地准时收听《欧阳海之歌》……好似埋下了一颗种子在心中生根发芽，默默等待着梦想终会变成现实的一天。

我再次翻开一篇篇鲜血染红的家书，纸短情长，字字千钧，烈士们的铁血柔情和大义凛然跃然纸上,经历了半个世纪,至今读起来,依然感人肺腑,荡气回肠。此刻,多想告慰前辈,没有你们的负重前行,哪有今日的岁月静好?没有你们的流血牺牲,哪有祖国的大好河山?读着先烈家书,眼前浮现出父亲高大的身影,"不能忘本"的殷殷叮嘱响在耳边,一时禁不住泪流满面写了一首《如梦令·读家书》:

征程风狂雨骤,
恰是风华时候。
英烈传家书,
燎原星火红豆。
依旧,
依旧,
心潮澎湃湿袖。

在庆祝建党百年活动中,我根据赵一曼、夏明翰和江姐的事迹创作了一部穿越时空的情景剧《红色家书》。然而,作为导演,我担心演员的年龄和英烈当时的年龄差距较大,能不能演得像?一些经典文艺作品启发了我,虽然不可能完全做到"形似",但追求"神似",表现革命者激荡人心的家国情怀才是最重要的。我更加坚定自己的初心,经过几个月紧张的创作和排练,终于在庆祝建党百年的大舞台上亮相。随着视频背景出现一幅幅波澜壮阔的历史画卷,身着时代服装的演员将三位革命烈士对信仰的忠诚坚守和对亲人的思念不舍一幕幕展开,时而娓娓道来,时而慷慨激昂,时而义正词严,时而柔情似水。"砍头不要紧,只要主义真,杀了夏明翰,还有后来人",气壮山河的就义诗,伴随国际歌的音乐震撼全场,感动了所有观众。主办方为我们录制了全方位视频专辑,在线上推出,受到极大的关注,目前点击量已超万次。

随后,我们应邀到平北老区宣讲《红色家书》,从大庄科乡到千家店镇红色教育基地,从张河湾镇到平北抗日烈士纪念馆,我们追寻着革命先辈的足迹,置身在老区红色沃土中,每天翻山越岭,长途跋涉,三天宣讲了十五场,饱满的精神风貌,真情实感的宣讲,感动了不少基层群众。有一位老奶奶拉着我的手说:"你们从北京城来的吧?长安街变化大不大?真想再去看一看人民英雄纪念碑,怀念为抗日牺牲的亲人。"看着老奶奶热盼的眼神,我一时哽咽。脚下的大地曾是硝烟滚滚、枪林弹雨的抗日战场,牺牲的抗日烈士平均年龄只有 22.5 岁,他们用青春和热血谱写了一曲曲可歌可泣的英雄赞歌。今天我们用声音连接着老区人民和长安街的情感,一次次感动与被感动,一次次激励与被激励,这用生命、理想和时空凝结的诗句荡涤着我们的心灵,也飘落在老区人民的心里。

从延庆归来,我深切感受到那片热土昨天的艰难和今天的变化,青山绿水中孕育着淳朴的民风,海陀山冬奥小镇、百里画廊、龙庆峡、蜿蜒的长城……新时代的美丽画卷流淌着老区人的传承与奋斗精神,也激发了我的创作热情,经历数个日日夜夜,我根据铁骨铮铮的区委书记吴永顺和八路军小战士杜明壮烈牺牲的事迹创作了情景剧《虎胆英雄》和《战火中的青春》,由6位演员担当角色。作为编剧兼导演,我和大家揣摩人物、反复排练、编辑音乐,经过台前幕后的共同打造,两部催人泪下的抗战故事在"赓续百年史 忠诚颂英魂"延庆区第六届清明诗会上呈现。

"天地英雄气,千秋尚凛然",伴随着长安街的回声,不朽的英雄故事在平北大地传颂,辉映着连绵起伏的燕山山脉,守望着宁静与和平。

当天延庆电视台进行了全程直播,北京电视台进行了选播,共同追忆那段激情燃烧的岁月,愿山河锦绣、国泰民安是我们所有人的心声。

抚今追昔,岁月如歌。一幅幅悠远壮丽的长安街画面从无声变为有声,姹紫嫣红,声动人心。连接着我和长安街的诗缘,更连接着我们心中的中国梦!

作者简介:

宋毅,笔名京景,毕业于清华大学,现为北京市科协老科学技术工作者总会科普文化委员会委员,北京科技诗苑社长兼艺术总监。策划、编导多次科普及文化活动,多次获各级朗诵比赛及文学创作奖项,获优秀指导教师称号。

长安街西延到我家

张孝前

印象里的长安街,是在小学语文课本上,一篇《十里长街送总理》的文章,让人感受到了伟人品格的至高无上,也让古老的长安街充满了感情色彩。

1994年冬天,我第一次来北京,清晨5点多下的火车,道路上还没有多少行人。当司机师傅知道我是初次来的时候,特意选了一条沿着长安街由东向西穿行的道路,告诉我说:"趁着早上人少,我先带你看看北京城吧。老北京的城市精华在于长安街,长安街的精华在天安门。你注意看,前面就是天安门城楼,每次阅兵的队伍就走这条路。"司机师傅边说边放慢了速度,让我第一时间饱览这条素有"十里长街"和"神州第一街"之称的古都中轴线美景。从此,长安街在我心中留下了更为深刻的印象。

后来,我定居北京,在京西门头沟区有了自己的家,虽然距离长安街很远,但也经常在闲暇时间到长安街上走走看看。如果有亲朋好友自远方来,我第一个推荐他们到长安街,到长安街的中心点天安门广场以及国家博物馆、人民英雄纪念碑、人民大会堂等景点游览,因为这里既可以坚定信仰,又能感受到历史的厚重。

最早听说长安街西延长线要延长到门头沟区,大概是在2000年,从一个卖房子的销售人员那里传来的,当时根本不相信,认为不过是房产销售的噱头。

门头沟是北京的远郊区、纯山区,山地面积占区域面积的98.5%,以矿业为生。当年这里没有几座高楼大厦,低矮的棚户区、短缺的交通资源,限制了发展速度。别说长安街西延线了,能有个快速公交、便捷的地铁线,都感觉是很遥远的期盼。

不承想,长安街西延长线真的到来了。

2019年国庆节前,随着长安街西延道路工程新首钢大桥全面建成通车,西起门头沟区石担路到石景山古城大街,6.5公里的长安街西延项目也实现了全线贯通目标。

新首钢大桥通车的当天晚上,慕名而来"打卡"的游客络绎不绝,参观的队伍绵延了几里地、十几里地。新首钢大桥横跨永定河而立,全长1354米,设置四上四下八条车道,两侧还设有辅路和人行步道,是目前中国最宽的一座钢桥梁。无论是开车还是骑车、步行从桥上通过,都可以欣赏永定河周边美景。

参观的人们脸上洋溢着喜悦的笑容,争相与新大桥合影。小汽车、电动车、自行车纷纷上桥体验,热闹非凡。在长安街西延长线上,新首钢大桥不仅是北京西部的地标性建筑,也是新的网红打卡地。

其实,长安街和门头沟有着深厚的历史渊源。

北京之西的门头沟区,自古名声显赫,历史悠久,其区域内的千年古刹潭柘寺更是有着"先有潭柘寺,后有北京城"的美名。更为具体的说法,认为北京城的建造就是以潭柘寺的形制为基础修建的,特别是东西中轴线,是曾经到潭柘寺修行的大和尚姚广孝在附近的定都峰发现的,也就是"燕王喜登定都峰,刘伯温一夜建北京"的所在地。如今山上有个定都阁,是北京核心文化的新景观,有着"古峰定都城,新阁耀长安"的美誉。

在北京,你穿过历史和风景,沿着长安街笔直往西走,就会看见矗立在定都峰上的定都阁。就地理位置而言,定都峰和长安街在同一条纬线上,是长安街西延长线的端点。站在定都峰顶登高远眺,可以纵览整个北京城。

如果说定都峰是东西中轴线的根,那么长安街西延到门头沟,则是回归原点。

长安街西延长线的到来,改善了周边出行条件。门头沟地处京西边界,山地多,交通相对闭塞。随着新首钢大桥通车、百里长安街全线贯通,不仅为门头沟增加了一条进城的主干道路,而且促使区域内的交通规划网越来越健全,居民出行更加方便。如今从门头沟出发,15分钟即达五棵松,30分钟抵达天安门。

长安街西延长线的到来,带动了宜居环境建设。由于距离较近,每日晚饭后,周边的群众都喜欢到西延长线上散步,这里的道路宽敞、开阔、通畅,走在上面令人心情舒畅。老百姓常常感慨,做梦也没想到,当年的"十里长街",如今变身"百里长街"延长到了自己家门口。一出门,向东可见新首钢大桥,西望能观定都阁。不远处正在行驶的S1线列车,像一条长龙来回穿梭。上岸地铁站附近的龙湖长安天街,是门头沟最大最新的商业圈,为京西增添了无限的活力与不尽的繁华。

长安街西延长线的到来,构建了生态文明新景象。把庄严、沉稳、厚重、大气的古长安街,与山水竞秀、禅意田园的门头沟南城有机结合起来,与交叉而过的永定河水相互映衬,形成了"一河永定,西街长安"的生态文明门头沟新景象,让门头沟和城区的关系更紧密了,让"家有半碗粥,不上门头沟"的现象一去不复返了,让这个革命老区的京味氛围更浓了,让百姓生活的幸福指数更高了。

作者简介:

张孝前,现居北京门头沟区,文学爱好者,有小说、散文、诗歌等散见各类报纸杂志。

长安街,我生命中挥之不去的地方

陈 揆

我1957年出生在东长安街方巾巷北侧什坊院36号离长安街不到五百米的一条胡同里,在那儿一直居住到不惑之年。所以,如果说鄙舍离长安街只有一步之遥可能不算夸张。

时间会使你忘记过去,但儿时的记忆却能伴你走完终生。小时候,父亲经常带着我和弟弟走出家门去外面看看。1964年的"六一"儿童节,晚饭后父亲领着我们来到建国门,沿着残墙破壁攀上东便门角楼。那时北京高楼无几,站在城垣之上即可将京都尽收眼底。自西向东一捋,军博、电视台、民族宫、人民大会堂、历史博物馆、北京火车站逐一映入眼帘。1959年落成的北京十大建筑大多在长安街沿线,那是新中国摆脱一穷二白的标志。

长安街是什么时候有的呀? 我问父亲,他思索了片刻对我说,几万年前,长安街是一条自西向东的大河,上游的群山里曾住着我们的祖先山顶洞人,后来地壳变化河水枯干了,600多年前明朝在建都时把那里改成一条街道,但河床的地形没有变,长安街至今仍保持着西高东低的态势。

酉时的晚霞布满西天,血红的夕阳从燕山之郸落下了一半,长安街顿时变成一条伸向远方的金光大道,这就是我对长安街的初谙。

后来我在西总部小学就读,每年清明排队走到东单,再沿东长安街走到人民英雄纪念碑祭扫英烈。而最能引发童趣的还当属戏耍在节日的长安街上。每当五一、十一来临之际,长安街两侧平添了许多花坛,路边的树梢挂上了彩灯,每座大楼都点亮了轮廓。天安门广场鲜花簇拥,中间摆出孙中山先生画像,广场四角的标语塔上展示出当年的主语。节日当天,大家匆匆吃完晚饭,老人拿着马扎举着茶缸,有人还手提收音机,坐在家门口等着观看天安门广场的节日礼花。孩子们则不满足于在自家门前蹦跶,小伙伴三五成群跑到东单路口戒严的哨卡边,数着一辆辆汽车和一排排化好妆匆匆走向天安门广场的队伍。

夜幕降临,路灯点亮,树上和楼顶的彩灯与天空的星遥相辉映。忽然,耳边响起了震耳欲聋的乐曲声,街道两旁的华灯与聚光灯全部开启,长安街顿时像白昼一般。安放在东单、西单、前门等地直径两米的巨型探照灯群向夜空打出了条条光柱。又过了一会儿，绚丽的礼花伴随着隆隆炮声在空中绽放，我们欢呼雀跃着，一直等到晚会结束才恋恋不舍离开长安街。我和小伙伴都期盼着长大以后，能亲自去天安门广场欢度节日。

这一天来了，五年级时正好赶上新中国成立20周年大庆，我被选拔加入天安门广场的组字方阵。我们整整练了一个暑假，在学校的操场上分列操练，到东单体育场合练，到天安门广场进行八万人总排练。10月1日，我们早早进入广场。大典伊始，大家看着旗语不停地翻动手中五颜六色的纸花，广场上演绎出一幅幅40万平方米的绚丽画卷，一列列方阵和彩车喊着响亮的口号从眼前走过，游行队伍结束后，我们广场方阵迈着正步走向金水桥，接受毛主席、周总理和老一辈领导人的检阅。

1971年，我升入北京二中，国家从这年开始停止了每年一度的十一游行，国庆日的长安街安静了下来。但从1972年开始，随着尼克松总统访华，新中国迈入了第二次国际建交的高潮。此后两年，我们每月都要多次到天安门广场迎接外宾，站在天安门东观礼台上，只要从远处看到礼宾摩托队就开始挥舞花环高呼"欢迎欢迎，热烈欢迎"，那时同学中兴起了一股默记各国国旗的风气，大家走上长安街，一看到华灯上悬挂的国旗，就能猜出今天是迎接哪国元首，现在和老同学回忆起来还是蛮有滋味的。我们在谈笑之余，还有一个同感：长安街真实地记录下我们新中国外交的伟大成就。

1983年大学毕业后，我在建外郎家园的医用射线机研究所工作，成为一名长安过客，每天七点迎着朝阳从方巾巷融入长安街自行车的海洋之中，上班路上必经建国门的国际公寓，下班时必能望见夕阳斜照下的新北京饭店，这些是70年代北京长安街上的时代建筑，当时年年的航拍都少不了它。

十一届三中全会以后的80年代，中国登上了改革开放的快车，长安街两旁高楼万丈平地起，就在我上班的路段，建国、京伦、国际饭店、国际信托大厦、长富宫、赛特、国贸等在几年间如雨后春笋令人惊诧不已。这条路我往复了六个春秋，亲眼看见了东长安街日新月异的变化。1988年我去日本研修，1991年回国之后在医学基金会国际部工作，长安街上再也见不到当初那自行车的早潮了，取而代之的是川流不息的车水马龙。我尽量安排我接待的外国友人下榻在长安街旁的宾馆，让他们欣赏长安夜色，百里长安街形象地展现出中国改革开放的腾飞步履。

1994年，父亲老朋友推荐我加入了中国国民党革命委员会。我繁忙的工作中又增添了一项为祖国建设参政议政、建言献策的义务。我还担任民革东城老龄文史委主任,负责收集老一代民主党派和无党派人士在民主革命、抗日战争中和新中国成立以来对国家所作的贡献。

在纪念抗日战争胜利60周年之际,我手持录像机采访了我的父亲陈旭,他是一位党外民主人士,是我国从事无线电通信、遥感探测、医疗电子技术的专家,在他的经历中,有三段发生在长安街上的故事。

1935年,日寇铁蹄已经踏入华北,父亲姐弟三人正在灯市口的育英学校读书。12月9日,父亲在育英学校部分高年级学生的带领下到北大红楼和那里的大学生们会合后,高举抗日标语,喊着"打倒日本帝国主义""打倒汉奸卖国贼""停止内战"的口号,奔向新华门向国民政府请愿。游行队伍在东长安街遭到军警拦截,他们用木棍和鞭子殴打学生并用高压水枪射向人群。寒风凛冽,冰冷的高压水从额头渗入衣襟,长安街水流成河,中间掺着一摊摊殷红的鲜血。我父亲当时才14岁,是队伍中较小的一位,高年级学生保护着他和几位受伤的同学拼命冲出了警察的包围,很久以后才知道那次游行是中国共产党领导的一二·九运动。

1940年,我三叔陈仲文因参加北平抗日学联被日本宪兵从育英学校抓走迫害致死,我奶奶也因悲痛至极而去世,年仅49岁。欲哭无泪的父亲怀着国恨家仇,在学联的安排下,去西城区大酱坊胡同一家日本人开的燕声无线株式会社当技师,目的是把库房里的电讯器件倒腾出来,交给北平的地下党。那时父亲也是每天骑自行车途经西长安街,而心里总是七上八下的,不知道哪天就可能回不来了,最后父亲凭着智慧和胆识完成了各项任务。

父亲从中学时就酷爱无线电技术,上北大时,为了自筹学费和几个朋友开了一家北平联合广播电台,所有设备都是我父亲订购元器件亲手制作的,在业内小有名气。1946年作为电台技术专家被美方聘请到"军事调处执行部"第二十三执行小组派驻集宁。1947年起在十一战区北平行辕孙连仲的联勤第十五区台做技术副台长,后归傅作义管辖。

1949年年初,十五区台随傅作义将军起义,父亲经过短暂的政治学习后,被安排到军委通信部工作。在开国大典上他被指定负责音响和通信工程,接到这个任务时离十一只剩不到两周时间了,父亲来到天安门广场,发现音响设备一无所有,怎么办呢?他琢磨半天,忽然想起美国人曾经给国民党部队配过阵前喊话用的高音扬声矩阵,由9个15寸的高音喇叭组成,俗称九头鸟。于是,马上跑到几个仓库里,拼凑出两组九头鸟,但是没找到功率放大器。情急之下,他从库房里的大功率电台上拆下零件，夜以继日攒出了一台功率放大器，到天安门广场一试，声音不错，悬着的心才放了下来。10月1日，两组九头鸟在天安门的东西两侧，响亮地传出了毛主席的声音。父亲还仔细计算和设计了两组中波和短波，把大典的实况传遍全球。

2015年9月3日，天安门广场举行了纪念中国人民抗日战争暨世界反法西斯战争胜利70周年大会，我作为民主党派的代表，坐在正面的观礼台上，聆听了习近平主席的重要讲话，与党和国家领导人共同见证了这一历史时刻。

钢铁洪流伴随着嘹亮的军乐和歌声从长安街上驶过，一排排国之重器马达轰鸣，长安街在颤抖，我的心在震撼！我眼前仿佛重现出那条奔流不息的长河，那是中华民族100多年来反帝、反封建、反抗外来侵略的汹涌波涛；是多年来中国共产党领导的多党合作政治协商体制历练的肝胆相照、荣辱与共的浪花；是改革开放几十年来不断探索提高的中国发展模式的后浪逐前浪；是任何礁石和险滩都无法阻挡的伟大复兴之历史洪流！

我爱美丽的长安街，她的美，不仅在于她承载了中国悠久的历史和文明，也不仅在于她两旁亭亭玉立着古今华丽的殿堂，更不仅是因为她有四季绚丽的花瓣、假日缤纷的彩灯和庆典奔放的礼花。重要的是，长安街上有志士的鲜血、劳动者的汗水和历史的足印，国家和人民的血脉在这里融到一起，中华民族的魂在这里世代传承！她，是我生命中挥之不去的地方。

作者简介：

陈揆，高级工程师。中国科技产业化促进会理事，民革北京市第十四届委员会委员，民革北京孙中山思想研究会理事，民革东城区委第十、十一届副主任委员，东城区第十、十一、十二届政协委员，系反映民革党员爱国情怀的《集雅臻言》主编。

文学之美永驻长安街

陈剑萍

北京市长安街上的劳动人民文化宫有三座高大雄浑、庄严神圣的殿堂，2014年我嗅着春风里的玉兰花香，推开最后面那座简称"三殿"的朱红色厚重大门，这里，是北京市职工文学创作研修班的上课地点。当时插班学习规定要有知名作家的推荐，我是由熟识的中国现代文学馆老馆长舒乙先生推荐而来，那时我已是中国现代文学馆的义务讲解员，写过几篇小文。

我从此成了北京市第14期职工文学创作研修班的正式学员。

在劳动人民文化宫，文学研修班的学员既有来自北京市各行各业的成员，也有来北京寻梦的北漂，大家因文学相聚相识，都梦想着通过文学的手段表达自己对现实生活、人生状态、生命价值的感受和见解，讴歌美好的时代。

在这座明清两代专门存放皇家祭器的殿堂里，我们在领略文学的真谛。有些事我当然是没有赶上的，我们这个职工文学创作研修班早在1950年就成立了，上课的大本营就在这座黄色琉璃瓦覆顶的大殿里，最早由老舍先生牵头，他十几次来文化宫讲座，还请来了郭沫若、茅盾、冰心、艾思奇等诸多先生，使文学研习班的学员形成了在首都以至全国也有一定影响的工人创作群体。

时光永远记住了那段美好岁月，老舍先生为工人作者辅导、茅盾先生和职工文学爱好者交流的老照片，永远地定格在了文化宫文学研习班的记忆里。

1996年5月，一群二十世纪五六十年代从文化宫成长起来的工人作家出版了作品集《五月榴花》，受到各界好评，北京市委宣传部、北京市总工会和文联决定，在劳动人民文化宫这个"老地方"重新"招兵买马"，开办北京市职工文学创作研修班，杨沫、汪曾祺、王蒙、邓友梅等数十位作家为学员授课、辅导。

我有幸就是在这股文学春风的鼓舞下走进天安门东侧这个文学殿堂，聆听老师们的文学讲解，结交同样有文学爱好的年轻朋友，从而踏上自己的文学之路，并且在以后的日子里取得了些许令自己欣慰的文学成绩。

人生只有追求美好才会收获美好。自从2014年至今，我在文学研修班业余学习了4期，每期课程20次、每次3课时即历时240课时，整整30个工作日啊！

从小说、散文、诗歌、报告文学到网络文学课程,来文化宫文学研修班授课的老师没有一个不可谓大先生,这是多么辉煌的文学课!正是老师们的鼓励、鞭策,我的文学的种子在文化宫发了芽,陆续发表在《文艺报》《中国青年作家报》《人民政协报》《中国环境报》《中国绿色时报》《北京日报》等报纸杂志及中国现代文学馆官网,累计发表作品十余万字,其中部分作品被中国作家网、新浪、腾讯等网站转载。

由于我在野生动植物保护领域工作,使我有更多的机会走到、听到、看到一些野生动植物和人之间发生的故事。我有机会赴陕西洋县采访国宝朱鹮发现者刘荫增先生,他对保护朱鹮作出了巨大的努力,被人称为"鹮叟";我在雨中远赴深山中的朱鹮发现地姚家沟,真情实感中写出《鹮叟的故事》,获得"魏州杯"生态文学征文三等奖。

2018年冬,我在四川唐家河国家级自然保护区的水池坪保护站偶遇可爱的野生毛冠鹿"毛毛",在写保护站工作人员与毛毛的故事时,我有痛苦,有矛盾,有泪水汪汪也有笑声朗朗,"虽然毛毛与我交往不深,但上天让我和毛毛有了一点交集,也让我有了对毛毛无法淡去的怀念。毛毛最终被埋在水池坪保护站对面的山脚下。天高地远。它回归了自然,回到了大地母亲的怀抱。"《生命的羁绊——人与鹿不了情》发表在《中国环境报》并被收录于《大地文心——第三届中国生态文学优秀作品集》。

2021年仲夏,我到北京市海淀区采访,了解到海淀人保护红隼、鸳鸯、鸿雁等的生动有趣的故事,体会到善良与关爱是海淀人真实的品格,为海淀人对生命的呵护和对大自然的无比关爱而感动,我写道:"深秋的午后,我站在颐和园万寿山的佛香阁上,通过望远镜看到眼前昆明湖中一群大天鹅在水中畅游,空中一只白秋沙鸭正掠过,远方似乎有'嘎——嘎——嘎'的声音传来,它们与颐和园古老魏峨的建筑构成了一幅声色完美的画面。这里是北京,山水海淀,鸟语花香。"这篇《山水海淀,鸟儿天堂》发表在《中国环境报》并被收录于《大地文心——第四届中国生态文学优秀作品集》及百花文艺出版社出版的《绿水青山看海淀》一书中。

如今,回想让我走上文学之路的北京市职工文学创作研修班,从1996年算起,至今已经办了26年17期,从这里走出了2000多位学员,在文学研修班,大家聚是一团火,散是满天星,有的获得了老舍文学奖、夏衍电影文学奖,有的被中国作家协会、北京作家协会吸纳为会员,更多的成为首都各行业、各区县的创作骨干。

对普通游客而言,劳动人民文化宫也许只是一个观赏古代皇家建筑、游览环境美色的地方，但对我而言，这里是我千里之行的起点，我以这里的大殿为文学殿堂。

文学之美永驻长安街。

作者简介：

陈剑萍，供职于国家林业和草原局野生动植物保护司，一级调研员。中国报告文学学会会员，中国散文学会会员，中国林业作家专业委员会理事，中国野生动物保护协会资深会员，中国现代文学馆义务讲解员。

此生热望长安花

陈新增

对老北京人来说，长安街的角角落落，就像铺展在心里的一本大书，真是太熟识了。

我出生在离长安街不远的胡同里。从灯笼库家门，经过缎库、南湾子、表章库一串胡同，跨过菖蒲河，钻出南池子大街门洞，就走上长安街了。小时候，母亲拉着我的手，我穿着镶蓝边大围嘴，胸前别一块手绢，走进南长街西侧28中的府前街幼稚园。那里是我学龄前的童年乐园。

在孩子眼里，长安街宽敞又平坦，简直望不到边。清晨阳光下，一群群燕子从红墙琉璃瓦垅间，吱吱叫着从头顶翻飞。两节车身的有轨电车，拖着电线小辫儿，叮叮当当地穿行在大街上。傍晚回家，我有时会爬上天安门前的石狮，钻进光滑的狮子肚，外面晒得热乎乎，里头凉阴阴。城楼上的鸽子会飞下来，落在金水桥石栏上，白翅膀黑尾巴粉红爪子，走来走去咕咕叫，一点都不怕人。长安街就是我天天翻看的一本小人儿书。

上学后，我回幼稚园去看望老师。只觉得藤萝架和教室变矮了，做操的院子变小了。我见到教跳舞美术的大班老师，她还梳着两条长辫。我送她几张水彩画，她送我两片织锦，靛蓝地上绣着一对金孔雀展翅开屏……

长安街慢慢地变化着。高大的水泥管埋进路边地下。路灯换成明亮的葡萄球灯。红黄大公共代替了有轨电车。街坊们就近到天安门广场，散步遛弯乘凉。相隔不远，前门大栅栏，东单西单王府井，人来人往。长安街不断拓宽，从建国门到复兴门向东西延伸。我的小人书变成了图文并茂的大字书，庄重中透露出几分烟火气儿。

长安街这本大书有几张靓丽的页码，仿佛是人生中的几个节点，深深刻印在我的脑海里。

1959年十一，我参加了新中国成立十周年大庆。那天，我和其他同学，早早在学校集合。大家统一着装：男生旗手白汗衫蓝裤子，护旗女生白汗衫花裙子，一色白球鞋，系着红领巾，星星火炬队旗随风招展，五角星铜旗尖擦得锃光瓦亮。我们在天安门广场前，一字排开，举旗列队，挺身立正站齐，倍儿精神。

我们身后广场上是大中学生,手持各色花束,横平竖直站位,拼组图案标语。蔚蓝天空没有一丝云彩,大红气球悬挂着大型标语。左前方是解放军军乐团,笔挺礼服大壳帽,仪表堂堂,大号中音号小号,军鼓黑管双簧管,在阳光下灿灿闪亮。

庄严的国歌奏响,礼炮齐鸣,国庆大典开始了。雄壮激昂的《中国人民解放军进行曲》中,八一军旗引导,海军步兵空降兵方队,持枪正步齐刷刷挺进,受阅部队军容威勇,号令震天。一架架喷气轰炸机歼击机梯队列阵,如疾风呼啸,掠过长安街上空。一列列铁甲坦克轻重火炮探照灯车,车轮履带滚滚,地面微微颤动,阵阵轰响雷鸣,震撼人心。威武之师汇成钢铁洪流,肩负保家卫国的神圣使命。这宏伟壮阔的场景,如电击传导,使我热血沸腾,激动得胸口心脏怦怦直跳。

红灯花篮伴随国徽,群众游行队伍喜气洋洋走来。各行各业人群挥动花束,激情如潮水,簇拥着一辆辆花车模型,向党和祖国报喜献礼。文艺大军过来了,鼓乐齐鸣,孔雀舞耍龙灯,欢歌热舞百花争艳。体育大军男女运动员,演练单杠双杠,驾驶摩托车,动作健美,个个英姿勃发。最后,气球腾空而起,白鸽放飞,我们少先队员挥舞着队旗,从广场拥向天安门城楼,长安街幻化成了一片欢腾的海洋。

十几天后,北京的中小学生,齐聚人民大会堂,欢庆少先队建队十周年。在灯火辉煌的宴会厅,我和同学们站好队,收听广播。随着大会堂里的鼓号声,敬队礼,出队旗,高唱队歌:"我们新中国的儿童,我们新少年的先锋,团结起来继承着我们的父兄,不怕艰难不怕担子重……"歌声自豪而嘹亮。

讲话完毕,节目表演开始了。我们在宴会厅光滑如镜的地板上,随着欢快的乐曲跳起集体舞。女生们彩裙伴随蝴蝶结飞舞,轻巧灵活优美。男生们伸胳膊抬腿,装模学样,舞姿笨拙而可笑。大家手牵手,肩搭肩,舞步翩翩,转了一圈又一圈,跳得特别欢实。这是在新建成的庄严大会堂里过队日,庆祝我们红领巾自己的节日啊!

庆典结束后,我们拿着果子面包和苹果,走下人民大会堂的台阶,天已是傍晚,华灯初上,广场上一片通明亮堂堂。

日月如梭,斗转星移。

我作为知青,远赴云南西双版纳插队,经历热带雨林的敲打磨炼,又回到了京城。狂热与迷惘,激辩与臧否,改革与振兴,长安街这本风云变幻的大书,使我渐渐领会了一些哲理意蕴和睿智瞩望。

后来,我这个工艺美术厂的学徒工,幸运地考上人民大学一分校中文系。毕业后,我被分到中国作家协会的杂志社当记者、编辑。

上班没多久,主编交下报道王府井改造的任务。我打小就逛王府井,上学买书听戏看电影,可并不知根知底。于是我挨家儿走访了解,东安市场、百货大楼、东来顺、全聚德、盛锡福、西鹤年堂、吉祥戏院等老字号,从上海迁京的照相馆、理发馆、服装店、邮局、书店、药铺、茶叶店,采访五行八作各方人士,查资料询问规划,从南到北一通忙活。

王府井是风水宝地,日进斗金,商业街翻建,非同一般改造。资金配套要筹措,况且,当年街道地下电缆煤气上下水管线,粗细不一,盘根错节,陈旧老化,而主干新管道全在长安街,衔接贯通复杂。我采写了一篇现实与畅想交错的特写,刊发出来立此存照。现如今,这条商业老街,跟随长安大街华美转身,变得眼花缭乱富丽堂皇,早已与国际接轨了。

一天,北京日报社同行和我一起,参加地铁二期工程通车典礼,仪式就在建国门地铁站。我们试乘黄蓝色列车,体验地下交通的迅捷。工程技术人员介绍地铁环线沿着内城护城河明建暗挖,克服碎石流沙冒水塌方的地质难题,研制实验列车自动监控自动防护系统、防止碰撞脱轨等安全预防设置的一系列建设问题,令人大开眼界。

我凝神看着站台一侧的大型瓷砖壁画。华夏古代四大发明的独特画面,穿插中国天文星图和神话人物,与长安街边古观象台的青铜仪器上下呼应,绝妙的构思设想,真是巧夺天工。

眼下,自长安街下的北京第一条地铁一号线建成以来,环线支线相继设计开工,巨型盾构机在地下分头钻进,多条线路呈放射状向东西南北不断延展,加上地面上的大小环路几纵几横,连接省道、国道、高速公路网络,由市中心骑行开车,远近方圆四通八达。

我珍藏着一个六届人大、政协的记者证。我先后完成了几篇两会代表委员的采访通讯。来自青藏高原的两位学者给我的印象深刻。原本担心交谈不便,不想他俩一口流利汉语,西藏大学的教授让人刮目相看。年长者东噶·洛桑赤列,年轻者大洛桑朗杰。东噶先生家境贫寒,七岁银碗挚签被选中,成为色拉寺活佛。他刻苦钻研,在大昭寺经严格审定,荣获拉仁格西学位。他对藏传佛教历史文化传播和藏汉语言交流,作出巨大贡献。大洛朗教授,父亲是留英的机电专家,高中毕业后当老师,后到内地院校深造学习,被聘为西藏大学数学教授,桃李满天下。

望着藏族同胞特有的高原红面孔,我不禁想起在民族宫参观西藏民主改革成就展览。一幅幅照片史料,一件件实物展品,触目惊心。领主的农奴就是会说话的牲畜,砍手断足挖眼睛,命运悲惨。看着穷苦藏民翻身后喜悦幸福的情景,我耳边隐隐回荡起才旦卓玛深情的歌声。眼前两位经历不同的藏族学者,就是西藏社会进步与时代发展的真实写照。

在中国作家杂志社,我编辑过一篇报告文学《塔克拉玛干:生命的辉煌》,描写地质队员在瀚海戈壁滩勘探矿藏的艰苦岁月。不久,我陪同作家深入生活小分队,穿越独特的塔里木沙漠公路,来到塔中油田。我们乘坐小型飞机和巨轮沙漠车,体验了石油工人在死亡之海艰难找油的困苦险境。他们风餐露宿,顶着沙尘暴,冰冻日灼,把上万米钻杆直插大漠腹地,发现了一个个富含油气的整装大油田。

我脑海里总会浮现出模糊的图像:当年长安街上,往返行驶的斯柯达公共汽车,车顶个怪异的黑色大煤气包。那尴尬的模样,是国家缺油少气的无奈之举。大庆铁人王进喜,石油工人一声吼,有条件要上,没条件创造条件也要上,拼命拿下大油田,把中国贫油的帽子甩到太平洋去。

几十年后的今天,陆上海上的一条条输油网管,西气东输管线,犹如勃勃奔涌的动脉,链接水能、电能、风能、太阳能和核聚变能,一起为共和国的现代化建设输送动力能源,日夜不停息。

为编辑刊物稿件,我几次去长安街木樨地,来到冯牧老主编的书房。他在我的笔记本上题写过两行大字:四面湖山归眼底,万家忧乐到心头。我去湖南,这副楹联就镌刻在岳阳楼一进门的檐柱上。望着洞庭湖烟波浩渺,想起老作家的亲笔题词,字字千钧,语重心长。

现在,我家离长安街不远,站在阳台上,抬眼看见马路上疾驰的车流,常会浮想联翩。退休之后,我和朋友们去各地旅游。在北京至乌鲁木齐的火车旁,一列列中欧班列满载货物,驶出新疆霍尔果斯口岸,开往"一带一路"沿线国家。在红其拉甫国门,雪山下界桩上的国徽金光闪闪,边防卫士持枪肃立哨所,身后不正是天安门阅兵大军的滚滚钢铁洪流。长安街上冰墩墩和雪容融的座座花坛,首钢炼铁高炉改建的雪如意滑雪高台,让人联想起奥运会那可爱的五个福娃,横跨长安街的串串脚印,迈向鸟巢开幕式的奥运五环。凌晨夜静的时候,北京站的钟声依稀传来,我仰望星空,第一颗人造卫星东方红乐曲中,天宫空间站的宇航员,在给孩子们演示太空物理实验。

天南地北,时空交错,一切的一切,都在变化之中。

作家海明威曾说过:假如你有幸年轻时在巴黎生活过,那么你此后一生中不论去到哪里她都与你同在,因为巴黎是一席流动的盛宴。我爱我的北京城,生于斯,长于斯,胡同小巷环路,都贯通着长安大街。百里长安街,就是一部无比厚重的大书,天地沧桑,千载风云,百年巨变,百年蓝图,赓续书写着新时代的史诗篇章。

作者简介:

陈新增,大学中文系毕业,曾任《新观察》《中国作家》编辑,在中国作家协会创联部工作多年。中国作家协会会员,编辑文稿、书稿之余,创作众多诗歌、散文、小说及电视剧。

跨越跨越再跨越的长安街CBD

青　铜

近十几年以来,我耳朵里经常听到北京CBD这个缩写代名词。但真正让我表述北京CBD的概念,或自问北京CBD具体在哪里,我去过北京CBD多少次,我的感觉却是似是而非,甚至是一脸茫然。

通过热搜,我知道了文字的表述,北京中央商务区(Beijing Central Business District),简称北京CBD。而中央商务区(简称CBD)是指一个国家或城市里进行主要商务活动的中心地区。这里面高度集中了城市的经济、科技和文化力量,具备金融、贸易、服务、展览、咨询等多种功能,并配以完善的市政交通与通信条件。

北京CBD地处北京市朝阳区,是西起永安里、东至东四环,南止通惠河、北达朝阳北路之间约7平方公里的长方块区域。而长安街东延线上的永安里、国贸、针织路、郎家园、大望路等重要节点连成一线则贯穿整个北京CBD。可以这么说,北京CBD是沿着长安街东延线向南北展开的,其核心区在国贸和针织路之间。

这么一说,我就基本明白了,北京CBD我经常路过,而且北京CBD在长安街上的核心区我也没少去,只是有点懵懵懂懂罢了。

七一之前的一天清早,我专门驱车从东向西行驶在宽阔的京通快速路上往北京CBD赶,想仔细用心地打量一下这个能够与纽约的曼哈顿、巴黎的拉德芳斯、香港的中环等国际上著名的CBD比肩的黄金地带或繁华街区。一眨眼工夫,汽车快速地通过四惠大型多层高架立交桥,进入建国路大街。我紧握方向盘,两眼盯着前方,蓦然间,一大片高耸的、耀眼的玻璃楼群涌入我的眼帘,尤其是远处耸入云霄、气势磅礴的"中国尊"和红白相间、已停冒乳白色蒸气的热电厂大烟囱遥相呼应、抢眼入目。

而圆润饱满的朝阳散发的金色光芒,照射在一幢幢、一片片错落有致的钢筋铁骨高楼上,既把身型各异、色彩斑斓的楼层外立面映衬得流光溢彩,又与玻璃高楼群间互相反射的七彩碎银般的灿灿金光交相辉映,彼此闪烁,显得鲜艳夺目,美不胜收!

我放慢车速,高楼森林依次从眼帘震撼掠过。只见北边华贸中心三幢蔚蓝色玻璃大楼,与长安街呈45度角排列整齐,大气高耸,明快凌厉;进深的华贸商务楼群铺展,丽思·卡尔顿酒店和JW万豪酒店点缀其间。南边佳兆业广场两幢扇形浅黄色高楼,前后相嵌,时尚入云。接着,高端奢华,海蓝色的北京华联SKP-S米和黄色的北京华联SKP,作为打卡旺地,像两艘长形豪华邮轮,隔长安街南北相望。长长的西大望路纵贯南北,发达的建国路横穿东西,两路交叉处的大望路地铁站人流如织。

此时,我的记忆突然闪回到1984年,印象中的这两条大路虽然槐杨成荫,但却破旧、清静,不繁华。当时,我在西郊五棵松的解放军总医院当汽车排长,七一和八一前夕到通县军休所执行任务。老上海牌轿车一过大北窑向东,就看见建国路两侧工厂成片,大多是低矮的平房,有零星的三四层红砖楼房,但大烟囱不少。这些在新中国成立初期兴建的化工厂、玻璃厂、酿酒厂、针织厂、热电厂,曾经是长安街延伸线上北京工业腾飞跨越的最初地标。换句话说,北京人曾经脱口叫得出名字的工厂,几乎都坐落在今天的长安街东延线CBD区域之内。当年机器轰鸣,车水马龙,创收丰厚,名气不小,以至大北窑和大望路被称为大小"铁十字"。但随着八十年代改革开放的大幕拉开,北京作为"工业基地"的功能悄然消失,各工厂面临着经济转型。这样,我见到的工厂不是机器停转,就是厂区荒疏;不是搬迁,就是闭门。昔日的繁华不再,等待的是化茧成蝶,重塑跨越。

眼下,我扫视大望桥西北的光辉北里小区和进深的蓝堡国际公寓群、温特莱中心,依次错落,老旧小区十几层暗红色砖楼与高大亮丽的国际公寓群形成强烈对比。而大望桥西南的SOHO现代城写字楼,厚重明快,体量庞大,墙体依旧是乳白色方格子框架镶嵌,框架侧面呈深红色,立体感强,中间楼顶造型如波浪蜿蜒,充满着流行时尚感。

我行驶的路北边金地中心两栋银灰色玻璃楼相向而立,顶层斜角,威风凛凛。南边百事和大厦、红星大厦、永峰写字楼和东郎电影创意产业园,鳞次栉比。接着,北边万达广场三座咖啡色玻璃大楼,间隔两栋配楼,镶嵌浅咖色长方格子状框架,排列整齐,端庄和谐。南边以深银灰为主体,墨绿色镶配的世茂大厦,被街边绿植烘托,柔缓结合。

这时,车辆慢驶至针织路南口,在这个早年北京纺织行业创外汇的繁华旺地,我眼眶里立刻拥满了北边震撼人心的北京CBD核心区壮观画面。壮观!震撼!我内心念叨着这些以白色玻璃幕墙为主体、外立面用银灰色钢结构支撑、造型与线条各异、耸入云端的高楼群。这是当下代表了北京乃至中国的国际化形象最亮丽、最抢眼的部分。只见净高528米的中信大厦,作为北京建筑文化、经济脉搏的新地标性建筑,位居核心位置,像一座方形巨塔,顶天立地,鹤入云霄,刷新了北京天际线制高点;这座"北京第一高楼",底厚腰细顶宽,流线华美,庄严大气,因仿照古代礼器"尊"进行设计,又被人们赞誉为"中国尊",寓意以"时代之尊"的显赫身份奉献"华夏之礼"。

作为中国当代十大建筑之一,"中国尊"的高度仅次于阿联酋 828 米高的迪拜塔和 632 米的上海中心大厦,名列世界第三。"中国尊"东面有两栋 238 米高,被称为"双子座"的正大集团总部大厦和世界华商中心南北比肩而立,东南有 223 米高的泰康大厦,外围有 189 米高的中国人寿金融中心拱卫;西有 260 米高的三星大厦和 230 米高的众秀大厦南北映衬,西南有 205 米高的阳光金融中心铺展。

如果说,以"中国尊"为龙头的北京 CBD 核心区大楼代表着北京当今跨越跨越再跨越的地标性建筑,那么,在其南北相互辉映的北京电视台大楼和中央电视总台大楼,则是北京 CBD 在 2010 年之前跨越的重要标志!高 236 米的北京电视台大楼,造型如同航标,在建国路南侧一枝独秀。中央电视总台大楼因造型奇特、前卫,宏伟、阔大,被评选为 2007 年世界十大建筑奇迹之一。

从东往西,雄踞大北窑东北边圆柱造型的中服大厦和东南边以招商局大厦为标志的航华科贸中心建筑群,逶迤向南,在 2000 年前后相继拔地而起!与大北窑西北边的国贸中心一、二期建筑群和西南边的建外 SOHO 东西区高低错落呈九宫格状的白色楼群,共同把曾经的大"铁十字"大北窑,打造成了眼下具有跨世纪意义的"金十字"国贸 CBD。

回想起 1985 年冬季那晚,已是军务参谋的我,和来京开会的父亲及一同来玩的小弟从五棵松坐大 1 路到大北窑东,再在大北窑北等待 113 路到农展馆南招待所。只见现在国贸地铁东北口一带,那时荒地连绵,路灯昏暗。拉运国贸一期渣土的大型运输车,从身边鱼贯而过,车辆尾气扬起的灰尘,加上西北风刮起粗糙沥青路面的沙砾,扫得我们不得不扭脸转过身去。

现在,我驾车路过大北窑北,从光华路口调头,往南经过国贸建筑群,又上长安街,一路西行回玉泉嘉园的新家。只见"金十字"路西,通体玻璃幕墙的矩形财富金融中心(FFC)大楼,高度分别为 330 米和 296 米双塔并立的国贸大厦 A、B 座,呈品字形分布的银泰中心三幢塔楼,作为北京最新的十大摩天高楼,纷纷从眼前闪过,令人心旷神怡,震撼良久。

去年夏天,担任某公司顾问的我,有时在建外大街甲 8 号的财源国际中心(IFC)十楼办公室最佳位置,朝东北观赏 CBD 核心区的夜景。只见远处以"中国尊"等耸入星空的摩天高楼为主,以奇特的央视大楼等为辅,组成的流光溢彩的立体美景;近处以苜蓿叶式四条匝道链接的双层国贸立交桥,组成的"金十字"车流画面,宛若星河银汉,璀璨壮观。

人们说,先有国贸,后有CBD。的确,继新中国成立之初的"铁十字"跨越之后,改革开放之初,以国贸中心建设为发轫,长安街东延线每十年就实现一次跨越,"金十字"已然成真。相信位于百里长安街以"中国尊"为代表的北京CBD核心区将在未来的跨越式发展中,继续见证一个个历史时刻的发生。

作者简介:

青铜,本名欧阳青,退休陆军大校,现居北京。系中国作家协会会员,中国散文学会会员,中国报告文学学会会员。著有《大授衔——1955共和国将帅授衔档案》《共和国三枚一级勋章将帅军功榜》等小说、散文、诗词评论、报告文学作品若干。

从长安街开始的绿色生涯

咏 慷

　　我是3岁时同解放大军的行列一起进北京的。家庭住址、读中学的学校、长期工作的单位，都坐落在长安街两侧或其延长线上。

　　长安街上庄严雄伟的天安门、碧波荡漾的中南海、富丽堂皇的人民大会堂、内涵深邃的国家博物馆、高高挺立的人民英雄纪念碑、举世瞩目的毛主席纪念堂……无不像撞击力极强的雷鸣电闪，强烈地震撼着我的心灵。

　　新中国成立初期那十年，每逢国庆节，都要在长安街上举行盛大阅兵式和群众游行。

　　第一次观看阅兵，我还没上小学。地点是长安街上公安部大门前一座小楼的顶层阳台。

　　上午10时，随着华北军区司令员聂荣臻乘指挥车驰进广场，声音洪亮地向同样乘指挥车驰进广场的解放军朱德总司令报告，阅兵式揭开序幕。

　　记得父亲因遥望天安门上毛主席所站的位置，无意中小声说了句："要是前面那位女同志的头能略低一点，就能看得更清楚了。"

　　那位素不相识的阿姨或许听到了，久久地把头低下几寸。

　　父亲忙不无歉意地说："打扰了，实在对不起！其实也能看到，不要闹得你不舒服。快抬起头来吧！"

　　说完，大家都一起快活地笑了起来。那时候的人际关系是多么纯真、和谐，充满了一种"人人为我、我为人人"的美好氛围，同我们蒸蒸日上的祖国一样充满生机！

　　大约从进入中学校门时起，我们就要年年练队、参加声势浩大的国庆游行。我们方队行进的路段，恰恰东端起于长安街上的东单路口、西端止于长安街上的西单路口……

　　那年月年轻人无不革命热情极高，真有股不怕苦、不怕累、不怕流汗、不怕流血的精神。记得一次练队的日子，天上下开瓢泼大雨，一位同学的家长劝孩子说："这样的天气，你就不要去练队了吧？"

　　那位正在积极争取加入共青团的同学立马瞪圆了眼睛："那哪成？！我们练

队都是以解放军阅兵为榜样的,别说下雨,就是下刀子,我也要准时到达练队的操场!!"

还有一年的国庆游行中,我所在的方队肩扛着巨幅标语。我的胶鞋不慎被后边的同学踩掉了。在长安街上,我既不能提,又不能捡,更不能停下……于是硬是照样扛着沉重的标语架子走完全程。等我回到学校,才发现薄薄的线袜已经被血痂与皮肤紧粘在一起……

应征入伍之前,我和许多同龄人一样,都是来到长安街上,从天安门广场出发。

《学习雷锋好榜样》的歌声响彻长安街上空。有不少父母前来送行,对着自己的孩子们说着什么。有的孩子还用手绢不时擦拭母亲脸颊上的泪痕。来到这里,大家或许能意识到,自己即将经历的,将是一段很有意义的历史。

后来因长期在长安街沿线的总后勤部工作,我几乎天天途经长安街。我们驻扎的院子与空军、海军、卫戍一师、通信兵、炮兵、装甲兵、解放军总医院、工程兵、铁道兵、解放军政治学院的院子依次相邻……虽常常是重复同样的路径,让同样的马路、楼宇、树木一次次重叠在记忆里,我也不仅丝毫不觉得枯燥和单调,反而觉得自己脚下的回声就是历史的呐喊,长安街上的每寸土地、每块砖石、每棵树木,都能给我无尽的力量和启发。

为了工作,我跑遍全军的许多单位,指战员们的先进事迹无不感人至深。今天仅说长安街上的那些服务性单位,其模范人物就层出不穷。

我是在机关大院认识高潮的。他是门诊部的普通医生。这门诊部级别不高、规模不大,却颇有知名度,原因是有高潮治腰椎、颈椎病的专长。

有一年,一位老大娘被送到高潮面前。她数年前患过纵膈肿瘤病,在其他医院做过手术,近年来都好好的,但近日突然心慌头痛、舌燥口干,瘫倒在床上动弹不得。

高潮首先问了问病人症状,又认真检查了一下她的脊背,忽然对其亲属说:"你们得把她扶起来。"

三名亲属费了很大的劲儿,才将女病人扶到凳子上。

只见高潮伸手捏住病人脖子,猛一使劲。只听病人"哎哟"大叫了一声。

周围的人不晓得这一下是弄好了还是弄糟了,都一时愣住,不知说什么好。谁知女病人张口说:"你们都不要扶我,让我自己试试。"

众人将信将疑,犹犹豫豫地松开手。

出人意料的奇迹发生了:近来一直躺在床上不能动弹的女病人,此刻真真切切地端坐到凳子上,稍停了一会儿,更居然慢慢站了起来,晃晃悠悠地走了几步。

顿时门诊部一片轰动,人们纷纷围上来。那个刚获益的女病人弯下身子,给高潮鞠躬致谢。

某部一位将军因颈椎椎间盘突出,神经受到严重压迫,连手都不能抬起。他天南地北求治了很多地方,都没多大疗效,几经辗转找到高潮。

经检查,高潮发现将军椎间盘压迫神经处有水肿,便当场打了封闭。一针下去,将军感到不疼了,手指也能活动自如,连说:"我好了,我好了。"

高潮道:"别急,这只是第一步。现在刚治表,下面还要治本。"

将军问:"能不能少用些时间?"

高潮想了想,沉稳地说:"这种病,一般最少需要 20 天。这样吧,我给你特殊处理,你回去后再继续辅助治疗,4 天就让你回家。"

果然,4 天后将军高高兴兴地上班去了。

高潮身为医生,对各类病人都充满爱心,一视同仁。

边疆一位老农民因患颈椎病引起瘫痪,浑身疼痛,他不想活了,伸手去摸电灯,想触电而亡……经高潮几个月精心治疗,老农民终于站立起来了。他流着热泪说:"解放军不仅治好了我的病,而且救了我的命啊!"

汽车队也是长安街沿线军事机关不可或缺的服务单位。其人数不多,但任务繁重:既要担负机关班车、首长专车、业务部门用车,还要经常参与军民共建、执行机动保障……

人们都知道,北京市交通规则复杂,路面拥挤,很少有人能说清各条街道发生着什么样的变化。外出执行任务,往往情况多变。

长安街沿线的火箭军某部汽车班班长戈雪,名字颇女性化,却是位身高 1.82 米的男性。

克劳塞维茨说过:班长是"军中之母"。足见这一身份的成员对军队建设和战斗力的作用。有十几年兵龄的戈雪是典型的"兵头将尾"。他性情憨厚,平时说话不多,总是埋头干活,有了空闲也是不厌其烦地琢磨技术。

戈雪带的第一个新司机叫程晓东。这小个子四川兵一分到汽车队,戈雪就发现他什么事儿都满不在乎。一次途中,晓东手握方向盘,脑子却不知在想啥,会车时竟忘了打方向。眼看左前方一辆载重汽车迎面冲来,坐在副驾驶位置上的戈雪像被电击了一下,蓦地扑过去一把将方向盘打过来。真悬啊!一场严重事故险些发生。顿时,晓东吓出一身冷汗。戈雪果断地与他换了位置。

返回汽车队，戈雪把晓东拉到身边，推心置腹地攀谈，终于用真情的金钥匙启开了这新司机的心扉。

原来，晓东倾心相爱的女友因顾虑多数军人"牛郎织女"式的家庭生活，在世俗压力下亮起"红灯"。戈雪对他十分理解，好言劝慰："生活中出现意外情况谁也不能完全避免，重要的是正确对待和想办法妥善解决，开车的无论如何都不能带着思想问题上路，因为手中的方向盘关系着人们的生命和安全啊！"然后，戈雪设身处地与他反复合计，以班长的名义给女方写去长信，详细介绍了晓东的进步与成绩，宣传了军嫂在社会上的崇高形象，阐明了青年人应有的恋爱观……由于戈雪倾心帮助，晓东和女友终于和好如初。

此后晓东进步很快，被调去给首长开专车，称班长是长安街上自己最难忘记的引路人。

一年冬天，西伯利亚的寒流将北京变成冰雪世界，堵塞的车流摩肩接踵，拥挤得仿佛透不过气来，一时成为宽阔街道上不变的景观，缓缓爬行的车辆稍不留神就会不由自主地"打横"，人们的耳朵里充满汽车的喘息声、抱怨声……戈雪带一个由5辆班车组成的车队，小心翼翼地行驶在一步三滑的路上。他们下午5时出发，晚上9时多才抵达市郊家属区，待到饥肠辘辘地返回驻地吃晚饭，已是次日凌晨3点……

哦，在我长期工作的长安街沿线的军营，动人的故事就像十里长街一样风光无限。

我歌颂你，最美长安街！

作者简介：

咏慷，本名陈永康，国家一级作家、中国作家协会会员。曾获国家图书奖、全国"五个一工程"奖、全国冰心散文奖、中国报告文学大奖、全国人口文化奖、全军文艺新作品奖、全军图书奖等。

长安街上的快意人生

罗 毅

车铃叮当,胶轮沙沙。紧紧握住单车龙头,迎微风,过人流,向金水桥方向飞奔。周末,在长安街骑行,在我看来,是极其开心快乐的一件事儿。

我不是北京人。最先知道长安街,始于1976年1月的电视屏幕。那围着黑纱的灵车,缓缓行进在长安街上。寒风中的男女老少,站立街边,声泪俱下。十里长街送总理,真情掀动万人心。十里长街,长安街也。

数年以后,二爹跟随家乡的建筑队,从湖北到了北京,承接原国家纺织工业部的房屋修缮活路。他写给父亲报平安的书信,地址落的是北京南河沿大街4号附3号。我就想当然认为,北京有一条南河。二爹他们就住在南河边上的楼房里。

不久,我从父亲手中,见到了从北京寄回的黑白照片。那是一张剪了漂亮花边的布纹纸照片,背景是我从未见过的高大楼房——北京饭店。做建筑工人的二爹,头戴鸭舌帽,胸前口袋里插着钢笔,站在宽阔的马路上,满脸骄傲地望着远方。父亲说,这是在长安街上照的。二爹在信中讲,长安街又宽又长,可并排开行八辆汽车。公路一眼望不到头,不晓得有多远。街上,到处是自行车,到处是公共汽车。我把那张稀奇的照片看了又看,羡慕得不行。从此记住了北京饭店、南河沿大街的名字,也加深了对长安街的印象——长安街,应该就是天安门前一条街。

大概过了半年,或者一年时间,父亲想念他的兄弟,或者也是想出去见见世面、开开眼界,去看看天安门城楼究竟有多高,长安街究竟有多长,就从建筑队开了介绍信,背上人造革旅行包,搭坐长途汽车,换乘绿皮火车,付出双腿长时间坐火车而发肿的代价,去了北京城,开了一回"洋荤"。

二爹后来告诉我:"你爹做工,苦了一辈子,一生走得最远的地方,也就是北京城。说是到了北京,其实从火车站寻到我们工地后,半个来月,吃住都在工棚里。我们上工地了,他就在南河沿附近转悠,看了天安门,走了天安门广场,却连故宫里面都没有进去,更不说远郊的长城了。"我说,我爹去过王府井,还给我买了皮夹克。二爹说:"是的,是我收工后带他去的。在北京,要是我不给他带路,他哪儿都不敢去。大城市,容易迷路,普通话讲不好,找不回来的……"

关于北京,关于长安街的印象,在我渐渐模糊的记忆里,仅有这些。父辈们是20世纪三四十年代的人,能够从湖北乡下到北京城里走走看看,已经是让他们骄傲一辈子的事情。父亲从北京观光回来后,总是有意无意地说起他的京城见闻,让听者羡慕得无以复加。家乡的老辈子常说,去了北京城,就等于见到了毛主席;走过长安街,就等于在国家领导人身边转了一圈。呵呵,那时候的人们,单纯得近乎透明,对领袖的热爱,对国家朴素的情感,真实得让人五体投地。

时光流淌到21世纪。2004年的春天,我从重庆搭乘川航客机,到位于北京东城区的国家某部委,参加会计业务培训。一次偶然的进京机会,让我走进了父辈们走过的长安街。驻足在五光十色的首都街头,我把小时候的记忆与想象,还原成可以真实触摸的具象。

培训报到的当晚,尽管天气寒冷,我还是与成都来的同事相约,冒着零下10多摄氏度的气温,迫不及待地来了一个夜游天安门。我们俩在北京工人体育场附近,招呼到一辆人力三轮车,在老北京口若悬河的滔滔不绝中,一路向南,然后进入建国门内大街,来到东长安街,来到华灯齐放的天安门广场。在金水桥边,我们连声赞叹,仰望过去在书画、银幕中才能见到的灯火辉煌的天安门城楼……夜未央,华表静谧,红旗风展。我们在"祖国的心脏"里,流连忘返,直至凌晨,还不舍归去。

后来,出差北京的机会,日渐增多,对天安门、长安街,对东单、西单,对崇文门、宣武门,对北海、后海,从陌生到熟悉。2012年,借调原银监会工作近半年时间。工作之余,我走向北京的大小胡同,让我对京城的风土人情、名胜古迹、人文渊薮,有了"遍访"的机会。

借调工作,累并快乐着。为了消解繁重的工作压力,每天晚上,我坚持在三里河一带(借调人员统一住宿地)健步走,学着北京人的样子,遛弯儿,而且还找到在东城区城管委工作的表弟,借来一辆自行车,既供上下班之用,又能够周末骑行,神游北京。

犹记一个夏日周末的夜晚,一个人骑着单车,沿西二环向南,过月坛,驶上复兴门内大街,远观静悄悄的中央音乐学院,想象那一个个如雷贯耳的明星,他或她,原来就是从那音乐殿堂里深造出来的呀。

再往前行,隔街相望处,那不是成方街32号吗? 中国人民银行总行大楼。脑海中,迅速浮现出世纪之初在人民银行分支机构工作的时光。曾经有幸参加人总行对天津、河北、内蒙古三地分行的专项工作检查,却鬼使神差,没有去总行的办公大楼走走看看。唉,人生就是这样,稍不留神,宝贵的机缘就会擦肩而过。等你回过神来，却是永无可能。比如现在，尽管仍然在金融领域从业，但再想以央行人身份走进那栋半圆形大楼，却是再也不可能的事了。

在西单牌楼下，我又一次停车，驻足观赏新近复原的牌坊，然后驶入西长安街自行车道，向着天安门方向疾进。夜色里，通衢大道长安街两边，一座座高大、崔巍且神秘的楼宇，在七彩灯光照耀下，散发出温暖迷人的色彩。风儿轻轻，胶轮沙沙，我用力蹬车，不断超越身旁的健步者和跑步人，尽管汗流浃背，心情却是异常愉悦、爽朗。

长安街啊长安街，神州第一街。开国大典的大军，走过这里；一次又一次宏大壮阔的阅兵方队，走过这里；无以计数的国家元首政要，走过这里……当年我的父辈，辗转来京谋生，走在这里的时候，却如刘姥姥进大观园，小心又小心，谨慎又谨慎，生怕招惹不必要的麻烦。谁能想得到呢，时过境迁，祖国建设日新月异，方便快捷的飞机、高铁，引我上京城，易如反掌。而且，我一个普普通通的基层公务员，能够踏着父辈的足迹，如北京土著一样，大大方方地骑行在长安街，欣赏京城风光，感受运动之美，享受快意人生，这，怕是父辈们连做梦都没有想到的吧。

在长安街上愉快地骑自行车，只是我漫漫人生旅程中，一个小小的插曲而已。每当想起京城借调的日子，我总会记起那轻松愉快的周末骑行。呵呵，车铃叮当，胶轮沙沙。握住单车龙头，迎着微风，穿过人流，在首都美丽的长安街上，在北京城人文厚重的大小胡同里，向前、向前……

作者简介：

罗毅，中国金融作家协会理事，重庆市作家协会全委会委员，重庆市金融作家协会主席。

我的首博情怀

金京一

如果你要从东边四惠桥到西边的石景山,你会选择一条最快捷的线路。但不论你是地上走,坐着18米长的大一路;还是地下行,坐着地铁一号线;你都是行走在同一条笔直的大街上。这条街是北京的东西中轴线,明朝永乐十八年(1420年)开始铺设,那时候叫"天街",现如今叫长安街。如果你要从北京的南城去北城,或者从北城来南城,你必须穿越的,还是长安街,你压根儿就躲不开它。长安街是北京城的脊梁,也是你生活中的交通标尺。

长安街上的宏伟建筑很多,天安门、毛主席纪念堂、人民大会堂、国家博物馆、人民英雄纪念碑、国家大剧院、民族文化宫、首都博物馆……哪一个都是经典。但让我心心念念的,还是首都博物馆。这座博物馆2006年5月18日才正式对外开放,在长安街沿线建筑中,大约是最年轻的。主体建筑东西长168米,南北宽89米,地上5层,地下两层,建筑面积61680平方米,建筑物檐高36.4米。因为年轻,更因为它赶上了好时候,所以它强调了"以人为本,以文物为本",这和其他同区位的建筑都不一样。这座拥有最先进设施的现代化博物馆,形如波浪,态似流云,静静地默默地矗立在那里,无言诉说着长安街的历史变迁和文化传承。

2005年建馆的时候,我在北京中咨信贸易有限公司工作,担任工程部经理。公司是日本熊平制作所的中国地区代理,熊平制作所是世界上最大的文物保护设备制造商之一,生产的文物库房门为藏品保护提供了坚固的防护屏障。公司参加了首博文物库房门的投标,在众多的投标者中脱颖而出。那年3月,我参与了文物库门的安装、调试、验收和交付的全过程。

进场的第一天,我选了一顶红色的安全帽。我发现很多开车进工地的人,都把安全帽放在汽车的后座,以为是个人爱好趋同了,隔了几日才醒悟到,把安全帽放在汽车上,出门时就不会忘记带,也就不会耽误工作。于是我也学着将安全帽放在汽车后座挡风玻璃那儿,一直到撤出工地。这顶带着首博印记的安全帽,我一直珍藏着,直到现在,它依然在我的书架上。

熊平文物库门的净重超过4吨,如此重物要无磕无碰,安全挪动到预留口,非常困难；作业面场地有限，起吊安装也有难度。工程甲方委派了一名建筑工程师通力协助。整个过程中，我们克服了许许多多的困难，最终使库门安装顺利完成。最难忘的安装过程和场景，是其中一樘门需要搬运到200米以外的预留口，因为施工面机械进不去，完全靠人工搬运，我们用滚木垫在门下，一寸寸地挪，足足用了一天的时间。经过十几天的努力，首博文物的防护屏障终于零偏差安装成功了，经过严格验收，完美交付了首博。看着亲自指挥和参与安装的灰色大门，悠然升起一丝自豪。心想，将来在这里收藏的20余万件珍贵文物和历史瑰宝，可以安然地休息，并在不同专题的展出中，轮流呈现给每年近100万的参观者，向他们讲述不同的历史经历⋯⋯

首博文物库门交付之后，因个人原因我出国了，等我归位，再去首博时，它已经成了完美和经典的代名词。因为这段情怀，我几乎每年都要去首博看看。当看到首博内方厅的宽敞宏大，青铜圆厅的古朴凝重，看到摆放在展柜里的历史瑰宝，在射灯的照射下熠熠生辉，心里总有两种情感在相互交融。一是我曾经参与了首博建设，为它的建成付出过一分力量，留下了一段永恒的记忆。二是我为首博珍藏的西周伯矩鬲、元青花凤首扁壶、青白釉水月观音菩萨像、《骊山避暑图》、乾隆御制碑等国之瑰宝而倾倒和震撼，尤其是看到这些镇馆之宝，想着它们在我参与安装的文物库门的保护下，无恙地流传百世，心里有一种说不出的欣慰。

首博开馆已经16年了，几乎每隔一两年，公司都派专业工程师对库门进行维护保养，确保几吨重的门用单手就可以轻轻地打开和关闭，防水踏板严丝合缝、密闭到位。只要有时间，我还会随工程师去维护保养库门，顺便去看看自己的"作品"，悄悄回味一下那难以割舍的情怀。

2022年，位于城市副中心通州绿心公园附近，又有一座崭新的博物馆拔地而起，它还叫首都博物馆，是的，它是首都博物馆的新馆。它是城市森海中的"鼓韵风帆"，用船、帆、水描绘出运河图景，主建筑如同"运河之舟"。这座建筑面积97000平方米的新馆，将是北京及副中心的名片。

更有缘分的是，基于良好的商业信誉、优秀的产品质量、精心的售后服务，在新馆文物库门的投标中，北京中咨信贸易有限公司再次中标。我又将全力以赴地投入首博新馆的建设中去了。

首博的建筑在向东延伸，首博所代表和传承的文化在向未来延伸，我的首博情怀也在心的尽头默默延伸。

随着首博的脉搏，长安街也在延伸，带着600年的底蕴，跟着日月的流转，向着东,向着西,向着未来。

作者简介:

金京一,毕业于天津师范大学中文系新闻专业,1985年从军队转业。北京中咨信贸易有限公司工程部经理,北京科技诗苑音画总监。业余从事文学创作和新媒体事宜。

东长安街过眼录

孟永煜

聊起东长安街来，我的话就多了。因为我是1941年出生在东长安街界北的东单二条南官场，后来1950年搬家到建国门内大街贡院头条，前后80余年来一直没挪过窝。因此，我对东长安街的今昔变化，如同过纪录片似的历历在目。

要说东长安街就得把其来历说一下，东长安街是指从天安门到建国门这段，只有3.2公里长，但这条大街却有着翻天覆地的变化。

让我给您捋一捋这段大街的来龙去脉吧，天安门广场是当今世界上最大的广场，它可容下百万人集合、游行、阅兵。进入天安门广场两边的三座门和东单、西单牌楼，因影响交通，先后拆除了；马路中间的有轨电车道也在后来拓展道路时拆掉了。那时的东长安街只到东单路口就往北拐至东四大街，往南至崇文门，中间由于有东、西观音寺胡同挡着不能往东，到1958年，要打通东长安街，才把两条胡同拆除，使得长安街延伸到建国门。而建国门是1939年拆除一段城墙形成一个豁口，又叫"豁子"，当时未能顾及建城门，直到修建地铁2号线才把城墙拆了，同时也把护城河给填埋了。

1965年该路段正式改称为"建国门内大街"。1977年在建国门原址上兴建了北京第一座立交桥即今天的建国门立交桥。现在的东长安街柏油路平坦又宽敞，双通道，窄的六七十米，最宽的路面达120米。在车水马龙的长安街上汽车如潮水般川流不息。大家都知道大1路公交车，当年车顶上顶着煤气包，行驶在街上的确不雅。如今大1路叫旗舰式大通套，足有20多米长，行驶在长安街上那叫一个气派、敞亮。更值得一提的是纪念中国人民抗日战争暨世界反法西斯战争胜利70周年阅兵式和庆祝新中国成立70周年大阅兵更凸显出它的壮观、宏伟。从天安门东侧始直到建国门彩虹桥西，大道上整整齐齐摆放着各类军兵种的，各式各样最先进的重型武器装备；尤其是建国门社科院前的东风-41核导弹方阵是国之重器。当时中央军委主席习近平乘坐敞篷车检阅三军将士时向官兵问候："同志们辛苦啦！"这时官兵们的"为人民服务"的喊声震天地、泣鬼神、威风凛凛。大家都看过现场直播，我就不在此赘述了。

下面捡几件我亲身经历的记忆中的东长安街历史沧桑变化吧。

王府井南口路北的北京饭店新楼,以前是一座木质的老楼,是铁道部所在地,旁边还有印度人开的洋行,老铁道部是本馆。后面霞公府公寓原来是铁道部一、二分馆。因我的家长在那里工作,因此我经常去那里玩儿,看电影,看演出什么的。一次我还见到了铁道部第一任部长滕代远,他还亲切地摸着我的头说:"小鬼几岁了?上学了没有?"后来才知道他是部里第一大首长。每逢五一、十一,我还可以到长安街旁边观看游行队伍,那高兴劲儿就甭提了。

铁道部对面,现在的长安俱乐部原来是北京唯一的灯光篮球场。当时国内篮球联赛就在那里打,我看过北京队对阵四川队的比赛。最有纪念意义的是一次苏联国家队和中国国家队比赛,也在那里进行,我有幸看过当时的顶级篮球比赛。

王府井南口路东那时有一片小树林,新中国成立前那里是个黑市,一些倒卖"袁大头"的,手里拿着银圆上下叮当作响,嘴里喊着"买俩卖俩"的叫卖声。遇到买主就伸出手和买主在袖口里摸手指、谈价格(俗称"拉手交易"),目的是不让旁人看见。还有倒烟土、古董的,等等。往东的青年宫是个热闹场所,每天都有舞会;旁边是平安电影院,因同院邻居大哥在那儿检票,所以我经常去那里看免费电影,记得还看过美国大片《人猿泰山》什么的。平安电影院旁边是中国青艺剧场,在那里,我看过话剧《文成公主》、广西彩调剧——原版《刘三姐》等。再往东就是东单邮局、东单菜市场,后来被目前亚洲最大的综合性商业建筑群之一的东方广场所取代,都是在拆除了上述老建筑基础上建成的。

因为我1948—1954年在西观音寺和东观音寺小学上学,为开辟东长安街马路至建国门,我的两所母校小学也被拆除了,真挺遗憾的。再如横穿东、西观音寺的南北胡同,即今天的北京站前街和方巾巷,两边的商店也都被拆除了,拓宽成今天的模样了。当时北京站前街和方巾巷两边的商贾很多,也非常热闹。而里边路西有条叫"银碗胡同"的,据说是明朝奸相严嵩被贬后的住处,他曾举着银碗在那里要过饭。

说到明永乐十三年(1415年)始建的科考贡院,也就是现在的中国社会科学院所在地。它的前身就是明清两代开科取士的北京贡院考场,其包括范围是贡院东街、西街,贡院头条、二条。考场建在哪儿?是有风水考究的——它的渊源来自紫气东来之寓意。因考场都为木制,曾前后三次着火,所以贡院的遗址荡然无存,仅有照片可参考。我1950年搬到贡院居住时,社科院的地界还曾经是空军司令部所在地,后搬到复兴门外大街"新北京"那里,然后才建成今天的社科院。还好,高层主楼后一座两层小楼还保留着,是原空军司令部遗留下来的旧址。

王府井南口路南今天的商务部处,新中国成立前后叫"东大地",那里是个跳蚤市场。摆地摊儿的、卖小吃的、租小人书的、打把式卖艺的,还有变戏法的,更有一个人撑着一根柱子,布围子围着,连唱带说演木偶的。比比皆是,什么都有。小时候我最爱去那儿玩儿,看小人书儿、买点儿"半空"(花生),五分钱就能玩儿个够。后也是因为着了一把大火,从此市场也就消失了。

现在的东单体育场,东单公园至同仁医院北墙外,在新中国成立前那会儿是个临时飞机场,供国民党要员逃跑之用。因为那里是我每天去西观音寺小学上学的必经之路,所以天天都能看到飞机起降。最让人烦心的是每天飞机降落时都从我家房顶上30米处掠过,轰隆隆声不断,就连飞机舷窗里的人都看得一清二楚。

现在的神州第一街,以前称之为"十里长街",而今它东延至八里桥南街,西至石景山路首钢园那儿,全长达55公里,是贯穿首都东西城的主干路,也是中国历史上最著名的街道。

长安街建成初期可以追溯到永乐十八年(1420年),经过近600年连续不断的修复和建设,整个路段在改革开放后逐渐形成了现代化升级版,也成了世界上独一无二、无与伦比的"神州第一街"。

今天中国如此强盛就是因为经历了伟大的中国共产党几代领导人和中国人民浴血奋战、前仆后继,不忘初心、牢记使命全过程。进而诠释了中国人民从站起来、富起来到今天的强起来的伟大飞跃。在建党百年时实现了脱贫攻坚的伟大胜利,全面建成小康社会,完成了历史上第一个百年目标。党的十九大后,在习近平新时代中国特色社会主义思想指引下正向着第二个百年目标迈进,为实现中华民族伟大复兴的中国梦,砥砺前行、勇往直前。

"神州第一街"的巨变,说起来我就抑制不住,思绪万千,心潮澎湃,归根结底就是一句话"没有共产党,就没有新中国"。只有坚定不移跟党走,坚定不移地走中国特色主义道路,才能使我国更加繁荣昌盛,永远屹立在世界东方!

作者简介:

孟永煜,毕业于北京内燃机学院,擅长书法、绘画、花卉养植等。社区"风光话剧社"演出成员之一,马派京剧爱好者。

长安街的温暖

赵国培

自出生直至如今年逾古稀,自己一直居住、生活在东直门外十余里的大望京村庄、将府家园两处地方。离城近,进城自然是三天两头、经常不断的事情。因而,作为北京土著,对于长安街,当然熟悉得不能再熟悉了,简直到了了然于胸、烂熟于心的地步。

多年前,我在《法制日报》(现已更名为《法治日报》)总编室上大夜班,从事"捉字虫"工作,把报纸付印前最后一关——文字检查(或曰"文字审读"),所在部门称检查科。一次班上,一位外部门京籍年轻同事,到我这里小坐,恰巧同室另一小伙(河南籍)轮休不在,也未锁办公室抽屉。北京小伙闲来无事,打开人家抽屉,不太礼貌地翻看日记。当读道:"我今天来到了日思夜梦、盼望已久的天安门广场,站在无比宽阔无比平坦的长安街上,心里不由升起了一股自豪骄傲之情。我静静地站着,面向高大、厚重的红墙,面向雄伟、壮丽的天安门城楼,默默地行起注目礼!"京籍小伙一阵高声大笑后,俩字脱口而出:"傻瓜!"

我当时气坏了,立马一脸正色:"住口,你太过分了!长安街、天安门,在外地人心目中,就是光明灿烂的太阳啊!太神圣、太经典、太崇敬、太向往了!你出生、成长在这里,从小看到大,不以为然,情有可原,但应该理解、尊重他们啊!"年轻同事见我全然不似平时那般温和、冷静,脸一红,一吐舌头,溜走了。

他哪里知道,就在我内心深处,对这条名满天下、享誉全球的十里长街,有着怎样割舍不掉、牵心连肺、难以忘怀的一股深情啊!

1967年,已经停课整整一年了。16岁的我,只正经读完初中一年级,对于明天,对于未来,茫然、空虚、失落、困惑、迷惘、绝望……五味杂陈,痛苦不堪,一言难尽。

7月,一次大型活动中,我随老师、同学们一起,步行从朝阳区大山子(酒仙桥电子工业城的一部分),来到长安街北侧,停在南池子南口东边,席地而坐。人山人海,大多相见不相识。刚刚调离我们学校、曾担任我们班"排长"(当时年级称连、班级称排)的解放军同志,找到我,坐在我旁边,与我聊了一会儿。看似漫不经心、随意自然,实则深思熟虑、语重心长。他告诉我:你还很小,要好好学习,要长真本事,要有真本领……他对我讲这些,绝对有备而来,而且是备足"功课"的啊!尽管小心翼翼,虽然字斟句酌,但给当时的我,带来多大温暖、多大力量啊!仿佛冰天雪地里,一身单衣、簌簌发抖的我,被人披上一件驱寒挡风的棉大衣。

我想起,他管理我们班时,提议一直沉寂、低调的我,头一批第一个加入新组建的"红色队伍",又安排我当排里(实际上是班上)的"头头儿",相当于此前的班主席。这给当时始终抬不起头、备受压抑的我,带来多大的鼓舞!曾经的关切,早已化成了希望,转作了曙光,融入了心中,储进了体内!而长安街上一席话,更是潜移默化、润物无声地伴随我,一直延续至今,使我初心不改,脚踏实地,锲而不舍,坚守前行。

那时的长安街,没有现在这般宽敞与亮堂,也没有现如今繁茂和亮丽。但就在这短短的不足半个小时里,就那么普普通通、寻寻常常的几句话,让我心里明亮了许多,脑海里也充实了许多。我似乎悟明白了,自己还很小,以后的路还很长,不要被一时的浮云遮住眼、迷住路,要往前看、往远看,踏踏实实、认认真真走好每一步。不能低迷、沉沦,而要振作、奋进。人生途中,不仅有一条条羊肠小道、一条条歪曲斜径、一条条崎岖山路,更有笔直、坦荡、前进、向上的长安大街啊!如果说,一直以来,无论何时何地,无论何情何景,我都坚持阅读、写作,没有虚度光阴,没有愧对今生,还算奋斗有成,小有斩获,长安街功不可没啊!

对于长安街,许许多多人,会有形形色色、不一而足的感觉、感触。讴歌它,赞美它,哪怕穷尽我们中华民族伟大汉语中所有最美好、最精粹的字眼,恐怕也难以充分、全面地予以概括、总结。而我,感受可能是独特的,总觉得它是温暖的。哪怕是十冬腊月,哪怕是寒风刺骨,长安街带给我的,也是直达内心的那种热乎乎、亮堂堂的天下最美丽最明亮的一个字:暖。因而,长安街在我心目中,也是世界上最美丽最美妙的一道风景。而最先带给我这种暖意的那个人,当时也就二十五六岁,一身简洁平展的戎装,一口略带着山东口音的不十分标准的普通话,一脸的堂堂正气与殷殷诚恳。五十多个年头过去了,我一直未能再见到他。算起来,他已经八十出头了。

我清清楚楚地记得,我时时刻刻也忘不了,这位与我、与长安街紧紧联系在一起、密不可分的人,这位我一生一世崇敬珍重的人,姓氏大名三个字:王明尧。

作者简介:

赵国培,中国作家协会会员,北京市朝阳区作协副主席。20世纪70年代始发表文学作品千余篇(首),部分作品被转载、入选选本、获征文奖,结集多部。2017年,获北京市群众文学创作辅导终身成就奖。2021年,获北京市最高群众文学奖。

长安街"野跑"记

赵晏彪

不良的习惯各有各的不同,而良好的习惯,大多是建立在"痛定思痛"和"知耻后勇"之上。

——题记

人的一生总会有些值得炫耀的光鲜时刻,尽管我有许多值得"炫耀"的成绩,但最值得我与大家分享的,是几十年如一日坚持"野跑"的习惯。

无论是"艰苦劳作的插队岁月",还是忙于出报出刊的"重任在肩",即使于当下,我仍然喜欢"野跑",乐于"野跑",因为第一次在长安街上"野跑"的经历,不仅难忘,还是我人生道路上不断奋进的"催化剂"。

人生,无论经历了多少,总有值得铭记的事件。这铭记无关大小,只是相对于自身"意义重大"而已。

长安街于北京人不仅耳熟能详,谁人没有走过、路过、逛过?长安街于全国各地的老百姓,不仅是首都的象征,来到了北京,谁人没有起大早走上长安街,先到天安门广场观看升国旗,再到天安门前留个影?为自己留下"意义重大"的美好回忆!但是,于我这个从小在北京长大的人,长安街留给我的是终生难忘的窘相。那是因为,中学时,我们这些在跑道上风姿飒飒的长跑运动员,不仅在比赛时全军覆没!竟然还输给了在长安街"野跑"的对手,惨相情何以堪!

刘教练一脸颓相地说:"以前,我一直对'野跑'有成见,认为在马路上跑步不正规,会损伤膝盖、脚腕,也打破了在跑道上的竞技感,所以一直反对你们'野跑'。昨天小韩一万米拿到了冠军,对我的震动很大,不是因为你们没有赢了他,而是接受正规训练的你们全军覆没,让我没有颜面。但是,我也进行了深刻的反思。你们天天在跑道上跑,人家天天在马路上跑,按理你们更有优势,但还是输给这个'野跑'的运动员。我现在转变了观念,连夜重新制订了训练方案,从今天起,你们每周进行一次'野跑',提高自己的耐力。"刘教练的一番话,让师兄弟们无言以对,都低下了头。显然,大家还沉浸在昨天失败的低落情绪里。

刘教练用力地拍了一下手："别垂头丧气！大家振作起来,胜败兵家常事,我相信你们,秋季运动会时一定会跑出好成绩！"刘教练的话让我们脸上有了笑容。"你们'野跑'的训练路线是,长安街小圈,从东单体育场出发,到天安门向左拐,从前门跑到崇文门,最后回到东单体育场,先跑适应一下柏油路和路线,八周以后再跑长安街大圈。"

"野跑"是我们田径运动员对在马路上跑步的一种称谓。"野跑"这两个字,针对进行正规训练的运动员而言,含有一些贬义。我们天天在跑道上训练,在跑道上参加比赛,全身心充满了豪情壮志,奔驰的动感让我们有了普通人不能比的"一览众山小"的气概。然而,在马路上跑步,似乎不正规。

二十世纪七十年代,跑道是渣土的,非常松软,跑鞋(钉子鞋)扎在跑道上的声音悦耳动响,后来改成塑胶跑道了,虽不那么松软了但更有弹性;虽没有了那悦耳的声音,却更容易跑出好成绩。

或许是有种天然的骄傲和偏见吧,我们自认为是体校出身属于"正规军",在马路上跑步的运动员是非正规军,上不了台面,所以将其戏称为"野跑"。

我读小学时被东城体校中长跑刘教练选中后,几乎每天风雨雪无阻地进行中跑训练。开始是坐1路公交车从建国门到东单下车,到东单体育场训练;上初中后,便骑自行车从北牌坊骑车到东单体育场。要是有比赛了,周六、周日是一整天的训练课。刘教练是体校毕业的高材生,也是长跑运动员,他看出我的爆发力和速度比较突出,更适合中跑,于是让我主攻400米。方向定了,我主要练习300米、500米和1000米,有时也跟着师兄弟们跑5000米。

开始第一天"野跑"训练前,刘教练特意把我叫到一旁："晏彪,你虽然是练400米的,但也要有耐力作为支撑,适当加强些耐力跑对你提高成绩有好处。你不用紧跟他们,慢慢来,根据自己的体力只要跑下来就是胜利。"

美好的早晨,美好的长安街,美好的第一次"野跑",定格在了我的人生旅途的这一站。

我们出发了,在没有任何思想准备的前提下冲出东单体育场,跑上了长安大街。这条路线并不太长,路也很熟悉,从东单体育场起跑向西,路过王府井,直奔天安门,然后向南跑,到前门再向东朝着崇文门跑,最后绕回到东单体育场,大约需要35分钟。

长安街其实是西长安街及东长安街的总称,东端起于东单路口、西端止于西单路口,以天安门为界分成东长安街与西长安街。其中东长安街全长1507米、西长安街全长 1742 米,线路总长 3800 米(含天安门广场结合部路段)。长安街是世界上公认最长、最宽的道路,国人自豪地称其为"神州第一街"。

第一次在长安街上练长跑,我既兴奋又有些紧张。兴奋,这是第一次在有着悠久历史的大街上长跑,是在用双脚与华夏古城对话,仿佛许多岁月在自己的脚下拉伸,延展,讲着古老的传说和动听的故事;紧张,主要是担心出现关节的伤痛。由于柏油马路的路面板硬,身体的反作用力很大,膝、踝关节的负荷加重容易受伤。一旦受伤,如果休息一周,最早也要恢复几个月才能够达到没有受伤前的状态和成绩。我们出发前刘教练千叮咛万嘱咐:"不要像在跑道上跑那样用前脚尖着地,要用前脚掌,小心伤了膝盖。"运动员虽然比的是勇猛,但是总是很害怕受伤的。

由于是周末,长安街上的行人不多,我们十几个人跑在马路上很是显眼。有骑车者看着新奇,悄悄地跟着我们。有的人突然加速冲在我们前面,边骑车边回头看我们;有的只是默默地跟着,也不说话,满脸泛着笑。

跑到北京饭店的时候我的兴奋被不支的体力冲得云消雾散了,大口地喘气。膝盖也出现了不舒服的感觉,渐渐地我落在了大家的后面,十米、二十米、五十米……这时,一位骑车的大叔从后面悄悄地追上了我,自行车的前轮始终离我的身体有半米的距离,就这样慢慢地跟着我跑。有的人骑着骑着就拐弯了,有的人骑得很快不见踪影了,而后面的跟随者又一拨一拨地跟上来了。只有我身边这位大叔始终跟着我大声喊着:"快跑呀,追上他们!"还有的人骑到我身边时说:"小伙子,你跑不动了吧,用不用我带你一段……"

我越想追上大家,双腿越不听使唤,落得越远。没有想到这时还出现了岔气。用手捂着肚子,缓慢地跟着走。这时,骑车的大叔跳下车边推着车边问我怎么了,需不需要休息一会儿。我说就是岔气了,没事儿,做几个深呼吸就好了。从天安门广场到前门这段路不过 1000 米,可我的体力似乎到了极限,几乎是在慢走,师兄弟们已经看不见了。这时骑车的大叔还在跟着我,我说:"大叔,您忙去吧,不用管我,我没事,一会儿就到东单体校了。"

大叔推着车边跑边跟我说话,想分散一下我的注意力,他说:"你别说话了,省点劲儿。我今天没要紧事,等你到了东单,我再走。"

终于,我蒙眬的双眼看到东单公园,看到东单体育场了。平时天天来体育场训练并没有什么感觉,可今天见到体育场格外亲切,像见到了救星似的。但是,让我感到非常狼狈的是,刘教练居然站在门口等着我呢。

进了休息室,大家嘘寒问暖:"彪哥,没事吧?""难为彪哥了,从来没有跑过这么长的,而且还是'野跑'。"

至今回想起来,形容我第一次"野跑"最恰当的词是"狼狈不堪"。这件事让我有种刻骨铭心的丢人感,也正是这次的狼狈相,让我暗下决心找回尊严。

那晚回到家,我对奶奶说:"您每天早晨五点半叫我,我去跑步。"没有老人不喜欢孩子勤奋的,奶奶一听我说要早起跑步,笑着说:"好呀,早起的鸟儿有食吃。"从此我每天早晨从家出发,直奔建国门路,然后在长安街上昂头奔跑,与身影用脚步和祖先对话,让他们见证我顽强、不服输的性格。我从东单跑到赵堂子胡同,最后绕回北牌坊的家。这条路线虽然不长,但对于跑400米的人而言已经是很大的运动量了。跑完这一圈回来吃早餐,收拾书包上学,天天如此,也正因了一个决定,让我养成了早起跑步的习惯,至今几十年了,依旧"初心不改"。

"野跑"两个月过去,我渐渐可以勉强跟着师兄弟们"尾随其后"了;三个月过去,我可以渐渐地"融入"方阵中;六个月过去,我们的路线增加了长度,从西单向南然后通过和平门、崇文门再回东单,渐渐地我偶尔与师兄弟们互有输赢了。

一个雪后的周末,刘教练对大家说:"明年将恢复北京春节环城比赛,也就是半程马拉松,我希望你们都能够报名参赛,不求拿名次,只求有参与的经历。作为北京中长跑运动员没有参加过北京春节环城赛,将来你们一定会遗憾的。"

在刘教练的鼓励下,我们个个像奔向战场的烈马,跃跃欲试。我们加强了野外训练密度和长度。特别是按照环城赛的路线,我们跑了几次,熟悉了整个路线。我们都有些迫不及待了,因为人的一生或许有诸多个第一次,但第一次参加北京春节环城赛,定会在我们个人的履历中增添美好的一笔。

提起北京春节环城赛跑,老北京人都会记忆犹新。每逢正月初三,成千上万男女老少涌上街头观看这一场比赛,在还没有春节联欢晚会和庙会时,这是北京人过年必不可少的一道风景。

1975年的正月初三,我们迎来了北京市恢复"春节环城赛跑"的第一届比赛。

大年初三的清晨,我们赶到了天安门广场。签到后,穿上运动衣,活动身体——做赛前准备。参赛的运动员包括北京市长跑名将、各路长跑健儿共3000多人,前面有3辆摩托车作为引导。运动员集中在天安门广场,这时从北京站传过来了熟悉的钟声,8点整,一声枪响,大家像潮水般冲了出去,景象蔚为壮观。赛道没有完全封闭,观众甚至能进入赛道,在参赛者身后和身旁骑着自行车跟随,为运动员加油鼓劲。运动员途经长安街,经过西单、复兴门后,逐步拉开距离,但我们体校的几位师兄弟始终在第一方队。天气很好,但气氛却很紧张,经过阜成门快到地安门时,我突然又出现了岔气，把速度放慢后，用力做了几个深呼吸，渐渐恢复了，继续追赶。过了东单，到了王府井，前面就是天安门广场了，胜利在望！围着长安街绕了一大圈后，我们终于返回天安门广场。13000米的半程马拉松，连同1975年这个年份，一并融入了我的履历中。

往事只有在回忆时才具有厚重的价值。尽管第一次"野跑"满是窘相与不幸；尽管跑完半程马拉松得到教练的称扬；尽管当下对昔日的窘相与不幸已不再脸红心跳。也许，第一次"野跑"和参加北京春节环城赛的经历于他人或许不值得一提，既无愚公移山之气魄，亦无夸父追日之壮烈，但我仍然坚信：不幸可能是通向幸福的桥梁。若有人问我年轻时做过什么因祸得福的事，我一定会自豪地说，因"野跑"的不幸而有幸参加了1975年的北京春节环城赛跑；因当时的不甘落后至今"野跑"已成为每天早晨的必修课。

有哲人云：古之立大事者，不惟有超世之才，亦必有坚韧不拔之志。运动员终有退役离开跑道之时，我虽早已离开了跑道，但在"野跑"的路上从未停歇。

作者简介：

赵晏彪，中国少数民族文学学会副会长，中外作家交流营组委会主席，中作鼎坚网总编、中国影协影视合作促进委员会副秘书长、中国少数民族电影工程领导小组成员兼剧本部主任，《民族文学》原副主编。在《人民日报》《人民文学》、人民出版社等报刊社发表文学作品三百余万字，已出版著作十二部。

走进这座收藏北京的殿堂

赵润田

北京长安街,从天安门往西,过了西单、复兴门的繁华街市之后,节奏忽然变成慢板,人流不再那么稠密,道旁树都显得安静下来。就在这个节点上,路南一座大楼悄无声响地立在那里,但你绝对不会无视它,那般巍乎壮伟的体貌、凝重深沉的色调和简洁劲朗的轮廓,会让你心下思量:这是个什么所在?

它是首都博物馆。

其实它的外观已经透露出一些隐秘信息,东半部那个向外延展凸起的仿青铜器一角,分明显示着一种悠久厚重的历史感。以北京建城之古远,当得起青铜时代的标记,房山区燕都遗址出土的那些珍贵文物可以为北京做证。但首都博物馆绝不仅仅用来证实北京历史足步之漫长,这里实实在在地收藏了整个北京文化的方方面面,不仅有纵向的年份,还有横向的生活。

我不止一次地走进这座殿堂,领略伟大北京从古至今的辉煌与平易、战争与安宁、文雅与世俗。

我首先是一个老北京人,其次,是一个北京文化的记录者和研究者。以年齿论,于今,我连《左传》里称的"二毛"年纪都已经度过了。按春秋时期的规矩:"君子不重伤,不禽二毛。""禽"即"擒"。打仗时遇到对方头发已经黑白两色的半大老头子是不捉为俘虏的,以示"仁义"。北宋绍圣元年(1094年),苏轼被贬往惠州路过惶恐滩时留下两句诗:"七千里外二毛人,十八滩头一叶身。"我没有那么孤愤,但进入"二毛"行列是不虚的,然而既没有上阵打仗,也没有宦游各地,除了去农村插队五年,原封不动在这块北方热土走过七十年行程,这让我对北京故土深深依恋,但凡属于北京的东西,大到街巷房屋、小到只言片语,一看一听,便知晓是否属于北京。我起小在南城长大,离前门大街很近,五六十年代的街巷样子和商铺味道,合眼就在近前。如果还想重回旧时光,去沉浸一把少小时的氛围,那么,走进首都博物馆吧,那里的展陈让你不虚此行。

进入首博大厅,迎面是一座超大的牌楼,这可不是新制的室内装饰,而是一件真家伙。这座牌楼来自老北京阜成门内大街,几百年矗立在街上,无数贩夫走卒、官宦雅士、平民百姓从它下面走过。如今,它进驻首博大厅,通身散发的美丽你怎么形容都不为过,大牌楼带着华夏民族的文化根基和审美特征,威武壮伟,无声地告诉所有来宾:这里是北京。

如果你是第一次来首博,那么,我不相信你不会被这座牌楼震撼到,那份亲切,那份庄严,那份东方之美的电击,瞬间流遍你的全身。它是三间四柱七楼式样,四根耸立在汉白玉石基上的红色立柱,支撑着金龙合玺彩画的枋额和覆盖着绿色琉璃瓦的楼顶。这是老北京众多的牌楼中最让建筑学家梁思成先生动心的一座,矗立在阜成门内大街历代帝王庙两侧的官道上,称"景德街牌楼"。梁先生怀着诗心赞美它们:"牌楼装点着城市景观,从它的东面向西面望去,有阜成门城楼的依托,晴天时可看到西山,尤其傍晚日落时特别美。"

阜内大街扩建时,牌楼拆了下来。2005年12月,新落成的首都博物馆正式开馆,复原后的景德街牌楼赫然展现在礼仪大厅,成为整个首博头号展陈品。它曾经属于历代帝王庙仪制的组成部分,"国之大事,在祀与戎",作为帝制时代最高等级垂念祭祀场所门外的牌楼,其规格可想而知。而今,帝制时代早已成为历史烟云,但民族文化和审美特色沉淀在牌楼身上,发散着无尽魅力,历久弥新。

我曾在自己的一部著述中陈述:牌楼是最美的中国标志,在世界上很多国外城市,一看到它的身影,就知道唐人街到了。其实,它也是北京的标志。将牌楼从大街上请到博物馆里,既是一种装饰,又是一种展陈,更是一种象征。

我们随滚梯上楼吧,那里有"古今北京"的常设展览等候我们。

我有时为某个专题展来首博,但总会顺便再来逛逛"古今北京"展区。说起进博物馆、展览馆这样的庄重场所,通常会用"参观"一类字眼,但我觉得在这里"不够味",必得说"逛"才地道。为什么呢?您看,这浩大阵势的婚嫁场面,几十个泥塑人物身披盛装敲锣打鼓、抬着轿子、高举大红云罗伞盖,当然还少不得手捧嫁妆礼盒的"娘家人"。哦,对了,在过去那是讲究"多少抬"的,有二十四抬、三十六抬、四十八抬,甚至百余抬。普通人家十六抬、二十抬,就算说得过去了。一箱衣服是一抬,一套茶具是一抬,一张地契也是一抬。晚清时京城某巨商给女儿的嫁妆里就包括一家商铺的整个铺面,那含金量就不是表面上看得出来的了。更多的穷人家能把每天的窝头吃饱就阿弥陀佛了,哪还有什么多少"抬"?

像泥塑婚嫁场面这样的当然是大户人家,小门小户却也得用像样的轿子,嫁妆多少不等,场面总要说得过去。婚丧嫁娶最能体现民族和地区的风土人情,天子脚下的北京市民,最讲究面子,所谓面子,其实是一种自尊,是大事小情中遵从固有规矩的民俗。

从婚娶队伍旁边走过，我们还可以进入老北京人家居厅堂的模拟展室，条案、八仙桌、太师椅等一应俱全，条案上帽镜、胆瓶、座钟当然少不了，墙上则是字画。这里还专门设置了拜寿的场景，很排场哟。你可能感觉这样子离我们已经很远，现实生活已经大踏步向前走了，然而，这场景、这氛围，是我们的昨天，我们就是从那里走出来的，那里有民俗的根。我小时这些还很常见，近些年大部分北京人都从平房进入楼房，家具摆设已经脱胎换骨，不断被潮流裹挟着变化，那些老民俗也已经简化。但总有影子活在我们的生活里，民族生活理念有着久远的生命力。

我们把老一辈北京的生活放置在这里，也把刚刚走过的路程放置在这里，成为让我们一望而生亲切的生活标本。

最让我百看不厌的当属一座门扇，那是老崇文区鞭子巷一个民宅的整个大门，就摆放在展厅非常明显的地方。标签上说明这座门来自鞭子巷头条，我一看，顿觉亲切无比。为什么？因为我的小学就在鞭子巷，我在鞭子巷小学念了六年书，我们的老师和校长，我仍记得大致样子。实话说，当年我应该无数次走过这扇大门，但却把记忆湮没在后来的时光中，直到我在首博展览大厅里见到它，读到这座门扇的来历介绍。它是来自鞭子巷头条26号的，鞭子巷是崇文三里河南侧的四个胡同所组成，两横两竖，非常安静，平时行人很少，北面的横胡同就是头条，我读过的小学就在头条正中间路北，是一个有着大操场的院子，并非民宅所改建。我还想起一件不少人没有经历的事，那就是我还差点读过私塾。

那也是发生在鞭子巷的事。1958年，我去报考小学，走了好几个学校，都因为我生日差着几个月而不行。邻居一个大姐姐帮助我找，把我领进鞭子巷三条一个院子里，我记着是一间北屋，里面有学生，有老师，老师是位年纪很大的老先生，很和蔼，让我坐下，说过几天就发书。然而第二天鞭子巷小学就来通知我，说学校开了"跃进班"，不足7周岁也行，于是我被录取了。

我这只有一天的私塾生涯结束了，但那天模模糊糊的影子隐藏进记忆深处，直到在首博看到这个刻有"钟鼎勋庸大，弓裘世泽长"门联的老宅门，又忽地梦回过往的岁月。

老北京的门楼、门联何其多，但只有这扇门作为普通民居的经典样式在首博享受着文物级别的礼遇，静静地接受人们赏鉴的目光。如果说，景德街牌楼属于仰之弥高的"豪门"，那么，鞭子巷头条这座门扇则属于寻常百姓。它也代表着北京历史，那是胼手胝足、辛苦劳作的普通市民的历史。我无数次从北京大大小小的胡同穿行,两侧就是这般民宅门楼,它们有各种样貌,有非常讲究的,也有十分简朴的,它们构成有趣的胡同交响曲。而那些饱经沧桑的门联,凝聚着以往时代的文化传承和精神追求,是那么的"有文化",它们把东方文学和哲理嵌进大门,是整个城市的文化诉说。

我依傍着这座来自少小时代记忆的黑漆大门,想起已经过世的父母,想起童年的玩伴,想起天南地北的同学,想起城墙、城楼和走过的街巷,想起飘着芝麻酱味道的油盐店以及二分钱看一本的小人书店,那是我人生的起点和最初的旅程。人为什么有时会恋旧?其实那是对人生的回味,是对人与城的浸入骨髓的情感。

我对门如此钟情,以至曾经在十几年里用相机专门拍摄北京各种各样的门,将它们收进自己长达500页的著述《一门一世界》中。梳理门的系统,探究门的底蕴,挖掘门的故事,记录门的兴衰,是我给自己下的必须完成的写作和拍摄指令。

北京当然不全是皇宫和民居,它也是商贾之城、文翰之城、弦歌之城、梵音之城、园艺之城和手工业制造之城。游逛在北京的胡同中,时不时会发现一些旧迹:油盐店的字号、典当行的招牌、古玩店的砖雕以及手艺人的广告。前门大街南边珠市口有个铺陈市胡同,所谓铺陈,就是破布头、烂衣裳,您甭问,那条胡同早先就是卖铺陈的。老北京,哪会都是有钱人?事实上,还是辛苦劳作的人居多。在首博,你会看到不同层次的北京生活留下的深深印记,有些东西在实际生活中已退出人们的视野,但在首博你可以看到它们的身形,从老奶奶的针线笸箩到消失的胡同铭牌。我在这里还见到一块"泰山石敢当"石碑,这大概已是北京城仅见的一块了,二十年前,我曾在它的原生地阜成门西廊下胡同见过,当即用相机拍了下来,用到我写的《寻找北京城》里。后来那个地区拆迁了,它则进了首博。当初我小时候,各条胡同里都不难发现刻有"泰山石敢当"的石碑,有大有小,它们或立在墙角,或立在房顶,表达着房主人驱邪取吉的心理愿望,也是一种很古老的民间习俗。西廊下这块碑是大型的,上首刻有虎头,威风凛凛,这么巨型的"泰山石敢当"就是在老北京也不多。我第一次见到时,它镶嵌在丁字路口一户人家的后房山上,朝北恰对着一条竖街,我当时就会心地笑了。

可以说,首博是一部展陈着的都城发展史,你可以在这里领略70万年人居史、3000年城市史、800年京城史的文物史诗。

我在首博,看到"物",也看到"人"。一次不期而遇,在这里竟碰到北京文史馆一群艺术家在这里举办书画展览,其中有几位前几日还一同参与了我所在的文化机构所举办的"烟花三月画扬州"书画笔会,朋友们扬州一别不数日,又在首博相聚,人生机缘真的妙不可言。

哦，对了，你千万不要以为首博只是我上述这些内容，北京文化固然博大精深，但首博不仅是北京的，也是全国的，甚至是世界的，古今土洋，兼收并蓄，这里或短期或长期的展品连接着四面八方。时常更换的各种主题展览美不胜收，精彩异常。

有两次瓷器大展让我至今不能忘怀，一次是全球华人典藏大展，来自世界各地收藏家秘藏的珍贵瓷器，一向藏在深闺人未识，那里面有些瓷器今生今世大概率只有这一次面对素不相识的众人，而且，有的展品就连国家级的博物馆里也没有。另一次是标题为"慈禧的瓷器"的大展。慈禧之名，无人不知，但慈禧私人所有、凝聚着那个王朝末世一缕夕阳之光的艺术珍品，您见到了吗？我在这里有一次还赶巧得见凡·高的作品真容，那个主题是"凡·高和阿姆斯特丹的画家们"，从荷兰漂洋过海而来的世界名画，让北京人在家门口就看到了。

首博，岂是这样一篇小文所能尽数描摹的？

有一回下午，参观完我所要看的主题展览，走出大厅，沿着几十级台阶缓步走下，望一眼长安街，我忽然心有所念，贪恋起眼前这黄昏前的暖色，径自坐在宽敞的台阶上享受那一番什么也不做、什么也不想的闲适。下面的街上，车如流水马如龙，人们各有各的奔忙。身后，首都博物馆巨大的身影成为我的靠背，人生难得一时闲，真舒服啊！

作者简介：

赵润田，作家。著有《古代小说鉴赏辞典》(明清小说部分)、《北漂白皮书——告诉你一个真实的演艺圈》、《寻找北京城》等，《乱世薰风——民国书法风度》获中国图书评论学会2015年度"中国好书"称号，多次在各类图书馆做城市文化、北京文史、书画艺术讲座。

大楼情缘

胡秉毅

北京电报大楼,坐落在西长安街 11 号,她紧邻中南海,位于雄伟的天安门西 1.5 公里(原来长安街的双塔寺)。在 90 年代之前,只要走在长安街上,不管是从东还是从西,老远就能看到电报大楼,她可谓是长安街乃至全北京的地标性建筑。当时我家住在西城十八半截胡同,每次到电报大楼上班,都要经过西单路口上长安街,再到长安街府右街路口掉头。电报大楼那悠扬嘹亮的《东方红》乐曲,每到整点准时响起,整个长安街以及周边地区都能听到,好多人都是伴随着电报大楼的东方红乐曲成长起来的。现在电报大楼西侧有一条胡同,就是因为 1958 年电报大楼落成后,改名叫钟声胡同。小时候每次经过长安街路过电报大楼时,都觉得电报大楼庄严而神秘,可谁曾想长大后我却和她结下了不解之缘……

那是 1981 年 10 月的一天,突然听到了敲门声,开门一看,原来是同届同学,跟我说电报大楼到学校招工来了。于是我怀着试试看的心情就去报名应招了,过了两天到电报大楼面试。面试后没多久,接到通知说可以去电报大楼职业培训班报到了……

我们培训班的英语课主要是学习通信英语,都是通信中的一些日常用语和专业英语。电报码学习的是国家标准电报码,4 个阿拉伯数字代表一个汉字,根据不同的排列组合分别代表不同的汉字(比如,7193- 电,1032- 报,4316- 码),总共有八千个之多。要求我们背到 5000 左右,到了实际日常工作中,能用到的也就剩下几百个了。

电传打字,我们用的是 BD055 型电传打字机,有中文、英文打字。所谓的中文打字是看着中文 4 码的明码电报码直接打;英文打字则是看着英文的 5 码进行打字练习。在上机之前老师先让我们学习指法,开始学的时候,我们每人发了一张电传机的键盘图纸,放在桌子上练习双手十个手指的分工。专业的报务员要求双手十个手指都参与打字,各有不同的分工;把键盘从中间分成两部分,左半部分由左手负责,右半部分归右手负责,每个手指负责相应的字母和数字,左手小指负责 A、Z、Q、1,左手无名指负责 S、X、W、2,左手中指负责 D、C、E、3,左手食指负责 F、

V、R、4和G、B、T、5;右手的小指负责P、数字0和回车,右手无名指负责L、O、9,右手中指负责K、I、8,右手的食指负责J、M、U、7和H、N、Y、6,两个大拇指则根据左右手指的交替来负责空格键。

打译指的是在看着报文中的汉字同时将汉字翻译成电报码并直接用电传机打出电报码来。

认孔,顾名思义就是识别认识纸条上的小窟窿。当时发电报是通过电传打字机把报文打出并用凿孔机同步凿出带孔的小纸条,纸条上根据孔的排列不同代表不同的数字、字母和符号,凿好的纸条在线路上通过脉冲发报机发给对方;对方收到电报后也是同步用凿孔机凿出针孔纸条,然后将纸条通过脉冲译电机识别翻译出汉字来。至于莫尔斯,我们没有系统的学习,只是听了听了解一下,因为当时收报和发报用的都是电传发报机,莫尔斯只是用于气象和战备了。

那时的国内报房(一般叫:一报)分四个横面,一、三面和二、四面对班,并且是八班倒。分配的时候我被分在了一报的集中台2班干打译。打译是两个人一组,分打字和校对,一个小时轮换一次。

报房的集中台,主要是负责打译、分发、加工、小电车上报、军电、气象等工作。

打译:用户在营业大厅写好电报文,营业员收报后初审和收费,然后从营业厅通过气压筒将用户的电报打到四楼(国际电报打到三楼国际包房、国内电报打到四楼国内报房)。我们接到营业厅打上来的电报后,进行打字和校对,打字的负责将营业室通过气压筒送上来的电报,看着报文的汉字直接译电打出电报码,打译完成后,将原电文、纸条和打译出的报底,用曲别针别好交给校对人员。校对的则是负责将打出的电报码跟原报文的汉字进行校对,防止打错,校对无误后,签上工号将报底用胶水粘贴好投入轮带(轮带分市内和国内),国内的电报通过轮带到达分发台,分发台再根据电报的收报地址分发到不同的省会线路发出。

分发台:自动转报之前,全国各省的电报需要到北京落地,再由北京批转出去,北京是全国最大的电报中转站,因此每天的报务量非常大。自动转报以后各省的电报不用落地直接转发了,因此报务量下降了很多。当时的分发台把打译好的电报和各条线路上的电报都汇集到分发台,分发员根据到达地点的不同进行各省的批转,批转后,由捋报员根据不同线路的电报进行归类整理,然后通过小电车送到不同的线路上发出。

小电车送报：小电车区是通过一个夹报的小电车，将电报分别用标有不同线路的夹子夹住，然后通过轨道送到相应的线路上，然后由值机员发给对方。当时的报房线路分成好几行，每一行有 1 条或是 2 条线路不等，小电车的夹子上有机关，根据线路的不同位置，小电车左右错开机关，等小电车到达相应的线路后，触动机关打开夹子，电报就自动掉到报格里了。

加工台：电报在收发过程中难免会出现乱码的现象或者是其他的一些错误，这时就需要把这张乱码或是有错误的电报送到加工台进行修改或更正等一些加工处理，待处理后再到机上发出。

出徒后，我们就开始让师傅带着一对一上轮班了。当时是八班倒，有小夜、中班、早班、大夜班、小夜、早班、02、帮中班，刚上班时经常记错了班。

我们入局时还没自动转报，电报局分国内和国际报房，国内是一报在四楼，国际是二报在三楼。国内所有的电报都要在省会城市落地，再分发到各个收报地。一报在电报大楼主楼的四层，从西到东，整个一层分休息室、公电职能室、莫尔斯气象和战备台、军电、加工台、集中台（分发、打译、加工）、国内线路、机线室等。

报房的噪声很大，尤其是白天，报务量多的时候，传递电报的轮带根本不闲着，呜呜地转一天，直到晚上 12 点以后报务量逐渐少了以后，机线室的师傅们才把轮带关上。这一关，整个报房立马就安静了，只有那些个德制大铁疙瘩（印时钟）每分钟整齐划一的呱嗒一声儿，以至于从报房出来的报务员的职业通病就是耳朵背、嗓门儿大。

说起电报，都是有时限要求的，并且非常严格，不同级别的电报有不同的处理时限要求，超过了处理时限就叫"逾限"，是要算差错扣奖金的。有特急、加急、普通、邮送；有水情、气象、政务、公务、公益、公众电报等，有些电报必须是手递手传送不能经轮带和小车传送，还有军电，必须是两个人处理。

1986 年自动转报系统投入使用，原来的国内和国际报房合并成立了报务室。

九十年代初，数据业务大发展，电报大楼也开始进行了转型工作。

由于工作调整，1999 年我离开了电报大楼，当 2005 年我又回到电报大楼的时候，电报局已经不存在了，大门口挂的那块"北京电报局"的牌子是什么时候摘的都不知道，估计就是 2005 年摘的，现在它静静地立在北京电信博物馆里。北京电报局是 2005 年改成综合信息业务中心的，电报大楼她历经了北京电报局→综合信息业务中心→宽带业务中心→产品创新事业部→产品支撑中心，现在是消费互联网运营中心。

电报大楼,几代老电报人的回忆,在通信日新月异的变革时代,她又肩负着新的使命,踏上了新的征程……

作者简介:

胡秉毅,民建会员,天主教徒。1982年6月被北京电报局录用分在国内报房,从事打译工作。1992年考入中国人民大学,1996年毕业后回到电报大楼,从事数据业务,已和电报大楼朝夕相处了40个年头。

漫步长安街

查 干

北京有一条著名大街——长安大街,也就是东西长安街。世界最长的一条街,非它莫属。它是连接北京东城、西城的主干道。长安街始建于明永乐十八年(1420年)。东端,起于东单路口。西端,止于西单路口。长达3.8千米。其中,东长安街全长1507米,西长安街1742米,素有"十里长街""神州第一街"之称。而如今,延伸之后的东西长安街,长度竟达50公里左右,浩浩乎东西中轴线。

我们称北京为祖国的心脏。那么东西长安街,无疑是它汨汨流动的动脉了。何谓动脉? 就是从心脏出发的勃勃血管,它四通八达,放射至全身的每一个细胞,无疑是生命之原动力。但凡中国人,入京之后第一个去游览的一定是长安街。因为信仰,也因为历史。在长安街,你可以仰视极多高大的建筑群。如,作为国之中心的中南海新华门以及人民大会堂、天安门广场、国家博物馆、毛主席纪念堂、人民英雄纪念碑,都赫然出现在这条绵长的东西中轴线上。

我喜欢长安街,可以说一见如故。喜欢它的宽畅、坦荡、明朗、大气以及悠久的历史和人文底蕴。算起来,余入京已四十余年。其间,没有一年不去长安街上走一走的。人,一旦走上长安街,心情就会开朗起来,心中的郁闷和不快,亦随风而散。环境造人,环境会改变人的心绪,也非虚言。记得,1981年11月16日夜,中国女排在第三届世界杯女子排球赛的决赛中,战胜了强悍的日本队,首次夺得世界冠军。中国的大球,也首次登上世界体坛之大舞台。那一夜,我们编辑部的全体同仁,在陶然亭公园的慈悲庵里,聚集在电视机前,观看决赛。心情,极为兴奋亦紧张。那一夜,我们的女排姑娘们,以一腔热血和拼搏精神,让我们站起来大呼小叫:"姑娘们,好样的!""铁榔头,再来一个!"当胜利的喜讯传来之时,我们抑制不住激动的心情,边饮酒,边揩泪,匆匆穿上衣服,找出纸箱,贴上白纸,上写:"女排姑娘们,你们是好样的!""铁榔头不可战胜!"等标语,乘夜色,奔向天安门广场,去参加那里的庆祝游行。那一夜,广场灯火格外灿亮,整个广场与长安大街人山人海,欢呼声此起彼伏。连执勤交警与民警的脸上,都洋溢着一片喜色。那一夜,我第一次感觉到,宽阔的长安大街,不仅属于物质的,更是属于精神的。是一条民族精神的巨大洪流,在这里流动;也是热血与心跳的策源地。那一夜,高大的街树,和各大建筑群上空的灯火,一起向天空与大地招摇着。那一夜,我们的同仁中,有汉族、蒙古族、维吾尔族、哈萨克族、藏族、苗族、朝鲜族、锡伯族。他们来自祖国的四面八方。我们一起走在夜的、灯火灿烂的长安街上,来庆祝和享受女排姑娘们的夺冠喜讯。那时的我们,年轻,热血,最不缺少的,是激情。于是,那一夜的长安大街,作为特写镜头,留在了我的记忆里。如今,白发覆额,往事如烟,很多人与事已随风远去,但对长安大街的美好记忆和印象,却没有一丝一毫的减退。

1986年10月,我们一家人,兴冲冲入住小羊宜宾胡同新建的一栋住宅楼里。无意间发现,竟然傍临起心仪已久的长安大街。推开楼窗,就见它湍流不息的车水马龙和古之巍然城郭。北京站恢宏的钟楼,也在一望之中。它的空空钟声,也成了我们一家子长夜里的催眠曲。尤其出行,拉上行李车,步行十几分钟,就可到达北京站。接亲朋好友来京,不慌不忙出门,溜溜达达到站,没有一点紧张感。他们说:"这北京站,似乎是为你们家而设置的。"听之,喜滋滋,乐在心中。客人逛街,逛商场,一般也不去挤1路和4路公交车,沿着长街,一边观光,一边行走,不知不觉,就到了东单或者王府井。逛完商场,吃罢午饭,又可西行,到达天安门广场,与城楼合影,瞻仰,而后进得中山公园,观景休息。而后,再慢悠悠往回走。这一切美事,皆因有了长安街。而对我们一家子而言,每日饭后散步,是一件极愉快的事。先是出门,往南走二百余米,而后,拐过新建的国际饭店,西行。行人不多,时有外国人,三三两两,擦肩而过,很浓的香水味,冲入鼻腔,新鲜亦刺激。有时,路经友谊商店,进门,买一些零碎,吃一根冰激凌,再西行,直到王府井,再往回返。有时也走入秀水街,世界上的奇装异服,都聚在那里,让你大开眼界。那些货主,大部分都是年轻人,他们发型奇特,着装新潮,以半生不熟的外语,在与买主讨价还价,按动着手中的计算器,疲惫不堪,满头大汗。现在想来,改革开放初期的秀水街,真真是潮头的潮头。长安街,也因为它而热闹非凡。而友谊商店,则是走在秀水街前头的排头兵。国内国外的新奇商品,在那里,应有尽有。只是进门难,好在我有记者证,常常浑水摸鱼,进去购得一些凭票供应的奇缺货物。于是,这条长街,便成了与世界接轨的临界点,让我们举目四望。

三年之后,我们离开小羊宜宾,离开长安街,迁入安定门外一栋新建的住宅楼里。草民,也有草民的福气。虽然离开了繁华的长安街,却也住进了一处安静之所。楼前流有一条河,景观可人,花木长势也旺。楼北有地坛公园、青年湖公园以及柳荫公园,抬腿可达。我们家住18楼,推窗可望大半个北京城,无遮无挡,宅名:星野斋。

可观五处烟火,天安门城楼以及它的辉煌灯火,肉眼望得一清二楚。还有景山公园的万春亭、北海公园的白塔、长安街一线的建筑群,仍在一望之中。尤其中国尊,凭空望去,鹤立鸡群,耸入云空。何况,一年之中,总有几次,乘地铁到达建国门,由此西行,再走长安街,与熟悉的北京站、海关大楼、长安俱乐部、国际饭店、东方广场、长安大戏院、交通运输部大楼、全国妇联大楼、商业部大楼等高大建筑招招手,以示问候。一般走到王府井,或天安门广场,再乘公交车回家。如若有几个月不去长安街走走,心里就觉着空空。这是习惯,也是恋情。有时,我与内子去登景山万春亭,默咏诗兄公刘的名诗:"登上景山最高处／京华历历在目／炊烟相招／鸽哨相邀／半城宫墙半城树……"是啊,宫墙之下,开着三月的白玉兰以及紫玉兰,似古代宫女擎灯而立,让人遐思。宫墙以南,就是长安街。它的白玉华表和辉煌灯火,所记载的何止是历史以及现实的千变万化,更有一个国度、一个民族的自信心和自豪感。

　　长安街,是不朽的,因为它在流动,延伸至远方。

作者简介:

　　查干,蒙古族,曾任中国作家协会《民族文学》杂志社专职编委、编审。中国作家协会会员,中国诗歌学会常务理事,中国第二、第五届鲁迅文学奖诗歌终评委。有作品分别荣获第一、第二和第五届全国少数民族文学创作骏马奖。

长安街的脚印

剑 钧

一

前年夏日，我到西长安街延长线上的首都博物馆"打卡"，此时，"读城——探秘北京中轴线"正在热展中。我盘桓于明代绢本《北京宫城图轴》前，不知这幅名画是否复制品？《北京宫城图轴》现存世多幅，图案略有不同，国家博物馆、南京博物院和英国大英博物馆各藏一幅。多年前，我在国家博物馆观赏过绢本原画，为明初紫禁城的俯瞰图。其图最下端为宫城墙和丽正门，往上依次为大明门、承天门、端门、午门、奉天门和玄武门。画面以红色为主基调，伴有白色祥云缭绕，承天门外的金水桥、华表和石狮也历历在目。

宫城图的承天门下，站有一位手执玉笏的官员，美髯善目，红袍玉带，格外惹人眼。偌大一幅画，仅此一人，何以享此殊荣？皆因他就是承天门的设计者蒯祥。从官服看，蒯祥绝非普通工匠，按大明律，正四品以上方可有红袍玉带。他官拜工部左侍郎。永乐十五年（1417年），蒯祥奉诏主管京城宫殿建筑，而后，又主持修建了五府六部衙署、长陵等建筑。屈指间，六百年过去，明王朝早已灰飞烟灭，紫禁城通往长安街的青石板路也留下了深深浅浅的岁月履痕。

我的目光驻留在北京宫城的微缩沙盘上，仿佛陡然拥有了上天的视角，得以像大鸟一般掠过宫城的玄武门、奉天门、承天门，沿着金水桥，直飞抵长安街。长安街始修于明代，是兴建紫禁城、皇城和内外城时的主要道路。永乐十七年（1419年），明成祖朱棣授意将元大都南城墙内的顺城街打造成一条朝廷专用通道，将南城墙南移二里，并拆文明门与顺承门之间的城墙，开辟为一条街。街名缘自强汉盛唐时期的都城"长安"，有"长治久安"之寓意。

当初，朱棣大兴土木将元大都改造为明都时，在承天门前建了一个T形广场，其南为大明门，东西两端为长安左门和长安右门。这两座长安门间隔三百多米，形成了最早的长安街。这条长安街前，左右长廊庑殿，称千步廊，正中央有青石板路，称为御道,常人不得步入,只有皇家的龙车凤辇,方可行于此。大臣们奉诏入宫,只能绕过御道进长安左门或长安右门,皇亲国戚、文武百官经长安街,上金水桥,入承天门,继而进午门,行于此间,数百载,步履延绵,在青石板上留下凹凸不平的岁月脚印。

到了崇祯十七年(1644年)李自成打进了北京,崇祯帝自缢于紫禁城北面的万岁山(又名煤山、景山),不久,清军趁乱入关进京,这就是史上有名的"甲申之变"。这一年,年仅六岁的小皇帝福临由叔父多尔衮护驾,从沈阳城匆匆赶赴北京城,在天坛告祭天地,定都北京。于是乎,"城头变幻大王旗",大明门改为大清门,承天门改为天安门,长安左门改为东长安门,长安右门改为西长安门。乾隆年间,长安街又分别向东西各延长了五百米,长安街始见规模,故称之为东西长安街。

那天,我从首都博物馆出来,沿着大美长安街,乘车一路向东,驶过了民族文化宫、中银大厦、北京图书大厦、电报大楼、新华门、天安门广场……下车伊始,我凝望着车水马龙的长安街不禁在想,如果说,中轴线是京城的脊梁,那么长安街就是京城的主动脉了。从六百年前的皇家御道,到今天的"中华第一街",历史无情地将皇帝踩在了脚下,也验证了伟人的那句名言:"人民,只有人民,才是创造世界历史的动力。"

不是吗?昔日的"大清门"是皇城正门天安门的外门,是皇权神圣之地。文武百官来到东西长安门外,在分别书有"长安街"的巨大牌楼边,见到"官员人等,到此下马"的石碑,无论外边多大排场的官老爷,也得小心遵命。至于平民百姓,莫说靠近长安街,远远看上一眼都是罪过。现如今,长安街回到了创造历史的人民手中,满眼的花团锦簇,满目的人头攒动,就连当年的紫禁城也成了寻常百姓赏景休闲的好去处。

长安街,一条世界最长最宽的大街,在世人面前,分明就是一幅铺展开的历史画卷,画卷上留下了密密麻麻的历史脚印,记录了华夏文明的薪火传承,也记录了当代中国人享受新生活的时代变迁。

二

去年春日,我久久伫立在长安街旁,望着车流滚滚,感受着蓝天白云,感受着花团锦簇中的诗意。那天,我为写一篇历史文化散文,从北大红楼出来,特意赶到可以倾听到历史回音的天安门广场。我在寻觅心灵的感应,欲还原一个历史的场景。后来,我在那篇散文中写道:"我眼前仿佛有位身着长袍马褂,椭圆脸庞留着八字胡,戴着圆形眼镜的先生,在对我自信而深沉地微笑……"

时间是1918年11月。地点是长安街街口,一南一北的天安门广场和中央公园(现中山公园)。那年,由于辛亥革命,退位六年的小皇帝溥仪还幽居在离长安街不远的紫禁城。就在一年前的7月1日,前清遗臣张勋发动兵变,宣统复辟,十二岁的溥仪又坐龙椅,可怜仅坐了短短十二天"皇位",就在全国一片讨伐声中再度退位,去继续那苟安的生活。当时,天安门广场还是一个封闭的T形宫廷广场。天安门至正阳门之间有座中华门(原大清门),从中华门到天安门这段千步廊的左右两侧尚有廊房一百四十四间,可见此时天安门广场的规模绝不会比巴黎的协和广场大。

就是那个规模不大,又近乎封闭的广场,一段时间,却聚集着成百上千来自北大校园的年轻人和慕名赶来的演讲听众。他们大都思想开放,普遍带有一腔爱国热忱。那一年,第一次世界大战结束,中国作为协约国成了战胜国,却并未获得战胜国的荣耀,反而倍感为列强所蔑视的屈辱。此前,俄国十月革命胜利,也为中国革命指出了一条道路。为此,北京大学的李大钊、陈独秀等教授在天安门广场和中央公园举行了一系列演讲活动,年轻人的目光都聚焦在演讲者的身上。

我的目光在向西北方延伸。紧邻长安街的中山公园,坐落在与故宫仅一墙之隔的天安门西侧。辛亥革命后,北洋政府将社稷坛辟为公园向社会开放,始称中央公园。1918年深秋,中国共产主义运动先驱李大钊先生就在那里发表了著名的演讲《庶民的胜利》。

当年,一群风华正茂的年轻人簇拥着他们的精神导师,并为他激情澎湃的演说所陶醉:"一个人心的变动,是全世界人心变动的征兆。一个事件的发生,是世界风云发生的先兆。1789年的法国革命,是19世纪中各国革命的先声。1917年的俄国革命,是20世纪中世界革命的先声。"我犹如看到,李大钊先生演讲中,那目光如炬的眼神,将深邃的思想,透过晶莹的眼镜片投射出来;李大钊先生的脸庞,洋溢着共产党人的自信,预示一个伟大政党的即将诞生。台下的人们青春张扬,发出雷鸣般的欢呼与掌声。

听演讲的人群中,有位来自湖南的年轻人。1918年夏天,他大步跨出湖南第一师范学校大门,来到风雨飘摇的北平。

三十一年后,那位年轻人成了中国共产党的领袖人物。那年10月1日,毛泽东主席站在天安门城楼上,向全世界庄严宣告:"中华人民共和国中央人民政府今天成立了!"这个声音震撼了整个世界,让那一历史瞬间成了永恒。

此时此刻,我凝神于摄人心魄、绚丽多彩的长安街,心潮也随着长街的滚滚车流向前涌动。在世界上,还没有哪条大街能像长安街那般大气而秀美,长安街上演的波澜壮阔的历史史诗,足以折射出几个世纪以来,一个国家的灿烂文化和悠久文明,一个民族的威武不屈和重新崛起。

三

今年初春,我去故宫博物院文华殿参观"何以中国"展,沉醉于中华文明,洋洋洒洒五千年,一路奔流融汇,终成多元一体、连绵延伸、兼容并蓄的浩荡洪波之中……

我步出故宫,前方便是绵延的长安街,寻着一路历史脚印,瞬间便融入现实的洪流里。军事博物馆、国家大剧院、天安门城楼、毛主席纪念堂、国家博物馆、国贸中心、央视新址、泰禾长安中心……长安街建筑的不同风格、不同高度、不同时代感,成就了不同时代的地标建筑,代言了不同时代的长安街风貌。这是一条举世无双的大街,这是一个不同时代的见证者。

长安街之美,堪称世界之最。我到过的十几个国家里,还从未见过有哪条大街像长安街这般大气磅礴,这般风景如画。新中国成立七十二年间,长安街与我的祖国一道成长,与我的祖国一样年轻,携着中华民族的豪迈雄风,像滔滔黄河奔流,一往无前。

1973年春,我第一次来北京,在北京第二毛纺织厂实习。那年我不满十九岁,恰是青春多梦的时节,内心充溢着对首都的崇敬与向往。长安街边的天安门城楼和天安门广场,是我最能想到的去处了。第一个公休日,我起个大早,从昌平城区出发,倒了若干次公交车,跑了小半天,最终乘1路车来到天安门广场。和许多游人一样,我排着长队,以天安门城楼为背景,照了张相。多少年后,那张照片,已不知所踪,但我记忆里,照片上的幸福笑容还铭刻于心,成了永久的底片。

记得当时,我俯在广场的栏杆上,痴痴地望着颇为壮观的长安街和天安门,内心十分震撼。那会儿,儿童歌曲《我爱北京天安门》,在全国唱得正红火,我虽说早过了扎红领巾的年龄,但那欢快的音符,仍不停地从我脑子里蹦出来。没错儿,在祖国母亲面前,我永远都是个孩子。那会儿,长安街上还没多少汽车,自行车之多倒是颇为壮观,一遇红灯,街口转瞬间就摆起了长蛇阵,像是一片蓝色的海。没错儿,当时全国人民都在穿蓝色衣服。那会儿,北京二环内的公交车票好像就几分钱,有一次，我特意坐上1路公交车，从公主坟一直坐到了八王坟，只为一饱长安街美景的眼福。没错儿，长安街就是我心中最美的街。

一晃快五十年了，长安街给我留下无数次美好回忆。二十世纪九十年代的一天，我出差到北京，入住府右街中办某招待所。次日天刚蒙蒙亮，我就爬起床，沿着长安街，一路小跑来到天安门广场，自以为来得很早，可广场早就挤满了操着各种方言看升国旗的人们。我心头一热，陡然间感悟到，我们都有一个共同的名字："中华儿女。"原来，长安街还是一条纽带，联结起天南海北的中国人，只要走进长安街，就会感受到祖国母亲心脏的跳动。

2009年秋，我到北京从事文学创作，与长安街贴得更近了，每每乘车路经长安街，都能感受到长安街跳荡的脉搏。改革开放四十多年来，长安街越发漂亮了。2017年9月，《北京城市总体规划(2016—2035年)》提出了："长安街及其延长线以天安门广场为中心东西向延伸，其中复兴门到建国门之间长约七公里，向西延伸至首钢地区、永定河水系、西山山脉；向东延伸至北京城市副中心和北运河、潮白河水系。"这意味着，昔日"十里长街"，已稳步迈向了"百里长街"。

我的目光也在逐随长安街的延伸而延伸。我在想，长安街的宽阔、通畅、笔直，就像一道历史的轴线，在与长安街历史、文化、神韵交汇。长安街在这个交汇点上，尽显悠久的历史、深厚的文化底蕴、浓郁的家国情怀和新时代的风采。这是一条历史与现实相互握手、一起面向未来的大街，这是一条寄托着中国人英姿勃发、走向世界的大街。

作者简介：

剑钧，中国作家协会会员，出版长篇小说、散文集、长篇报告文学26部，600余万字，现居北京从事文学创作。

那一滴晶莹的水珠

姚 璟

长安街南侧,北京的核心地带,有一个十分抢眼的建筑。庞大的椭圆形,白日里远看灰扑扑的,相比周围端方庄严的天安门和人民大会堂,风格迥异,就像个外星建筑。这个椭圆形的"蛋"就是著名的中国国家大剧院。

记得2007年12月刚刚建成的时候,我曾经专门带朋友去看了一次。朋友从远方来,向往着天安门。当我们从天安门广场溜达到这个椭圆形建筑的时候,已经快到正午,艳阳下灰蓝色的椭圆形建筑看上去有点沉闷。朋友很不以为然地说:"这个建筑跟天安门有点不搭啊。"我说这是国家大剧院,因为建在长安街,高度不能超过人民大会堂,如果建成方形就会很没有存在感,在方方正正的长安街上,这样的一个椭圆是不是让你过目不忘?朋友点头,的确是。然而,当时我们并没有走近,更没有走进。其实应该说,在我俩的心里,最美的长安街,只有天安门。

算是一次擦肩而过吧。之后,关于国家大剧院很多次演出轰动的消息经常见诸报端。记得有个喜欢话剧的朋友跟我说,她连续去大剧院看了3遍北京人艺排演的《茶馆》。她说在国家大剧院看话剧简直就是无与伦比的体验,不管是音响效果还是舞台布置都是独具匠心。剧场的墙面凸凹起伏、不规则排列着似乎毫无规律的竖条,那些凹凸槽可以形成声音的扩散反射,能保证室内声场的均匀性,即使坐在最后一排,也能听得清清楚楚。墙面使用特制的丝绸布加以包裹,以红色为主,与黄色、紫色相间排列,再加上白色浮雕天花板的映衬,目力所及都是浓浓的中国色彩。在这样的剧场里看话剧真的是一种享受,所以一部戏连看3遍也不厌倦。我被她说得心里痒痒的,也渴望着有一天能走进这座殿堂,享受一场艺术的饕餮盛宴。

然而为各种琐事所累,走进大剧院的想法很多年都未能成行。

直到2020年11月。

当新冠肺炎疫情肆虐全世界的时候,2020年11月的北京温暖而又平和。空闲得稍微有点沉郁的黄昏,一个很久不见的朋友打电话来,忘记聊了些什么,只记得最后她说:"晚上有时间没?我带你去个地方,你一定喜欢,保证惊艳到你。"于是,我们就走在了灯火辉煌、人头攒动的长安街上。

我跟她说:"这就是灯火里的中国啊,长安街的确是我很喜欢的地方,但是……"她打断我说:"不要急,惊喜马上就到。"

由东及西穿过天安门广场,椭圆形的大剧院正像一滴晶莹的琉璃水珠,在深蓝的天幕下闪耀着五彩斑斓的光。"这里怎么样?"朋友问。"真美!"我答。"进去看看?""好呀!"

经由北门入口穿过水下长廊进入大剧院的内部主体建筑,参观的人流络绎不绝。漫步这座辉煌壮丽的宫殿里,金色的地砖、弧形的穹顶、切割成方形、三角形、梯形、圆形以及说不出是什么形状的玻璃和墙壁,你能想到的所有颜色、形状和线条,在这里都被用到了极致,而且如此协调,目不暇接之余,只能惊叹。朋友说,2019年她曾经带台湾来的客人来这里参观,当时他们都被惊艳到了,赞美之词溢于言表。尤其是听到大剧院设计时,有高度不可超过人民大会堂的限制,为满足大剧院的功能需求只能向地下发展,建成的大剧院60%的建筑面积都在地下,地下深度有10层楼那么高,最深的地方达地下32.5米,就在歌剧院舞台正下方的时候,更是感觉难以置信。

"所以,我们站在长安街上看到的只是这个'蛋壳'的一半吧?"我问。"的确是。大剧院的美低调而又奢华,要想真正体会,必须走近它。"朋友答。

由于疫情情况下人员限流的缘故,很多厅馆的参观都需要提前预约,临时起意的我们俩只能在公共区域的书店和展厅里流连,看周围参观的人群来来去去,不嘈杂,不忙乱,从容又闲适。

"这里还不能算是大剧院最美的所在。"朋友说。

"那,最美的所在在哪里?"我问。

"要看水。"朋友答。

沿着大剧院外围的绿化带走进去,豁然开朗,刹那惊喜,一面湖水足以惊艳眼睛和心灵。

湖水如同一面镜子,灯光与倒影交相辉映,共同托起中央巨大而晶莹的建筑,美轮美奂,恍如仙境。灯光不停变化,那颗璀璨的水珠,温暖而又纯净。不远处的人民大会堂也倒映在这面湖水里,地方天圆,就像人间和天堂,实在是太梦幻了!我不禁再次惊叹,这一定是这座建筑的设计师保罗·安德鲁的小心思!真正的国家大剧院原来还要这么看!

人工湖四周的绿荫隔断了长安街的喧嚣,这里的时间安静而又美丽。灯影里,我们沿湖缓缓而行,湖面有几只野鸭悠然戏水,身边有慢跑的小哥轻盈超越。据说，大剧院地下17米处，就是北京永定河的古河道，因此大剧院地下蕴藏着丰沛的地下水，这些地下水所产生的浮力可以托起重达100万吨的巨型航母，如此巨大的浮力自然足以托起整个国家大剧院。而室外人工湖冬季不会结冰，原因是在这里地下80米深处，地下水温能保持在13摄氏度，经过封闭的循环系统，将恒温的地下水注入湖面，所以即使是在北京零下十几摄氏度的冬季仍然可以将人工湖的水温控制在零摄氏度以上。

为了这一滴晶莹的水珠，真的算是匠心独运了吧！所有的设计理念，所有的施工技术，都是基于天时地利，新颖独特而又相得益彰。在这里，可以感受到在外部宁静笼罩下的内部的勃勃生机，就像每一个蛋壳里面都会孕育着新的生命，有关艺术，有关未来。

作者简介：

姚璟，主任编辑，多年从事报纸记者、编辑工作，偶有作品发表。目前供职于《中国海关》杂志。

我与天安门的两段文缘

姚意克

我作为一个北京人，在这座城市生活工作了几十年，甚至年轻时的一段时间，我每天上下班都要骑车从天安门广场经过，对这里的一草一木，每座建筑，以及周边的环境既熟悉又充满了感情。可能正是因为有了这样的缘分，我曾两次以天安门为题撰写文章发表在报刊上，这也成了我几十年笔耕岁月的难忘记忆。

第一次写天安门是1993年。当时我在商业部主管的《中国商报》做记者。记得那是一个夏天的早晨，我刚走进编辑部，领导就给我安排任务说："最近有一些读者，特别是老干部，反映天安门广场及周边出现了不少照相、卖食品饮料及旅游纪念品的摊位，让他们觉得很影响天安门的形象。另外，有些境外媒体也猜测天安门广场可能是要转向市场经济了，这可是个大动向。这么搞行吗？你去做个调查写个报道。"

说心里话，接到这个任务，我还真有点为难。作为报道商业新闻的记者，对天安门所在的长安街并不陌生，我们报社的主管单位商业部就在这条街上，还有这条著名大街的很多商业区、商场等，也大都落下过我采访的脚步。但所有这些采访，不管新闻由头是什么，目的却都是希望我国的商业经济不断繁荣发展。而这次我要对天安门进行的采访调查，却是希望商业经济从这里淡化甚至消失，以回归天安门地区庄严肃穆的政治形象，其难度可想而知。

为了采访能顺利进行，我事先做了些功课，得知早在20世纪80年代，天安门、人民大会堂等就已经相继对社会售票开放。1993年，邓小平南方谈话以后，中国各地推进市场经济的步伐日益加快，天安门地区也增加了一些为游客服务的商业项目，如经营旅游纪念品、食品、照相用品的摊位，甚至人民大会堂北门外还专门开设了一家对外餐厅，经营人民大会堂特色菜肴。而天安门地区向来被视为是中国的政治符号，在外国人眼里它也是中国经济动态的风向标，这些商业活动的增加，被敏感的外国媒体误解为天安门将步入市场经济的信号，并引起北京一些老百姓特别是老干部的忧虑与不满。

搞新闻的都知道："天安门地区无小事。"我刚开始以为天安门地处北京的东、西城交界处，这两个区的商委我都比较熟悉，但采访中我才知道，天安门地区根本不归这两个区管辖，属于独立的特区，其行政机构叫"天安门管理处"。作为一个敏感的话题，这必定是一次艰难的采访。整个采访过程我都不想再回忆了，但结果却是有关部门向关心此事的读者承诺，那就是天安门地区的商业定位主要是为游客服务的，经营者都必须随时绷紧"天安门意识"这根弦，其摊位的进入门槛和管理都比其他地区要严格得多，比如，不能有广告，不允许外资企业及个体经济进入，在商品质量和消费服务中有任何违规都会被随时清场等等。

采访结束我撰写了一篇《依然是天安门》的通讯报道，在《中国商报》见报后引起一定的社会反响，北京电视台还就此专题做了一期节目，并专门对我进行了采访。1994年中国记协举办的首届格兰蒙新闻奖，将我这篇作品评为二等奖。

可能是出于职业习惯，以后我每路过天安门广场，都会格外关注这里的商业活动，并发现随着形势发展的需要，广场及周边的各种摊位逐渐都被清出，天安门广场庄严肃穆，雄伟壮阔的政治中心形象更加深入人心。

我另一篇以天安门为题撰写的文章《静夜天安门》，是一篇散文作品，发表在2009年8月25日的《北京日报》副刊上。

2009年是中华人民共和国成立60周年大庆之年，社会各阶层都欢欣鼓舞地以各种形式举办庆祝活动，以表达自己的欣喜之情。《北京日报》作为北京市委的机关报，专门在"广场"副刊开辟了一个征文专栏，主题就是"我从天安门前走过"。刚一看到这个主题，立刻在我心头引起深深的触动，不由也打开了我思绪的闸门。因为，"从天安门前走过"，恰恰是我年轻时的一段亲身经历。

那是20世纪70年代到80年代之间，我在永定门外的一家商业企业工作，而我住家在西城区的西四附近，每天上下班都是骑着自行车沿西长安街向东，到天安门广场后再向南，经过前门大街而直奔永定门外。

那时候我也就二十来岁，在企业做着一份经常要上夜班的工作，下班时大多在下半夜的凌晨。当时从永定门外到前门，还是一条并不宽敞的马路，路的两边都是低矮破旧的平房，路灯还是现在已经见不到的木头电杆，灯光十分昏暗。每天下了夜班，骑车步入黑暗，路上几乎见不到行人，所以我经常是一路加速，就盼望着赶快登车绕过前门箭楼进入天安门广场，顿时眼前一片灯光大明，这才渐渐放慢车速，然后沿着广场和西长安街，一边欣赏着周边的夜晚美景，一边放松心情地慢慢缓行。而这几乎成了那段时间，我与天安门广场每天深夜的一次约会。

看到《北京日报》关于"我从天安门前走过"的征文启事，我自然而然地又想起了曾经的那段经历，并有了一种创作的冲动。我想到：在天安门的历史年轮中，曾经凝聚了中国人太多的情感记忆，在天安门广场那些层层叠叠的脚印下，又见证了多少波澜壮阔以及惊心动魄的历史瞬间。然而，抚平白天的熙攘与喧闹，对静夜中的天安门广场，又有多少人会用心地关注过呢？我在《静夜天安门》中写道："凌晨的天安门广场，静静地躺在华灯辉耀的光灿中，因为没有了白天的喧腾与纷扰，而显得格外的安详与宁静。"我记得凌晨以后的天安门广场，已经没有多少过往的车辆，经常见到的只有清洁工人的清扫车和洒水车，在广场及周边有条不紊地工作着，刚刚清扫过的广场和马路上，有一片片的水迹闪烁着星光与灯光交相辉映的斑影，空气中弥漫着一种水雾迷蒙的味道。刚刚下了夜班而心身疲惫的我，有时会特意把自行车支在路边，在静夜的天安门广场或漫步或小憩，让心灵得到一份安逸与宁静的滋养。另外，更令我印象深刻的是深夜大雪纷飞的天安门广场，雪花在华灯闪烁中漫漫飞舞，广场上一片迷蒙空灵，天安门等伟岸的建筑银装素裹，更有着一种凝重的肃穆之美。这时，我会把自行车扔在一边，跑进天安门广场，或者伸展双臂搅动起纷落的雪花，或者在没有痕迹的雪地踏上自己清新的脚印。就这样，我在空荡荡白茫茫的广场上奔跑、旋转，是那样自由自在而又忘情欢快。现在已经步入老年的我再想起那时的景象，不由还会感叹："那才是我应该有的青春年华！"

回顾天安门带给我的两次创作灵感，可以说也是两篇命题作文。《依然是天安门》表达了人们对天安门的热爱，是基于她的政治定位，因此才不愿意看到天安门被商业化过度地浸染，希望她永远保持庄严肃穆的伟岸形象。而《静夜天安门》又表现了在褪尽白昼喧嚣的夜晚，夜色静寂，灯影轻柔，天安门展露出母亲般温柔的情怀，此时流连于天安门广场，让疲惫随清风抚慰，任思念在时空穿行，你会自然而然地感受到生活的安宁和岁月的静好。

作者简介：

姚意克，曾经在北京市的建材企业、商业企业、政府机关做过工人和公务员，九十年代到《中国商报社》担任记者编辑直至退休。

长情于长安街

秦少华

记得有一年的国庆前夕,远在墨尔本的小姨来电话,让我帮忙在国内接待一位老朋友——墨尔本华联会主席陈文山。随后,她又附了一份他的简历在短信里。

姨夫和小姨常年在墨尔本总领事馆工作,与陈先生相熟且共事多年。我当年去澳洲看小姨时,似乎跟陈先生也见过一面,但没什么印象。

小姨交代说,陈先生这次回国,不想跟随侨办邀请函上面的安排,那是国庆节专为各国华联会主席的惯例高端定制。恐怕他更想接地气儿地随便在北京溜达。我好像很能理解这位陈先生的心愿,不由得想,那好办啊,我十一七天长假的安排,无须改动,领着他访亲探友就是了!

国庆节第二天,我开车到长安街北京饭店,邀请他陪我到姐姐家去座客。他欣然接受,并表示很荣幸能参加我们家庭的节日聚会。我姐家离长安街不太远,我们从北京饭店开车去,一会儿就到了。外甥女见有客人来了,很有礼貌地给客人端茶倒水,老爸和陈先生一见如故,在沙发一角,交谈甚欢。我在厨房给姐打下手,楼外楼内一派节日祥和气氛。偶然侧耳倾听客厅里的聊天儿,我发现陈先生似乎还是一个很健谈的人。

接下来的几天,我们去了我出生时的老屋。和几位发小早就邀约好了,假日保留节目。陈先生仍然乐意陪我前往。

那天是和陈先生从北京饭店散步过去的,很近,三两站路。也许他喜欢长安街边满树的暖阳,或许他觉得初秋的空气清爽惬意,他的眼神里带出几分轻松。

我的出生地,三十年代就很有人气的干面胡同,连同那一片的史家胡同,至今,那些门楣里的岁月流金故事,众多四合院的影壁、回廊和垂花门,仍然有鉴赏价值,虽老旧却幸存下来,如今被王府井金宝街附近鳞次栉比的高耸酒店包围,站在我家的院子里往上看,似乎成了一个天井。我知道陈先生1958年就从出生地海南出国到澳洲了,这一奇特"景观"够他开眼的。的确,眼前的这个四合院,因为人口膨胀,如今已经面目全非了,但凭着街坊四邻的老关系,我们还是又探访了附近四五处保存得比较完整的院落。

陈先生落座在一个宽大的藤椅上,这让他能随意找到舒服的坐姿,小木桌上的茶水澄绿透亮,他的谈兴起于他内心的舒爽。看来他很中意这个小小四合院儿。他先兴起几个轻松幽默的话题,和我的几个发小儿侃起来;一会儿又换一个深入一点儿的,难为了大家一下;然后又有很好笑的,再接一个,直触到人们心底。他到了一个陌生的新的环境,似乎很想把一时搞不懂的事情一下子弄明白。他的发问,长球短球轮换,一会儿短平快,一会儿长飘高,很可能这是他心里对某些事情去伪存真必不可少的思维过程和习惯。我禁不住被他的这种聊天儿法弄得很囧,也不知道几个发小怎么想,根本就不是一个级别的。但是还都愿意听他聊,视野随他打开,也常常被他逗笑。

记得小姨还在短信中说,他计划联合澳洲的医界朋友在北京开一家综合医院,把自己多年的从医经验和积蓄报效于国人。我揣测,在这之前寻一处中意的小四合院安顿下来,也不是没有可能。但愿他心想事成吧!

陈先生随和而幽默,但通过几天的"导游",我总能感觉到他有一种悲凉的底色。他60岁出头,在墨尔本的华人中享有很高声誉,获得过太平先生称号,曾经帮助过很多中国留学生和打工人。他已担任几十年的墨尔本华联主席了。爱人两年前过世,一双儿女也还没有成家。

那晚,长安街沐浴在晚霞里,格外漂亮。我们不经意间散步到东长安街的东单体育场里,坐在看台上,灯光如昼,场地里人影攒动。晚间的体育场比白天的人还多。

"你喜欢运动吗?"

"年轻时打篮球。学校离长安街很近,经常到这儿看比赛,看得津津乐道。"

这儿以前只是个篮球露天赛场,现在已经变成会员众多的体育俱乐部了,占地面积是以前的好几倍。

"运动锻炼现在是北京的一种时尚。"我补充说,这是我的理解。

"这就是民众的心劲儿啊。"他说。

随后他又补充说:"看一个地方能不能发展,就看这里百姓的活力。咱们去鸟巢、水立方,看到那么多人,恐怕不都是去锻炼的吧!他们也许就是去赶热闹,这就是心劲儿,民众的'心劲儿'!"

他告诉我,他去过很多国家的首都,给他留下的印象是很不一样的……

我心想我也去了不少国家和地区呀,墨尔本的联邦广场,欧洲那些小国,还有洛杉矶的好莱坞,不就是街边立的一个小牌楼吗?倒退到八十年代,这些地方肯定都会美翻我。

而此刻，抬头远望，节日里的长安街阑珊灯影，更加璀璨。即便一个小小体育场的今昔变革，也足以映射中国几十年的发展速度是令人震撼的。

想着，回味着，感慨良多……

陈先生对各个国家不一样的印象，当然不单纯指这些国家的景观和建筑美，他说的大众"心劲儿"想必是观察到了中国民心所向的涌动。有这股持续的惯性力量，中国啥事干不成呢！

"赵女士给我介绍的'导游'，原来是美学专业的吧！"他打趣地朝我说。

"过奖了！我小姨交代的任务，我咋能不'尽心尽美！'"我也打趣地说。

"什么？谁是你小姨？"

"她没告诉你吗？"

"没有，赵女士只是说：朋友秦老师、老北京、会开车，放心跟着玩儿吧！"

看来小姨没告诉他的事还很多。我其实和陈先生有一样的悲凉底色，我的丈夫也是前几年去世的。我不会再泄露什么了。小姨办事很有分寸，她是对的。如果我这个"导游"得到陈先生认可还好，否则他们以后相处多少都会有些不适。这是不言自明的。

国庆七天很快结束，我也该上班了。陈先生回归侨办安排，我送他到机场，他以西方礼节与我告别。

"后会有期，我会再来的。"

总之是池湖之差的两人，池水浅显透底，湖水醇厚丰饶。如果池水想一眼看清楚湖水，没那么容易，但我们对祖国这片土地的热爱是一致的，国庆这几日，我们在京城里溜达，在长安街上长聊，美的印记已经深深留在我们的心底。

没过几日，便接到陈先生短信："墨尔本的春天，护持着它宁静安逸的'清新自然美'！"心想，他到底有多喜欢这个词啊！

下一句："而我的心里分明看见一个娟美的倩影。"

不久又接到小姨的短信，说陈先生跟他俩笑谈，以后对他俩的称呼得降辈儿改口了。我忍俊不禁地笑了。

后来的池湖链接，就用缘分来解释吧！缘于长安街，长情于长安街。

作者简介：

秦少华，大学中文系毕业，当过中学老师，后在国家体育总局从事运动员文化教育工作，高级职称。编过书，发表过作品。

"七一"那天,我来到天安门广场

班永吉

2021年7月1日,我很荣幸在天安门广场参加了庆祝中国共产党成立100周年盛大集会。身临现场的画面,一一被定格在我的脑海里。这也是我生命中难以忘却的一份记忆。当天晚上我曾以"广场放歌"为题,写下近200句诗行,记录当天的喜悦与感怀……

从小我就爱唱《我爱北京天安门》。没有想到在国庆35周年大阅兵后不久,我会来到北京当兵,部队驻地离天安门只有三四公里之遥。更没有想到,"三十八年过去,弹指一挥间",这么多年,我几乎也没远离过这片圣地——天安门广场。

回想"七一"那天盛典现场,至今仍然心潮澎湃。为了能准时参加大典,我住在了办公室,凌晨两点半起床在单位集中乘车前往北京西二环车公庄地铁站集结点。在站台上,当我看到一辆辆疾驰而过的地铁,不知为什么,恍惚间,我想起了电影里的战争场面,想起铁路输送士兵和战备物资的闷罐车,也想起战争中的爱情,想起战争中的男女兵们,以及在车站广场上支援前线的男人和女人们、老人和孩子们……这是一道永远不能忘怀的"战事风景线"。我在这种思绪中走了很远很远……

五点半,我们第八组人员乘坐的地铁终于到达前门站。在引导员带领下,我们来到指定位置——广场国旗杆西侧的橙黄色座位区域。这时担负暖场和表演任务的学子们早已经准备就绪了。天已经大亮,纪念碑北侧,高7.1米、宽7.1米的中国共产党党徽和"1921""2021"字标格外醒目。广场东西两侧,100面红旗迎风招展。广场上"巨轮启航"造型宏伟壮观,正欲乘风破浪、扬帆启航。境内媒体区域,一些电视台工作人员开始试镜、熟悉演播文稿,一些摄影记者开始抓拍身着不同民族服装的嘉宾观众的精彩瞬间和"广场时刻"。

由几千名青少年组成的合唱团,身着白、绿一体主色的服装,洋溢着青春的朝气和力量。他们在中国人民解放军联合军乐团的伴奏下,高唱《唱支山歌给党听》《新的天地》《没有共产党就没有新中国》《我们走在大路上》……歌声此起彼伏,悠扬欢畅。整个广场沸腾了,大家欢呼着、齐声歌唱着,挥舞着手中鲜艳的党旗,天安门广场成了节日的海洋。

国家大礼,蓝天仪仗。7时55分许,中国人民解放军71架战机飞向天安门广场,向党致敬,向祖国致敬,向人民致敬。空中护旗梯队拉开飞行庆祝表演序幕。"挂旗飞行"成为一大看点。5架直升机分别悬挂中国共产党党旗和写有"伟大的中国共产党万岁""伟大的中国人民万岁""伟大的中华人民共和国万岁""全国各族人民大团结万岁"的条幅迎风招展。

作为多次参加阅兵和中国航展的飞行表演队,空军八一飞行表演队驾驶10架歼–10飞机,在空中组成了"71"字样。编队有两架飞机编号为"71"和"100",这是人民空军以特有方式庆祝党的百年华诞。泪水在我的眼角流淌。这是歼–20先进隐身机大规模梯队飞行,在人民军队列装后是第一次通过天安门广场。抚今思昔,我想起1949年10月1日开国大典阅兵式上,当时我们的飞机还很少,只有17架。周恩来总理说:飞机不够,我们就飞两遍。如今这盛世如你所愿,锦绣繁华、国富兵强,我们的飞机再也不用飞第二遍了。

临近8点,广场上大型电子屏幕中出现钟摆画面。1921、1931、1941……2021,随着钟摆,年份数字依次显现,仿佛穿过百年历史隧道时光。8点整,象征着巨轮启航的汽笛声响起,庆祝大会隆重开启。全体肃立,100响礼炮响彻云霄,国旗护卫队官兵护卫着五星红旗,迈着铿锵有力的步伐走来。当我震撼地看着步伐整齐的国旗护卫队官兵方阵,依稀看到了有无数革命志士、无数先烈的身躯也在前仆后继地前行……此时此刻,我们又怎能不怀念为中国革命、建设、改革,为中国共产党建立、巩固、发展作出重大贡献的毛泽东、周恩来、刘少奇、朱德等老一辈革命家,又怎能不怀念为建立、捍卫、建设新中国英勇牺牲的革命先烈,又怎能不怀念为改革开放和社会主义现代化建设英勇献身的革命烈士,又怎能不怀念近代以来为民族独立和人民解放顽强奋斗的所有仁人志士。他们为祖国和民族建立的丰功伟绩永载史册!他们的崇高精神永远铭记在人民英雄纪念碑上!

从1921年到1949年,在中国共产党领导的革命中牺牲的烈士,有名可查的就达370万人,其中党员有32万名。1927年大革命失败后,被国民党反动派屠杀的共产党员和革命群众多达31万多人,其中党员牺牲2.6万人。党在井冈山两年零四个月的斗争中,根据地就有4.8万人牺牲,只有15744人在烈士名录上留下了姓名。李大钊、彭湃、恽代英、方志敏、左权、杨靖宇、赵一曼、董存瑞等,是他们中的杰出代表。

当军乐团奏响雄壮的《义勇军进行曲》、全场齐声高唱中华人民共和国国歌时，我的泪水又溢满眼眶。历史长河川流不息，红色血脉代代相传。联想起一百年前，中国共产党的先驱们创建了中国共产党，形成了坚持真理、坚守理想，践行初心、担当使命，不怕牺牲、英勇斗争，对党忠诚、不负人民的伟大建党精神，这是党的精神之源。

当共青团员和少先队员代表集体献词，向党致以青春礼赞，抒发"请党放心、强国有我"的铮铮誓言时，我们看到了广场上的万名莘莘学子意志坚定、豪气霄汉。一百年前，一群新青年高举马克思主义思想火炬，在风雨如晦的中国苦苦探寻民族复兴的前途。一百年来，在中国共产党的旗帜下，一代代中国青年把青春奋斗融入伟大事业，不负时代，不负韶华。希望寄予青年，未来属于青年。

当激昂乐曲响起全场高歌《歌唱祖国》时，当10万羽和平鸽展翅高飞、10万只彩色气球腾空而起时，凝望着庄严雄伟的天安门城楼，凝望着城楼红墙正中毛泽东主席的巨幅彩色画像，我读懂了伟人眼神的坚毅和深邃的历史目光。我隐约看见了喊出"人民万岁"的经典画面回放。广场上"伟大、光荣、英雄的中国人民万岁"也在激荡回响。

2021年的七一天安门广场啊，您映射出希冀璀璨的光芒，您照亮了过去，也必将照亮未来和前方。

作者简介：

班永吉，现为中央党史和文献研究院第七研究部副主任。中国作家协会会员，中国散文学会会员。曾出版文集《心路弯弯》《心海漫行》等7部。在《人民日报》《光明日报》《解放军报》等报刊发表文章、文艺评论等200余万字。

长安街的女儿

班清河

每每踏上长安街，与常人那种庄重的宽广的或一丝神圣的表情不同，我心底总是充盈着美好的温暖的依依柔情的感觉，也许因为太贴近它的缘故，但更多则是因为我总是想起我的女儿，想起我们在长安街边生活的那些日子。

八十年代中期，赶上单位分房，我们一家三口搬到东单洋溢胡同北侧的三十五号大杂院。那年我的女儿四岁，她妈妈每天早上六点半就要带着她出门赶公交车上班，从东单挤上110路，到位于朝阳区左家庄的北京衬衫厂，先把女儿送进厂办幼儿园，自己再去车间干活。下班后接上女儿，挤上公交车回到东单。女儿很乖，遇到刮风下雨不方便，就把她一个人留在家里，把暖瓶放在地上，奶粉放到玻璃杯里，再放上一个面包。等到下班时间我急急忙忙往家里赶，看到女儿一个人静静地扒在窗前巴望着，长沙发上整齐摆着玩具和识字图册，我看见地上空空的玻璃杯眼泪就掉下来了。后来，邻居王姨发现我们经常把孩子一个人留在家里，跟我们生气地说："不许再把孩子一个人锁在屋里！"再遇到天气不好时，王姨一早就过来把女儿领到她家和她孙女一起玩儿，中午做饭给女儿吃。这样，我女儿直到上小学，都受到大杂院各家好邻居的照顾。

女儿上小学以后，每天依然跟妈妈一起挤公交，不同的是110路到朝阳门站，女儿一人先下车，自己背着书包，过马路走上几百米到朝阳小学。放了学，等我下班骑自行车去学校，接她回东单。我工作忙，有时来不及去接她，女儿就自己走到车站坐车回家，有一次赶上下大雨，我又正巧单位有急事来不及接她，女儿看着一个一个的同学都被家人接走了，唯独她一人站在学校传达室等我，久等不来，她就找了块硬纸板顶在头上，自己走到车站坐车回到家中，见到我便放声大哭起来："爸爸，别的同学都是家长接走的，你为什么不去接我？"我紧紧抱着女儿，含着泪说："爸爸让你经风雨、见世面，长本事以后能自己克服困难。"话虽然这样说，但这件事让我一生都内疚，我真不是个好爸爸。时间久了，东单车站坐110路车的许多人都认识了我女儿，帮助她上车，售票员每次看到我女儿一人上车，就大声张罗："给这位小朋友让个座。"良好的社会治安、社会风气、助人为乐的善良品德潜移默化地影响了女儿的成长,长安街的那段岁月养育了女儿。共和国五十年大庆时,我女儿所在的中学参加了国庆游行,当我看到她高举鲜花跟随方阵,从东单路口集合出发走向天安门的时候,我脑海里闪出的却是那个头顶着硬纸板,肩背大书包,迎着风雨向前的幼小身影。

洋溢胡同三十五号院是个三进院的大杂院。虽说这大杂院属三进院的大宅子,但每进院的住户基本上都在自己屋前又私搭乱盖地形成了一排排临建房,如果从南门进来已经看不出几进院,只数着一排排由高矮不一、形状各异的棚户形成的小胡同,钻进各家的房门。我家住的第一进院第二排房是比较正规的大北房,门前也有前住户盖的连成排的厨房。虽然比后院住户门前通道略显宽松,从西向东再向南出入院,若对面来人也要相互侧身以免相碰。刚搬进来时,我从南门径直朝北,穿过两个进院的门洞,数着五排走到底,第六排的后房山便是东长安街。别看大杂院在长安街上,但直到九十年代初才开始搬迁改造。我们整个大院里住了四十多户,大院里没有厕所,全院人都要去胡同里的公共厕所。晚上没有办法,家家都有马桶、痰盂。老爷们儿倒马桶嫌寒碜,我家倒痰盂无冬历夏都是女儿早上的事。全院只有两个自来水龙头,里外院各一个。洗衣做饭各家紧着用,虽然常常听见邻里间传来吵架声,更多时候听到的还是相互关照的声音。四十多户的大杂院上百人住在一起,哪有锅碗瓢盆不碰撞的,偏偏这大杂院有一种强效修复剂,刚碰撞出的裂纹,总有人出来调剂修补。多年院里的人都没红过脸,即使有人今天吵了架,过两天总有一人和另一人搭个讪,化了怨,又和和气气起来。如果院里什么下水道堵了,电跳闸了,马上就会涌出一堆人相呼应着忙碌着。多年的涵养造就了长安街大院里的情缘。有一年冬天我爱人端着大盆在水龙头前洗衣服,邻居铁城哥,提着刚烧开的铁壶出来给我爱人洗衣服的大盆兑上热水,边倒边嘱咐说:"别用冷水洗,时间长了会坐下病。"我爱人回来跟我讲这事,眼睛闪着泪光。这就是住在长安街上的人啊!

洋溢胡同那可是历史有名的胡同,据说新中国成立前我党的秘密电台就建在36号。从我们住的35号院出门往西不到一百米胡同口是东单十字路口东南角,正西对着东单体育场,往北能看到长安街北侧的东单菜市场。从院门出来往东不到二百米路南便是北京日报社。胡同里的人都以居住在此为荣,不论生活条件多么艰苦,大家都舍不得离开。随着北京奥运会举办和城市建设发展需要,洋溢胡同也迎来大规模拆迁改造。搬迁的时候邻居们依依不舍,泪洒长襟,我女儿和院里的小伙伴很多年都有联系,更多故事,暂且不说。

那些年最心怡的事莫过于晚饭后一家人牵手在长安街上散步。望着南来北往的人们穿梭在长安街华灯初上的时候,女儿挎着我的胳膊,快步走过十字路口,顺着东单菜市场大门口缓缓向西走去,一边走一边指指点点。我告诉女儿这是正在修建的有十万平方米的东方广场商贸中心。走过王府井大街,女儿说:"看,北京饭店!"我说:"北京饭店的菜,不如你妈妈做的菜好吃。"女儿说:"可能是吧。"再向西刚过南池子路口,女儿指着前方说:"爸爸,天安门到啦。"我们从南池子路口过马路到长安街南侧向东返回东单,脚步略快些,有时候在路边的长椅上休息一下,与路人聊天。也经常有游客问路,有一回听一个游客说他住的酒店离广场远,就准备在这长椅上过夜明天清晨看升国旗,女儿吃惊地问:"夜里那么冷,冻病了怎么办?"那游客说:"不冷不冷,心里热乎着呢。"看到女儿心地善良,我心里也一热,欣慰地笑了。

　　过了很多年,我和女儿聊起她对长安街最大感受是什么,她说是长安街上的风,她说长安街上的许多小树都是在风中摇曳长大。女儿没有留意长安街很多宏伟的建筑,却感受着长安街四季风的吹拂。是啊,长安街多么宽广,无论春风和煦的早晨,还是烈日当空热浪翻滚,金秋十月万里清风,或是白雪皑皑寒风凛冽,那风吹拂着大地,也拨动着亿万百姓的生活。

　　也许是因缘巧合吧,女儿毕业以后,竟然调入了长安街中心位置的北京饭店工作,最有趣的是她也认同了我几年前说过的话,北京饭店的菜不如她妈妈做的好吃。当然啦,这是个玩笑话,但证明了家里的饭菜可口。因为这菜有最好的调味品——亲情。

　　我的女儿学的美容美发专业,她勤奋好学,很快就考取了高级美容师、高级美发师、按摩师等职称。业余时间在东城区党校自修完成了大学本科学业,毕业后在北京老字号著名的四联理发店工作,后选调入北京饭店理发室。北京饭店理发室是五十年代周恩来总理提议成立的,缘于节减经费,特委托北京市领导在北京饭店开设理发室,为中央和北京市有关领导理发提供社会化服务。虽然理发室是服务性工作,但政治要求严,技术要求高,服务态度一流。女儿刚开始并不适应,自然是师傅们个个都是老资格,工作时间长,接触领导多,感觉各有神通,有点看不起她这个新人。女儿没有在意师傅们怎么看她,每天很早就到单位打扫卫生,把几个暖瓶打满开水,认真完成每项任务,虚心向各位师傅学习,眼里有活,做事讲情理,接待客人性情温和,处事大方得体,没过多久便赢得理发室各位师傅的青睐:"这个小不点儿不错,有眼力见儿,也勤快。"我女儿个子不够,不到一米六,张师傅戏称她为小不点儿。"小班这孩子厚道善良,知道心疼人,我病了还到医院看望我。"老薛这样说。郭哥说："班萌这孩子正派，从来不背后议论人，总是默默做好事。"我听到理发室师傅对女儿的评价，心想这孩子是在东单大院里长大，懂得包容，有人缘。但最主要的，还是她身边的同事朋友对她的影响和教育。我也常听女儿跟我讲，她在工作时遇到的人和事，她说她见到的大领导都非常平易近人，没有一点架子，经常询问周边百姓的生活。那些领导也特别有礼貌，不管他们工作上有什么小失误都能谅解。他们遵守理发室的规矩，每次都先买票交费不摆谱，真的特别好。我总是告诫她要学习好品质，遵守政治纪律，努力做好服务。

女儿在北京饭店一干就是十几年，经常被评为先进工作者，特别是在中国共产党成立九十周年的时候，被吸收加入了中国共产党。那年7月1日，中央宣传部在人民大会堂举行大型庆祝歌舞晚会，女儿作为北京市九十名新共产党员代表的一员，在大会主席台上举起右拳向党组织庄严宣誓。

我为此由衷地感到欣慰，相信我的女儿在回顾一生的时候，能够以今天为事业或人生的里程碑，以今天为标志的转折点开始新的人生阶段。

记得那前一天晚上，女儿很激动也很紧张，她问我："爸爸，你去过人民大会堂吗？"我说："去过呀。""那您第一次进人民大会堂是什么心情？"，我讲起第一次进大会堂的情景，不觉得笑起来。那天到人民大会堂听总理作报告，都要穿正装，正值盛夏，浑身是汗，为了除汗臭我顺手喷了一下香水，我这辈子就喷过这一次香水，可能喷多了，结果坐在我旁边的人，被香水味呛得一边听报告，一边不停地打喷嚏。我羞涩得不得了，总理的报告都没有听进去。从此以后我就对香水过敏了，"哈哈，哈哈"，女儿听了我的趣事笑翻了。

一转眼，女儿成熟了，北京长安街滋养了她，她不愧是长安街的女儿。

我想把这样的诗句，送给我的女儿："与晚风相随，任她慰藉抚摸我的心灵。乖女儿，我向你致敬，在最艰难的岁月树林之中。女儿啊，我的心肝，你有你的方式，那不属于我。乖女儿，我向你致敬，在最美丽的年华长安街之下。"

作者简介：

班清河，中国作家协会会员，诗人，《当春》杂志顾问。作品曾在《人民日报》《文艺报》《诗刊》《北京文学》等报刊上发表。出版诗集《当你吟诵我诗歌的时候》《熟透的城市》。

长安街:拾起生命的碎片

倪 林

晴天儿,登上位于门头沟区潭柘寺镇桑峪村的定都峰往东望去,长安街几近笔直地从脚下向东铺展。近处的新首钢大桥、远处的中国尊清晰可见。刚刚开完冬奥会,北京的春天天朗气清,清冽而爽利。700年前,还是燕王的明永乐大帝朱棣登上此山峰,与姚广孝和尚规划了最初的北京。那时,这条大街便已半是模糊半是清晰地印在北京的大地上。700年,天地悠悠,沧海桑田,多少生命在北京、在这条大街上留下痕迹。那痕迹碎片般连缀成一代代人的命运,而无数命运组合起来,便是历史。

一 国庆节晚上

我不能确定到底是1961年还是1962年,反正是生于1958年的我那时候三四岁,对外界还处于懵懂混沌状态,唯有这件事记忆深刻:国庆节晚上天安门广场举行文艺晚会,还要放礼花(那个年代好像每个五一和十一的晚上,天安门广场都要放礼花)。记得那次我爸把我"嘿儿喽着"(老北京土话,骑在脖子上),随人山人海走上长安街。礼花在空中绽放,一个个小花伞飘落下来,人们高扬着双手抢那小花伞。一时间礼花炸裂、人声鼎沸、华灯璀璨。我当时肯定相当兴奋,以至于后来经常梦见那个晚上。

父亲1947年16岁时参加解放军,历经淮海战役、渡江战役、抗美援朝,然后驻防北京。他说,和他一起出来的差不多都在战争中牺牲了,而他还能够娶妻生子,还把家安在了北京,安在前门外不远的胡同的四合院里,真像做梦。我家离天安门广场很近,步行十来分钟,每次老家和外地的亲戚朋友来,父亲都要带他们去天安门广场合个影留个念,再去王府井、大栅栏逛逛买买。亲戚朋友羡慕他,他总是矜持一笑,什么也不说。而我大概能够读懂父亲,读懂一个从农村娃到革命干部的心思。记得我上小学以后到参加工作填过很多次个人档案资料,其中有一栏叫"家庭出身",我每次都被让填两个字:革干。现在这个词大概已经消失了,而我却一直以此为骄傲。

二　春天的那场大雪

1969年,我小学四年级。3月15日(不知为什么这个日子我记得这么清),春暖时节突降大雪。学校通知紧急集合,我们冒雪排队出发,在长安街上汇入从四面八方涌来的人流,目标直指位于东直门的苏联大使馆。这次游行示威是为抗议苏联侵略我国领土珍宝岛,打死打伤我边防官兵多名。时间流逝到今年(2022年)3月20日,又一场又急又大的春雪降临,微友争相在手机上晒美图,我也发言曰:"想起了1969年冒着大雪游行了。"有小学同学秒回——记得记得,游行回来鞋和袜子全湿透了,脚都冻僵了。而年轻微友好奇地问:"你们当时喊的什么口号?"我立即回复:"打倒苏修!"

那些年我国与苏联交恶,一时间中华大地战云密布。北京前三门昼夜不停地修地铁,为了备战据说要通到西山里,还据说长安街地下也在秘密修建防空工事,四通八达,里面应有尽有。北京几乎所有的工厂、学校和街道都行动起来挖防空洞。工人、学生、邻里白天晚上连轴转。那时我10岁出头,重活干不了,只能和同学们去前门东边的明城墙上扒砖。没有车运,就把大块儿的城砖放在地上套根绳子拉着走,拉回去砌防空洞。早已被毁的北京明城墙这段时间又遭一劫,剩下的残垣断壁至今仍悄无声息地立在东长安街南侧,诉说着世事沧桑。

三　见到周总理

十里长街迎嘉宾。我上高小那几年北京不断地迎接外国领导人来访,每次都要在长安街上组织十多万人夹道欢迎。我们学校离长安街不远,经常接到这类任务。那时没有统一的校服,男生回家换上白衬衫蓝裤子,女生被要求穿上花裙子。同学们集合起来,捧着塑料花,拉着横幅跟着学校的鼓号队向长安街进发。我们在长安街南侧一字排开,一边押着脖子往东边张望,一边练习喊口号:欢迎欢迎!热烈欢迎!前导车过去了,嘉宾车队来了,周总理来啦!咦?还没看清呢,怎么就过去了?

十里长街送总理。几年以后的1976年1月,总理逝世。人民英雄纪念碑四周白花簇拥、挽幛轻扬,一片肃穆。18岁的我时而穿行其中,时而驻足凝神抄录悼诗……

几天以后,送总理的日子到了,我守候在长安街边正义路北口,胸前戴着白花,在人群中默默等候。那天,真的好冷!

四　广场举花

那个年代每年国庆节天安门前都要举行阅兵和群众游行。而在广场上,是由十万人举花组字,随着指挥的旗语变换的各种图案和标语口号。参加举花组字的都是小学高年级或初中一年级的学生。我打小就特别羡慕学校高年级学生参加举花儿,觉得特别有意思。1971年,我上六年级,终于可以参加举花组字了。我和同学们从放暑假开始参加训练,主要内容是队列和站姿。一个夏天,我和同学们都晒黑了,眼看就要进行举花实际训练了,突然接到通知,国庆游行不搞了,举花儿也不再训练了。我有些茫然,蒙蒙的。那年国庆代替游行的是北京几个公园的联欢活动。

五　过使馆区

我的中学坐落在正义路南口对面,属于老崇文区。正义路北口便是东长安街。南口和北口之间东西走向有一条不算宽的街道——东交民巷,这里是清末民初的使馆区。这条街曾经饱经风霜,写满了故事,是中国近代史上非常有名的地界。尽管是处于十年期间,灰暗的日子依然掩盖不住这条街上的异域风景:红顶的小洋楼、西式门楼、教堂与玻璃花窗……穿过东交民巷往东,在台基厂大街的东面一直到东单体育场,那一片就是新中国成立以后建的新使馆区了。

那时,学校把每周体育课攒到一起放到东单体育场去上,学生们自由前往,在体育场集合。于是,我们三三两两穿过使馆区,边走边看边玩儿。十三四岁了,早已从书籍和电影里知道了国外的一些事情,知道了那个耳熟能详的道理:全世界还有三分之二的劳动人民生活在水深火热之中,只有解放全人类才能最后解放无产阶级自己。

使馆区静谧而干净。秋天,梧桐树叶飘落下来铺了一路金黄,阳光映衬着各个使馆不同风格的建筑,有种很异样的感觉。我们有些严肃地走着,不敢太撒欢儿。不时有小轿车路过,我们小声地交流着:吉姆、丰田、雪佛兰、华沙……其实我们最爱看的是使馆围墙上的展示窗,那里面有各国的风光和人物图片。我们看得很仔细,还与使馆的国名对照一下,内心便时不时泛起一丝丝遐想。有的使馆几个月都不更新橱窗里的图片,我们路过时便有些失望。有一次我们正在橱窗前看图片,突然有一个高个子黑人走过来,叽里咕噜一边比画一边大声地对我们说着什么,我们虽然在课堂上学过英语,但完全听不懂他在说啥。多年以后,开车路过这里,总是想起那轿车、那梧桐、那老外……

六　诗人兴会

历史不会忘记,20 世纪七八十年代的中国,那时的诗人挺立潮头,那时的诗歌高亢激越。那时,凡是读过几首古诗或新诗的人都想拿起笔来直抒胸臆,人可写诗,人皆诗人。那是一个诗的年代。

我中学开始喜欢文学,毕业前应征入伍在北京北苑的卫戍区某团当兵,开始创作军旅诗,并于入伍第二年在《北京文艺》(后恢复为《北京文学》)上发表处女作。被称为战士诗人的我忘记了是怎样一个机缘巧合加入了设在劳动人民文化宫的"北京市工人诗歌创作组"。从此,几乎每隔一周,我都会穿着未佩戴领章帽徽的绿军装,斜挎着军用挎包,穿过长安街,从南门进入文化宫,来到公园里西边的一个大殿与诗友们见面讨论聊天……印象最深的一次学习,是著名作家诗人周良沛来创作组讲"城市诗歌";印象最深的一次手谈,是与刘丙钧在大殿里对弈,棋局进行一半,学习开始了,成为一盘没有下完的棋;印象最深的一次聊天,是与刘卫国于创作组活动后,来到天安门广场,坐在一个华灯的基座上,乘着夜色促膝长谈,谈诗歌,谈梦想,谈未来……

七　胜利夜

2001 年 7 月 13 日,北京申办 2008 年奥运会成功。萨马兰奇宣布北京获胜的一瞬间,北京沸腾了!中国沸腾了!我和夫人对视了一下,几乎同时喊出:走,去天安门!叫醒已经睡觉的儿子,开车出发!车到国贸桥就走不动了,陷入了汽车的洪流之中。人们打开车窗挥舞着国旗,打开天窗站上车顶高喊:我们胜利啦!

车辆在东长安街上蠕动,车载大功率音响播放着《歌唱祖国》。笑脸相迎,彩旗飘飘,喇叭长鸣,陌生人都像熟人一样打招呼,长安街见证了属于中国的又一个历史时刻!不知为什么,我忽然想起 40 年前的国庆夜,父亲嘿儿喽着我,在东长安街上看放礼花时的情景……

作者简介：

倪林，曾任某杂志社社长兼总编辑。出版有散文集《不论输赢》《事业单位那点儿事》《海神》等。诗文载于《诗刊》《星星》《人民日报》《当代》《解放军文艺》《解放军报》《昆仑》等报刊。

长安街与罗布泊

徐　青

　　第一次见到长安街,确切地说,第一次见到长安街的地铁站,是在罗布泊核试验场。

　　那是二十世纪八十年代末,一个烈日灼人的午后,放眼浑黄接天的"死亡之海",看着眼前被原子烈火摧毁的各类效应物,实难想象代表着科技发展最高水平的产物会在人类文明中断了千年的地方产生,更没想到长安街上的建筑能以这种方式出现在这个地方……

　　在"一江清水送北京"的秦岭南麓、汉水源头,儿时的我每到下雨天,常与小伙伴站在屋檐下,数着屋檐水在屋檐坎前溅鼓出的水泡儿,背诵作文本上编的顺口溜:"水泡水泡亮晶晶,长大我要去北京。北京有个毛主席,送他一颗小红心。"或者比着吼唱:"我爱北京天安门,天安门上太阳升……"当然也唱陕南民歌《十爱姐》:"一爱呀姐,好眉毛,眉毛弯弯往上呀翘……"那是小学三四年级的年岁,北京是朦胧的,也不知道长安街。只是小年纪有了小心思,想离开"一山未平一山迎,百里不见半亩平"的高岭大山,去山外的世界走一脚平路。

　　现在想来,那时的北京、天安门、长安街,对我这个山里的孩子来讲,就是一个跳起来也够不着的念想、一个未来在未来的概念;是逢年过节,那些从山外回乡的人手里提的印有天安门图案、写着"北京"字样的灰色人造革提包。想来这世上的事情真有意思,当我也提着印有天安门图案、写着"北京"字样的提包,从古城西安乘坐绿皮火车一路向西,哪想到会在罗布泊大漠与"北京"撞了个满怀!

　　真正走进长安街、来到天安门,是当兵第十个年头的那个早春,任务是采访基地第一任司令员张蕴钰将军。心心念念的念想即将变成现实,还要拜访中国第一任核司令,出发前的日子"我爱北京天安门……"被我哼唱得别有滋味,走路也轻快了起来。当然,对突然掉下来的幸福,我并没有忘乎所以,走前买了一本地图册,做了大量案头功课。我之所以下这番功夫,是顾虑完成不好任务、回基地不好交差,也担心生平第一次进京找不到东西南北闹笑话。

　　我的准备不能说不充分,但还是在朋友面前闹出了笑话。这倒不是我的采访完成得不好，可以说采访堪称完美。在西长安街干休所宽敞明亮的客厅里，年逾八旬的老司令板板正正地坐在"将军笑谈纸老虎，挥师戈壁建奇功"条幅下面的沙发上，话题由当时的军委副主席、国务委员兼国防部部长迟浩田的题字谈起，老司令讲自己任中国人民志愿军第15军参谋长时，参与指挥上甘岭战役的钢少气多；讲陈赓大将把自己从大连召到北京，"我们国家要搞原子弹，要建原子靶场，军委决定让你去，是我推荐的，要搞好"的不容商量；讲自己不同意在敦煌建核试验场的既定方案，带领队伍转向罗布泊选场吟诵的"玉关西数日，广洋戈壁滩。求地此处好，天授新桃园……"；讲首次核试验时，把启动核爆炸的钥匙装进贴身衣服口袋里，登上百米铁塔，陪着技术人员安装核弹引爆雷管……早春的阳光洒满客厅，将军娓娓道来，讲得很仔细。采访，自然是圆满成功的。

而到现在，朋友还记得我找不着北的事，出现在采访任务完成之后。完成了采访任务，下一站自然就是长安街上的天安门，是朋友陪着去的。从公主坟上了公交车，售票员京味浓重的站名播报我听不明白、也没心思听，全部的心思都是天安门……终于到了目的地，天安门城楼上的毛主席像、高高飘扬的五星红旗、无言耸立的人民英雄纪念碑、庄严雄伟的人民大会堂……当时的心情与著名诗人贺敬之回延安一样："心口呀莫要这么厉害地跳，灰尘呀莫把我眼睛挡住了……"新鲜新奇、激动急切、神圣骄傲，潮水般涌上心头。前后两个多小时过去了，不好再耽误朋友时间，我们准备回去。许是沉浸得太深，这个时候，我却"蒙圈"了。回宾馆本该在我们所在的这边乘车，可我下意识地拔腿就向对面走去，并高声回答朋友，回公主坟宾馆呀。在北京、在人流如织的天安门前，我的大嗓门让朋友有点难为情。当然，对我的找不到北，朋友倒没有说什么，只是送我回宾馆后，人家顺带给我讲了一个故事：

有一位新疆的维吾尔族老司机拉了一拖挂西瓜，夜色中兜兜转转地就拐上了长安街，车被警察拦了下来。

警察："谁让你开到这里来的？"

司机："我自个儿！"

警察："这里货车禁行，知道吗？"

司机："不知道！"

警察："知道这是什么地方吗？"

司机："北京！"

警察："这是长安街！"

司机："喔嚯，这就是长安街，我说街道咋这个样子嘛，太宽了！"

警察指着不远处的天安门再问："天安门，看见没？"

司机："喔嚯，电影里见过，毛主席住的地方嘛，气派呢！"

后来，警察开着警车把师傅和他的一车西瓜带离长安街，送去了卸货点，就像朋友把路盲的我送回了宾馆。

那个年代，没有手机、没有车载导航，更何况习惯了在天高地远的新疆环境里跑车，又是一位不大认识汉字的少数民族老师傅，在北京走错路实在是正常不过的事情。现在我在北京已生活了20多年，手机里也装着精准的导航软件，可每次去长安街依然会提前做做功课，哪里上车、哪里下车、出站向左还是向右等等，即使这样，偶尔还是会找不着北。

东西南北是方位，也是方向。扎根罗布泊大漠52年的中国工程院院士林俊德，人们说他的人生像激光一样，能量集中，单色性好，方向性强。

2015年9月3日，中国人民抗日战争胜利暨世界反法西斯战争胜利70周年纪念大会在天安门地区隆重举行，当武器装备方队依次经过检阅台时，身处庆典现场的我想到了罗布泊，想到了在那块火红的土地上做隐姓埋名人、干惊天动地事的忠勇将士。1964年10月16日15时，罗布泊荒原的那声惊天巨响，宣告中华民族进入了核时代。当晚，周恩来总理在人民大会堂向参加《东方红》大型歌舞表演的演职人员宣布了这一喜讯。

总理是在确认了"就是核爆炸"之后宣布这一喜讯的，而在试验现场用仪器最早拿出"就是核爆炸"数据的正是林俊德。可谁能想到，这位去世前五小时还在与死神角力的"献身国防科技事业的杰出科学家"，研制出冲击波压力自记仪的灵感正来自长安街上的电报大楼。当时，原子弹的研制已取得了重大进展，但要证明原子弹是核爆炸而不是其他爆炸，就得有检测的仪器，就得有人研制。他领受任务时，仪器是个什么样子、工作原理是什么，当时谁也不知道。虽然他和他的团队快马加鞭再加鞭，但还是一次又一次走进了死胡同。一天清晨，林俊德乘车经过长安街，突然传来的晨钟声瞬间敲开了他的山重水复，他由电报大楼上的巨大钟表找到了突破口。他，成功了。

在"光巨明，声巨隆，无垠戈壁腾立龙。飞笑触天崩"过后，压力自记仪得出的数据结论，由试验总指挥张爱萍将军第一时间从罗布泊报告给了周恩来总理。最先发明火药的民族勒紧裤腰带爆响了"争气弹"，有了自己的"打狗棍"，打破了西方核大国的核垄断、核讹诈，怎能不"呼成功，欢成功"。

告别罗布泊已 20 余年,在 2022 年春去夏来的日子,自北京遥望阳关之外的戈壁瀚海,长安街、罗布泊,罗布泊、长安街,地域上的她们东西两端、天各一方,是一批又一批优秀儿女用忠勇把二者紧紧地铆在了一起。这些优秀儿女与奋战在祖国不同地域、不同岗位的奉献者一样,默默地托起了中华民族晴朗朗的天。

作者简介:

徐青,大校,主任编辑,毕业于国防大学政治学院。出版有报告文学《来自罗布泊的报告》《春天,把心举给太阳》、纪实文学《优势,在激流勇进中形成》。多次获得中国人民解放军新闻奖。

钟　声

高文瑞

说不清何时喜欢上听音乐，试图寻源，思路如麻，剪不断，理还乱。

记得父亲有管箫，竹管光亮，包浆温润，平时装在布套里，挂在墙上，很少动用。吹曲就两支，《小放牛》断断续续，《南泥湾》也在重起反复。三日不弹，手生荆棘，忙于一家人的生计，何况几个月不吹。听得心急，我在盼望中渐失情趣。

而每天清晨，空中如约送来电报大楼的钟声，《东方红》乐曲悠长，当，当，当……敲完七下，我急忙爬起床，"背着小书包，唱着歌儿上学校"。此后的年月中听到过不少钟声：大钟寺的、戒台寺的、曾侯乙的编钟，清幽绵远，余音绕梁，三日不绝，都与萦绕童年耳边的有别。后来知道了和弦、三度、五和、属七，声音丰富，有了颜色，如同蜡笔敲出的彩虹。

《刘三姐》刚上演，姐姐带我去看。首都电影院新鲜，我在木框皮革座面蹭蹭，吱吱作响，认定了影院高级。电影开演，山水间飘出清脆的歌声，眼界大开，此后便把"桂林山水"与人间仙境连在一起。歌声也听到如今，每次电视里调出都要定台观看。以致听民歌也有了偏好，声音要有个性：郭兰英、胡松华、郭颂、王玉珍……听其声，知其人。有的带出地方口音也觉好听：黄婉秋唱山歌把"歌"唱成"郭"，李谷一把浏阳河的"河"唱为"活"，谁要把"太湖美"不唱成"代无美"就失去地域味道。现在的民歌讲究技巧，融入了众多唱法，名目多样，高手迭出，只听声音已难辨别谁在唱了。

北京音乐厅音效好，是殿堂，常以去听音乐会骄人。那时爱听民乐，民族管弦乐团也多。彭修文指挥的《丰收锣鼓》《金蛇狂舞》《春江花月夜》《步步高》《紫竹调》以及阿炳的《二泉映月》、刘天华的《良宵》等都是听众喜闻乐见的经典。一有演出就愿意看，老一辈音乐家指挥孩子童声合唱也爱听，不放过修养的机会。

中山公园里有音乐堂，曾是露天剧场。观众坐的是水泥阶台。我在那儿看过样板戏，工厂宣传队表演，看不着"板儿团"的专业演出，看看业余的也津津有味。时代在变，精神需求增多，音乐堂改建为场馆，能演各种音乐会。去那里一举两得，早点儿去，又逛公园又看演出。

一位曾经的同事调动，在音乐堂楼上办公，那天相邀前去。匆来忙去之中，满园景色，无心闲逛赏玩。谈完事下楼，忽听到剧场里传出乐声，我慢慢推开门，轻轻走进去。剧场内空无一人。舞台上是北京交响乐团，谭利华在指挥排练交响乐。双管乐队、弦乐、木管、铜管、打击乐，声部齐全，坐满舞台。指挥棒骤停，乐曲戛然而止。谭利华振振有词，解读作品，再从某某小节开始。指挥棒舞动，乐曲重新响起……我坐在剧场中央，闭目聆听，一动不动，静静的，独自享受着，多年没有听交响乐，完全沉浸在音乐的氛围中。乐声在剧场回响，从四面八方袭来，冲刷着浮躁，荡涤着心灵。

新世纪来临，人民大会堂举办新年音乐会，盛况空前。万人大礼堂，气势恢宏，那是大型音乐舞蹈史诗《东方红》的诞生地。音乐会当晚连演两场，中外名曲，交响、独奏、独唱，曲目多样，喜迎新千年的到来。歌唱家演唱《祝酒歌》时，兴之所至，翩翩起舞，氛围欢快。看完演出已是凌晨时分，天安门广场花灯盛开，光明灿烂。耳边重又响起《北京颂歌》，戴玉强在深情地演唱：……各族人民把你赞颂，你是我们心中一颗明亮的星——这是新世纪的交响，眼前闪耀着新千年的辉煌。

国家大剧院艺术荟萃，音乐厅设计现代，艺术家贴近观众，座席环置，乐音传送四周，视听真切。大剧院的运营也与建筑相匹配，足不出国就能欣赏到世界顶级指挥家、演奏家、歌唱家等的演绎。同时这里也有知识普及，参观、讲解，满足不同音乐爱好者的需求。

浸染熏陶，我渐渐理解了艰深的交响乐：想听懂先要做功课，了解作曲家的背景，创作的历史时代，就像读一部哲学著作，研读思索，玩味意趣。大众喜欢《梁祝》，是熟悉那个优美的民间故事。了解了中国革命史，再听作曲家吕其明的《红旗颂》，眼前便呈现出：莽原的星火，如血的夕阳，似铁的雄关，泥泞的草地，坚定的脚步，漫卷的红旗……

音乐无疆界，可以不求甚解，自由想象，会带来轻松愉悦。以前唱过老歌"打倒土豪"，后来又填词为"两只老虎"。曲子正是一首法国民谣的旋律。偶然的发现，忍俊不禁。现在的新歌、插曲不断涌现，作曲人听多识广，时有运用世界名曲中的节奏、旋律甚至乐句。这令人想起古人说的：熟读唐诗三百首，不会吟诗也会吟。同属艺术，音乐创作是否也有相同规律。

北京冬奥会成功举办。音乐贯穿了开闭幕式，秘诀是细节。小号手《我和我的祖国》之"匀"，童声合唱《雪花》之"飘"，山区孩子希腊语《奥林匹克颂》之"准"，历经百炼，终成天籁，记忆深刻。运动员来自世界各地，开幕式入场音乐选用了中外名曲，恰如其分。闭幕式入场音乐《欢乐颂》，选自贝多芬《第九交响曲》，也称《合唱交响曲》。各国运动员随着乐曲狂欢高歌，场面热烈。仅此一曲，反复强调，导演匠心独具。

这让我想起第一次现场听过的贝多芬。十余年的样板戏之后，首演外国交响乐，选择的是《命运交响曲》。那是在民族宫剧场，排了很长时间队才买到入场票。中央乐团演奏，指挥家李德伦沉稳的风格令人难忘。演出开始，指挥棒有力地挥出：梆梆梆梆——命运敲门，响彻全场，振动了心扉，叩开了家国情怀。教育改革的春天来了，我也能考上大学，改变着命运。喜欢听贝多芬的《春天》，同是德国的小提琴家穆特，有着深切的解读，把如水的音符演绎得曲折、缓急、涌动，时有大河奔腾，时有战士号角，勇往直前。

难以想象贝多芬在失聪、健康恶化、精神折磨的状况下创作了《第九交响曲》。排山倒海般的乐章，唱出了人类不分肤色，不分男女老少，和谐欢乐，走向大同。美好愿景契合了北京冬奥精神。

每次经过长安街，我都下意识地看电报大楼上的时钟。宽大指针律动着城市的节奏。境由心生，此时看着大楼艺术的造型，尖尖的顶子，敦实的身体，分明是座巨型的高音谱号。面前长街上画出的白色线条不是行车线，更像是五线乐谱，不断拓宽，延长。两旁密集的厅堂场馆不断传出美妙音响，满足着百姓的文化生活，连成了一条京城的音频飘带。此时响起的是五线总谱上的和弦：一起向未来。

作者简介：

高文瑞，中国作家协会会员、中国摄影家协会会员、中国散文学会理事、中国乡土艺术协会文学专业委员会副会长等。出版散文、随笔、报告文学集、传记文学及专著等十几部。文学作品获冰心散文奖等奖项几十次。

胜利日的云

高洪波

坐在天安门广场的东观礼台上,正是曙色渐退的 7 点半钟。天,蓝得如同水洗过一般纯净,我们的背后是天安门城楼,前方是东长安街的起点,还有军乐团整齐的队伍。一个观礼的最佳位置。

也许蓝天太过清澈了,扭脸向西一望,华表上空居然悬着一弯明月,太阳已然从东方升起,这一刻却应了一个奇特的景致:日月同辉。赶快用手机拍下这罕见的一幕,方便快捷。

此刻的天安门广场上,已是人头攒动:红旗飘飘,等待胜利日阅兵的各界人士,都起了个绝早,为的就是看一看中国胜利日"9·3"大阅兵。我和陈建功坐在一起,巧就巧在我们两个都是 1984 年新中国成立 35 周年国庆节上首登观礼台的,他说自己当时与日本青年代表团在一起,我说自己属于"第三梯队",与中国作协的老领导们坐在西观礼台上,亲眼看见了北大游行队伍里打出"小平您好"的横标,那一幕印在脑海里,等闲不肯退去。30 年时光仿佛不经意间流逝,而建功兄与我却都已年过花甲,天安门观礼台,如同一艘岁月之舟,一下子驶过了漫长的时光……

30 年不短,但 70 年更长。在观礼嘉宾的座位上,每人有一个袋子,里面备有雨具、小旗和遮阳帽,无例外地,"70"是每件器物上最显著的标志,然后是耸立的长城与飞翔的和平鸽,这个"70"的阿拉伯数字,浓缩了 1945—2015 年的光阴,也证实着中华民族从那场抵御外侮的殊死战斗中胜利的一刻。

从 70 年前到今天,从小米加步枪到坦克飞机战略导弹,从狼牙山五壮士到如今整齐的陆海空三军队伍,我甚至高兴地看到了我从军的老部队的方阵大踏步走来,这是从太行山走到云南边疆的英雄队伍,是以"凯旋在子夜"而名震 20 世纪 80 年代的劲旅,是为共和国贡献过"理解万岁"和"老山精神"的威武之师,我为年轻的战友们正步走过天安门广场而自豪,这是一个老兵发自心底的声音。

中国强大了!中国真的强大了,不信你看天空的彩云,这是飞机掠过的美丽痕迹,共和国的战机骄傲地飞翔在清澈的蓝天,七彩云霞点缀在它们身后,这是一种何等的绚烂与美丽!

胜利日的云,强悍中有一种祥和之气,而当这云霞转换成成千上万的和平鸽时,天空顿时布满了翅膀,每朵云都发出属于自己的声音。更妙的是五颜六色气球组成的"气球云"腾空时,一条巨龙的身形在天空隐现,这是一种无声的昭示:中华民族正在腾飞。

　　归来看到一位法国华人在网上的留言,说得真好:"祖国,是那个一代代男人和女人用心筑起的家园。越来越好,越来越美……70年后,祖国有我们,同样会用心跳起龙的舞步,用生命托起龙的脊梁!"

　　这是每个中国人的心声。

　　胜利日在天安门广场看云,感觉好极了。

作者简介:

　　高洪波,中国作家协会副主席,中国作家协会儿童文学委员会主任,十二届全国政协委员,曾任中国作家协会党组成员、书记处书记,中华文学基金会理事长,《诗刊》主编等职。作品曾获中国出版政府奖、全国优秀儿童文学奖、"五个一工程"奖、国家图书奖等。

长安街,年华的絮语

姬 华

一

那一年,我在哈尔滨当售货员的两个表姐,慕名来北京,说是想看看当时的全国劳模、北京百货大楼售货员张秉贵。一个周末的早上,我们乘着大"一路",沿着西长安街去了王府井。

在车上,我给她们讲了我曾亲眼看到的张秉贵卖糖真功夫:不论是水果糖、牛奶糖,还是酥糖,他从一两到一斤都基本能一抓一把准,并"唱收唱付",真称得上是个传奇。两个表姐神情专注地听我讲完,羡慕地说:"太棒了,真神!我们也要亲眼看看真人,人家是怎么做到的。"

谁知,这车一过电报大楼,她俩就坐不住了,嚷着要下车,说要先逛逛长安街。于是,我们在西单路口东下了车,沿着街北的人行道,一路向东走去。过了府右街,就看到中南海的红墙了,大表姐兴奋地说:"姬华,生活在毛主席身边,你可真够幸福的。"二表姐也说:"小时候,我做梦都梦见过天安门。"

两位表姐的话触动了我的心弦,让我一下子想到我与天安门的情缘。读小学时,我居住的北京西郊离长安街很远,用当今的数据说,那是五环外,要换乘三路公交车,两三个小时才能抵达长安街。好在有年夏天,父母单位专门派一辆大轿车,安顿放暑假的学生入"少年之家",举办的第一个活动就是去天安门广场游览。我听了,内心狂喜。晚上找出来最漂亮的花裙子,在大衣柜的镜子前试了又试,想象着明天那个快乐的时刻。

次日,当那辆蓝白相间的大轿车承载着一个个幼小心灵的强烈愿望,飞驰在长安街时,我坐在车上,眼睛一刻也舍不得离开窗外。当车子从电报大楼驶过时,恰好听到报时的钟声响起,声音未落,远远就看到中南海的红墙了,一想到毛主席就住在这里,心情就无比兴奋。

许多年过去了,没想到远在哈尔滨的两个表姐也有着和我当年一样的心情,都企盼着在长安街上走一走,感受新中国的铿锵脚步。

我还清楚地记得,当大轿车驶入天安门广场时,同学们都情不自禁地发出欢呼声,争先恐后地趴在车窗上往外看,还叽叽喳喳议论着。带队的赵阿姨告诉我们,同学们可不能白来,回去后要写一篇天安门广场的作文。

我们雀跃着在广场上狂奔。小学课本上的天安门、人民大会堂、人民英雄纪念碑、历史博物馆等高大建筑,就那么赫然地近在咫尺,我们的歌声欢乐地飘向了每一座壮观的建筑物,我们少年之家的红旗也与迎风招展的五星红旗一道飘动。这于儿时的我是多么大的观感飞跃和心理满足啊!

当天晚上,我写了一篇作文《我爱北京天安门》。这是当年很流行的一首儿童歌曲,创作于1970年,同学们都喜欢唱。我用来作为题目,也是我心里最想说的一句话。

多次来往于长安街,我的作文题材也丰富起来了。有几次语文老师还在班里朗读过我的作文,说我的作文是"用心看,用心写"的。这句话让我很感动,并铭记至今。长安街,是我心中的街,她记录着我的童年,也记录着我的成长。随着年龄的增长,壮美的长安街也深深地融入了我的心灵,成为我成长中最长情的陪伴。

二

我和表姐们从天安门城楼下走过,仰望城楼那重檐歇山式屋顶上的黄琉璃瓦,在阳光下熠熠生辉,毛主席画像高高悬挂,一种崇敬之心油然而生。天安门城楼之南不远处就是亿万人景仰的毛主席纪念堂。于是,我又给她们讲起了当年的一件往事。

从儿时起,长安街在我心中就有一份经世的温暖,为长安街做点事情,竟成了我不为时空阻隔的心心念念。1977年4月,在一个阳光明媚的清晨,刚刚参加工作的我和单位中被选中的几位同事骑着自行车,沿着长安街来到天安门广场南端的毛主席纪念堂修建工地,参加义务劳动。

此时工程进入了尾声,杂活儿很多,凡是机械接触不到的地方,都需要人工去处理。我们时而搬砖,时而捡碎石,时而用铁锹铺垫不平的地方。当时工地上机械轰鸣,夯声不断,说话要放开嗓门儿大声喊才能听得见,我的嗓子就沙哑了,还有插队时落下的腰肌劳损也无情地凑起了热闹,开始隐隐作痛。工地上,有位大嗓门指挥在不停喊着话,交代着工作,原来每一个碎活儿都有要求的,比如,一个砖堆是横4

块,竖4块码放的,那样才不会倒塌,所以搬砖时必须4块4块地搬,多一块少一块都会影响码砖人的速度。

劳动结束了。我刚要离开工地,那个大嗓门指挥让我们喝点水再走,还把一大瓷杯水递到我手上,说了句:"杯子刷过了,喝完放水桶盖儿上就行了。"当我反应过来,说了声"谢谢"时,那高大的身影已走得很远了。我感动地喝光了那杯温热的水,嗓子很快就不疼了。

我和同事骑着自行车穿过宽阔的长安街,放眼望去,顿然感到,长街两侧的每一幢建筑不光有着规划、设计、施工人员的专业大手笔,还必须有我们这些"小工"不可缺的"找补"碎活,去一丝不苟地奉献。想到这儿,我的心情是那么愉悦和敞亮,还带有满满的自豪感。

同事们看我骑得飞快,就问我:"腰不疼了?"我说:"不疼了。"他们就七嘴八舌地开玩笑,说我是喝了一杯工地指挥的"仙水",治嗓子,还治腰……

那天回到家,夜色已浓。我在妈妈辅助下,才把全身放平在床上。没一会儿,爸爸和妈妈就一个端着荷包蛋、一个端着一碗汤走进来。我坐了起来,先给他们讲了同事们讲"仙水"的玩笑话。爸爸笑着说:"仙水也不解饿呀,快把仙蛋吃了吧。"妈妈也说:"还有仙汤。"三人一起大笑起来,可还没到半分钟,我的笑声就戛然而止——嗓子和腰都不给力。

毛主席纪念堂在1977年5月竣工落成,9月9日正式开放。当时每单位可推荐两人参加瞻仰活动,因为我参加了纪念堂的建设,有一点儿"小苦劳",遂又成为被推荐人之一。那天,我又一次来到天安门广场,走进了毛主席纪念堂大厅,想起那一日刻骨铭心的搬砖,真是百感交集。曾几何时,我用心灵追逐着天安门广场四周的宏伟建筑,而今,我也有机会为新建的又一座殿堂添砖加瓦,儿时向往长安街的情结,终于有了一次亲身的经历和体验,这是何等幸运。

三

我们一路行走在宽阔的长安街上,两个表姐一路拍照,像是要把整个长安街都收入镜头中似的。走过了天安门西,走过了天安门东,不知不觉中就来到了东单路口西,一脚踏进王府井大街,远远就看到北京百货大楼了。

时值周末,北京百货大楼人头攒动,热闹非凡。我们直奔糖果柜台,排在长长的队伍里,远远就看见了张秉贵。表姐们眼前一亮,带着惊喜的表情朝前边张望着。真是百闻不如一见,只见张秉贵面带微笑,八九不离十地展现着素日练就的常人难以达到的真功夫。上海姐姐选了好几种糖果,张秉贵笑着说了句"上海宁"(上海人),就连着进行了几个"一把抓",之后一一包好。他边打着手势边说"两个漏"(两块六),他的风趣把大家都逗笑了。

走出百货大楼,几位姐姐一路余兴未消地聊着张秉贵,赞美他不愧为全国劳模,不愧为全国商业战线上的一面旗帜。我心中的自豪感油然而生:有着数百年历史的王府井商业街,能够呈现出享誉全球的繁华街市,不可小觑,有千千万万个平凡的张炳贵们,用他们平凡的劳动和崇高的精神风貌来砥砺支撑。

走到东长安街,不禁驻足回望有着"金街"之称的王府井大街,用她辉煌的历史年轮和繁华的现实光环,秀出了当年长安街上一道亮丽的风景。

而今,这些有温度的故事,都已成为路途中的回忆。感谢与长安街的相遇相知,让我的心灵走进了大美的长安街,让我采撷着浓淡相宜的生命芬芳。

长安街,犹如年华的絮语,充盈着我的一生!

作者简介:

姬华,本名姬素华。北京市写作学会理事、中国报告文学学会会员、中国散文学会会员。曾在《十月》《人物》等刊物发表小说、散文、报告文学等文章。结集出版散文集《生命留痕》。

长安街往事

萌 娘

20世纪70年代末,许多人还能摸着金水桥畔的石头狮子拍照。一个扎着羊角辫儿的女孩走来,这个刚刚离开知青队伍不到一年的大学生,依靠着瑞兽照了张相,笑得有点傻,脸上有一种初到京城的震撼和胆怯。她第一次走进天安门广场,阳光照在脸上的感觉都不一样,天空中的鸽哨在她血管中回响,世间万物都变得可爱起来。她没想到,十年之后她再一次走入长安街,然后淹没于京城的滚滚红尘之中。

1978年寒假,我第一次来北京。早晨,四舅来火车站接我。我们乘上103路电车,薄薄的晨雾正在消散。电车走到长安街台基厂路口,正巧赶上红灯,四舅指着车窗外面说,这就是长安街,对面那个路口是王府井。我从司机前面的大玻璃窗望出去,只见王府井与长安街交叉路口上齐刷刷站着很多骑自行车的人,有的一条腿跨着自行车,有的推着自行车,还有车大梁上坐着孩子的,有车把上挂着网兜饭盒之类的,特别是驮在车上的一大树糖葫芦,红艳艳地照亮了整个路口。等一变绿灯,自行车人就像一条决堤的小河,呼地溢出了王府井,车流壮美,一瞬间使这条古老的大街生动起来,更赋予古老北京以生命的活力,首都在自行车流中醒来。然后,它们星散在宽阔深远的长安街上。这就是北京给我的第一道风景。我感到身体中涌动着莫名的感动,令人心有所往,好像有什么正在开始。那时候,我并不知道这个开始竟是一次生命的迁徙。

我爱上了这座城市,十年后我来北师大、鲁迅文学院读研。那时候我经常和同学们去长安街六部口那里的北京音乐厅,最便宜的门票八块钱,能买这个票已经很奢侈了。我们不在乎坐最后一排,我们年轻、自信,音乐会大厅里不是每个人都会拥有肖邦、古诺、肖斯塔科维奇,我们的门票虽然只有八块钱,可是我们一定会与这些伟大的灵魂相拥。音乐会结束了,沿着长安街行走,夜晚的空气无限舒畅而自由,时间的墙轰然倒下,明清以来、五四以来、新中国成立以来的革命先驱、民族精英与我们同在,先辈的足迹早已厚厚地覆盖了大街。我相信,我们在长安街登上回学校的公交车时,那一定是踏着先辈的足迹走过。

我们班同学一路走过,不同凡响。他们凭着《红高粱》《活着》《我不是潘金莲》《小姨多鹤》《将军，你不能这样做》等诸多作品，站立于当代中国文坛上。就连我们班最爱玩的专业长笛手王刚，还帮冯小刚搞了一些电视剧《甲方乙方》什么的。

我也写了许多文字，写了许多和我专业不同的经济文字，在这次生命的迁徙中，我别无选择。如果说我的同学们为中国文化塑造了一个又一个虚拟的艺术人物，那么我写的都是活生生的真实人物，如厉以宁先生呼吁股份制，吴敬琏先生提倡市场经济，曹思源先生提出破产法，当时经济学界称他们为"厉股份""吴市场""曹破产"。当年，这几位站在中国改革潮头上的风云人物，我都不止一次采写过他们。

什刹海旁边一个新古建筑文采阁就是中华文学基金会，离四舅家5分钟路。1992年冬，基金会筹办《环球企业家》杂志，我刚好随中国作协海南采风团归来路过北京，采风团团长冯牧先生告诉我这个消息，中国作协周明老师也热情地向我推荐。我对中华文学基金会充满敬意，我读研的时候，班上三个同学得到基金会赞助学费，叶文福、徐星和我。基金会总干事张锲这次见到我非常热情，他善于网罗天下豪杰。主考官李林栋是《环球企业家》创始人，他就是被张锲从《经济日报》挖来的。从此，我就投入了改革年代的滚滚洪流。

现在，我可以闭着眼睛说出几十位甚至上百位我专访过的改革人物，如果沿着长安街从西向东数，我仅在这条街上专访的人物也不止三两串糖葫芦的数。我在央视梅地亚宾馆采访过经济学家厉以宁、民革中央副主席何丕杰、央视东方时空总策划杨东平；在京西宾馆采访过经济学家吴敬琏，作家张贤亮、魏明伦，国家计生委副主任潘贵玉；在北京饭店采访过华裔英籍女作家韩素音；在人民大会堂采访过朱镕基组建的中国环境战略专家组组长、中科院院士牛文元，经济学家萧灼基、董辅礽，社科院外文所所长、翻译家作家叶廷芳，画家尼玛泽仁，香港华达投资集团董事局主席李晓华；东方集团董事局主席张宏伟、新希望集团董事长刘永好、国喜集团董事长张国喜、海信集团董事长周厚健等；在长安街正义路民生银行总部采访过中国民生银行行长蔡鲁伦；在王府井天伦王朝饭店采访过意大利国会议员、机械制造商主席梅洛尼；在长安俱乐部和东方新天地两次专访杉杉集团董事局主席郑永刚；在赛特大厦采访过美国SSA公司董事长罗杰伟；在长安街东三环国贸大厦采访过法国轩尼诗家族第七代传人吉尔·轩尼诗；在长安街东四环外华润饭店采访过力帆集团董事长尹明善、吉利汽车董事长李书福、韩伟集团董事长韩伟……

还有很多全国政协委员、人大代表，我想不起来了。他们都是风云人物，每一位都有惊心动魄的故事。比如说，张国喜，紫金山天文台第一次以企业家名字命名一颗新发现的小行星,就是"张国喜星",美国《时代周刊》称他为"中国的艾柯卡"。杉杉集团董事长郑永刚,1993年冬天我第一次采访他,在宁波鄞州一个小院里的办公室,我冷得浑身发抖。没过两年又采访他,已经在宁波起了高楼,又没两年杉杉集团在上海上市,然后在浦东又起高楼,杉杉总部迁到上海,他也成为上海商会会长了。这之中,我还不断地在北京遇到郑永刚,去他们在北京的总部,嘉里中心的、亚运村的,我在每个北京的大商场几乎都能看到杉杉西服和时尚女装,那些中国一流名模穿着杉杉服饰在天伦王朝、在国贸大厦频频亮相。我不断地听说他们的新故事,做房地产、做锂电池、做芯片……郑永刚有思想有建树目光高远,他在市场中的判断和博弈,那不是大学课堂上能学到的。不仅仅是郑永刚,可以说这些中国企业精英都是传奇,在他们对中国改革的奇思妙想、奋勇拼搏的精神和故事里,我触碰到国家改革开放的脉搏。

每一次采访都是学习,中外企业家们就是活着的经济学。我曾经问韩伟,如果他的鸡饲料配方被泄露了怎么办?韩伟说:企业要用人不疑,没错,但是,企业的核心机密,不能只握在一个人手里,要有三个人知道,对员工不要考验,咱们没那个时间,所以我不怕谁跳槽。

国务院发展研究中心党组书记陈清泰曾经对我说,当你十年之后回头看中国,这场国企改革是波澜壮阔的,我们今天所做的,无愧于时代。我写陈清泰的专访标题就用了他的话:《十年之后看中国》。陈清泰的思想、口才和机智,让我看见了新型的政府官员。

就像陈清泰说的,那个年代真的是波澜壮阔,大浪淘沙,眼看着一个个改革措施就在这个广场上产生,然后成为现实。从1997年到2008年,我为全国政协做过12年两会记者。我很熟悉长安街、广场、大会堂。比如说拍照,我知道什么时间拍大会堂东门、拍广场蓝天上的红旗、拍逆光还是顺光,怎么拍大会堂穹顶好看,我知道大会堂楼上某个阳台可以从天安门一侧拍到紫禁城的屋顶,也知道怎么样把穿民族服装的少数民族委员们约到大会堂前的广场上站成一排,喊一二三迈步,拍下来就是各族人民大团结……好多机位、好多方式我都熟悉了,那时候,按快门的那个充盈饱满的手指,也长满了皱纹。我拍过不少封面人物,我看着他们从广场上走过,都是可圈可点的人与事。突然想起吉利汽车董事长李书福曾说过:我的理想是,不让外国汽车走遍中国,而是让中国汽车走遍世界。李书福有气魄,他后来收购了沃尔沃。他的抱负,代表了那个时代许多企业家的英雄情怀,无论成与败,他们最可贵的是要成为伟大,而不是显得伟大。

1994年,中华文学基金会为华裔英籍女作家韩素音颁奖,杂志社派我去采访韩素音。那篇文章写得很苦,因为录音机不知怎么没录上,我全凭记忆写了一篇四五千字的专访。关键是韩素音还要审稿,要我隔天晚上8点来北京饭店送审。那天晚上,我准时骑自行车来到北京饭店,那时候,北京饭店门口还可以停自行车。2008房间,韩素音穿着丝袜站在地毯上。我小心翼翼地说,上次采访录音没录上……韩素音说没关系,可我还是感觉到她目光中一丝不易察觉的疑问。她接过稿子说:"你喝杯咖啡吧。"

　　"不喝。"我说。

　　"喝茶吗?"

　　"不喝。"

　　"那,你坐一会儿。"她去看稿了。客厅里亮着一盏地灯,灯光温柔地映照着她苍苍白发,房间里能听见她翻动稿纸的声音。这双78岁的手,骨感而苍老,那曾经饱满又充满活力的手指,轻轻叩响过中南海的大门。就是这双手写了周恩来传、写了毛泽东的吗?在新闻写作的行当里,她肯定是一棵大树,而我这个半路记者不过是一株小草,怎能俯瞰大树呢?我真后悔不应该接这个活儿。这要是通不过,我怎么和编辑部交代呢!

　　韩素音看完最后一页抬起头,我赶紧走过去,那时,她的目光变得温和起来。她拍拍我的手说:"谢谢你!你不是给老师交作业,放松。"她把稿子还给我又说,"你和我的孙女一样大。记住,你是记者,无论采访谁,对话是平等的。"

　　那时我松了一口气,这就算通过了。临走她递给我一个纸口袋,口袋上面印着精致美丽的花朵,她说:"我的一本书,请你替我送给万里先生。"那本书就是她刚刚出版不久的《吾宅双门》。我和她说再见,她突然轻轻拥抱了我一下说:"我们可能不会再见,我已经78岁了。谢谢你!我记住你的名字了。"

　　那天离开北京饭店已经是晚上9:30,我骑车拼命往家赶,不光是饿得肚子咕咕叫,我下班还没回家给孩子做饭,那段时间家里人都不在北京。长安街上的路灯发出金属般的光芒,一盏接着一盏,无限深远,我真希望那些灯一直延伸到故乡,让母亲看见。

　　等我骑车到家,浑身都湿透了。儿子在床上躺成一个"大"字睡着了,衣服鞋子都没有脱,床上扔着两本《机器猫》动画书和打开的饼干桶,里面只有半块啃得没有模样的山楂饼……那个场面是我永远的痛。

　　第二天清早,我突然想起来韩素音给万里的书忘记在车筐里了,天哪!我穿着拖鞋就往楼下跑,当我远远看见车筐里那个印花的纸口袋时,心中充满了感激,那个研究所宿舍,那个年代,真好。一上班我就把书送到张锲办公室,那时,我的一天才开始。

我真的再也没有见过韩素音,但是我记住了她告诉我的两个词:平等,放松。写韩素音的那篇文章在《环球企业家》刊出后,《羊城晚报》又要去重发了一遍。我没有特别高兴,因为我的心思还是纯文学,那年我得了《人民文学》奖和《上海文学》奖。

现在有个词语"北漂",其实我80年代就"北漂"了,我太懂得"北漂"打工族那种身心疲惫的感觉。基金会答应分给我房子,最终也没有分给我。可是这个童话改变了我的命运,每当我坚持不下去了,就想房子,房子。记得我在中南海国务院研究室采访国务院宏观经济司司长李晓西的时候,那天我妈妈病了,我自己也感冒了,可是又不想放弃李晓西的采访。头疼得要命,我希望采访快点结束。最后我耐不住了说,我真不想干记者了。结果他说:"你以为我容易吗?你看见总理答记者问了吧?那发言稿那些数据都是我们一个班子准备的,你知道吗?写了稿子还不算,直到总理记者招待会,我也不敢走,他回答记者多长时间,我在下面不眨眼地看多长时间。就怕有错。"

我觉得他不懂,他的苦和我的苦不一样,他有根,有房子住,我呢?每当我夜晚回家,万家灯火时刻,却找不到一扇属于自己的窗,他懂吗?长安街夜晚太明亮了,月亮都是郁闷的、小小的,我经常边骑着自行车边琢磨,这是照着我儿时窗台上的花盆、又跟着我上山下乡行走在乡间的小路、又伴我回城、照临我的大学宿舍的那个月亮吗?

我很喜欢京西宾馆,喜欢那种五六十年代的老式奢华。1998年或者1999年,我在这里采访了经济学家吴敬琏。我曾三次专访吴敬琏先生,在京西宾馆那次他谈的是放活中小企业。我的那篇文章被山西一个杂志转载时换了一个名字:《小的是美好的》,我喜欢这个名字。吴敬琏先生讲经济问题总是深入浅出,他说:"搞市场经济首先是公平,人家创业时你不投资,发奖金的时候你来检查、罚款,合适吗……我们要的是牵牛鼻子,而不是抬牛腿。"他谈话非常生动,常令人情不自禁笑起来。他推荐我读的几本书也都很好看,既通俗又深刻。至今,我每次去浙江就会想起他对我说的:"你看着吧,中国十大商帮,笑在最后的一定是浙商。"我相信他说的。

我在京西宾馆还采访过张贤亮和魏明伦,那是李林栋策划的,他这人每天都有新主意。1996年作代会,我上会之前,他告诉我在会议期间联络几位作家稿件,其中还要专访作家张贤亮、魏明伦。他认为这二位都是经济文化两栖作家，做文章做公司都很有影响，最适合我们杂志。那次我如期完成工作，只有写张贤亮的稿子是2014年他去世后我才完成，那篇《荒凉有价》后来发表于《中国作家》。

从京西宾馆出来走过长安街就是央视梅地亚宾馆，我在那里采访过杨东平。想起他，我心里便生出一种感激。杨东平是北京理工大学研究员，还与梁从诫（梁思成之子）创办了一个环保组织《绿色之友》，还兼做《东方时空》总策划。90年代上海创刊了一个杂志叫《TOP》，英文"顶尖"的意思。《TOP》总编辑王国伟约我帮他们采访杨东平，那时候央视《东方时空》红得发紫，在中国家喻户晓。作为这个节目的总策划，杨东平充满了神秘感。我为了能和他对话，做了一个多礼拜的案头准备，那时候没有现在互联网这么方便，我起五更爬半夜地看资料，准备了十来个问题——我一般都要准备这么多问题，有些可以不问，但是必须要备足。那天，梅地亚大厅光线很暗，杨东平很准时，他一开口，江浙口音。出乎我意料的是，他看上去很腼腆，他端坐的姿态都显露着一种做事严谨、一丝不苟。我准备好录音机拿出采访提纲，我刚对杨东平说了第一个问题，杨东平脸色就沉了下来，他很严肃地对我说："你是打算这样采访的吗？一个个提问题，然后让我对你一个人讲课？对一个人讲课，我可讲不出来。"

他当时就把我挂到那里，我蒙了，脑子一片空白，一句话说不出来。完了，怎么收场呢？我想起黑龙江日报总编辑、作家贾宏图告诉我的采访秘籍，他说："采访要稳，不要怕冷场总提问题，有时候你可以沉一下，他会继续说。"我一下子定住了，我望着他继续沉默。果然，杨东平又开口了，他说："你是东北人吗？""是，"我说，"我和你们《焦点访谈》敬一丹是哈尔滨老乡，现在我们还是邻居。"

"噢？是吗？"他有点惊讶，气氛一下子松弛下来。我说："我听说您在黑龙江做过知青？我也是，我是最小的知青。您肯定去过哈尔滨吧？我就是哈尔滨人。"

那天的采访总算完成了，谈的环境问题，我写了一篇很长的专访，想着这个元旦很不同，它是20世纪的结束和21世纪的开始，我做的主标题是"新世纪的曙光是绿色的"，《TOP》杂志非常满意这个标题。从那时至今，我没有再去过梅地亚，可是我永远记得杨东平告诉我的很实用的采访方式。后来我看东方时空节目，主持人讲话都没有照本宣科的，那都是杨东平要求的吗？

顺着长安街再往东走就是中央人民广播电台，大约是1995年，诗人李小雨介绍我去中央台做《子夜诗会》节目，为全国的诗歌爱好者讲自由诗。我第一次去的时候，刚走到中央台门口，看见雷抒雁和叶延滨正走出来，雷抒雁说他们也是来做《子夜诗会》的。我想,《子夜诗会》已经有了如此高手盛宴,我再端上来一盘素炒大白菜,谁吃啊!可是,那个男主播姓王,我记不得他名字了,他说,他很希望和他对话的主持人是女声,听众听着能分辨清楚。和王先生主持节目配合很舒服,他播音经验丰富。过了复兴门是西单路口,我记得1979年1月,我去西单,我在那里第一次读到北岛的诗:"卑鄙是卑鄙者的通行证,高尚是高尚者的墓志。看吧,在那镀金的天空中,飘满了死者弯曲的倒影……"我是在西单大街上读到这首诗的,它让我惊叹、新奇,连呼吸都是新的味道,生命从未如此饱满,我久久地在那里徘徊,然后抄下那首诗。那天,我离开长安街路西单口的时候,我变成了另一个人。我把这首诗带回学校给同学们看,诗中的悲愤、冷峻和怀疑感染着大家,我们记住了北岛的名字,这首诗拉开了我们认识朦胧诗的序幕。

在西长安街上与民族文化宫隔长安街相望的一个小书店叫三味书屋。新华社高级记者仲大军与三味书屋老板联合举办一个经济论坛。到会者大都是中青年社会精英,是作家丁东带我去的。我在那里认识了一批著名学者,我专访过经济学者曹思源、钟鹏荣、温铁军、侯若石等等。这些学者对中国社会的关注、思考和建树不同凡响,特别是他们有一种忧国忧民的情怀,令人敬佩。

1999年12月的一个周日,曹思源先生在三味书屋呼吁:人民利益高于一切!他的正直、勇敢和一腔热血,复活了天下兴亡匹夫有责的精神。我为他做了专访,曹先生非常平易近人,他告诉我他怎么样把他写破产法的书亲自送到江泽民总书记手上,惊心动魄。我写曹思源的专访《人民利益高于一切》还没有发稿,两会开始了。最让我震撼的是,这年两会我一进人民大会堂就惊呆了,只见主席台对面的二楼围墙上挂着巨幅通栏横幅:人民利益高于一切!

李林栋每次给大家布置任务时就像一只随时准备出击的猎豹,一只眼睛盯着新闻焦点,另一只眼睛盯着食物——钱。当家人,想法不同于我们。有一年他派我参加经贸部的内蒙古采风团,他告诉我,机灵点,采风的时候也盯着点企业有没有合作的机会,最好抓个广告回来。可是我在乌兰图嘎煤矿看见矿长还穿着60年代款式的塑料鞋,穿着打了补丁的的确良裤子,我觉得我说不出口。我只带着采访本回来了,但是林栋也没有说什么,现在想想,他很厚道。

想起第一次出国,也是从这里开始的。1999年两会期间的一天,我从大会堂回到编辑部,李林栋通知我第二天去王府井天伦王朝饭店参加意大利梅洛尼公司在那里召开的小天鹅洗碗机新闻发布会。他出过很多好点子,当时我们并不觉得。那天他告诉我,一个会能抓住两家公司最好,意大利梅洛尼和无锡小天鹅都值得写。

他说,做好这篇文章,有钱最好,相机行事。

第二天新闻发布会,我去晚了一点,央视、新华社、各大报记者已经占好了机位。梅洛尼先生是意大利国会议员、意大利机械制造商协会主席、梅洛尼公司董事局主席。梅洛尼公司与中国海尔合资的冰箱阿里斯顿在中国家喻户晓,这次发布会,是讲他们与无锡小天鹅合作的"数字洗碗机"。那是我第一次听说"数字化"概念,我不懂,数字怎么能让洗衣机转起来呢?我根本无法对这个新概念发出提问,我觉得我一家公司也抓不住。我听见翻译反复讲解梅洛尼与小天鹅合作洗碗机前景可观,他还说,中国市场很大,一人花一块钱就是13亿。

13亿?这个字眼儿让我心动了。那些天我在两会上听到的都是西部开发问题,缺水是西部开发的一个瓶颈。我突然想到水,想到13亿,中国13亿人不是都有水的。我有话题了。我开始提问:梅洛尼先生,您知道中国西部非常缺水吗?您听说过西部农民嫁女儿,首先要考察婆家有没有水窖吗?没错,中国是有13亿人口,可是中国城市人口只有4亿~5亿,就是这些人也不一定都用洗碗机,而农民,特别是西部农民,他们饮水都困难,不舍得用水洗澡,还能用洗碗机吗?

这次发布会我的一串问题引起了梅洛尼公司的关注,他们认为我很熟悉中国经济,其实我是刚刚从两会上知道西部缺水问题。后来我写梅洛尼的那篇文章又在意大利转载,梅洛尼公司再次邀请我去意大利米兰公司总部深入采访,我在米兰工作了半个月。米兰公司总经理朱赛比·扎卡罗尼是一个很务实的老先生,非常敬业。这位大叔CEO除了吃饭要一杯红酒,饭后帮女士撑一下大衣,他没有任何一点传说中意大利式的浪漫。他能讲一点点意大利式的汉语,还经常是自创的,他对你说"明明天见",可不是说明天见,他不结巴,那是说后天见。所以公司确认采访时间之类的事情,我一定请他用英语确认或者给翻译打电话。他说,他在中国15年,从未去过夏宫(颐和园),除了酒店和机场,从不出去看风景。我明白他为什么短短几年就打开中国大部分市场了。除了海尔阿里斯顿,还有美菱阿里斯顿、五洲阿里斯顿、长岭阿里斯顿等九个中意合资企业,那就是驰名中国的"阿里斯顿九兄弟",全部是扎卡罗尼做的。如今,阿里斯顿九兄弟基本上销声匿迹了,我想老扎一定就退休了,如果他在,阿里斯顿九兄弟一定会活着。扎卡罗尼让我改变了对意大利人的印象,无论中外企业,没有踏实肯干的首席执行官,肯定做不好。没有奋斗,哪里有真正的浪漫?我离开了梅洛尼公司,一个人乘欧洲之星从米兰到巴黎,四天后又出发,走马观花地逛欧洲一圈,那就是我第一次出国。

我2003年离开了《环球企业家》,调去作家出版社工作。而在此之前我就已经应聘到《企业文化》做执行总编辑。2003年去出版社的时候,我同时兼起两份工作。我能够很快适应这样的工作,都来自《环球企业家》的历练。我对《环球企业家》时代充满感激,我喜欢我的同事们,他们给了我很多快乐帮助。记得我刚到《环球企业家》时还不会骑自行车,那时候自行车是重要的交通工具。朋友给我一辆小自行车,关键是学习骑车很费劲,我的同事林莽和王征带我出去学车,他俩把我夹在中间往前骑,一直骑到府右街再骑回来,我很快掌握了自行车,不仅能上班、外出采访,还能带孩子上课,交通问题解决了。当然最重要的还是新闻采访这一块。李林栋是《环球企业家》的创办者,他有大报新闻人的敏锐,点子特别多,我的很多采访策划,来自他的指引。还有高远老师,他是副总编。我经常疲于奔命,白天采访,熬个通宵第二天交稿,高远老师就是我的大编辑,他特别谦虚,他一般不会改动我的稿子,却总是默默地给我挑错补台。他那第一流的编辑眼光,给我许多启发。还有我同事王征,阳光灿烂,不但有学识有修养,而且有善良悲悯之心。我第一次看到拍长安街地下通道里面农民工的照片,就是他拍的。那些照片震撼了我,我开始关注那些豪华酒店之外的世界,之后我也写过农民工。

去年深秋,我去故宫看敦煌展,我发现有好多年没有这么逍遥地行走长安街了,穿一件青花瓷棉布旗袍,沿着红墙向东走,艳阳和美,树影摇曳,无论多少次走过,天安门和广场依然让人怦然心动。太阳把我的身影投射在长安街上,这条街一直在我身体里延伸。我似乎从未离开过这条大街:那个梳着披肩发的女生走过来,那个带着孩子的年轻母亲走过来,那个开着宝马车的女记者走过来,没人知道她从这里走过多少次,唯有她记录90年代激情中国的文字可以证明,她的确走过这里,她比我更真实。她在这条街上成长成熟,蜕变成了一个名副其实的记者。

说句心里话,我真的没有想成为一个记者,我一直把《环球企业家》当作临时饭碗。我是学文学的,不懂经济,也不善于辞令,怎么会当记者呢?汪曾祺先生曾对我说:"你怎么能干经济杂志?我和张锲说说,让你去个文学杂志工作更合适。"我摇摇头,因为张锲答应给我房子,我想我有了房子再去搞文学。后来,作家丁东也对我说过,你一天到晚写企业家,这是扬短避长。我总说,这是临时的,以后有的是时间写东西。

其实,哪有什么临时的事情呢?你说临时试试,结果你就顺着这条路走下去了,永无回头。换个角度说,临时也对,连生命都是临时的,哪里又有永恒呢?

《环球企业家》已经不在了,但是它在中国改革的关键时刻存在过,它鼓舞过我们,它集聚了各界改革精英,在这个平台畅所欲言,重新鼓起对生命的信仰、对民族的自信，这就够了。《环球企业家》推出的企业家封面人物在社会上影响很大。我记得在上海 99 财富论坛上，荷兰裔美国人壳牌石油首席执行官布宏达对我说，这是我见过中国最棒的经济杂志。我送给布宏达那本杂志的封面人物是德国大众汽车总裁，他说那是他的朋友。转年，在 2000 年 2 期——我没记错的话，布宏达也成了《环球企业家》的封面人物。

现在，一看见杂志社的老同事，无比亲切，我没想到，这些当年被我认为是临时共事的人，不知不觉成了我生命历程的一部分。李林栋也是学中文出身，他有很深的文学情怀，但是他一直在经济媒体工作。他说，没有一个人生足够精彩。不后悔，跨界，等于多活了一个人生！

精彩！李林栋还送给我一句话：半路记者，一地芳华。

作者简介：

萌娘，本名贺平。文学硕士，编审。原作家出版社纪实文学编辑室主任、《环球企业家》记者部主任、《企业文化》杂志执行总编。中国作家协会会员、两届民进中央出版传媒委员会委员。曾获《人民文学》散文奖、《上海文学》散文奖、第二届国家优秀图书提名奖等。

长安街:理想之花盛开的地方

盛 蕾

我的第一个"理想",诞生于四岁那年的长安街上。

当时还是军人的爸爸在某个周末,整理好他的"永久牌"自行车,指着前梁上那个属于我的自制小小专座,说:"来,上来!今天咱们去'检阅'长安街!"

那是20世纪80年代,北京风沙很大,我被妈妈用红纱巾包住了整个脑袋,穿上当时认为最美最体面的衣裳,然后抱起我放在了我爸自行车的前梁上,被我老爸带去前门大街玩耍。回来的路上,我满载而归了一堆小发卡、小玩具和糖果糕点什么的,兴奋得不知所以。

在路过天安门的时候,我爸随口问我:"长大了想做什么呀?"

据说当时的我,想都不想就脱口而出:"想开个小卖部!"

长大后,我的大学中央戏剧学院离长安街不远。

没课时,我经常借辆自行车和同学们一起去长安街上的国家博物馆、故宫博物院看展,去亲近那些与我们专业有关的元素。

一个初秋的周末,我们一群同学和辅导员约好一同去故宫看展,逛长安街,感受秋日首都之美。我们班有位爱好摄影的同学那天还背上了昂贵无比的专业相机,我们借足了自行车,一同骑行在长安街上……

——"毕业后,谁会在这条街上工作呢?"那天,我们一群同学和大学辅导员撑住自行车在长安街等红绿灯的时候,一位同学突然扭过头来问了这样一个问题。

"哇!这可是咱们中国人最高理想的工作地点啊!这条大街上全都是拿得出手的单位——中国的国家机关各总部、大央企、大外企……最高规格的博物馆、大会堂,国家元首礼宾接待都在这里啊!这可是中国政治、文化核心之核心,但……咱们的专业好像与这个不搭啊,估计应该不会有人在这条街上工作吧?"另一位同学不确定地说。

"那也不一定,也许将来哪位同学搞学术研究会去中国社科院,有政治抱负的会去中宣部、国家广电总局和其他部委,做新闻媒体工作的会去中央电视台、中央人民广播电台或者北京人民广播电台、中国教育电视台,这不,也都在这条街上……"

那天,在天安门广场,我们取下徽章,打开脑洞,创造性地以某位同学的后背衣服为旗,拼出了一个中国简易地图,彰显了一下我们这些有志青年奉献祖国的澎湃理想。之后,我们背靠天安门,向着人民大会堂的方向,集体拍下了一张酷酷的合影——那时的我们万万没有想到,8年后,我们面对的方向,建起了我们专业的最高殿堂:国家大剧院。

这座剧院的建成与使用,让我们的专业之梦,找到了故乡。

也不知是否受那天同学们谈话的影响,毕业后的我真的在长安街落脚了我事业的第一站——我去了中央电视台,工作地点在长安街西段的军事博物馆东配楼。

因为新闻工作的特殊性,每天,上班时曙光微启,下班后已是星月满天。当我行走在连接长安街马路两侧的过街天桥时,总有种很奇妙的感觉,如同行走在"梦想"与"现实"之间——看着脚下川流不息的车河,望着远方属于这个东方大国巍峨的天际线,我时常想:长安街,中国历朝历代有志青年建功立业的目标首选之地,在这条长街上工作的人们,心中应当都有一个关于理想的故事、关于奋斗的故事、关于家国情怀的故事吧……

和所有在这条街上工作的人们一样,我在这里工作的时候,也是怀揣着藏于内心的骄傲与梦想,一步一个脚印、认真努力地从零做起的——在这条街上,我成功编辑了自己的第一条新闻,播出了自己的第一部纪录片、考出了全国普通话一级乙等证书,作为总导演出版了我国第一套幼儿园教材示范片光盘……

在军博东配楼的二层,我曾经用颤抖的双手握住自己的第一份电视专题片策划案,壮着胆子走进了全体领导的审片室,勇敢地将策划案递给了我们当时的最高领导,一位主管所有军事栏目的将军,请他批准我去最艰苦的边海防前线拍摄专题片……那天,那位将军没有批评我的莽撞,反而认真地在我的方案上修改批注,并鼓励我去实践我的理想。在那一刻,我感受到了一份属于这条长街的宽厚与恢宏,感受到了在这条街上工作人们的素养之高!

在这条街上,20多岁时的我还被推荐聘请为北京邮政系统的演讲老师,在长安街东段的北京邮政大楼里,我带着我的选手们,参加了整个系统的演讲比赛,在激烈的竞争中,多次取得了好成绩!

而真正让我的"理想"绽放出花之芬芳的,是2010年前后,我在中国社会科学院参与创办中国社会科学网的那些日日夜夜。那个时候,我几乎将我毕生所积累的才华和经验创造性地倾泻在这一方即将"上线"的中国学界阵地上:忘我地投入其中,既采访、写文章,又做主持人,同时,面对世界互联网大潮的深度席卷,面对我们正在日益改变的生活方式,我对于构建整个社科网深度思考所提出的规划方案,被当时社科网的负责人评价为"社科网的思想者"——那几年,我的理想之花盛开在长安街东段的这个大院里。

而近两年,我"出现"在长安街频次最多的工作,则结缘于我以"作家"身份,参与编写了北京市委市政府推出的展现新北京时尚生活的畅销书籍《潮北京——北京网红打卡地》系列丛书。北京广播电视台作为书籍的策划方,给我们这些志同道合的事业合作伙伴们提供了以此为由亲近长安街的机会。我们经常因开会和做推广节目而往返于坐落在长安街东段的北京广播电视台大楼。也无独有偶,我们《潮北京》第一辑图书的首发仪式落地在长安街中段的西单北京图书大厦;而今年《潮北京》第二辑的首发地点则定在了长安街西段的首钢园。这样的巧合,更是在岁月中不断渲染和加深了我与长安街的缘分。

放飞梦想,勇敢在这条长街上不同地点、不同领域的工作尝试,拓宽了我的视野,释放了我个人的潜力。也让我与这条祖国第一长街结下深厚的"理想"之缘——而多年后,当我们一帮同学、好友聚会的时候,我惊讶地发现:很多好友已经通过自己多年的奋斗,在这条街上找到了属于自己的位置:海关总署、中组部、中国银行、中央电视台……他们的理想之花,也扎根盛放在这条长街上。

时光拨回到20年前,那个在长安街工作的起点,那时的我刚成为中央电视台的一名实习编辑。有天早晨,我来到军博对面的胡同里吃早点。当时那里有一个流动的早点摊,经常有位30多岁的外来务工大姐推着车子在这里卖"煎饼果子"。清晨的阳光美好如希望般洒在我们脸上,我把钱放进了她摆在车台上的小铁皮桶里,一边看着她摊鸡蛋撒葱花香菜,一边闻着扑鼻的香气和她聊着天。她把做好的热乎乎的煎饼递给我时,我清晰地记得她面向胡同尽头的长安街方向,接着我们聊天的话茬,说出了一段让我一生难忘的豪言壮语。

她说:"北京这个地方,你敢来,它就敢接住你!你诚心做人、肯吃苦、用力活,它就不会让你输!"

作者简介:

盛蕾,中国散文学会会员,北京作家协会会员。作品散见于《人民文学》《青年文学》《解放军报》《欧洲时报》等。曾为中央电视台记者、纪录片导演、中国社会科学网早期主持人、报纸专版作家、独立发行电视栏目执行主编、频道监制等。

亲情永在长安街

崔汉婕

说起长安街,很多人都会不由自主想到宽敞雄伟的天安门,四通八达的王府井商业街,矗立有中国海关大楼、交通部、社科院、中粮广场、恒基中心和北京火车站的建国门内大街,但在我内心深处,则是西长安街延长线上的复兴路,因为那里曾留下了我与妈妈的印记。

我的妈妈得病去世已经七年了,一个人结束了人生之旅的终点,或许以后只能换一种方式再"见面"了。只是这另一种方式又是什么呢?

妈妈鲁晓燕生前是空军总医院影像科主任,平时工作很忙。我记得小时候妈妈总是早晨六点多就走了,晚上十点多才回来,有时周末还要加班。但妈妈只要有空都会陪伴我,周末我们常去的就是西长安街上的复兴路。

那时我家住在甘家口,我和妈妈几乎每个周末都会乘坐公交车沿三里河路到木樨地北站下车,再步行至复兴路上的军事博物馆或者中华世纪坛参观。

我和妈妈喜欢手挽手走在复兴路上,享受被阳光滋润的感觉。从我家到木樨地,我们最常坐的公交车是114路,几年间,它从有人售票到无人售票,从票价五角到一元,从车身绿色到湖蓝色。

我们通常会去吃复兴路上的狗不理包子。我最爱吃那里的猪肉大葱馅包子,一口咬下去,满口肉油留香,再配上一碗清爽可口的绿豆粥,真是畅快淋漓。我那时有一个心愿,一定要去天津尝尝最正宗的狗不理包子。只是后来长大后去了天津,反倒觉得没那么好吃了,不知是不是因为只有和妈妈一起吃,才有着别样的味道。

有时我们还去旁边一家小型电影院看电影。说是电影院,其实里面只有一间面积很小的电影放映厅。记得第一次看的电影是《战争与和平》,当时我的年纪还小,对里面的故事情节和人物都不太懂,只觉得女主人公娜塔莎好漂亮,热情奔放,敢爱敢恨,勇于追求自己的幸福,与年轻帅气的男友准备私奔未果,才发现自己被骗,伤心欲绝。

后来我们又在那里观看了《安娜·卡列尼娜》《这里的黎明静悄悄》等。妈妈总会在旁边提醒我哪处是关键情节,她偏爱外国文学和电影,所以还引导我看外国名著。现在想想，我对文学的热爱，很大程度上得益于小时候妈妈对我的培养。那时候，每逢晚上坐车回家，我和妈妈总爱在宽敞明亮的复兴路上漫步一会儿，再回到木樨地坐车。有时，老远看到要坐的车迎面来了，我们都会争相小跑起来，时而妈妈跑到前面，转而我又跑到前面；有时我们气喘吁吁终于赶上了车，有时没赶上，却也不懊恼，还相视一笑，可谓乐在其中。很多年以后，我还难忘与妈妈在西长安街上追车的情景，想想那时妈妈能跑到我的前面，多亏了她早年在部队锻炼得身体素质过硬，工作这些年也一直在锻炼。

后来，我家搬得离西长安街远了，再加上工作忙，我有好几年没再来过那里。有一次，单位里组织职工去军事博物馆参观纪念长征胜利 80 周年展览，我沿着宽敞明亮的复兴路往西走，以前是与妈妈一起走在这条路上，现在则是我一个人走。

军事博物馆前面，一排高大挺拔的雪松庄严肃穆，怎能不让我想起当军人的妈妈。她早年参军，后来在空军总医院工作，1975 年辽宁海城大地震和河南驻马店地区上蔡县水灾的时候，妈妈都主动要求去前线救援。那时条件非常艰苦，只能在临时搭建的帐篷里救人，遇到危重病人，还要嘴对嘴人工呼吸。即使这样的环境，妈妈还为大家朗诵郭小川的诗歌，鼓励大家坚定信念，不怕困难，渡过难关。救援任务完成后，妈妈因为表现优异，被党组织吸收入党。从此，妈妈用一生，履行了对党和空军事业的忠诚。

在军博里，我也想起家里另几位终身从戎的亲人，他们是我的爷爷、奶奶和爸爸。爷爷是为祖国空军事业做出毕生贡献的老党员，他是河北雄县人，1938 年加入中国共产党，曾担任八路军冀中军区 10 分区独立团团长，之后升为 10 分区地委常委，还领导了白洋淀地区著名的"雁翎"抗日游击队，与日军作战，被冀中军区评为"抗日英雄"。我曾经读过"雁翎队"的抗日故事，那正是我爷爷那一辈人浴血奋战的战斗经历。

新中国成立初期，爷爷先被任命为河北省公安处处长，后来又去刚刚成立的兵工总局，担任飞机制造厂的主要领导，陆续生产出轰-5、轰-6 型轰炸机，安-20 大型运输机，运-7、运-8 型军用运输机，为航空航天事业做出了突出贡献，受到了党中央领导的肯定与接见。

记得国庆天安门大阅兵时，我们全家人在电视机前观看，只见一架架战斗机从长安街东面飞来，经过天安门广场上空接受检阅，然后向西长安街飞去。爸爸情不自禁地指着其中几架飞机对我说："你看，这是你爷爷生前制造的飞机。"从那以后，随着自己年龄的增长，我对爷爷他们那一代的认识逐渐加深，越发敬佩他们对国家安全的贡献。

我的奶奶崔桐芳也是军人,她1945年年初投身革命,新中国成立后在公安系统任职。她之所以参加革命,还是受了我曾姥爷崔校阈的影响,我曾姥爷1938年就参加革命,是枪械维修专家,任八路军冀中军区兵工厂首任厂长。

在我家,爷爷、奶奶、爸爸、妈妈和他们的上一代都是军人,可谓军人之家。所以,当我置身西长安街的军事博物馆,看到那些战争年代的照片、展品和军械设备,感觉无比亲切,犹如看到他们那一代代人的奋斗,感受着他们所经历的艰苦岁月和革命精神。我甚至梦想,如果我家几代人一起来到这个充满他们专业特征的环境中,该是怎样的一番情景?

这怎能不让我对军事博物馆怀有一种特殊的感情?

伫立在军博大楼前面,走在西长安街上,我的心久久难以平静。时隔多年,很多人和事物都已随着时间改变,唯一不变的是烙印在这条街上的精神和情感。一些亲人已经离开了我们,但他们的军人之魂凝聚在这里。

当然,亲人中与我的生活最为密切的是我的妈妈。

缓步走在西长安街宽阔的便道上,忽然,马路上一辆公交车疾驶而过,那一瞬间,我不知怎么了,突然想再次找到当年和妈妈一起追车时的感觉,便追着那辆车跑了起来,犹如妈妈还在身边。

哪里还追得上呢?只见前方公交车的红色尾灯逐渐变成一个越来越小的红点,消失在远方。

作者简介:

崔汉婕,曾在《北京日报》《北京晚报》《小小说月刊》等报刊发表作品,与阎崇年、萨苏等老师合出《遇见一家书店》并获奖,散文作品入选《新北京新京味儿——百年百篇话北京》。

长安街上清华人

崔孝光

如今,我是在京颐养天年的耄耋老人,但我不是"原生态"的"老北京"。因此,我说的事儿都是我踏上京城大地后的经历了,其中长安街上的三件事让我老汉没齿难忘。

长安街上的灯

二十世纪五十年代我揣着梦想与憧憬,背负着全家的希望从齐鲁大地来到京城求学。记得很清楚:那时火车票价快车、慢车相差很多,因此我从济南搭乘慢车来北京,如今乘高铁两个小时的路程那时几乎跑了一天一夜!我从前门火车站下车踏上京城大地时,高高的前门车站钟楼的指针已是傍晚七点多了,这一天是1955年9月5日。我早早地在火车上就把清华大学的录取通知书攥在手中,一出站,红底白字"清华大学新生接待站"的醒目条幅就映入眼中,很快办完认证后,一笸箩馒头、一盆咸菜、一桶开水为来自全国各地投奔清华大学的学子们在车站广场上席地接风洗尘了。接待站负责人告诉我们:先把行李放在汽车上,要等到接完最后一班车,大约晚11点才开车回清华——也真怪,他的话音刚落,这些来自天南地北的年轻人就不约而同地向天安门进发了,这其中自然也有我。

仰望天安门是我童年时期就埋在心中的一个夙愿,我要近距离仔细端详高挂在天安门城楼的毛主席巨幅画像,这也是家中老人们的再三嘱托!我情不自禁地随着人流来到天安门前时,已是华灯初上时刻了——马路边上的路灯及道路上行驶的汽车灯、电车灯还有自行车上挂着纸糊的小灯笼,各显其能尽情地释放光芒为长安街照明,但远没有今日长安街灯光明亮,更谈不上灯火辉煌。我还依稀看到路边流动叫卖的小贩点的是电石气灯(乙炔气)——灯的底部是一个金属制作的乙炔发生罐,在罐子的上部引出一根向上的铜管,铜管顶端溢出的乙炔气体就可以点燃照亮了。远远望去,那飘荡的火苗亮光闪闪好似飞翔的萤火虫,也颇有意思。这闪动的微弱火苗也为长安街增加了一丝光芒,这让我记忆犹新啊。如今要想看此灯具只有在潘家园旧货市场去淘宝了,它成了一个时代的记忆符号!

长安街的建设促进清华健儿成长

常常听到人们赞美说：美丽的清华园是"工程师的摇篮"，这意味着清华学子们在成长过程中既有理论知识的扎实基础，也要有"真刀真枪"干工程的实践历练。

1958年我已是清华大学土木建筑系三年级学生了。那年暑期我们班参加了长安街上东单至建国门展宽工程的生产实习。这项工程涉及长安街道路的展宽、上下水管道的铺设、输配电缆的安装等综合工程，由于工程位于众目睽睽的京城长安街黄金地段，因此对工程的质量控制、计划管理、进度安排和安全保障等要求更为严格了。当时工地附近难以安排同学们住宿，施工单位不得不在前门火车站北侧的城墙上临时搭建两座木板房作为实习学生的男女宿舍，大家开玩笑地说："我们在京城的城墙上'安营扎寨'了！"同学们还说，这也是难得的机会，让我们真实地瞭望了京城的"鸟瞰图"，当然，这是意外的收获了。当时，1958年11月的《人民画报》刊登了我们班在长安街劳动的画面，现在已经成为历史的记忆。

我们每天徒步往来于前门至东单、建国门工地之间，费时费力，但爱学习的清华学子们也没有荒废这段宝贵的时光，每日在途中往往三三两两地边走边议论工程中所发现的问题，有些合理化建议就是在路途中形成的，但有时，在途中争论起来还引起过往行人的误会哩！记得我们班上有一位女同学，她门门功课优秀，办事认真一丝不苟，因为说起话来声音动听，大家给她起了外号"夜莺"。这天她在归途中，途经天安门广场时与几位男同学就施工方案争论起来，她同时与三四个男同学论战，结果引来广场游客们的好奇围观。此刻，同学们不好意思地给群众解释："我们讨论工程施工方案哩！"一位游客对着"夜莺"幽默地说："好一位巾帼英雄！"写到这里，联想起1986年在天安门广场综合工程工地上悬挂的工地职责安排表牌中的总工程师，就是当年的"夜莺"——金文漪同学。那年，天安门广场综合工程的质量美誉全国，真可谓"有口皆碑"。当1987年年初我准备去她那里"取经"时，方知这位"巾帼英雄"已带"大批人马"施工技术人员飞往马尔代夫执行援外任务去了。金文漪同学曾是北京市市政三公司副经理，退休前是北京市政工程设计院院长。

长安街上的车

我至今清楚地记得1955年9月5日我踏上京城大地看到电车时自己的兴奋，因为那时在俺们山东老家没有电车，来北京后才开眼了。其实那天在前门火车站就已远远看到电车,但因忙于解决最迫切的报到、吃馒头等事项,所以到了长安街才得以近距离端详了电车的模样。直到听到"铛铛"响的铃声后,忆起老舍笔下老北京的故事又进一步印证这是名副其实的电车了!也许那天新来乍到京城,想多了解一些北京的事儿,以便向守在老家等候平安家书的父母多汇报些京城的新鲜事儿,那晚我特别仔细地观察——在茫茫的车流中我看到有汽车、马车、拉行李的板车、牛车、自行车和三轮车等,小卧车还是属于凤毛麟角,在长安街上也不多哩,骆驼祥子的洋车已不见踪迹了。

在清华园学习的六年中因忙于学习来市区的机会不多,但每次来市区在百忙中也要到长安街走走看看。当年途经东西长安街的4路汽车给我留下深刻印象——这条公交线路因客流多,每一辆公交车由两节车厢组成,前后车厢互不相通,每个车厢设有一个售票员,手持小红旗,与司机和另一位售票员遥相呼应,后面的车厢走起来晃晃荡荡,远远没有今日行驶在长安街上的大通道客车平稳舒适和美观!这种形式的公共汽车在长安街上也行驶了多年啊!

若是说,当年行驶在长安街,由两个互不相通的车厢组成的公共汽车给人们的感觉,只是没有今日大通道公共汽车舒适美观的话,那么,1960年前后从西单分别开往石景山和玉泉路、以煤气为动力的37路和38路公共汽车,让人看了就有些心酸了,当您在思索"汽车为什么不用汽油而用煤气"时,可能会让您动情地潸然泪下。

二十世纪六十年代在北京工作的朋友们一定会记得37、38路公共汽车顶子上驮着一个大煤气包的情景吧!那时国家缺少石油,部分汽车只能依靠煤气做动力前行。汽车顶子上的气包充满煤气后,车的高度我看不亚于当今双层客车的高度哩!车顶气包是由黑色橡胶袋制作,这看上去黑乎乎的庞然大物,在行走过程中气体逐渐减少,气包也由大变小,因而,汽车行走起来气包晃晃悠悠、哆里哆嗦,这一"景观"给那个时代的公共汽车增添了一个特定的刻骨铭心的形象——那是因为我们国家缺乏石油所致啊!那时我和同学们正在石景山钢铁厂参加毕业实习,天天从西单乘坐顶着大煤气包的37路去上班!那刻骨铭心的形象也深深印在同学们的脑海里。记得在即将奔赴工作岗位时的毕业座谈会上,好多同学都谈起那刻骨铭心的形象,纷纷表示:要发愤图强为改变祖国的贫穷落后的面貌而奋斗!

当老汉我在计算机键盘上敲打这篇征文稿时,边敲边想,有时笑,也有时潸然泪下——我的孙子不解地问我:"爷爷您怎么啦?"我告诉他长安街愈来愈美了,值得庆祝,我高兴,笑了!长安街的变化它牵动着多少人的心啊!我们京城的男女老少与长安街亲密相处,目睹着它的美丽,享受着它的方便,可还有难以计数的默默无闻的劳动者为长安街的美丽贡献了力量、智慧乃至生命!我们应感恩啊!我深信在党的领导下,这条康庄大道一定愈来愈美!

作者简介：

崔孝光,1955年至1960年在清华大学土木建筑系学习,毕业后成为工程兵部队一员,1976年转业至北京市市政工程设计研究院至退休,高级工程师。

徒步长安街　报迷观花坛

彭援军

2021年7月4日,北京有一群爱好集报的报迷,相约从建国门到复兴门徒步参观、见证庆祝建党百年10组立体大花坛,拍照留下珍贵影像。

这是一个星期天,多云天气。我早7点半从所住大兴出发,把座驾开到德茂庄停车场,持老年卡乘快速公交1号线到达前门。忘了天安门周边仍在交通管制中,眼看前门地铁口上着铁栅栏,我赶紧下地下通道东行,坐上9路公交车,从崇文门坐地铁2号线到建国门。

在长安大戏院前

长安街上的第一座立体花坛"开天辟地"坐落于北京建国门西北角,长安大戏院东南角路口处,花坛以中共一大会址上海石库门和南湖红船、党旗为主景,重温中国共产党的诞生历史及红船精神,昭示人们不忘初心、牢记使命、永远奋斗。

我赶到时,恰好刚到集合时间上午9点,报友已来10多人,组织者周连成报友已从燕郊赶来。孟繁茂报友带来小党旗和红气球给大家发放,我则拿出专门为这次徒步活动所制作的旗子和大粗笔,报友纷纷过来签名。而更多报友则在拍照。

"开天辟地"花坛前拍照的人很多,几位全副武装的骑游者停下自行车,以红船为背景拍照。我手里拿着旗子上前与他们打招呼说:"咱们合个影吧。"骑游队里那位领头的大高个儿,扯着旗子,念起上面的诗句:"永远跟党走,七一集报行,观赏十花坛,启程建国门;展示精品报,建党百年庆,徒步长安街,收官复兴门。""嗯,好诗,咱们来合影。"这位膀大腰圆的骑游者先是与我合影,接着又招呼他们五六位骑游同伴与我这边的十几位报友一起合影。骑游者得知我搞主题集报自驾车万里行有四年了,今天在长安街观花坛相遇大家很是荣幸。

合影照中的外地报友杨荣津,是刚坐高铁从天津赶来参加徒步长安街、观赏十花坛的。我向他介绍说,十组立体花坛是以"小小红船到巍巍巨轮"为创意线索,依次讲述开天辟地、建军大业、建国伟业、改革开放、走向世界、人民至上、全面小康、创新发展、美丽中国、扬帆起航的不凡故事,展现了一幅幅生动的历史画卷。东长安街花坛选取革命、建设、改革开放时期的重要历史事件,回顾中国共产党的奋斗历程;西长安街花坛展示党的十八大以来取得的辉煌成就,展望全面建设社会主义现代化国家波澜壮阔的美好未来。

众报友还手持《山西集报》等十家集报民刊联办的一米多长的"七一特刊"连体报合影,引来游人驻足观看。过路行人指着这么长的长版报赞不绝口。大家用我带的这份报纸拍照完后,我就把这份珍报赠给了天津报友,他则回赠我《天津日报》建党百年百版特刊。

上午9点半,我们从这里开启了观赏长安街十大花坛的徒步之旅。在微信群里接龙报名的是18位报友,实际参加的有23人,其中还有贾建中报友的夫人。

在东单十字路口

年近80岁的万长红老报友一大早就从大兴区往这边赶,但中途坐错了车,当我们快走到北京站口时,万老骑着共享单车赶了上来,他跟我们一起在东单十字路口东西南北四个角的四组花坛合影照相。万老在烈日映照下红光满面,丝毫看不出他是前几年得过大病的人,看来集报活动好处就是多,能让人精神愉悦,身体康健。

我们在东单路口的行走路线是,先在东单东北角拍"建军大业"花坛拍照。该花坛以南昌起义指挥部旧址及冲锋号角为主景,寓意中国共产党创建人民军队,开启了中国革命新纪元。接着过长安街地下通道,来到东单东南角的"建国伟业"花坛,这里是以"1949"年号、喜庆礼花为主景,配以《没有共产党就没有新中国》乐谱、簇拥的花朵等,重现在中国共产党的领导下,中国人民从此站起来的辉煌时刻。然后,我们过南边的东单天桥,来到靠近东单体育场的西南角"走向世界"花坛,此组花坛以鸟巢(2008年北京奥运会)和冰丝带(2022年北京冬奥会)以及世界地图为主景,配以冬奥会吉祥物以及我国举办或参与的重大国际活动标志(如WTO、"一带一路"、北京APEC、杭州G20、金砖厦门会晤、博鳌亚洲论坛、中非合作论坛、上合组织峰会等),体现在党的正确领导下,伟大的祖国阔步走向世界的历史进程。再过地下通道,来到东单西北角的"改革开放"花坛,花坛以小岗村牌楼、深圳城市剪影为主景,展现了在我党领导下,中国人民实现从站起来到富起来的伟大飞跃,继续发扬孺子牛、拓荒牛、老黄牛精神。

在这几组花坛前,我观察到,最热心来看花坛的是外地人,有一大家子的,有小夫妻,有小学生,还有北漂年轻人。我出于记者的职业习惯采访他们,他们都发自肺腑地感到今天生活的幸福,感到祖国的日益强大。把集邮和集报结合起来搞收藏的跨界报友顾玉超,还身背印有"北京晨报"字样的书包,书包里带来今日观长安街花坛的重要"道具"——图文并茂介绍长安街十组立体花坛的《北京日报》,几乎每位报友都手执这张珍报在不同的花坛前摆姿留影。

越往天安门方向走,人流越多,于是我们临时决定改日再去天安门广场一游,今日则坐公交车快速通过天安门地段。当我们从公交车上看到天安门沿线和天安门广场上人山人海的景象,顿感我们决定在休息日避开去天安门的人流高峰是正确的,这样可以大大地赢得时间。

在西单十字路口

在西单下了公交车,有报友提议先去西单图书大厦的红色书籍专柜看看。进到高大敞亮的图书大厦,迎面就是建党百年庆祝氛围浓厚的"红色经典,献礼百年"专柜,多位到场的报友手持习近平总书记著作和党史书籍拍照留念。

从图书大厦出来没走多远,就碰上志愿者服务站的工作人员向我们发放庆祝建党百年宣传品,我们本想人手一份,可她们讲,一千多份宣传品,昨天一天加今天不到半天都发放光了。报友们与多位女志愿者持旗子合影离开后,我忽然想起包里的"七一特刊",赶紧拿出来,请四位女志愿者持报留影,然后把报纸赠送给她们。一开始,像是组长的女同志警惕性很高,摆手不参加合影。当她们仔细看了看后,都伸出大拇指点赞,愉快地合了影。

在西单东北角,我看到"人民至上"立体花坛充满生活气息的画面——在嵌有"以人民为中心"六个大字的红旗背景前,是戴着口罩的医务工作者、人民警察、坐在校车里的学生、跑步的年轻人、推婴儿车的妈妈、打太极的老人,大家脸上都洋溢着幸福的笑容。这正是体现了中国共产党"以人民为中心"的发展理念。

过地下通道来到西单东南角的"全面小康"花坛,花坛以十八洞村旧貌换新颜的幸福生活为场景,体现在迎来中国共产党成立100周年的重要时刻,全面建成小康社会取得伟大历史性成就,决战脱贫攻坚取得决定性胜利。我看到,巨大弧形的绿花底面,由黄花组成的醒目大字:9899万农村贫困人口全部脱贫,832个贫困县全部摘帽,12.8万个贫困村全部出列,这是令国人多么自豪、令世人瞩目的世纪大事啊!一定要在这里拍个大合影。说是大合影,有的已经走散了,像贾建中夫妇就先行一步,去了天安门。他在微信群里即时告诉大家:"天安门安检速度挺快的。"

过南边的西单天桥,来到西单西南角的"美丽中国"花坛,只见一幅"画卷"徐徐展开,起伏的山脉镂空结构,既节省了空间又通透飘逸,充满中国水墨画的美感。五六米高的山间"瀑布流水",是用粉白色马蹄莲花呈现,微风吹过犹如水波荡漾,带给人清凉灵动之感。这个以锦绣江山为主景的立体组合花坛,勾勒出祖国雄伟壮阔的美丽画卷,寓意祖国江山永固,基业长青。过地下通道,西单西北角的"创新发展"花坛紧跟时代热点,科技范儿十足——嫦娥五号月球探测器、天问一号火星探测器、奋斗者号潜水器,展现了创新发展、科技兴国的辉煌成就,吸引着大量行人驻足拍照。

在复兴门桥头

从西单往西走,我们路过了长安街北侧的民族文化宫、民族饭店等著名建筑,在复兴门地铁站、百盛商场附近,我们与又一个志愿者服务站的工作人员互动,报友们拿了一些宣传品,人手一份的愿望如愿以偿。这个志愿者服务站是清一色的男青年,统一服装。几句攀谈,他们就高兴地与我们持报合影。

由此向西不远处,即是最后一个花坛"扬帆起航",花坛位于复兴门桥头东北角,我们先是隔着马路持旗子拍摄了远景,蓝天白云、远处建筑尽收在摄影画面之内。我们通过人行横道来到花坛近前,花坛以载满鲜花的巨轮、嵌有"中国梦 新征程"的彩虹门为主景,寓意乘势而上,开启全面建设社会主义现代化国家新征程,向第二个百年奋斗目标进军。

大家忙乎着单人照或是合影照。这时,我发现一位老者一直在花坛那儿徘徊。等我们照完相,老先生开口说,请帮忙给他照个相。报友争先帮照。我细观老者,身板挺直的瘦高个儿,短寸白发,戴个眼镜儿,身穿庆祝建党百年特制T恤衫,胸前佩戴着"光荣在党五十年"纪念章。于是我马上向老先生提议,我们拿几种旗子及"七一特刊"跟他在"中国梦,新征程"花坛前合影,老先生显得十分开心,特别是当报友拿出大幅党旗合影时,老先生略显激动。合影过后,我把提包里最后一份"七一特刊"送给老先生。老先生看后,高兴地说,这是建党百年之际我收到的最好的礼物之一,回去一定仔细阅读,好好学习。交谈中得知,老先生今年73岁,1968年入的党,他自感得到这枚"光荣在党五十年"纪念章,得之无愧,半个世纪踏实工作,埋头苦干,两袖清风,这一辈子尽到了党员义务,无愧于共产党员这个光荣称号。他家原来住菜市口,现在搬到丰台区了。尽管今天来这儿得倒几趟车,那也一定要来看完这十组花坛,亲身感受建党百年的喜庆氛围。临别前,顾玉超报友与老先生加了微信,老先生说:"我肯定会把用我手机拍的照片传给你们的。"次日,顾玉超报友把老先生传来的多张照片传到了北京报友群里,供大家共享。

中午时分,大家在复兴门最后一站合影留念解散前,从怀柔赶来的王伟伟报友还向坚持走完全程的九位报友发放了"人民日报五十年"明信片等纪念奖品。9个人里,60岁以上的有5位,年龄最大的是72岁的张竹忱。20年前就装了心脏支架、十年前又做心脏搭桥手术的戴新华说,这些年一直坚持爬香山,徒步锻炼就是好,身力大增,元气大增。家住大兴南海子附近的老三届老知青金庆章说,作为老北京人,走十里长街观十大花坛真是不虚此行。还有远道赶来的芦均花(固安)、卢洪萍(门头沟)以及病后初愈的许言汉报友。

"十里长街一路行,跟党阔步新征程。"——永远跟党走,徒步长安街观立体花坛活动一结束,收藏有3000册老北京图书的贾建中报友,就把他拍摄的"十全十美十花坛"佳照传到徒步长安街专群和北京报友微信群里,与大家共享。

作者简介:

彭援军,长期担任旅游界某刊物主编,从事过旅游策划、规划、评审等。出版《汽车安全驾驶必读》《体育健身300篇》等专著多部。曾荣获首批"中国优秀书报刊收藏家"称号。

二哥和我与长安街

蒋 桐

当我提起笔写长安街时,想到了我在长安街上的照片。仔细翻看这一张张照片,不由得让我陷入了深深的怀念当中……因为这些照片都是我故去的二哥拍的。

小时候,我家在东城区灯市口,离长安街较近,所以长安街就是我们小孩常来常往的地方,天安门广场更是我们追逐的乐园。那时感觉长安街没有那么长,从东单走到西单是我们的家常便饭。那时也没有什么交通工具,家里唯一的破自行车,还是父亲上班用的"看家宝"。为什么叫"看家宝"? 因为家长老看着,不让我们动,怕骑坏了。所以,甭管我们去哪里,都是"腿儿着"。也奇怪,那时走多远都不累,精力特别旺盛,也可能长安街的美景太吸引我们了。特别是盛大节日,华灯齐放,甚为壮观。我们一路走,一路玩,一路欣赏。

长安街的东边有个东单体育场,比较简陋,只有几个篮球架和一个简单的足球场。二哥有时带我到这里玩篮球,因为我小,他长我五岁,到哪儿都罩我。并且他比较胆大,经常给我挡横儿。那时,到体育场玩个篮球也是不容易的,要早早地去排队,租一个篮球,还要押着户口本。从家里拿出户口本是很难的,这事就交给二哥办,因为他胆大心细,父母比较放心。二哥很有组织能力,常常把不认识的孩子"拉拢"过来,打上一场。有时孩子们为争一块地盘、一个篮板而打架,二哥都会出来劝架。

但有一次,是我跟人家打了架,让二哥遭了难。至今想起来,都悔恨不已。我为了争一个球跟一个孩子动起手来,对方吃了亏。那个孩子见我二哥在,可能有点畏惧。但他不服气地说:"你等着!"说完就走了。过了一会儿,他真叫来几个跟二哥一般大的小伙子,不分青红皂白向我扑来。说时迟,那时快,二哥猛虎下山般地挡住了他们,并大声跟我说道:"赶紧跑!"听了二哥的话,我撒丫子就往外跑,飞一般地跑进一个胡同躲了起来。过了好一阵子,我出来找二哥。走到大华电影院门口,看到了二哥,他也正在找我。只见他浑身血迹,嘴角已经肿破,我焦急地拉着他的衣袖问:"你怎么样了?"他倒是若无其事,一边掸土,一边说:"没事!"然后,他整理整理衣服,拉着我说:"走,回家吧!以后别找事了!"回家的路上,我一边走,一边哭泣……都是因为我！让二哥受伤，太对不起二哥了！我真想狠狠抽自己几个嘴巴，让自己长长教训，再也不能给二哥找事了。从此以后，我老实多了，很少与人争执，能忍就忍，绝不能再给二哥和家人找事了。

如今，半个多世纪过去了，这件打架的事让我刻骨铭心，终生难忘。这不但有感于二哥为了保护我而奋不顾身，更重要的是让我对未来的人生树立了"忍为高，和为贵"的做人、做事的理念。凡事冲动时都想想后果，都想想家人。同时，今天再想想，为了一个球而打架，是多么可笑！但确实是真事，因为那个年代物质太匮乏了，谁家有个球也是凤毛麟角，宝贝得不得了。即使有个球也只是在胡同里玩玩，并且会招来一堆孩子追逐，能到体育场里去玩球是件非常奢侈的事情。

今天，过去的东单体育场已然成为现代化大型的综合体育中心，占地面积23000多平方米，体育馆就有7个，各类体育项目应有尽有。篮球场有馆内和馆外，随便在哪里玩，再也不会为争个地儿、争个球而动手打架了。还有二哥生前喜欢的游泳，在这里有国际标准的游泳池，如果二哥还在世，那该多好啊！他就不会总冒生命危险到六里屯野河里去游泳了，因为那里每年夏天都有溺水而亡的事情发生。

抚今追昔，像做梦一般，我们国家发生了翻天覆地的变化。从一个普通体育场的发展，就可以看得出来祖国真的强大了。

除了体育，摄影应该是二哥的最大爱好。前面讲了我有很多照片都是他照的，特别是在长安街照得最多，因为他爱长安街，按他的话说："景点多……"

他那海鸥牌120黑白照相机，是他省吃俭用买的。照相是很费钱的，他曾把父亲给他的军大衣卖了，买照相器材，记得为这父亲还打过他。但他仍痴心不改，确实着迷了。有几次我跟他熬夜洗相片，拉上窗帘，房间黑黑的，什么显影、定影在水里涮来涮去，干得非常认真。

因为胶卷很贵，所以照相的时候特别小心，也很紧张，不敢浪费一张，拍一张要费很长时间，对光圈、找距离和角度等。他还拿个小本子做着记录，不厌其烦地给我照了很多。但他却舍不得为自己照一张，至今我手里都没有一张他像样的照片。

你看这张照片我都骑在天安门狮子上了，笑得多么开心。但二哥当时却是大汗淋漓，他一边看着镜头，一边大声指挥着我："再往这边靠靠，把手放下，头抬起来……"他为了找到最佳位置，跑前跑后，有时单膝跪地，有时甚至趴在地上，变幻着各种拍摄姿势。

那时候，天安门管理没有那么严格，我们这些孩子在金水桥上跑来跑去，嘴里哼着："我爱北京天安门，天安门上太阳升。伟大领袖毛主席，指引我们向前进……"当我抬头看到天安门上毛主席的画像时,总是久久凝望着……因为上学的第一天,学习的第一个词就是"毛主席",会写的第一句话就是"毛主席万岁!"所以对毛主席的感情是根深蒂固的,一直保持至今。如今,每当我朗诵《为有牺牲多壮志》这篇怀念毛主席的散文时,我总是热泪盈眶。

  再看这一张照片,是在人民英雄纪念碑前照的。当时拍的时候我非常严肃,二哥笑着说:"你放松点,都解放了,应该高兴!"纪念碑对于我来说太熟悉了,小的时候常常到纪念碑周围捉迷藏。累了,就开始看纪念碑上的浮雕,从"虎门销烟"到"胜利渡长江·解放全中国",这一幅幅历史画面,早已刻在我的脑海里了,并在我的幼小心灵里撒下了"英雄"的种子。周总理逝世时,十里长街送总理,我就在其中,痛哭不已,追随着灵车……而后,我曾多次在纪念碑下,大声朗诵纪念周总理的诗文。也因此,朗诵这门艺术就伴随了我的一生。

  这一张是毛主席逝世后,我和二哥跟父亲参加悼念活动时,在北京饭店门口照的。二哥说:"你把外衣脱了,搭在胳臂上,这样有派,像刚下车一样。"因为旁边有一辆上海牌轿车。看样子,二哥还真有点导演潜质。当时,父亲的工作地点在轻工业部,就在北京饭店对面。我们有时在长安街玩累了,就去找父亲,到他单位去蹭饭。父亲单位的同事对我们很热情,经常给我们好吃的。但这也是偶尔的事,因为这是父亲不允许的,父亲认为这样影响不好。

  再看这一张,是1977年全家人在天安门前的合影照,非常难得和珍贵,因为很少有二哥的影像,照片中右一就是他。因为后来改革开放,大家的工作都忙起来了,又各有各的家庭,一大家子人很难聚齐。这次合影全家出动,也是二哥的功劳,是他百般劝说而促成的。特别是在纺织厂上班的妈妈非常辛苦,她身兼数职,又是劳模又是车间主任,还是家庭主妇,出来一趟真是不容易!但是这个时候又是全家最轻松的时候,因为最艰难困苦的时期已经过去;大哥、二哥、三哥都陆续工作了,家庭经济有了根本性的好转,所以全家人都很高兴。二哥也是想给全家每个人都拍一张,再照个合影留下一张全家福。这张合影是二哥求一个旁人帮忙照的,这个旁人还略懂一些照相技术。但二哥还是教他好一会儿,生怕照坏,结果还是照歪了一点,但是全家人还是沉浸在了幸福之中。

  这一张是1994年国庆节时,我们一家三口和我的父母在天安门前的合影。也是二哥照的,也是他给我照的最后一张。你看照片上的我,是很帅的,媳妇也挺靓丽。儿子站在我父母前面,那时他也已经上学了,父母站在我和媳妇中间,看他们笑得多么幸福!

那天，二哥是开着面包车带着他的孩子和我们这一大家子到长安街游玩的。这时父母都已离休，儿孙满堂。全家人也已都搬出胡同儿，住进了楼房。

此时，二哥已下海办企业。他非常忙，走南闯北，十分辛苦。记得有一次，他去深圳接新车，两千多公里开了一星期，吃睡都在车上，中途还感冒发烧了，也不停歇。到了北京他先给我打电话，让我去取他给我买的衬衫和"蛤蟆镜"等港货。见了他，我嘱咐他半天要注意身体，不要太累了！但他还是他那句口头语："没事！"

他为了事业全然不顾自己的身体健康，废寝忘食、疲于奔命，有病硬扛。只见他越来越瘦，身体每况愈下。1995年年底，终因积劳成疾，肝病急发，不幸离世！

至今，二哥走了已经27年了，他给我的爱永生难忘。今天，再拿出他给我在长安街拍的照片，心中有无限感慨！因为他爱的长安街已经有了翻天覆地的变化，不但有各式各样的大型现代化建筑，而且美丽的长安街更长了，更主要的是我们的天安门更加雄伟了，我们的国家更加强大了！

清明节就要到了，我想告慰九泉之下的二哥：你爱的长安街一定会越来越美！人民也会越来越幸福！

多少次在梦里，我看见二哥笑了，笑得那么香甜、那么陶醉……

作者简介：

蒋桐，笔名阿桐，影视剧配音演员，朗诵艺术家。曾参与四届华语春晚并担任过多部影视剧的制片与导演工作，业余偶有文学作品问世。

当大会堂打开我的记忆之门

韩宗燕

我出生在北京，4岁多时随父亲工作的调动全家搬到了天津，直到"文革"结束后，已经参加工作近五年的我才又回到北京，确切地说，我是生在北京，长在天津的。前几年在毕业43年后的中学同学聚会上，一个当年的小排长（"文革"时期学生都仿照部队编制，不叫班级，都称之为连排）走到我身边非常认真地问我："记得听你说过，你妈妈有一张新中国成立初期叶剑英市长发的请柬，你还去过人民大会堂……"我就问过我妈妈："他们家是什么人呀？她怎么还可以去人民大会堂呢？"（这个同学的父母是从河北解放区参加工作的，也是离休干部）听到她的问话我愣住了，竟一时语塞。思索了好一会儿才琢磨明白：因为我三十多年来一直在中直系统的新闻单位工作，到人民大会堂参加活动和会议都是很平常化又顺理成章的事情，自己还真没有觉得这是多大的事儿呢！再仔细地进一步想下去，是啊，我们国家幅员辽阔，有14亿人口之多，北京是首都，是祖国的心脏，是亿万人民向往的地方，能来到首都北京看看天安门，那是多少人一生的愿望啊！且不说别人，就是跟随父母搬到天津的我和姐姐、哥哥也是每年放暑假都会缠着父母，让他们答应我们来北京，这个事儿有当年在北京的姐姐保留的信件为证。回想那些年里，能来北京可是我们生活中最快乐的事情，少年时在天安门广场的留影我至今珍藏着，还有，我是在天安门广场学会骑自行车的呢！

我大致算了一下，在人民大会堂看的电影和各类演出不做统计，我进出人民大会堂应该也有三十次之多了吧，原来自己一直认为很自然的事情，其实是多么大的荣幸啊！

我翻找出当年的日记和相关资料，打开保留的报纸书籍和相册，顿时打开了我记忆的闸门……

印象最深的是1979年10月19日，刚到民革中央机关工作没几个月的我有幸在人民大会堂参加了由全国政协、中共中央统战部举行的各民主党派和全国工商联代表大会宴会。我们从人民大会堂东门进入，步入宴会大厅，一眼望去，偌大的宴会厅里摆有数百个餐桌，见人们陆陆续续落座后，下午6时整，悠扬的乐曲声响起，党和国家领导人走上主席台。

那正是十一届三中全会后,十年"文革"导致的百废待兴的中国正焕发出生机,各行各业开始复兴,各民主党派、工商联的工作在停止多年又重新恢复后召开的第一次代表大会,可谓意义重大。邓小平同志在这次大会上的讲话中阐述了新时期统一战线的性质和任务。他明确指出,统一战线仍然是一个重要法宝,应该加强,应该扩大。它已经发展成为全体社会主义劳动者、拥护社会主义的爱国者和拥护祖国统一的爱国者的最广泛的联盟。新时期统一战线的任务,就是要调动一切积极因素,团结一切可以团结的力量,为在本世纪内把我国建设成为现代化的社会主义强国而共同奋斗……邓小平同志强调:"各民主党派和工商联都是我国革命的爱国的统一战线的重要组成部分。在新的历史时期,各民主党派和工商联仍然具有重要的地位和不容忽视的作用。中国共产党领导的多党合作是符合中国国情的社会主义政党制度,是我国政治制度中的一个特点和优点。"这个讲话已收入《邓小平文选》第二卷。

邓小平同志的讲话如春风雨露滋润着在座各民主党派和工商联人士的心,赢得了经久不息的掌声,这划时代的大会,划时代的重要讲话预示着:中国统一战线工作又迎来了春天!当时大家激动得几乎忘记了用餐。经历了二三十年凭票券购买物品的我们,看到服务人员端上桌的丰富菜肴,个个都惊羡不已。记得有大块鸡肉的炒鸡丁,有热气腾腾的红菜汤……还有一大盘切成大方块的哈密瓜,那是我吃到过的最甜最脆的哈密瓜。

1996年和2006年,团结报创刊四十周年、创刊五十周年纪念座谈会都是在人民大会堂举行的。团结报是1956年创刊的,那是我国统一战线第一个黄金时代,毛泽东同志正式提出"长期共存、互相监督""百花齐放、百家争鸣"的政治方针。时任民革中央宣传部部长的王昆仑倡议创办一份报纸,建议定名为"团结报",立意是要建设社会主义现代化国家,团结的人越多越好。正所谓是"国运昌,报运始昌",团结报在"文革"风暴中不得不停刊,在中国共产党的十一届三中全会后的第二个统一战线的黄金时代又复刊,复刊后的团结报从国内发行,发展到海内外发行,这份民主党派主办的报纸深受读者欢迎,成了有特色的在国内外颇有影响的报纸。

在团结报社工作了30多年的我,1997年到21世纪初从副刊部调到记者部工作,这期间每年的全国两会我都参加采访,在人民大会堂里亲耳聆听政府工作报告,各位代表、委员的发言,大会选举表决我也在场。还在新闻发布厅参加新闻发布会,似乎已记不清进进出出人民大会堂有多少次了。有意思的是,我因为自己家和报社离天安门广场都只有一公里远,所以总是骑着一辆旧自行车前往,我把工作证挂在脖子上,见有警卫向我挥手问询,我就把胸前的工作证拿起来对他晃晃继续骑车穿过,到大会堂高大的台阶下就把自行车停放在警卫亭旁边……我不觉得自己这样寒酸,倒是得意这样更像个记者呢!

2006年11月12日,在人民大会堂我参加了纪念孙中山先生诞辰140周年纪念大会,各民主党派中央、全国工商联负责人和无党派人士,孙中山先生亲属及海外来宾,首都各界人士3000多人出席,胡锦涛同志在会上发表重要讲话,他强调,孙中山先生追求真理的开拓进取精神和矢志不渝的爱国主义情怀,天下为公的博大胸怀和放眼世界的开放心态……是留给我们的宝贵精神遗产。这一精神遗产仍然具有重要的启迪意义和教育意义,值得我们永远学习继承和发扬光大。

2005年7月19日,我和民革中央合唱团的团员们一起参加了在人民大会堂举行的纪念抗战胜利60周年"铭记历史"大型歌会,我们登上人民大会堂的大舞台演唱了著名的抗战歌曲《旗正飘飘》。这首1933年1月发表在《音乐杂志》第一期上的歌曲,由韦瀚章作词,黄自作曲,同年9月被采用为有声故事片《还我河山》的片中曲。60多年后,我们怀着激动的心情,以慷慨激昂的声音,铿锵有力的节奏演唱了这首歌:"旗正飘飘,马正萧萧,枪在肩,刀在腰,热血似狂潮,好儿男报国在今朝……快奋起莫作老病夫,快团结莫贻散沙嘲。枪在肩,刀在腰,热血似狂潮。团结!奋起!"歌声回荡在人民大会堂,半个世纪前的抗战激情感染着我们,也感染着观众,满满的正能量。

记得在团结报创刊四十周年纪念座谈会后,一位在人大常委会机关工作的朋友带着我邀请的几个朋友去参观了他们办公的地方,他还带着我们走到了人民大会堂顶层的阳台上,那刚好是正午时分,秋高气爽的天气,湛蓝的天空万里无云,俯瞰宽广的天安门广场,远眺笔直的东西长安街……顿时让我们感到气宇轩昂。人民大会堂,这雄伟的建筑是为新中国成立十周年而建的十大建筑之一,我最好的朋友尹惠明曾给我讲述过她家经历的建设人民大会堂的故事,她家当年住在垂露胡同7号院,1958年时她在司法部街小学读二年级,她还记得走出自己家的院门就能看到电车在南北走向的大街上通过,往北看长安街对面就是中山公园南门……她说,1958年初秋时接到了三个月内拆迁的通知后,那一带的居民都积极响应,快速地收拾物品等待搬家,没有谁为自己要失去家园这个问题去向政府讨价还价。可想而知,在轰轰烈烈建设新中国的气氛中,广大人民百姓是多么支持国家的建设,他们都能舍小家顾大家,他们虽然不是十大建筑的亲为建设者,但是他们都是为十大建筑做出巨大贡献的人们。小尹还告诉我：为了不延误工期，拆迁户在很短的时间里就搬入了新居，她记得新房子的墙壁还渗出水珠，孩子们都好奇地去按水珠玩儿……人民大会堂的拆迁户都搬到了建国门外的永安东里，中国历史博物馆和中国革命博物馆（现在叫中国国家博物馆）的拆迁户搬到了永安西里，据说"永安里"这个名字是周恩来总理给起的。人民大会堂落成后，政府还邀请拆迁居民每户一人去参观了人民大会堂，"我们家是我姥姥去的，她回来告诉我们，那里真是特别高大雄伟。"小尹颇有自豪感地这样说。

新中国的十大建筑在热火朝天的建设高潮中迅速竣工，成为给国庆十周年献礼的最大的礼物！从 1958 年到 2022 年，64 年过去了，这座人民大会堂曾召开过多少重要会议，曾有多少大型文艺演出在这里上演……今年还有中国共产党的第 20 次代表大会将在这里召开，人民大会堂的故事还将继续讲下去，我们还会叠加更多的记忆。

我热爱这座宏伟的建筑，就像我热爱自己居住的城市，自己的国家。

作者简介：

韩宗燕，中国作家协会会员。曾在民革中央、团结报社工作 30 多年，先后做过记者、编辑、办公室主任、总编室副主任，《中山艺术》编辑部主任，著有报告文学、人物专访及随笔、散文、杂文等。

后记

掩卷犹觉长安在

李林栋

继去年"新北京新京味儿"征文活动成书《新北京新京味儿——百年百篇话北京》之后，今年又经北京市东城区图书馆、光明日报出版社和我们网时读书会共同发起，并有诸多协办单位热情参与的联合征文"新北京新京味儿"系列之"最美长安街"，自3月16日始至7月1日止，历时三个半月，共收到不止于北京的全国各地来稿近二百篇。在这过程中，我们还用东城区图书馆、网时读书会、网时书房、文学港湾等一系列公众号随机择发了部分应征来稿近百篇，大多还进行了导语推介和声音诵播。现在回过头来说，这次征文其实属于"同题"之征，其特定内容既显而易见又鲜为文见，其写作难度可想而知。但实践出真知，这短短的三个半月印证了我们最初的判断，这个选题非常对，大家的写作热情非常高，而且这个"特定内容"非常有得写。正像有位作者在来稿附言中所说："这次征文无异于填补了共和国与北京市一个显而易见的空白，难能可贵，可喜可贺。这是献给我们党的二十大召开最好的一份礼物！"

现在，这次"最美长安街"征文已经完美收官。由这次征文优中选优再选优的散文，即将由光明日报出版社结集出版，公开发行。"掩卷犹觉长安在"，我们编委会的全体同仁，首先要向在这次征文中付出很多努力或点滴奉献的所有朋友们表示衷心的感谢！同时，我们也要非常诚实地为我们编委会中的赵润田、刘建军、王升山、赵国培、王铁成、班清河、金京一、李加良、宋毅、王征、刘佳、苏菲等同仁的优异表现感到欣慰与骄傲。他们像你们一样，时逢非常挑战而不遑多让，身体力行凭热血满腔。我们永远也不会忘记：壬寅年由春入夏，几多疫情惊风雨，更无酷暑可长安！

在此，我们还要向在这次征文中积极写作，热情来稿而终未入选成书的所有作家、作者表示真诚的歉意和最诚挚的感谢！你们积极热情，你们来稿无价，或你们鹤发童言，或你们名重一方，等等，我们都已备案在心，"掩卷犹觉长安在"，或许"最美"待来年！

再见！征文已止，成书在即。金秋将至，让我们共祈花好月圆，国泰民安！

2022 年 8 月 18 日

（李林栋，作家、诗人、编审。大型公益组织"网时读书会"会长）